Victory

alshabers in Portsmouth

25 Besanachtersta
26 (Vor-) Marswar
27 Unterwanten m
Webeleinen
28 Rüsten mit Rüs
29 Fock-Achtersta
Pardunen
30 Groß-Achterstage m.
Pardunen
31 Fußpferde

E Groß-Bramrah
F Groß-Marsrah
G Großrah
H Kreuz-Bramrah
I Kreuz-Marsrah
J Bagienrah
K Besangaffel
L Besanbaum
M Rah der Außenblinde
N Rah der Blinde
O Vor-Bramsaling
P Vor-Marssaling m.
Püttingswanten

-Bramsaling
-Marssaling m.
ngswanten
z-Marssaling

Kleine Buchstaben:
Segel

a Außenklüver/Jager
a1 Klüver
b Vor-Bramsegel
c Vor-Marssegel m.
Reffbahnen
d Fock (Breitfock)
e Groß-Bramsegel
f Groß-Marssegel
g Großsegel
h Kreuz-Bramsegel
i Kreuz-Marssegel
j –
k Besan
l Fink-/Hängematts-
netze
m Außenblinde
(selten benutzt)
n Blinde
(selten benutzt)

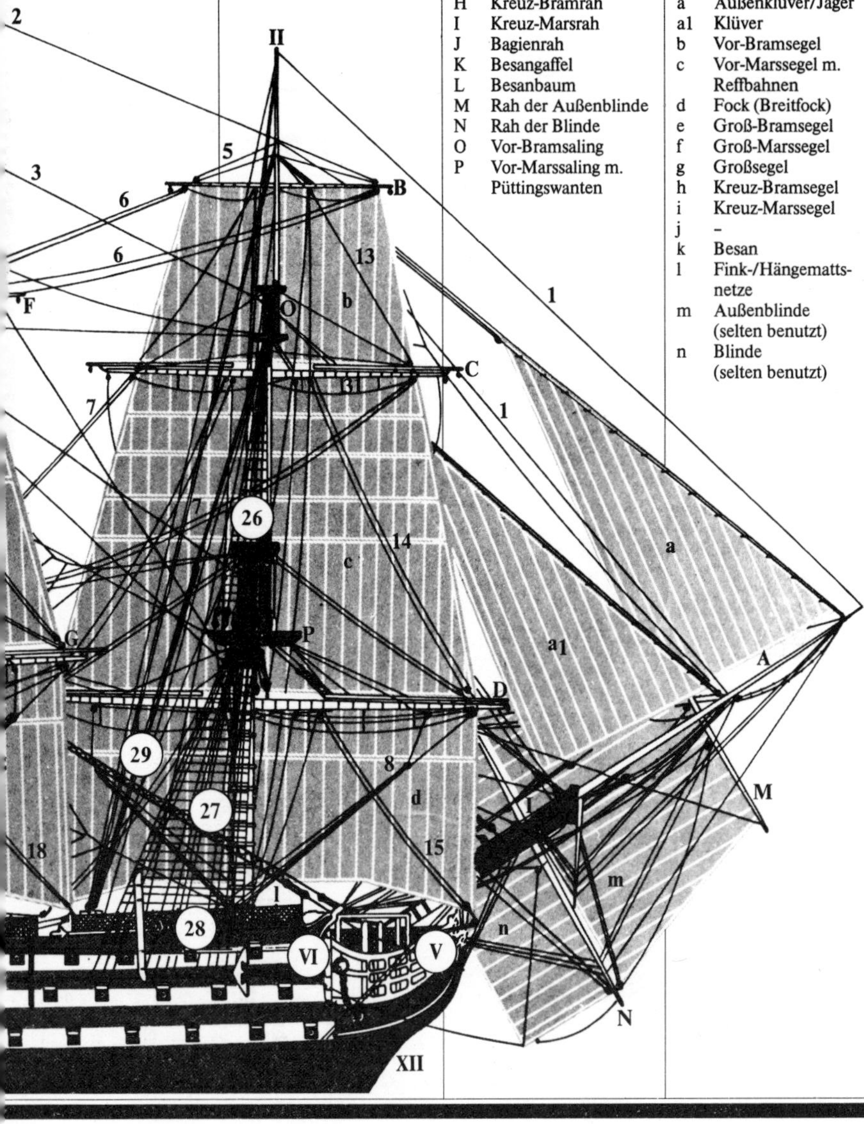

Alexander Kent · Der Brander

Alexander Kent

Der Brander

Admiral Bolitho im Kampf um die Karibik

Roman

Aus dem Englischen von
Klaus D. Kurtz

Ullstein

Titel der englischen Originalausgabe: Success to the Brave
Verlag Ullstein GmbH, Berlin · Frankfurt/M. · Wien

Satz: Fotosatz Otto Gutfreund, Darmstadt
Druck und Binden: May & Co, Darmstadt
Printed in Germany 1985
ISBN 3 550 06391 1

CIP-Kurztitelaufnahme der Deutschen Bibliothek

Kent, Alexander:
Der Brander : Admiral Bolitho im Kampf um d.
Karibik ; Roman / Alexander Kent. Aus d. Engl.
von Klaus D. Kurtz. – Berlin ; Frankfurt/M. ;
Wien : Ullstein, 1985.
Einheitssacht.: Success to the brave ⟨dt.⟩
ISBN 3-550-06391-1

Inhalt

Für Winifred in Liebe,
bis wir uns wiedersehen

I Die Flagge im Fockmast

Richard Bolitho stand am offenen Fenster und starrte hinaus in den Hof, hinter dessen Mauer das Meer blinkte.

Es hätte ein wunderschöner Maientag sein können; in diesem Licht wirkte selbst der gedrungene Umriß von Pendennis Castle, der alten Burg, die den Schiffahrtsweg nach Falmouth und den Zugang zur Reede von Carrick beherrschte, weniger bedrohlich. England genoß den Frieden – nach neun Jahren Krieg mit Frankreich und seinen Verbündeten. Trotzdem, so schnell konnte man sich nicht umgewöhnen. In Falmouth mußten die jungen Männer nicht mehr nach ihren Waffen greifen, wenn ein fremdes Segel vor der Küste auftauchte und damit ein Überfall des Feindes drohte; sie liefen auch nicht mehr erschrocken davon, wenn sich der Ankömmling als britisches Kriegsschiff entpuppte. Letzteres hatte bedeutet, daß bald die verhaßten Preßpatrouillen die Häuser durchsuchen würden, um Männer unter Zwang für den Dienst auf See anzuwerben, vielleicht auf Nimmerwiedersehen. Kaum zu glauben, daß dies alles jetzt der Vergangenheit angehörte.

Bolitho sah die Kutsche im Schatten neben der Remise warten. Nun war es bald soweit. Gleich mußten die Pferde herausgeführt und vorgespannt werden. Jetzt hieß es nicht mehr: nächste Woche – oder wenigstens morgen. Der Augenblick war gekommen.

Er wandte sich vom Fenster ab und wartete, bis seine von der Sonne geblendeten Augen sich an das schattige Zimmer gewöhnt hatten. Das große graue Steinhaus, das seine Familie seit Generationen bewohnte, war so still, als hielte es den Atem an, um das Unausweichliche noch etwas hinauszuschieben.

Sieben Monate waren nun vergangen, seit Bolitho heimgekehrt war nach der Schlacht, die alle feindlichen Invasionspläne durchkreuzt und die französische Position bei den Friedensverhandlungen so geschwächt hatte. Sieben Monate, seit er Belinda geheiratet hatte und zu einem glücklichen Mann geworden war.

Er schritt zum Fuß der breiten Innentreppe und blickte zu den Porträts seiner Vorfahren auf, die da im Halbdunkel hingen. Auch sie mußten solche Augenblicke gekannt haben, dachte er.

Mußten sich gefragt haben, wann und ob sie dieses Haus je wieder betreten würden. Sein Ururgroßvater, Kapitän Daniel Bolitho, stand auf dem Bild an Deck seines brennenden Schiffes; er war im Krieg der protestantischen Allianz gegen Spanien gefallen. Sein Gesicht trug deutlich die Familienzüge der Bolithos, ebenso das von Bolithos Vater und seines Bruders Hugh; alle waren sie tot.

Und nun mußte auch er wieder hinaus auf See. Die letzten Monate waren wie im Flug vergangen. Als man ihn zur Admiralität nach London beordert hatte, ahnte er nicht, was ihn erwartete. Seit dem Friedensschluß von Amiens* schien es ihm, als ob alle teuer erkauften Erfahrungen beiseitegeschoben würden. Der Großteil der Flotte war außer Dienst gestellt, Tausende von Offizieren und Mannschaften waren entlassen worden und fristeten ihren Lebensunterhalt, so gut sie konnten.

Für Flaggoffiziere niedrigeren Dienstgrades waren die Posten selten geworden und wurden von den Lords der Admiralität je nach Gunst verteilt. So hatte es Bolitho erstaunt, als er den Befehl erhielt, ohne Verzug zunächst nach Amerika und dann in die Karibik zu segeln. Zumal ihm nicht ein neues Geschwader, sondern ein kleiner Zweidecker unterstellt wurde, dazu lediglich eine Fregatte als Geleit und Kurier.

Sein Empfang durch Admiral Sir Hayward Sheaffe, den Nachfolger des alten Admirals Beauchamp, war höflich, aber formell gewesen. Sir Hayward schien Bolitho ganz die neue Zeit zu verkörpern. Der von schwerer Krankheit gezeichnete Beauchamp war an seinem Schreibtisch gestorben, ohne je zu erfahren, daß sein letzter Schlachtplan zur Vernichtung der französischen Invasionsflotte von Bolitho siegreich ausgeführt worden war. Sheaffe dagegen war ein kühler Kopf, ein pragmatischer, perfekter Verwaltungsmensch. Bolitho konnte sich kaum vorstellen, daß sich dieser Mann von einem kleinen Seekadetten zu seinem jetzigen hohen Rang hinaufgedient hatte.

In der Stille des Hauses hörte Bolitho wieder Sheaffes Worte, als seien sie eben erst gefallen.

»Ich weiß, daß Ihnen diese Entscheidung ungebührlich hart erscheinen muß, Bolitho. Nach Ihrer Flucht aus französischer

* 27.3.1802

Gefangenschaft und Ihrem anschließenden Sieg über Admiral Rémond haben Sie wahrscheinlich – mit Recht, würden viele sagen – eine gesicherte Bestallung erwartet. Jedoch...«, er dehnte das letzte Wort bedeutungsvoll, »ein Krieg endet nicht mit dem letzten Schuß. Ihre Lordschaften benötigen für diese Aufgabe einen Mann, der ebenso taktvoll wie tapfer handeln kann. Außerdem hat sie auch ihre guten Seiten: Sie werden hiermit zum Vizeadmiral befördert.« Sein Blick forschte in Bolithos Gesicht nach einer Reaktion. »Damit sind Sie dem Dienstalter nach der jüngste Vizeadmiral in der Navy.« Trocken fügte er hinzu: »Abgesehen natürlich von Nelson, dem Liebling der Nation.«

So war das also, dachte Bolitho. Sheaffe war eifersüchtig auf jene Männer, die sich die Bewunderung von Freund und Feind errungen hatten. Trotz seines Rangs und seiner Befugnisse beneidete er sie immer noch.

Vielleicht hatte ihm Bolitho deshalb verschwiegen, daß der wirkliche Grund für sein Zögern die Sorge um Belinda gewesen war, die in wenigen Wochen ihr erstes Kind erwartete. Sheaffe mußte es ohnedies wissen, denn sogar in Londoner Zeitungen waren Artikel erschienen über ihre Hochzeit im Oktober 1801, bei der Bolithos Kameraden die kleine Kirche in Falmouth bis zum Bersten gefüllt hatten. Aber vielleicht war Sheaffe auch darauf neidisch?

So hatte Bolitho geschwiegen. Wenn Sheaffe von ihm erwartete, daß er ihn beschwor, um einen Aufschub bat, dann hatte er den Mann vor sich noch immer nicht begriffen.

Bolitho hörte ihre Schritte auf dem gefliesten Boden draußen und straffte die Schultern.

Sie stand im Gegenlicht, das Gesicht überschattet, aber trotzdem war ihre Schönheit nicht zu übersehen. Niemals würde er sich sattsehen können an ihr, nie die Sehnsucht nach ihr verlieren. Sonnenschein setzte rötliche Lichter in ihr kastanienbraunes Haar und streichelte den schlanken, gebogenen Nacken.

»Es wird Zeit«, sagte Belinda.

Ihre Stimme war leise und beherrscht, aber Bolitho wußte, wie schwer ihr dieser Ton fiel.

Fast wie Hohn wirkten dagegen das muntere Pferdegetrappel draußen auf den Pflastersteinen, die sorglosen Stimmen der Reitknechte.

Belinda trat zu ihm und legte ihm beide Hände auf die Schultern. »Ich bin so stolz auf dich, Liebster«, sagte sie. »Mein Mann, der Vizeadmiral...« Ihre Lippen zitterten, ein feuchter Glanz in ihren Augen strafte ihre Worte Lügen.

Er drückte ihren einst schlanken Körper sanft an sich und spürte das Kind, als sei es schon bei ihnen.

»Gib gut auf dich acht, wenn ich weg bin, Belinda.«

Sie lehnte sich in seinen Armen zurück und sah ihm so eindringlich ins Gesicht, als wolle sie sich jeden Zug einprägen.

»Du bist es, der achtgeben muß. Für mich ist hier gut gesorgt. Alle sind freundlich zu mir, bieten mir Beistand und Hilfe an. Dabei brauche ich nur dich.« Sie schüttelte den Kopf, als er zum Sprechen ansetzte. »Keine Sorge, ich werde nicht schwach. Obwohl du mich verlassen mußt, bin ich glücklich, verstehst du? Jeder Tag der letzten Monate war für mich wie unser erster. Wenn du mich umarmst, spüre ich das wie beim ersten Mal. Ich liebe dich über alles, aber ich wäre eine Närrin, wenn ich mich zwischen dich und die Welt stellen wollte, in der du lebst. Ich kenne doch den Blick, mit dem du die Schiffe beobachtest, wenn sie in die Reede von Carrick einlaufen, dein Gesicht, wenn Thomas oder Allday ein Erlebnis erwähnen, das ich niemals mit dir teilen kann. Bei deiner Heimkehr werde ich dich erwarten, aber bis dahin werden wir uns immer nahe sein.«

Es klopfte, und Allday trat durch die Tür; seine sonst so leutselige Miene war ernst und unsicher.

»Alles bereit, Sir.«

Knorrig wie Eichenholz, verkörperte Allday für Bolitho viel von jener anderen Welt, die Belinda erwähnt hatte. In seinem besten blauen Rock und den Nanking-Breeches war er das Urbild eines Seemanns, jeder Zoll Bootsführer eines Vizeadmirals. Er diente Bolitho, seit dieser ein junger Kapitän gewesen war. Gemeinsam hatten sie Schönes und Schreckliches erlebt, hatten zu gleichen Teilen Leid und Triumph erfahren.

Als Allday von Bolithos unerwartet früher Beförderung gehört hatte, war sein Kommentar nur gewesen: »Gibt man Ihnen endlich die Flagge im Fockmast, Sir? Wird auch Zeit.«

»Danke, Allday.«

Der Bootsführer hielt Bolitho den neuen Uniformrock zum Hineinschlüpfen hin. Da war er, der einst unerreichbare Wunschtraum des kleinen geplagten Leutnants auf Wache, ja selbst noch des jungen Kommandanten auf seinem ersten Schiff.

Belinda beobachtete ihn, um Haltung bemüht und mit verschränkten Fingern, als hielte sie dahinter ihre Gedanken und Gefühle in Zaum.

»Du siehst stattlich aus, Richard.«

»Sehr stattlich, Madam.« Allday klopfte die Rockaufschläge glatt und vergewisserte sich, daß beide Epauletten mit den silbernen Zwillingssternen richtig saßen. Wenn sie erst auf See waren, würde sich das ändern, dachte er. Aber hier gehörte er zur Familie dieses Hauses, in dem er eine neue Heimat gefunden hatte. Jedenfalls fast zur Familie.

Leise sagte Belinda: »Ich könnte dich bis Hampshire begleiten, Richard.«

Bolitho zog sie an sich. »Nein. Die Fahrt zum Beaulieufluß würde dich überanstrengen. Und denk' an den Rückweg. Ich würde krank vor Sorge.«

Sie widersprach ihm nicht. Obwohl keiner es erwähnte, dachten beide an die verunglückte Kutsche, in der schon einmal Bolithos Glück ein Ende gefunden hatte, an den Unfall seiner ersten Frau, dessen Schrecken erst durch ihr neues gemeinsames Leben getilgt worden war.

Bolitho war dankbar dafür, daß der Weg zu seinem neuen Schiff zu weit war, als daß sie ihn begleiten und das Leben ihres ersten Kindes aufs Spiel setzen konnte. Es war schon schlimm genug, daß er sie jetzt verlassen mußte, obwohl sie ihn so dringend gebraucht hätte. Zwar blieb sein verläßlicher alter Steward Ferguson bei ihr im Haus zurück, auch der Arzt wohnte ganz in der Nähe. Bolithos Schwester Nancy hielt sich öfter bei ihnen auf als in der palastähnlichen Residenz ihres Mannes, des Richters, der weit und breit nur der ›König von Cornwall‹ genannt wurde. Und nächste Woche wurde Dulcie erwartet, Herricks Frau, die den weiten Weg von Kent auf sich nahm, um Belinda bei der Geburt beizustehen.

Herrick, den seine Beförderung zum Konteradmiral fast in Verlegenheit gebracht hatte, war ein kleines Geschwader unterstellt worden. Er befand sich schon unterwegs nach Gibraltar, wo ihn neue Befehle erreichen würden.

Diesmal erwarteten Bolitho an Bord kaum vertraute Gesichter. Vielleicht war das auch besser so, überlegte er: nichts, was ihn an die Vergangenheit erinnern konnte, an frühere Erfolge und Skrupel.

Belinda sagte in seine Gedanken hinein: »Sei vorsichtig um meinetwillen, Richard. Es fällt mir furchtbar schwer, dich ziehen zu lassen, aber ich weiß ja, daß es nicht anders geht.«

Bolitho hielt sie an sich gepreßt. Warum fand man die rechten Worte immer erst dann, wenn es zu spät war?

Seit er mit seinem Geheimauftrag von der Admiralität zurückgekehrt war, hatte sie es irgendwie geschafft, ihre Enttäuschung, ihren Kummer zu verbergen. Nur einmal, nachts, hatte sie aufgestöhnt. »Warum gerade du? Mußt du denn wirklich fort?« Und dann war sie wieder in einen unruhigen Schlaf gefallen, als wüßte sie, daß es auf ihre Frage keine Antwort gab.

Draußen erklang Alldays Stimme, der das Verladen der letzten Gepäckstücke beaufsichtigte. Armer Allday, dachte Bolitho. So bald nach den Strapazen der französischen Gefangenschaft mußte er nun wieder hinaus. Aber er war stets da, wenn er gebraucht wurde, ein Freund und guter Zuhörer, dem Bolitho sich anvertrauen konnte, falls er einen Gesprächspartner suchte, der außerhalb der Hierarchie stand und offen seine Meinung sagen konnte.

Alldays Loyalität hatte Bolitho schon manches Mal beschämt. Sein Lebensinhalt bestand darin, ihm zu dienen, er besaß weder eine Frau, die auf ihn wartete, noch ein Zuhause. Irgendwie kam es ihm unfair vor, daß er Allday schon wieder mit hinaus schleppte, obwohl er sich ein geruhsames Leben an Land wahrhaftig verdient hatte. Doch Bolitho wußte, daß ihn der Vorschlag, diesmal zu Hause zu bleiben, verletzt und aufgebracht hätte.

Aber jetzt mußte er endlich aufbrechen.

Gemeinsam schritten sie zum Portal, entschlossen, den Augenblick, den sie fürchteten, gefaßt zu bestehen.

Grelles Sonnenlicht überfiel sie, und Bolitho mußte sich zwingen, zu der verhaßten Kutsche hinüberzusehen. Von allen anderen Bewohnern des Hauses hatte er sich schon verabschiedet, auch von seiner Schwester und dem einarmigen Ferguson.

Er sagte: »Ich sende dir eine Nachricht mit dem ersten Kurierschiff, das uns begegnet. Wenn ich in Amerika eingetroffen bin, wird man mir wahrscheinlich die umgehende Rückkehr befehlen.«

Er spürte, wie sich ihr Arm unwillkürlich verkrampfte, und zürnte sich selbst, daß er ihr falsche Hoffnungen machte.

Admiral Sheaffe hatte Bolithos Zweifel an der Bedeutung seiner Mission nicht ausräumen können. Er sollte Boston anlaufen, »neutralen Boden«, wie er es nannte, und dort mit französischen und amerikanischen Beamten die formelle Übergabe einer Insel vollziehen, wie es im Frieden von Amiens vorgesehen war.

Bolitho hielt das alles für einen großen Fehler. Hier wurde dem Erzfeind Englands eine Insel überlassen, deren Eroberung das Leben so vieler Landsleute gekostet hatte. Deshalb hatte er sich einen Protest dem Admiral gegenüber nicht versagen können.

»Wir haben einen Friedensvertrag unterzeichnet, Sir Hayward, keine Kapitulation!«

Aber in dem kühlen Amtszimmer hatte die Bemerkung seltsam kindisch geklungen. Sheaffe antwortete denn auch ungerührt: »Richtig. Und wir wünschen nicht, daß Sie einen neuen Krieg auslösen, Sir!«

Als wollten sie den Abschied beschleunigen, scharrten die Pferde ungeduldig auf dem Kopfsteinpflaster.

Bolitho küßte Belinda lange und schmeckte Salz auf ihren Lippen.

»Ich komme wieder, Belinda.«

Sanft löste er sich von ihr und schritt die ausgetretenen Stufen zur wartenden Kutsche hinunter. Allday stand hinten bei dem Burschen, aber Bolitho winkte ihn herbei.

»Setz dich zu mir, Allday.«

Dann wandte er sich ein letztes Mal nach Belinda um. Vor der grauen Wand des Hauses wirkte sie seltsam verwundbar, und er hätte sie gern tröstend umfaßt.

Mit einem Ruck wandte er sich ab. Im nächsten Augenblick saß er in der Kutsche, und die Räder ratterten über das Pflaster und durchs Tor hinaus.

Es war vorbei.

Allday preßte die Hände zusammen und ließ Bolithos düsteres Gesicht nicht aus den Augen. Die sieben Monate an Land waren ihm wie eine Ewigkeit vorgekommen. Natürlich hatte er sich gehütet, Bolitho das merken zu lassen. Seit Allday sich hier in Cornwall als Schafhirte durchgeschlagen hatte, war er noch nie so lange an Land gewesen. Damals hatte die Preßpatrouille eines vor der Küste ankernden Kriegsschiffes mehrere Männer der Umgebung zwangsrekrutiert. Allday war unter ihnen gewesen, auch Ferguson. In der Schlacht bei den Saintes hatte der Pechvogel dann seinen Arm verloren, war aber wie Allday in Bolithos Diensten geblieben.

Die warme Frühlingsluft und der schwere Duft der Wiesen machten Allday schläfrig; er wußte, daß Bolitho zwar nicht allein sein wollte, aber ebensowenig in gesprächiger Stimmung war. Zum Schwatzen blieb noch genug Zeit auf ihrer langen Reise nach Hampshire zum Fluß Beaulieu, wo ihr neues Schiff wartete. Außerdem lagen einsame Wochen und Monate vor ihnen, in denen sie auf Gesprächsstoff angewiesen waren.

Das neue Schiff – wie mochte es sein? Allday war selbst erstaunt über seine Neugier. Sein Posten als Bootsführer des Vizeadmirals machte ihn zwar unangreifbar, aber er war doch zu sehr Seemann, um nicht auf das neue Schiff gespannt zu sein.

Kein Linienschiff ersten Ranges, mit hundert oder mehr Kanonen, nicht mal eines mit 74 Kanonen wie die *Benbow,* Bolithos letztes Flaggschiff; nein, eines der kleinsten Linienschiffe, die noch im Dienst standen.

Seiner Britannischen Majestät Schiff *Achates* verfügte nur über 64 Kanonen und gehörte zu einer aussterbenden Klasse. Es war eher eine zu groß geratene Fregatte als eines jener schweren Linienschiffe, die auch den mörderischen Breitseiten des Nahkampfes widerstehen konnten.

Mit ihren 21 Jahren war sie ein Veteran und hatte alle möglichen Schlachten und Gefechte erlebt. Meist war sie in der Karibik stationiert gewesen und unzählige Male von ihrem Heimathafen auf Antigua zum südamerikanischen Festland und zurück gesegelt.

Etwas unbehaglich fragte sich Allday, warum gerade sie zu Bolithos Flaggschiff bestimmt worden war. Wahrscheinlich bloß wieder so eine Hirnverbranntheit von oben, sagte ihm sein gradliniger Verstand. Für seine Verdienste und Leiden um England hätte Bolitho längst der Adelstitel gebührt, war Alldays Meinung. Aber an höherer Stelle schienen nur zu oft Haß und

Mißgunst dem Mann entgegenzuschlagen, für den Allday jederzeit sein Leben geopfert hätte.

Dann dachte er an den Abschied, dessen Zeuge er gerade geworden war. Ein schönes Paar, diese beiden: die bezaubernde Lady mit den langen, kastanienbraunen Flechten und der junge Vizeadmiral, dessen rabenschwarzes Haar noch keine weiße Strähne aufwies.

Auf dem Sitz gegenüber sah Bolitho zu, wie Alldays Kopf langsam auf die Brust sank; er spürte die Kraft des Schlummernden und war dankbar, daß er ihm schweigend Gesellschaft leistete. An Land hatte Allday einige Pfunde zugenommen und wirkte jetzt so, als könne nichts und niemand ihn umwerfen. Trotz seines Kummers mußte Bolitho lächeln. Er hatte Allday erlebt, wie er sich mit löwenhaftem Mut über das blutige Deck zu ihm durchschlug, aber auch, wie er mit Tränen in den Augen seinen verwundeten Kommandanten nach unten ins Lazarett trug. Nein, ein Schiff ohne Allday konnte er sich nicht vorstellen.

Auch nicht sein neues Flaggschiff, das ihn zu diesem Sondereinsatz nach Amerika und in die Karibik tragen sollte.

Wenigstens war der Kommandant ein alter Freund: Valentine Keen, vor langer Zeit einer von Bolithos Seekadetten, der seither bei den verschiedensten Gelegenheiten Freud und Leid mit ihm geteilt hatte. Der letzte Kommandant der *Achates* war am Fieber gestorben, unterwegs von Antigua zu der Werft, wo sie gebaut worden war und die längst fällige Überholung erhalten sollte.

Bolitho war froh, daß er Keen als Flaggkapitän bekommen hatte. Er warf einen Blick auf den schlummernden Allday und erinnerte sich daran, wie sein Bootsführer einst Keen das Leben gerettet hatte, als er ihm mit eigener Hand einen langen Holzsplitter aus dem Leib schnitt, weil der Schiffsarzt zu betrunken gewesen war.

Sie fuhren an einer Gruppe Feldarbeiter vorbei, die an einem Gatter lehnten und Apfelwein aus groben irdenen Krügen tranken. Bolitho sah, daß einige zur Kutsche aufblickten, einer hob sogar grüßend die Hand. Bald mußte man es in und um Falmouth wissen: Wieder war ein Bolitho ausgezogen. Ob er wohl zurückkehren würde?

Abermals dachte er an Belinda, die er in dem weitläufigen alten Steinhaus allein zurücklassen mußte. Hoffentlich...

Aber er war nicht der erste Marineoffizier, der fort mußte, wenn ihn seine Frau oder seine Familie am meisten brauchte. Bolitho strich über die neue Goldlitze an seinem Rock und setzte sich gerade. Genausowenig wie er der letzte war, dem dies geschah.

Der Friede konnte nicht dauern, mochten die Politiker das auch überall herumposaunen. Zu viele Leben waren geopfert worden, zu viele Ungerechtigkeiten nicht gesühnt.

Wenn England sechzig von seinen hundert Linienschiffen außer Dienst stellte und gut vierzigtausend Matrosen und Seesoldaten nach Hause entließ, dann hätte Frankreich doch mit Blindheit geschlagen sein müssen, um nicht seinen Vorteil aus solcher Vertrauensseligkeit zu ziehen.

Aber es war besser, über *Achates'* Bestimmungsort nachzudenken, sagte sich Bolitho: die kleine Insel San Felipe, die wie ein verwitterter Wachtposten die Enge zwischen Kuba und Haiti beherrschte. Wie andere Inseln in der Karibik blickte sie auf ein bewegtes und blutiges Schicksal zurück. Ursprünglich in spanischem Besitz, war sie von Frankreich erobert und bis zur Amerikanischen Revolution gehalten worden. Dann hatte England sie nach harten Kämpfen und unter dem Verlust vieler Menschenleben an sich gebracht.

Und jetzt, so wollte es die Übereinkunft mit Frankreich, sollte diese Insel als Geste des guten Willens zurückgegeben werden. Aber es war nicht mehr die gleiche Insel. Als Admiral Rodneys Schiffe sie 1782 erobert hatten, nur ein Jahr nach *Achates'* Stapellauf, war sie ein ödes, menschenfeindliches Stück Land gewesen. Während sie jetzt, so hatte Bolitho bei der Admiralität erfahren, vor Wohlstand und Fruchtbarkeit strotzte.

Als Gouverneur regierte dort zur Zeit ein pensionierter Vizeadmiral, Sir Humphrey Rivers, Ritter des Bath-Ordens. Er hatte San Felipe zu seiner Lebensaufgabe gemacht und den Hafen in Georgetown umbenannt, was die endgültige Zugehörigkeit der Insel zum britischen Weltreich noch unterstreichen sollte.

Georgetown besaß einen geschützten Naturhafen, und der Handel mit Rohrzucker, Kaffee und Melasse blühte. Der wachsende Wohlstand war vor allem der Sekundärbevölkerung aus afrikanischen Sklaven zu danken.

Admiral Sheaffe hatte Bolitho erklärt, daß San Felipe während des Krieges zwar ein wichtiger Stützpunkt gewesen war, von wo aus die Seewege nach Jamaika kontrolliert und feindliche Freibeuter bekämpft werden konnten, daß die Insel aber im Frieden nur eine Belastung darstelle und nicht mehr gebraucht werde.

Schon damals hatte Bolitho das nicht eingeleuchtet, und jetzt, als die Kutsche bergab fuhr und in der Ferne sich der Blick auf die See öffnete, kam ihm das Ganze noch absurder vor.

War die Insel so wichtig gewesen, daß viele für sie sterben mußten, dann war sie es doch gewiß wert, daß man sie behielt?

Bolitho empfand die Übergabe als einen Verrat, der mehr Indolenz verriet, als er seinem Land jemals zugetraut hätte. Und warum hatte man damit ihn beauftragt, nicht einen jener wendigen Politiker?

Sie brauchten einen Mann, der ebenso taktvoll wie tapfer handeln konnte, hatte Sheaffe gesagt.

Das entlockte Bolitho nur ein grimmiges Lächeln. Solche und ähnliche Begründungen hatte er schon oft gehört. Wenn die Sache gut ausging, heimsten andere die Ehre ein. Aber machte er auch nur *einen* falschen Zug, fiel die volle Verantwortung auf ihn zurück.

Am besten gab er das Grübeln über seine Order ganz auf. Er hatte sie schwarz auf weiß, und darüber hinaus konnte er nicht planen. Bis sein Schiff den Anker fallen ließ, mochte sich die Lage grundlegend geändert haben.

Aber Browne als Flaggleutnant würde er vermissen. Seit Browne ihm als Adjutant beigegeben worden war, hatte er diesen intelligenten und im Umgang mit Admiralität und Regierung geschulten Mann schätzen gelernt. Doch vor einigen Monaten war sein Vater gestorben, und Browne war jetzt Herr über einen Landbesitz, dessen Ausmaß Bolithos Vorstellungsvermögen fast überstieg.

Zum Abschied war Browne allerdings noch einmal nach Cornwall gekommen. Für beide war es eine schmerzliche Trennung gewesen, und Bolitho hatte sich damals entschlossen, seinen Neffen Adam Pascoe als neuen Adjutanten anzufordern. Auch wenn es Bolitho widerstrebte, seine Befugnisse für eine private Gunst zu benutzen, glaubte er, ihm diesen Dienst schuldig zu sein; zu viele junge Offiziere saßen ohne Aufgabe und Sold an Land. Schließlich liebte er seinen Neffen wie einen Sohn, und sie hatten manchen Kampf gemeinsam bestanden. Die neue Erfahrung konnte ihm nützlich sein.

Browne jedoch hatte nur ein skeptisches Stirnrunzeln für Bolithos Adjutantenwahl. Vielleicht wollte er ihn damit warnen, einen nahen Verwandten auf einen Posten zu setzen, dessen Inhaber im Notfall unparteiisch beiseitestehen mußte. Aber es schien Bolitho wichtiger, daß Adam mit seinen 21 Jahren jetzt, da er diese Chance für seine Karriere am dringendsten brauchte, nicht ohne neue Kommandierung auf ein Schiff blieb.

Bolitho lehnte den Kopf ans warme Leder der Sitzbank.

Also Valentine Keen, Adam und Allday. Zusammen mochten die drei noch über sich hinauswachsen. Aber andere vertraute Gesichter erwarteten ihn wohl nicht an Bord.

Achates war ursprünglich in der Themsemündung in Dienst gestellt worden, während Bolitho eher die Schiffe aus Westengland oder von Spithead kannte. Mit gemischten Gefühlen machte er sich klar, daß *Achates* fast ein Schwesterschiff von Nelsons berühmter *Agamemnon* war, in derselben Werft auf Kiel gelegt und gebaut wie sie, der Werft von Henry Adam in Bucklers Hard am Beaulieu.

Die schwindende Schar der 64er hatte jedenfalls einen großen Vorzug: Sie waren größer als alle schnelleren Schiffe und schneller als alle größeren. Kein Wunder, daß die Kommandanten mächtiger Dreidecker sie mit widerwilliger Bewunderung beäugten.

Nelson hatte jedenfalls einmal behauptet, daß seine kleine *Agamemnon* ein hervorragender Segler sei und selbst am Wind und unter Sturmbesegelung mit jeder Fregatte mithalten könne.

Bolitho fragte sich, ob Keen von *Achates* wohl ebenso angetan war. Sein letztes Schiff war ein mächtiger 74er gewesen, und vielleicht bedauerte er schon seinen Entschluß, Bolithos Flaggkapitän zu werden.

Die Pferde fielen in Schritt, weil vor ihnen eine Schafherde die schmale Landstraße überquerte. Eine junge Frau, ihr Kind auf der Hüfte und den Mittagsimbiß für ihren Mann in einem Bündel in der anderen Hand, starrte die vorbeifahrende Kutsche an. Sie nickte Bolitho durchs Fenster zu und lächelte mit blitzenden Zähnen.

Bolithos Gedanken kehrten zu Belinda zurück und dem Kind, das sie erwartete. Würde es ein Sohn werden, der – getreu der Familientradition – einst an Deck eines Schiffes der neuen Generation stehen sollte? Oder eine Tochter, die heranwachsen und das Herz eines Mannes gewinnen würde – Garanten einer Zukunft, die er vielleicht nie erleben durfte? Belinda hatte er von seiner Mission nur wenig erzählt. Der Anlaß hätte sie vielleicht verbittert, wenn sie erst Zeit fand, darüber nachzudenken.

Dabei fiel ihm wieder der Gouverneur von San Felipe ein, der sein kleines Reich bald dem alten Feind übergeben mußte. Allday, der ihm gegenüber nun fest schlief, hatte über Sir Humphrey Rivers, Ritter des Bath-Ordens, einiges beisteuern können. Denn Allday sammelte und hortete Informationen über das Gehen und Kommen bei der Flotte wie eine Elster glitzernde Glasperlen.

Während der Amerikanischen Revolution hatte Rivers eine Fregatte namens *Crusader* befehligt, etwa zur gleichen Zeit, als Bolitho sein erstes Schiff bekam, die kleine Korvette *Sparrow*.

Rivers hatte französische Freibeuter gejagt, Prisen aller Art und Größen erbeutet und sich damit bald einen Namen gemacht. Doch vor der Chesapeake Bay hatte er in seinem Eifer, eine amerikanische Brigg zu stellen, die Gefahr unterschätzt und war mit seiner *Crusader* auf einer Untiefe gestrandet. Das Schiff wurde ein Totalverlust. Rivers war in Gefangenschaft geraten, aber nach dem Krieg an England ausgeliefert worden.

Es hieß, er hätte als Gefangener einflußreiche Freunde gewonnen; ebenso später, als er befördert wurde und ein Geschwader in Westindien befehligte. Er sollte viel Geld auf Londoner Banken haben und Grundbesitz in Jamaika. Das alles deutete nicht auf einen Charakter hin, der sich mit den Plänen von Whitehall leicht abfinden würde.

Bolitho verzog das Gesicht. Nicht einmal dann, wenn ihm diese Pläne von einem im Rang ebenbürtigen Offizier unterbreitet wurden.

Die Räder holperten durch tiefe Schlaglöcher, und Bolitho unterdrückte ein Aufstöhnen, als die Erschütterung wie eine glühende Kralle durch seine alte Schenkelwunde fuhr.

Vor ihrer Ehe hatte er deshalb an Hemmungen gelitten, aber Belinda hatte ihm auch hierbei geholfen. Gelegentlich zwang ihn der Schmerz zu einem leichten Hinken, und er hatte sich vor ihr wie ein Krüppel gefühlt.

Er wurde unruhig, als er an ihre nächtliche Berührung dachte, an die Wärme ihrer weichen Haut. Zärtliche Worte murmelnd, hatte sie sich über ihn gebeugt und die häßliche Narbe geküßt, die eine Musketenkugel und das Skalpell des Chirurgen hinterlassen hatten. Für sie war die Verletzung eher ein Grund zum Stolz als eine grausame Demütigung.

All das und mehr blieb nun mit jeder Umdrehung der Räder weiter hinter ihm zurück. Er fürchtete die Nacht, wenn die Kutsche für den ersten Pferdewechsel in Torbay halten würde. Nein, dann ging er doch lieber gleich an Bord und lief mit der ersten günstigen Tide aus, das ließ keine Zeit für Gram und Sehnsucht.

Wie dachte wohl Allday insgeheim darüber, daß es mit dem Landleben vorbei war und er wieder einer ungewissen Zukunft entgegenfuhr?

Die Flagge im Fockmast ... Allday schien ehrlich stolz darauf zu sein. Aber das würden Männer wie Admiral Sheaffe wohl nie begreifen.

II Der neue Bolitho

Kapitän Valentine Keen trat aus dem Schatten des Hüttendecks und schlenderte zu den Backwordwanten hinüber. Wohin er sah, war alles eifrig bei der Arbeit, auf dem Achterdeck, dem Batteriedeck und hoch oben in den Masten und Rahen.

Der wachhabende Offizier tippte grüßend an seinen Hut und schritt dann taktvoll zur anderen Decksseite hinüber. Wie alle an Bord bemühte er sich, einen stark beschäftigten Eindruck zu machen und sich vom Erscheinen des Kommandanten nicht über Gebühr ablenken zu lassen.

Keens Blicke wanderten über sein neues Schiff. Er hatte sich in seiner Gig schon rund um die *Achates* pullen lassen, hatte ihre Linien studiert und den Trimm, wie sie da so gelassen über ihrem schwarz-beige gestreiften Spiegelbild im Wasser ritt.

Seeklar. Es war die ureigenste Entscheidung des Kommandanten, ab wann dieser Zustand galt. Danach, wenn der Anker eingeschwungen und der Bug seewärts gerichtet war, gab es kein Zurück mehr.

Das Wetter war warm und feucht für Mai, und die schützenden Landzungen hüllten sich in leichten Dunst. Keen hoffte, daß trotzdem ein leichter Wind aufkommen würde. Denn Bolitho drängte bestimmt ungeduldig aufs Auslaufen, wollte dem Land den Rücken kehren, wenn auch aus anderen Gründen als Keen.

Er beschattete die Augen und spähte zum Fockmasttopp hinauf. *Achates* war noch nie unter Admiralsflagge gesegelt. Ob es das Schiff irgendwie verwandeln würde?

Keen trat zurück in den Schatten neben der Treppe zum Hüttendeck und beobachtete zufrieden das Treiben an Bord. Das Schiff machte einen guten Eindruck: solide, dauerhaft und in langen Jahren erprobt. Einige Offiziere hatten darauf schon als Kadetten gedient, und der harte Kern ihrer Unteroffiziere – sie bildeten das Rückgrat jedes Kriegsschiffes – gehörte seit Jahren zur Stammbesatzung.

Das Schiff strahlte Selbstvertrauen aus und den spürbaren Eifer, bald wieder in See zu stechen, bevor es das Schicksal so vieler anderer, stillgelegter Artgenossen teilen mußte. Keens altes Schiff, die *Nicator* mit 74 Kanonen, die sich vor Kopenhagen und später in der Biskaya ausgezeichnet hatte, war schon außer Dienst gestellt: überflüssig und unerwünscht geworden wie ihre Mannschaft, die sich so tapfer geschlagen hatte, als die Trommeln zur Schlacht riefen.

Achates' früherer Kommandant hatte sie sieben Jahre lang befehligt. Seltsam, daß er trotz dieser langen Zeit seinem Quartier keinen persönlichen Stempel aufgeprägt hatte. Vielleicht hatte er alles in die Mannschaft investiert. Die Leute machten einen zufriedenen Eindruck, auch wenn während der Überholung die übliche Zahl an Deserteuren zu verzeichnen gewesen war. Schließlich gab es Frauen, Kinder und Freundinnen an Land, die nach der langen Trennung fast nicht mehr wiederzuerkennen waren. Keen vermochte die Leute nur schwer dafür zu tadeln, daß einige dem Lockruf des Landes erlegen waren.

Mit einem Finger lockerte er sein Halstuch und beobachtete, wie ein Beiboot über das Schanzkleid geschwenkt und zu Wasser gelassen wurde. Wenn der Tag so warm blieb, mußten sie alle aussetzen und wässern, damit das Holz quoll und die Boote nicht undicht wurden.

Allmählich wurde sich Keen über seine Empfindungen klar. Er war froh, daß er auslaufen, mit Bolitho auslaufen konnte. Schon bei zwei Gelegenheiten hatte er auf anderen Schiffen unter ihm gedient, erst als Fähnrich, später als Dritter Offizier. Beide hatten sie geliebte Menschen verloren, aber während Bolitho nun geheiratet hatte, war Keen immer noch allein.

Er begann, über die Befehle nachzudenken, die ihm Bolitho vorab übersandt hatte.

Eine seltsame Mission. Einmalig und ungewöhnlich.

Sein Blick streifte die schwarze Reihe der Achtzehnpfünder an Steuerbord, deren Rohre wie vor einer Schlacht ausgefahren waren, damit die Segelmacher möglichst viel freie Decksfläche für ihre Arbeit bekamen.

Ob Krieg oder Frieden, ein Schiff mußte immer funktionstüchtig sein. Keen hatte auch zwischen den Kriegen unter Bolitho gedient und erfahren müssen, daß nur Toren einem unterzeichneten Friedensvertrag blind vertrauten.

Da hörte er Schritte im Niedergang und sah Leutnant Adam Pascoe an Deck kommen.

Immer wieder von neuem überrascht, stellte Keen fest, daß Pascoe Bolitho ähnelte wie ein jüngerer Bruder. Das gleiche schwarze Haar, auch wenn Pascoe es nach der neuen Marinemode kurzgeschnitten trug, nicht in einem Nackenzopf. Die gleiche Rastlosigkeit: eben noch ernst und in sich gekehrt, und gleich darauf voll jugendlichem Feuer. Kein Wunder mit 21 Jahren, dachte Keen. Trotzdem – ohne einen Krieg, der seinen Zoll an Menschenleben und Schiffen forderte, konnte Pascoe nur mit viel Glück auf Beförderung oder ein eigenes Kommando hoffen.

Er begrüßte den Flaggleutnant. »Nun, Mr. Pascoe, fanden Sie in der Admiralskajüte alles zu Ihrer Zufriedenheit?«

Pascoe lächelte. »Aye, Sir. Wir haben vier der achteren Achtzehnpfünder abgebaut und durch Rohrattrappen ersetzt, damit er reichlich Platz findet.«

Keen warf einen Blick zum Hüttendeck hinauf. »Wie ich ihn kenne, wäre er auch mit zehn Schritten Auslauf zufrieden. Hauptsache, er kann irgendwo auf und ab marschieren, um sich beim Nachdenken Bewegung zu verschaffen.«

Scheinbar zusammenhanglos sagte Pascoe: »Ich sehe nicht ein, welchen Sinn unsere Mission hat, Sir. Wir haben gekämpft, bis der Feind eine Atempause brauchte, um sich zu erholen, und trotzdem hält es unsere Regierung für richtig, jetzt fast alle Besitzungen zurückzugeben, die wir den Franzosen abgerungen haben. Mit Ausnahme von Ceylon und Trinidad haben wir auf alles verzichtet und können uns nicht einmal dazu durchringen, Malta endgültig zu behalten. Jetzt geht auch San Felipe zum Teufel, und der Admiral muß diese schmutzige Arbeit sogar eigenhändig besorgen.«

Keen musterte den jungen Mann ernst. »Ein guter Rat, Mr. Pascoe.« Er sah Pascoe trotzig den Kopf heben, gewahrte das vertraute Aufbegehren in seinen Augen. Doch unbeirrt fuhr er fort: »In der Messe können Offiziere ihre privaten Ansichten frei diskutieren, vorausgesetzt, nichts davon kommt der Mannschaft zu Ohren. Aber das gilt nicht für den Kommandanten und den Flaggleutnant; wir müssen Zurückhaltung üben. Ich vermute, Ihr Wunsch, Ihrem Onkel zu dienen, war so stark, daß Sie diesen Posten eher um seinet- als um Ihretwillen übernommen haben?«

Keen sah an Pascoes Gesicht, daß er ins Schwarze getroffen hatte. Er setzte hinzu: »Der Auftrag eines Marineoffiziers unterscheidet sich gründlich von dem eines Adjutanten. Sie müssen diskret sein, sogar vorsichtig, denn es wird immer Zuhörer geben, die sich Ihr Vertrauen erschleichen wollen.« Er zögerte, sprach dann aber weiter, weil er es für wichtig hielt. »Manche könnten Ihrem Onkel übelwollen. Fällen Sie deshalb kein Urteil in Dingen, die Sie nicht ändern können. Andernfalls wäre es besser für Sie beide, wenn Sie sich umgehend an Land bringen ließen und den Hafenadmiral von Spithead um Ihre Versetzung bäten.«

Wieder lächelte Pascoe: »Ich danke Ihnen, Sir. Das habe ich verdient. Aber ich würde meinen Onkel niemals im Stich lassen, weder jetzt noch in Zukunft. Er bedeutet mir viel.«

Keen nahm den ungewöhnlichen Gefühlsausbruch des jungen Leutnants gelassen auf. Pascoes Geschichte war ihm größtenteils bekannt: unehelich geboren, war er der Sohn von Bolithos totem Bruder Hugh, einem Abtrünnigen und Verräter, der sich auf die Seite der amerikanischen Rebellen geschlagen und einen feindlichen Freibeuter befehligt hatte – mindestens ebenso kühn wie John Paul Jones. Für Bolitho mußte das eine große Belastung sein, und auch für diesen jungen Offizier, den seine sterbende Mutter ausgeschickt hatte, seinen einzigen Onkel zu suchen, als letzte Hoffnung auf eine bessere Zukunft.

Leise sagte Keen: »Ich verstehe schon. Vielleicht besser, als Sie glauben.«

Der Midshipman* der Wache hastete quer übers Deck auf sie zu und grüßte nervös. Keen erinnerte sich, daß auch er neu angemustert hatte. »Sir, da legt ein Boot von der Werft ab«, stammelte der Junge.

Keen spähte durch das Gitter der Webeleinen.

Ein werfteigenes Boot pullte bereits auf den verankerten Zweidecker zu. Keen sah Sonnenlicht von Goldepauletten und Zweispitz reflektieren und wurde von Panik gepackt. Typisch Bolitho, daß er es nicht abwarten konnte, bis ihn sein eigenes Boot abholen kam. Also hatte er es eilig, den Auftrag anzupacken, ob der ihm nun behagte oder nicht.

Mit unbewegtem Gesicht sagte er zu dem Jungen: »Empfehlung an den Offizier der Wache, Mr. – äh...«

»Puxley, Sir.«

»Also, Mr. Puxley, pfeifen Sie die Ehrenwache an die Pforte.« Er packte den Jungen, der zur Achterdecksleiter rennen wollte, und fügte hinzu: »Gehen, Mr. Puxley, nicht rennen!«

Pascoe wandte sich ab, um ein Grinsen zu verbergen. Genau das hatte Bolitho wahrscheinlich zu Keen gesagt, als dieser noch ein kleiner Kadett gewesen war. Er selbst hatte es oft genug zu hören bekommen.

Als die Bootsmannsgehilfen durch die Decks eilten und ihre Pfeifen zwitschern ließen, stapften die Marinesoldaten zur Eingangspforte; ihre roten Uniformröcke mit den gekreuzten weißen Brustriemen leuchteten bunt aus dem Gewühl der Matrosen.

Keen winkte den wachhabenden Offizier heran und sagte unwirsch: »Vielleicht, Mr. Mountsteven, machen Sie sich künftig die Mühe, rechtzeitig nach Ihren Vorgesetzten Ausschau zu halten.«

* Seekadett oder Fähnrich zur See

Pascoe drückte den Hut fester auf sein rebellisches Haar. Auch das hätte Bolitho genauso gesagt.

Keen schritt zur Pforte und blickte dem Boot entgegen. Im Heck konnte er Bolitho sitzen sehen, den alten Säbel zwischen den Knien. Wenn er ohne die ehrwürdige Familienwaffe an Bord gekommen wäre, hätte Keen das als Sakrileg empfunden.

Und da war auch Allday; vierschrötig und wachsam, musterte er die Bootscrew mit angewidertem Blick. Wie hatte der Ehrenwerte Oliver Browne, Pascoes Vorgänger, ihr altes Geschwader bezeichnet? Als ›happy few‹, eine kleine Schar Auserwählter. Klein war die Schar gewiß geworden. Keen sah zu der großen roten Nationalflagge am Heck zurück, die nur hin und wieder auswehte. Aber die wenigen waren genug.

Auch der Erste Offizier der *Achates,* ein hochgewachsener, breitgesichtiger Mann von der Insel Man, beobachtete das Boot. »Alles klar zum Empfang, Sir«, sagte er.

»Danke, Mr. Quantock.«

Keen hatte sich in seinen ersten Wochen an Bord, während das Schiff überholt wurde, mit Vorsicht durch die Listen, Stammrollen und Logbücher gearbeitet. Zwar unterstand nicht zum erstenmal ein Schiff seinem Befehl, aber für diese Mannschaft war er ein unbeschriebenes Blatt. Ehe er sich nicht ihre Achtung errungen hatte, setzte er nichts als selbstverständlich voraus.

Der Erste Offizier sah kurz nach vorn zum Signalfähnrich am Fuß des Fockmasts und sagte leise, wie zu sich selbst: »Ich wette, das alte Käthchen hat nie damit gerechnet, noch einmal Flaggschiff zu werden.«

Keen mußte lächeln. Da hatte er etwas Neues erfahren. Das alte Käthchen? Ein Schiff, dem seine Leute einen solchen Kosenamen gaben, mußte ein gutes Schiff sein.

Das Boot machte an den Großrüsten fest, und Hauptmann Dewar von den Royal Marines* zog seinen Säbel. Wie stets ging Keen das leise, metallische Zischen unter die Haut. Es weckte Erinnerungen, war ein Akkord im Vorspiel zur Schlacht.

Noch einmal musterte der Kommandant sein Schiff. Alle Frei-

* Seesoldaten, Marine-Infanterie

wächter waren vom Schanzkleid zurückgewichen, und selbst die Toppgasten, die oben in den Rahen arbeiteten, hielten inne und starrten zur Pforte hinunter.

Die kleinen Trommelbuben der Marine-Infanterie hoben ihre Schlagstöcke, die Bootsmannsgehilfen befeuchteten die Lippen für ihre Signalpfeifen.

Ebenso stolz wie nervös trat Keen nach vorn; das Ganze war unwichtig – und doch entscheidend.

Bolithos Zweispitz erschien oberhalb der geschrubbten Gräting, die Pfeifen schrillten und zwitscherten, und Hauptmann Deward bellte: »Royal Marines – präsentiert das Gewehr!«

Beim letzten Wort, als die weißen Tonwölkchen von den hochgerissenen Musketenriemen aufstiegen, intonierten die Querpfeifen die alte Weise vom *Heart of Oak,* dem Herz aus Eiche.

Bolitho lüpfte grüßend den Hut zur Flagge am Heck, dann lächelte er Keen an.

Gemeinsam machten sie Front nach vorn, wo die Admiralsflagge schneidig zum Fockmasttopp aufstieg und auswehte.

Bolitho und Keen tauschten einen Händedruck. »Das Schiff macht Ihnen alle Ehre«, sagte der Vizeadmiral.

»Unsere Ehre sind Sie, Sir«, erwiderte Keen.

Bolitho musterte die starren Mienen der Seesoldaten, die nervösen, wachsamen Kadetten. Mit der Zeit würde er sie kennenlernen, so wie sie ihn. Er stand wieder an Deck eines Schiffes, und der grüne Schatten jenseits der Bucht, das Land, war nur noch eine Erinnerung.

Bolitho zupfte an seinem feuchten Hemd, dann setzte er abermals seine Unterschrift unter einen der vielen Briefe, die Yovell, sein pummeliger Sekretär, säuberlich aufgesetzt hatte.

Er sah sich in der geräumigen Achterkajüte um, die viel größer war, als er in einem Schiff von dreizehnhundert Tonnen erwartet hätte.

Ozzard, sein schmächtiger Steward, schenkte ihm frischen Kaffee nach und huschte wieder davon, nach nebenan in seine Pantry. Falls er es bedauerte, die Sicherheit des Herrenhauses in Falmouth verlassen zu müssen, ließ er es sich jedenfalls nicht anmerken. Ozzard war ein Sonderling und ursprünglich Gehilfe in einer Anwaltskanzlei gewesen, ehe er das gefährliche Leben bei der Kriegsmarine gewählt hatte – nicht ganz freiwillig, wie manche behaupteten. Aber mochte er auch knapp dem Kerker entronnen sein, für Bolitho war er Gold wert.

Dann wandte sich Bolitho zu Keen um, der an den offenen Heckfenstern stand; sein gutes Aussehen und geschliffenes Benehmen täuschten leicht darüber hinweg, daß er ein erfahrener, tüchtiger Marineoffizier war.

»Also, Val, was halten Sie davon?«

Keen drehte sich um, doch sein Gesicht blieb im Schatten.

»Ich habe die Seekarte studiert und bin mir jetzt darüber klar, welche Bedeutung die Insel San Felipe während des Krieges hatte. Wer sie besitzt, ist fast unangreifbar.« Er zuckte die Schultern. »Eine weite Bucht schützt die Festung, die von ihrem erhöhten Standort alle Zufahrten beherrscht, nötigenfalls auch die Stadt selbst. Mir ist unbegreiflich, warum wir sie den Franzosen zurückgeben.« Dann dachte er an Pascoe und fügte hinzu: »Aber ich nehme an, Ihre Lordschaften sind besser informiert als ich.«

Bolitho schmunzelte. »Darauf würde ich mich nicht verlassen, Val.«

Der Kaffee schmeckte gut. Bolitho fühlte sich nach seiner ersten Nacht an Bord überraschend frisch und ausgeruht. Die Reise mit der Kutsche war anstrengend gewesen, und die vielen Aufenthalte in Landgasthäusern oder zum Pferdewechsel hatten ihm zu viel Zeit gelassen, an Belinda zu denken und sie zu vermissen.

Jetzt stellte das Schiff seine Ansprüche, und das belebte ihn. Den Geruch nach frischer Farbe und Pech, nach Hanf und den fünfhundert Offizieren, Matrosen und Soldaten auf engem Raum konnte er nicht ignorieren; er wollte es auch gar nicht.

Mit *Achates* schien er Glück gehabt zu haben; jede neue Information verstärkte seine Gewißheit, daß sie keinen Vergleich zu scheuen hatte. Vielleicht war Admiral Sheaffes Wahl doch richtig gewesen: ein kleiner 64er statt eines bombastischen Geschwaders, das Amerikaner ebenso wie Franzosen möglicherweise nur eingeschüchtert hätte.

Bolitho sagte zu Keen: »Ich habe Kapitän Duncan in Plymouth schon benachrichtigen lassen. Er läuft mit seiner *Sparrowhawk* umgehend nach San Felipe aus, auf dem direkten Weg.«

Wie gut konnte er sich Duncans rotes, gegerbtes Gesicht vorstellen, wenn er seine Order las! Auch er mußte froh sein, mit seiner Fregatte in See gehen zu können, bevor sie ihm unter den Füßen weg eingemottet wurde. Duncan hatte ebenso wie Keen zu seinem alten Geschwader gehört. Die beiden waren wie verlängerte Arme für ihn.

Aber an eines konnte er sich nur schwer gewöhnen: daß er nicht mehr auf die schriftlichen Befehle seines vorgesetzten Flaggoffiziers zu warten brauchte. Über die Ungewißheit seiner Rolle oder die Unfairness seiner Aufgabe mußte er sich nicht mehr grämen. Jetzt lag die Entscheidung allein bei ihm, wann und wie zu handeln war. Und mit der Entscheidung auch die volle Verantwortung.

Er fügte hinzu: »Duncans Anwesenheit könnte den Schock der Bewohner von San Felipe etwas mildern. Ich bezweifle, daß der Gouverneur derselben Meinung ist wie das Parlament.«

Ozzard kam herbeigetrippelt und wartete, bis Bolitho ihn zur Kenntnis nahm. Er erinnerte an einen eifrigen Maulwurf, wie er so seine Hände vor der Brust baumeln ließ.

»Bitte um Entschuldigung, Captain«, sagte er zu Keen, »doch der Erste Offizier läßt sich empfehlen und Ihnen melden, daß der Wind umgesprungen, aber immer noch sehr leicht ist.«

Keen grinste zu Bolitho hinüber. »Ich habe ihm gesagt, er soll mich gleich verständigen. Es ist nur ein Hauch, aber wenigstens können wir jetzt den Anker ausbrechen. Mit Ihrer Erlaubnis, Sir?«

Bolitho nickte, von der Erregung angesteckt. »Yovell, bringen Sie meine Depeschen zum Werftboot, das längsseits liegt.«

Er sah den Sekretär seinen letzten Brief an Belinda mit besonderer Sorgfalt davontragen. Den würde sie lesen, wenn die *Achates* den Lizard* passierte, unterwegs zu den langen Rollern des Atlantik.

Durch das offene Skylight konnte er Keens Stimme hören, das Trillern der Bootsmannspfeifen und das Klatschen nackter Füße auf trockenen Planken; die Seeleute hasteten auf Stationen.

Bolitho zwang sich, weiter ruhig sitzen zu bleiben und Kaffee zu schlürfen. Keen hatte genug am Hals, wenn er das für ihn neue

* Kap Lizard, südlichster Punkt Englands

Schiff zum erstenmal in Fahrt brachte, weg vom bedrohlichen Land. Dabei konnte er keinen Admiral brauchen, der ihm über die Schulter sah.

Wie oft hatte er selbst an der Querreling des Hüttendecks gestanden, voll Hoffnung und mit erregt klopfendem Herzen, während er sich den Kopf zermarterte, ob er nicht etwas vergessen hatte, für das es jetzt ohnehin zu spät war.

Taljen knarrten, Tauwerk quietschte in unzähligen Blöcken, und ganz schwach, scheinbar von weither, hörte Bolitho die Fiedel wimmern, auf der ein Shantyman den arbeitenden Matrosen den Takt angab.

Keuchend kam Yovell zurück. »Alle Depeschen unterwegs zur Küste, Sir«, meldete er mit seinem weichen Devon-Akzent.

Auch Keen trat wieder ein, den Hut unter den Arm geklemmt.

»Anker ist kurzstag, Sir. Würden Sie mir vielleicht an Deck Gesellschaft leisten? Es täte den Leuten gut, Sie jetzt in ihrer Mitte zu sehen.«

Bolitho dankte ihm lächelnd, und dann fiel Keens Blick auf Pascoe.

»Eines verstehe ich nicht, Sir. Gerade eben wurde durch Kurier dieser Brief für den Flaggleutnant gebracht. Er kam gerade noch rechtzeitig.«

Auch Bolitho sah jetzt seinen Neffen an. Der Augenblick war da, den er bisher aufgeschoben hatte, aber sie mußten die leichte Brise zum Auslaufen nutzen. Er merkte, daß Yovell ihn anstrahlte, und begann sich plötzlich zu fragen, ob er das Richtige tat.

Zu Keen sagte er: »Ich komme gleich an Deck, Kapitän Keen.«

Dann nahm er den versiegelten Brief zur Hand und vergewisserte sich, daß es der richtige war. Ein Griff nach seinem Hut, den Ozzard ihm hinhielt, und er schritt mit Keen zur Tür.

»Wahrscheinlich ein dummes Versehen, Sir«, meinte Keen.

Doch im Vorbeigehen drückte Bolitho seinem Neffen den Brief in die Hand. »Ich bin oben, wenn du mich brauchst«, sagte er dabei.

Verwirrt begleitete Keen seinen Vizeadmiral aus dem Schatten des Hüttendecks hinaus und an dem großen Doppelrad vorbei, wo die Rudergänger und der Steuermannsmaat gespannt darauf warteten, daß der Anker ausbrach.

Überall wimmelte es von Matrosen und Soldaten. Die Toppgasten waren längst aufgeentert und hingen wie Affen auf den oberen Rahen, um die lose aufgegeiten Segel fallen zu lassen. Alle Brassen waren bemannt, und die Decksoffiziere und Maaten beobachteten ihre Abteilungen mit Argusaugen, während das Ankerspill klickte, begleitet vom Wimmern der Fiedel. Der Admiralsflagge im Fockmast war sich auch der letzte Mann bewußt.

Allday stand neben einem der Zwölfpfünder auf dem Achterdeck, als ihm plötzlich auffiel, daß Ozzard vergessen hatte, Bolitho den alten Familiensäbel umzuschnallen. Mit einem lautlosen Fluch rannte er davon und stürzte an dem verblüfften Wachtposten vorbei in die Heckkajüte.

Doch er erstarrte, als er Pascoe mitten im Raum stehen sah, ein geöffnetes Schriftstück wie vergessen in der herabhängenden Hand.

Wie Yovell, der fast alle Briefe für den Vizeadmiral schrieb, wußte auch Allday, was in dem Schriftstück stand. Es hatte ihn tief bewegt, daß er zu den wenigen Eingeweihten gehörte.

»Alles in Ordnung, Sir?« fragte er.

Als sich der junge Leutnant ihm zuwandte, gewahrte Allday mit Schrecken, daß seine Wangen tränennaß waren.

»Nicht doch, Sir! Er wollte Ihnen eine Freude machen!«

»Eine Freude?« So geistesabwesend, als begreife er die Welt nicht mehr, machte Pascoe ein paar Schritte zur Wand und zurück. »Und Sie wußten davon, Allday?«

»Aye, Sir. Gewissermaßen.«

Allday war in seinem Leben weit herumgekommen, und Bolitho hatte schon öfter erklärt, daß er es mit einer ordentlichen Erziehung zu sehr viel mehr gebracht hätte als bis zum Seemann. Aber er mußte gar nicht lesen können, um zu verstehen, warum Kapitän Keen über den Titel auf dem Umschlag so erstaunt gewesen war.

Der Brief war adressiert an: ›Seine Hochwohlgeboren Adam Bolitho, Flaggleutnant auf Seiner Britannischen Majestät Kriegsschiff *Achates*.‹

Mit schwimmenden Augen starrte Adam den Inhalt an, ohne weiterlesen zu können. Die schweren Wachssiegel des Anwalts, das Erbrecht auf Bolithos Besitztum in Falmouth, mehr sah er nicht.

Allday führte ihn zu der Polsterbank unter den Heckfenstern.

»Ich hole Ihnen etwas zu trinken, Sir. Und dann bringen wir ihm gemeinsam seinen alten Säbel.« Er sah Adam nicken und setzte leise hinzu: »Schließlich sind Sie jetzt ein echter Bolitho. Genau wie er.«

Wie aus einer anderen Welt klang der Ruf zu ihnen herab: »Anker ist frei, Sir!«

Das Getrappel zahlloser Füße und das rauhe Geschrei der Decksoffiziere schienen von weit her zu kommen.

Allday goß Brandy in ein Glas und brachte es dem Leutnant, den er kannte, seit er mit vierzehn Jahren als Kadett auf Bolithos alter *Hyperion* angemustert hatte.

»Hier bitte, Sir.«

Adam faßte sich allmählich. »Sie wollen wissen, ob ich mich freue«, sagte er leise. »Meine Empfindungen lassen sich nicht in Worte fassen. Er mußte doch nicht...«

Allday hätte gern ebenfalls einen Schluck getrunken. »Aber es war sein Wunsch. Schon lange.«

Das Deck unter ihren Füßen krängte leicht, als das Schiff unter Mars- und Vorsegeln in der schwachen Brise Fahrt aufnahm.

Allday hob den abgewetzten alten Säbel von seinen Haken an der Wand und betrachtete ihn. Beim letzten Mal hätten sie ihn beinahe für immer verloren. Eines Tages würde er also diesem jungen Mann gehören, dem Ebenbild des anderen oben an Deck.

Leutnant Adam Bolitho wischte sich die Augen mit der Manschette trocken. »Dann wollen wir mal, Allday.« Aber ganz hatte er sich noch nicht wieder gefangen. Er ergriff den Bootsmann am Arm und murmelte: »Bin ich froh, daß Sie eben hier waren.«

Grinsend folgte ihm Allday aus der Kajüte.

Der junge Spund freute sich also wirklich, dachte er. Das mochte er ihm auch geraten haben. Anderenfalls hätte er ihn trotz seines Offiziersranges übers Knie gelegt und versohlt.

Adam trat in den Sonnenschein hinaus. Er sah nicht die erstaunten Blicke, die ihm folgten, hörte auch nicht den unterdrückten Fluch eines vorbeihastenden Matrosen, der fast mit seinem Flaggleutnant zusammengestoßen wäre. Er nahm Allday den Säbel aus der Hand und schnallte das Gehenk um Bolithos Mitte.

Bolitho sah ihm dabei zu. »Danke, Adam«, sagte er mit Wärme.

Der Leutnant nickte und suchte nach Worten, aber Bolitho nahm seinen Arm und führte ihn beiseite, wandte sich mit ihm der welligen Küstenlinie zu, die querab vorbeizog und zurückblieb, während das Schiff in tieferes Wasser glitt.

»Später, Adam. Wir haben noch viel Zeit.«

Der Erste Offizier hob sein Sprachrohr und spähte durch das Gewirr der Takelage nach oben. »Los Bramsegel!«

Er warf einen Blick zu der Gruppe, die in Luv stand: der noch jugendliche Vizeadmiral mit seinem Adjutanten; er wollte wohl sehen, ob das Schiff gut genug für ihn war.

Allday war der Blick nicht entgangen. Ein Grinsen unterdrükkend, dachte er: Junge, du hast noch eine Menge zu lernen. Du weißt gar nicht, wieviel.

III Das Schiff ohne Namen

Die ganze erste Woche nach ihrem Auslaufen hatte *Achates* mit schwachen und umspringenden Winden zu kämpfen. Kaum eine Stunde verging, ohne daß die Segel neu getrimmt werden mußten, damit sie Ruder im Schiff behielten und beim Kreuzen nicht auf den alten Kurs zurückgedrückt wurden.

Die nervtötende Eintönigkeit wirkte sich auf die Stimmung an Bord aus. Nach dem Zeitdruck und der Aufregung des Aufbruchs führte die plötzliche Untätigkeit des öfteren dazu, daß Aufsässigkeit und Streitsucht mit Auspeitschungen an der Gräting geahndet werden mußten.

Bei einem solchen Strafvollzug hatte Bolitho Keens Miene genau beobachtet. Manche Kommandanten hätten sich davon nicht weiter erschüttern lassen, schließlich gehörte auch das zur Bordroutine; aber Keen war da anders. Bezeichnenderweise kam Bolitho gar nicht auf den Gedanken, daß er Keen auch darin in langen Dienstjahren selbst geprägt hatte.

»Das Schlimmste daran ist«, hatte Keen bemerkt, »daß ich die Gefühle der Delinquenten verstehen kann. Manche haben nicht ein einziges Mal den Fuß an Land gesetzt, seit sie aus Westindien zurückgekehrt sind. Und jetzt müssen sie wieder hinaus. Sie sind dankbar dafür, daß ihnen Armut und Arbeitslosigkeit erspart bleiben, aber es empört sie, daß sie nicht besser behandelt werden als Gepreßte.«

Erst zu Beginn der zweiten Woche frischte der Wind aus Nordwest auf und erweckte das Schiff endlich wieder zum Leben; immer höher wuchsen die beiden Gischtschwingen unter der verwitterten Galionsfigur.

Die Ausguckposten in den Masttopps hatten bisher nur selten Segel an der verschleierten Kimm gesichtet, und auch diese Unbekannten waren stets schnell über Stag gegangen und verschwunden. Heimkehrende Schiffe, die seit Monaten ohne Informationen über die Vorgänge in Europa waren, gingen kein Risiko ein, wenn ihnen ein Kriegsschiff begegnete. Veilleicht war inzwischen ein neuer Krieg ausgebrochen? Immer noch mochten manche Kapitäne nicht wissen, daß längst ein Waffenstillstandsabkommen unterzeichnet worden war.

Die See schien *Achates* ganz allein zu gehören. Keen nahm die Gelegenheit wahr, seine Leute zu testen und ihnen seine Ansprüche klar zu machen. Segel- und Artilleriedrill lösten einander ab. dazwischen folgten Schießübungen für die Marine-Infanterie, und immer wieder wurden erfahrene Offiziere und Maaten dabei durch frisch angeheuerte Kameraden ersetzt. Keen verschaffte sich wohl Respekt, wurde aber bei Beginn jedes neuen Exerzierens herzhaft verflucht.

Aber Bolitho wußte aus eigener bitterer Erfahrung, daß unter den beengten Verhältnissen an Bord nichts so schnell in Meuterei umschlug wie Langeweile.

Er saß gerade beim Frühstück – Brot und dünne Scheiben fettes Schweinefleisch –, als Keen sich bei ihm melden ließ.

Bolitho bat ihn, Platz zu nehmen. »Kaffee, Val?«

Keen setzte sich.

»Ich glaube, wir werden heimlich von einem fremden Schiff verfolgt, Sir.«

Bolitho ließ Gabel und Messer sinken. Keen war nicht der Typ, der zu Übertreibung oder Phantasie neigte.

»Wie das?«

»Vor zwei Tagen sichtete mein bester Ausguckposten ein Segel, ziemlich weit in Luv. Zunächst maß ich dem nicht viel Bedeutung bei. Es konnte ein Handelsschiff sein, auf demselben Kurs wie wir.«

Er spürte Bolithos Neugier und fügte erläuternd hinzu: »Ich wollte niemanden unnötig beunruhigen. Aber Sie werden sich erinnern, daß wir gestern beigedreht lagen, während wir mit den Steuerbord-Zwölfpfündern ein Übungsschießen auf Treibholz veranstalteten. Währenddessen blieb das fremde Segel die ganze Zeit an der Kimm. In dem Augenblick, als wir wieder Fahrt aufnahmen, folgte es uns, allerdings in weitem Abstand.« Er wartete vergeblich auf Bolithos Kommentar und sagte deshalb abschließend: »Es ist immer noch da.«

Die Tür ging auf, Adam trat mit einer Seekarte unter dem Arm herein.

Bolitho begrüßte ihn lächelnd. Seit dem Tag des Ankerlichtens vor der Beaulieu-Mündung hatten sie nur wenige Worte über seine Adoption gewechselt. Aber sie waren sich irgendwie nähergekommen, auch ohne große Aussprache.

Er erinnerte sich, wie Belinda ihn zu diesem Schritt gedrängt und ermutigt hatte. Sie wußte seit den Tagen ihrer ersten Liebe, was Bolitho für seinen Neffen empfand, was sie gemeinsam durchgemacht hatten. Fast hörte er noch ihre Worte: »Wenn unser Kind geboren ist, dann soll Adam sich nicht zurückgesetzt oder benachteiligt fühlen. Tu' es um Adams, aber auch um meinetwillen.«

»Hast du das fremde Schiff gesehen, Adam?« fragte er.

»Aye, Sir. Ich bin beim ersten Tageslicht aufgeentert. Es scheint sich um eine Fregatte zu handeln. Ich hatte das große Signalteleskop mit hinaufgenommen, obwohl es sehr dunstig war. Das Rigg läßt auf ein großes Kriegsschiff fünfter Klasse schließen. Für einen Indienfahrer oder ein anderes westwärts segelndes Handelsschiff ist er zu schnell.«

Keen orakelte: »Wenn er weiter so hoch am Wind bleibt, kann ich nie zu ihm aufkreuzen.«

Bolitho schüttelte den Kopf. »Aber damit verliert er kostbare Zeit.«

Trotzdem beunruhigte ihn die Nachricht. Falls es sich um ein

Kriegsschiff handelte, dann verkörperte es eine Drohung, ganz gleich, wie sein Auftrag lautete. Was mochte seine Absicht sein? Und welches seine Nationalität?

Die Mission der *Achates* galt als geheim, aber Bolitho kannte die Kriegsmarine und vor allem die Männer, die in ihr dienten. Adams neuer Name hatte Keen zwar überrascht, aber danach hatte sich die Neuigkeit in Sekundenschnelle im ganzen Schiff verbreitet. Eine so wichtige Information wie die über die San-Felipe-Mission konnte sich binnen kurzem in der Werft, in der Stadt, ja sogar bis jenseits des Kanals herumgesprochen haben.

»Halten Sie mich auf dem laufenden. Bei einer für uns günstigen Änderung der Windrichtung rücken wir ihm auf den Pelz. Andernfalls...« Er zuckte die Schultern. »Wir müssen eben abwarten, bis er seine Karten aufdeckt.«

Später machte Bolitho seinen gewohnten Spaziergang auf der Luvseite des Achterdecks und merkte, daß er schon wieder an die Einwohner von San Felipe dachte, während er auf- und abging. Würden sie ihre neue Nationalität hinnehmen? Und dann fiel ihm das fremde Schiff ein, das der *Achates* folgte wie ein Jäger auf der Pirsch. Wahrscheinlich ein Franzose, der sicherstellen sollte, daß die französischen Interessen gewahrt wurden, notfalls mit Waffengewalt.

Auf und ab marschierte Bolitho, wobei seine Füße wie von selbst Augbolzen und Taljen mieden.

Unter den Wachgängern und Seesoldaten waren ihm manche Gesichter schon vertraut. Engeren Kontakt verhinderte jedoch eine unsichtbare Trennwand, die Bolitho verabscheute. Keen dagegen konnte als Kommandant so oft mit seinen Leuten sprechen, wie es ihm behagte. Schon manches Mal hatte Bolitho zu seiner Flagge hinaufgestarrt und sie für die Einsamkeit, die sie ihm brachte, verwünscht.

Er blieb beim Kompaß stehen und warf einen Blick darauf, obwohl er wußte, daß seit Tagen derselbe Kurs anlag. Er merkte, daß die Rudergänger seinem Blick auswichen, und daß Segelmeister* Knocker sich plötzlich ganz in den Bericht eines Kadetten vertiefte.

Hallowes, der Vierte Offizier, war Wachführer, und selbst er

* Sailing master: für die Navigation verantwortlicher Decks(Unter)offizier

beugte sich mit betonter Konzentration über die Querreling und beobachtete das Exerzieren mit den Achtzehnpfündern.

Ein Bootsmannsgehilfe schlenderte das Seitendeck in Lee heran; irgend etwas an ihm erregte Bolithos Aufmerksamkeit, so daß er ihn schärfer ins Auge faßte.

Der Mann zögerte, schluckte krampfhaft und kam dann weiter auf ihn zu.

Bolitho sprach ihn an. »Kenne ich Sie nicht?« Und dann blitzte der Name plötzlich in seinem Gedächtnis auf. »Sie heißen Christy, nicht wahr?«

Mit einem breiten Grinsen nickte der Mann. »Aye, Sir, das stimmt. Ich war Großtoppgast auf der alten *Lysander.* Wir haben zusammen vor Abukir gekämpft, Sir.«

»Ich erinnere mich. Wir hätten Sie damals beinahe verloren, als uns die Großmaststenge weggeschossen wurde.« Bolitho nickte, ganz in seine Erinnerungen vertieft.

»War ein heißer Kampf, Sir«, sagte der Seemann. »Der schlimmste Tag meines Lebens.«

Bolitho entließ ihn lächelnd und nahm seinen Spaziergang wieder auf. Kopfschüttelnd hastete Christy weiter. Nach so langer Zeit erinnerte sich der Admiral noch an ihn, an ihn unter Hunderten von Männern.

Quantock, der Erste Offizier, der mit Bootsmann Rooke und dem Schiffszimmermann Grace seine morgendliche Ronde ging, blieb stehen und winkte Christy heran.

»Hat sich wohl an dich erinnert, der Admiral, wie?«

Grüßend tippte Christy an seine Stirn. »Aye, Sir, er wußte noch meinen Namen!«

»Also, dann steh nicht rum wie ein Mondkalb, sondern geh an deine Arbeit!«

Christy verzog sich nach achtern. Warum war der Erste so schlechter Laune?

Quantock hakte eine Liste ab, wie jeder gute Erste unaufhörlich mit seiner Bestandsaufnahme beschäftigt. Das Schiff war zwar überholt worden, aber trotzdem türmte sich die Arbeit wie ein Berg vor ihm auf: Segel mußten erneuert oder geflickt werden, Boote mußten repariert, Pumpen und Flaschenzüge gewartet werden.

Quantock ärgerte sich über sich selbst. Christy war ein guter

Seemann und ein Freiwilliger dazu. Weshalb war diese plötzliche Feindseligkeit in ihm aufgeflammt?

Heimlich sah Quantock nach Luv hinüber, wo der Vizeadmiral immer noch auf und ab ging. Und überhaupt, was war denn an dem Mann so besonders?

Der Bootsmann, ein Riese mit gefurchtem und zernarbtem Gesicht, wartete geduldig, daß sein Vorgesetzter mit der Morgenronde weitermachte. Christy gehörte zu seinen Gehilfen, und der unprovozierte Anraunzer des Ersten hatte ihn geärgert. Doch Rooke – oder Big Harry, wie man ihn respektvoll nannte – erriet den Grund für Quantocks schlechte Laune. Er war ein guter Erster Offizier, aber nur, wenn man es vom Standpunkt des Kommandanten sah. Zu den Leuten war er scharf, und in Disziplinfragen ließ er nicht mit sich reden.

Kapitän Glazebrook, der nach langen Wochen im Fieber gestorben war, hatte wegen seiner Krankheit die Übersicht verloren. Quantock war wahrscheinlich nun der Meinung, daß ihm eine Beförderung gebühre, am besten gleich der Befehl über *Achates*. Rooke, der den Ersten nicht leiden konnte, verabscheute den Gedanken, daß dieser an Bord das Kommando haben könnte, wie eine Gotteslästerung.

Quantocks scharfe Stimme schnitt in seine Überlegungen. »Standard, das ist am wichtigsten, ein hoher Standard. Ich werde nicht zulassen, daß die Schiffsführung durch Laxheit leidet.«

Rooke sah den neuen Kommandanten über Deck herankommen. Einen anderen Offizier hätte er wahrscheinlich gewarnt, aber Quantock verübelte er immer noch seine Unbeherrschtheit.

»Obendrein...«

»Mr. Quantock.« Keen wartete, bis der Erste zu ihm trat, damit sie von den Wachgängern nicht gehört werden konnten. »Ich bewundere Ihre Pflichttreue. Trotzdem wäre es mir lieber, wenn Sie Ihre Ansichten in Zukunft mir gegenüber äußern würden und nicht vor der ganzen Mannschaft!«

Bolitho hatte von der Poop aus das meiste mitbekommen und den Rest erraten. Machte es wirklich einen so großen Unterschied, daß sie unter Admiralsflagge segelten? Selbst Keen schien gereizt zu sein; vielleicht bedauerte er schon seine Beförderung, die ihn in eine Sackgasse geführt haben mochte.

Nein, daran lag es nicht, entschied Bolitho. Die Ungewißheit war schuld. Das Vakuum, das der Friede für die Marine bedeutete. Sie hatten sich zu sehr an den Kampf gewöhnt, rechneten ungeduldig damit, und sein Ausbleiben wirkte wie ein Dämpfer.

»An Deck! Segel in Luv voraus!«

Keen blickte nach oben und wandte sich dann mit fragender Miene zu Bolitho um. Ihr Verfolger blieb ihnen also weiter auf den Fersen, lauerte wie ein Attentäter knapp außer Sicht.

Vielleicht, dachte Bolitho, bekamen sie alle noch mehr Pulverrauch zu schmecken, als ihnen lieb war, obwohl die Unterschriften unter dem Friedensvertrag noch nicht lange getrocknet sein konnten. Mit neuer Zielstrebigkeit nahm er seinen Spaziergang wieder auf, als wolle er überschüssige Kraft verbrauchen.

Er machte sich Vorwürfe, daß seine Phantasie mit ihm durchgegangen war. Nicht die Mannschaft, er selbst gierte nach Abwechslung, nach einem Zwischenfall, der ihn davon ablenken konnte, daß erbarmungslos ein Tag nach dem anderen verstrich.

Achates würde immer noch Richtung Boston unterwegs sein, wenn Belindas schwere Stunde nahte. Er kam sich vor wie in einer Falle, so hilflos.

Dann fiel sein Blick auf Adam, der sich weiter vorn auf dem Batteriedeck mit dem jungen Marineleutnant Hawtayne unterhielt.

Ich bin auch nicht besser als Admiral Sheaffe, dachte Bolitho. Neidisch, aber nicht auf den Erfolg, sondern auf die Jugend.

Zum Glück hatte er Belinda, die zehn Jahre jünger war als er. Bloß daß er jetzt, da sie ihn brauchte, hier draußen festhing wie Prometheus an seinem Felsen.

›Warum gerade du?‹ Er konnte immer noch ihre Stimme in der Dunkelheit ihres Schlafzimmers hören. Ja, warum gerade er?

Er verhielt den Schritt und ließ seinen Körper mit den Bewegungen des Schiffes schwingen, das souverän durch den Schwell des Atlantiks ritt. Vielleicht war es eine Art Besessenheit bei ihm. Die Gefangenschaft in Frankreich, seine Flucht, die hohen Verluste der letzten Schlacht gegen Rémonds Geschwader waren zu viel gewesen und zu bald nach seiner schweren Verwundung gekommen.

Wie zum Hohn wühlte der alte Schmerz wieder in seinem Schenkel. Er versuchte, sich an Belindas Berührung zu erinnern, aber es gelang ihm nicht.

Er rief: »Kapitän Keen, wenn es dunkelt, löschen wir alle Lichter und gehen über Stag. Neuer Kurs Nordwest. Bis zum Morgen will ich dieses fremde Schiff in unserem Lee sehen, damit wir es stellen können.«

Schon öffnete Keen den Mund zum Protest, tippte dann aber gehorsam an den Hut. »Ich lasse jeden Fetzen Tuch setzen, Sir«, versprach er.

Bolitho verschwand im Schatten unter dem Hüttendeck und begab sich nach achtern in sein Quartier.

War sein Entschluß überhastet, vielleicht sogar kindisch? *Achates* segelte allein, und dennoch hing so viel von ihr ab wie von einem Geschwader oder sogar von einer ganzen Flotte. Seine Leute hatten sich diese Mission nicht ausgesucht. Keen, der verbitterte Erste Offizier Quantock, sogar der Bootsmannsgehilfe Christy, der über sein gutes Gedächtnis so gerührt gewesen war, sie alle konnten Besseres von ihrem Admiral erwarten.

Aber es gab einen entscheidenden Unterschied. In Keens Gedanken nahm das Schiff mit seiner Besatzung die erste Stelle ein, ihr Auftrag die zweite. Aber für Bolitho mußte die *Achates* ein Werkzeug sein, eine Waffe, um seinen Auftrag notfalls mit Gewalt durchzusetzen. Zum erstenmal wurde ihm die Tragweite seiner neuen Verantwortlichkeit klar, und diese Erkenntnis festigte ihn.

Allday stapfte in die Kajüte und hängte den alten Säbel an seinen Platz. Er putzte und polierte ihn gern, auch wenn das bei der alten Waffe nicht viel nützte; aber so hatte er wenigstens einen Vorwand, nach Belieben kommen und gehen zu dürfen.

Mit einem Seitenblick auf Bolitho, der mit windzerzaustem Haar auf der Bank unter den Heckfenstern saß, stellte er fest, daß der Vizeadmiral wieder die Ruhe selbst war. Der Sturm schien vorbeigezogen zu sein.

»Ich frage mich, Sir...«

Bolitho fuhr herum, er merkte erst jetzt, daß er nicht mehr allein war. »Was?«

»Na ja, Sir, ich meine, wenn Sie Gouverneur dieser Insel

wären, die wir jetzt den Musjös in den Schoß werfen, was würden Sie dann tun?«

Bolitho erhob sich und ging zum Weinkabinett hinüber, wo er zwei Gläser Brandy eingoß.

Eines reichte er dem erstaunten Allday und sagte: »Danke. Das ist genau der Punkt.« Der Brandy brannte auf seinen Lippen. »Was ich tun würde, Allday? Ich würde mich wehren, würde kämpfen. Und genau das wird er wahrscheinlich tun.«

Allday atmete auf. Er verstand zwar nicht ganz, was er mit seiner Frage bewirkt hatte, aber es erleichterte ihn, daß sich Bolithos Stirn glättete.

Bolitho sah ihn voll Zuneigung an. »Dir hätten sie einen Sitz im Parlament geben sollen, Allday.«

Allday stellte sein leeres Glas ab. In dieser Stimmung kannte er seinen Admiral noch nicht. »Dafür bin ich zu ehrlich, Sir.«

Lachend wandte sich Bolitho den Fenstern zu und studierte die Wirbel des Kielwassers, das *Achates* hinter sich herzog.

Nein, für San Felipe gab es keine einfache Lösung.

Vielleicht hatte Sheaffe deshalb einen Mann gebraucht, der nicht nur taktvoll, sondern vor allem tapfer war. Aber da mußte erst Allday kommen und ihn darauf stoßen.

»Alle Mann auf Stationen, Sir, Schiff klar zum Gefecht.«

Keens Stimme kam aus der Dunkelheit, Bolitho konnte die Gestalt des Kommandanten kaum von den anderen Männern an der Querreling unterscheiden.

Keens ständiges Exerzieren hatte bei der schon von ihrem alten Kommandanten gedrillten Mannschaft gute Früchte getragen, dachte Bolitho. Das Kommando »Alle Mann!« hatte die Leute früh alarmiert; sie hatten noch eine warme Mahlzeit bekommen, ehe sie alle Feuer löschten und das Schiff gefechtsklar machten.

Trotzdem gab es kaum Anzeichen für Nervosität oder Furcht vor drohender Gefahr. Es herrschte doch Friede, weshalb sollten sie sich also ängstigen?

»Das ging leise vonstatten«, lobte Bolitho.

Er schauderte kurz in dem kalten, feuchten Wind, der quer über Deck fauchte. Erst in einer Stunde würde die Sonne aufgehen und mit ihrer Wärme die Planken zum Dampfen und das Pech der Decksnähte zum Schmelzen bringen.

»Kurs West zu Nord liegt an, Sir.«

Bolitho nickte. Das war Segelmeister Knockers Stimme gewesen. An Ruder und Kompaß hatte er das Sagen, ein Mann, der nur selten lächelte, hager und hochgewachsen, mit dem asketischen Gesicht eines Mönchs. Aber seine Kursberechnungen und Standortbestimmungen waren so zuverlässig, wie sich Bolitho es nicht besser wünschen konnte.

Einige Stückmannschaften auf dem Batteriedeck flüsterten miteinander und stießen sich an. Ihnen war alles willkommen, was die langweilige Routine unterbrach. Was scherte es sie, wenn ihr Admiral verrückt genug war, wegen irgendeines blöden Fremdlings gefechtsklar zu machen?

Eine andere Stimme meldete: »Es dämmert schon, Sir.«

Bolitho wandte sich um und spähte achteraus, wo sich die Kimm allmählich abzuzeichnen begann. Wie viele Morgendämmerungen hatte er so schon erlebt? fragte er sich. Und wie oft hatte er damit gerechnet, daß es sein letzter Tag war, den er da anbrechen sah?

Wieder eine neue Stimme: »Der Strolch kann uns in der Nacht durch die Lappen gegangen sein.«

Der Marinesergeant stampfte mahnend mit seiner Pike auf und befahl: »Schluß jetzt, Jungs! Ich bitte mir Ruhe aus!«

Schon wurden die gekreuzten Brustriemen der Marinesoldaten an den Finknetzen* heller, und als Bolitho zur Großmaststenge aufblickte, sah er ihr Topp in fahles Gold getaucht. Wie die Spitze einer Lanze.

Die Ausguckposten oben in den Krähennestern oder den schwankenden Marsen würden das fremde Schiff als erste sehen. Falls es noch da war.

Während der ganzen Nacht hatte Keen die *Achates* nach Luv geknüppelt, hatte sich mühsam jede Meile mit dichtgeholten Brassen und mit Rahen erkämpft, die beinahe längsschiffs standen: eine fast lückenlose Wand aus Segeltuch und Spieren.

Achates machte ihrem guten Ruf alle Ehre. Sie reagierte willig und ließ sich von Segeln und Ruder anspornen wie ein Vollblüter.

* Netze an Schanzkleid oder Reling, in denen die festverzurrten Hängematten der Mannschaft als Kugelfang verstaut wurden.

Bolitho lauschte dem Zischen, mit dem die See in Lee an der Bordwand abfloß, und dem gelegentlichen Quietschen einer Stücklafette, deren Taljen die Last zu spüren bekamen.

Vom östlichen Horizont floß das Tageslicht heran wie goldene Lava, die das Schiff zu verfolgen schien.

»Da ist sie! In Lee voraus!«

Jetzt redeten alle zugleich, und Bolitho sah Keens Zähne aufleuchten, als dieser grinsend dem Segelmeister zunickte.

Die Position, die sie sich erkämpft hatten, war noch günstiger als erwartet. Sie hatten nun den Windvorteil des Luvschiffs und konnten ihn auch halten, falls es zu einer Verfolgungsjagd kam.

Bolitho starrte zu dem fernen Schemen hinüber, der auf dem dunklen Wasser langsam Gestalt annahm.

Mit einem Klicken schob Keen sein Teleskop zusammen. »Doch größer als ein Schiff der fünften Klasse, Mr. Pas – äh, Mr. Bolitho«, sagte er.

Einige der Umstehenden schmunzelten, und Bolitho freute sich wie schon oft, daß er Adam um sich hatte.

Er hörte seinen Neffen zu Keen sagen: »Ganz Ihrer Meinung, Sir. Wahrscheinlich eher ein kurzer Zweidecker.«

Keen trat zu Bolitho heran. »Ihre Befehle, Sir?«

»Wir warten ab. Noch hat er uns nicht bemerkt. Wenn es soweit ist, fordern Sie ihn auf, sich zu identifizieren.«

Unglaublich, daß die *Achates* ungesehen so nahe herangekommen sein sollte. Das andere Schiff stand jetzt eine knappe Kabellänge* an Backbord voraus, so daß sie schon sein weißes Kielwasser unter dem Heck schäumen sahen. Das Brausen des Windes in *Achates'* durchgesetztem Rigg, das Brummen ihrer Spieren klangen laut genug, um Tote zu erwecken. Aber Bolitho wußte, wie leicht man sich dabei täuschte.

Plötzlich wurden die Geräusche von See und Wind durch ein schrilles Pfeifen drüben übertönt. Er konnte sich die Szene genau vorstellen: ein verschlafener Ausguckposten, der wahrscheinlich Befehl hatte, beim ersten Licht nach *Achates* in Lee Ausschau zu halten, und unten die müden Wachgänger, die ihre Ablösung und ein warmes Frühstück im Kopf hatten. Das war alles nur zu begreiflich.

* Kabellänge = ein Zehntel einer Seemeile oder 185,2 m

Plötzlich Quantocks scharfe Stimme: »Sie setzt die Bramsegel!«

Keen nickte. »Die geben Fersengeld, Sir. Also hatten sie doch nichts Gutes vor.«

Bolitho spürte einen kalten Schauer über den Rücken laufen, als erlebe er das alles zum erstenmal: Triumph, Erregung oder Wahnsinn, wer wollte das beurteilen?

»Sobald es hell genug ist, setzen Sie Ihr Signal ab. Und bis dahin halten Sie ihn an Backbord voraus.«

Keen nickte; die Erregung wirkte ansteckend, wie immer seit seinen Kadettentagen, vor einer Ewigkeit und in einem anderen Erdteil.

»Lassen Sie die Toppgasten aufentern, Mr. Quantock. Wir brauchen mehr Segelfläche.«

Pfeifen schrillten, während schon die ersten Männer zu beiden Seiten in den Webeleinen emporkletterten; beim Aufentern erfaßte sie die fahle Morgensonne und ließ ihre Körper erglühen.

»Noch einen Strich nach Luv. Bemannt die Brassen dort!«

Gischt schoß über Bugspriet und Vorschiff und sprenkelte das Deck wie ein tropischer Regenguß.

Aber auch das andere Schiff hatte mehr Segel gesetzt und schien zügig Distanz zu gewinnen.

Unter Bolithos Füßen erzitterten die Planken, als *Achates* den Kamm einer See erklomm und ins nächste Wellental krachte. Er spürte die stärkere Zugkraft des zusätzlichen Tuchs und hörte das riesige Großsegel sich donnernd entfalten, sobald die Gordings oben lose kamen.

Bolitho stieg auf eine Lafette und richtete sein Glas auf das Schiff vor ihnen. Es wurde jetzt schnell heller, deshalb konnte er schon das vergoldete Schnitzwerk an Heckgalerie und Poop des Fremden schimmern sehen und den Glanz der rötlichen Morgensonne auf seinen Heckfenstern, als hätten sie Feuer an Bord.

»Kein Franzose«, stellte Keen fest.

»Vielleicht ein Holländer«, überlegte ein anderer.

Aber sie irrten sich alle. Bolitho hatte schon ganz ähnliche Schiffe gesehen und glaubte die Werft zu kennen, wo sie auf Kiel gelegt worden waren.

Er sagte: »Ein Spanier. Ich habe mit seinesgleichen schon manchen Strauß gefochten.«

Niemand antwortete, und Bolitho mußte sich ein Lächeln verkneifen. Ob er nun recht hatte oder nicht, niemand wiedersprach einem Admiral, und wenn er noch so jung war.

Keen nickte. »Und ich stimme dem Flaggleutnant zu, Sir. Sie ist zu groß für eine Fregatte. So, wie sie aussieht, hat sie mindestens fünfzig Kanonen, schätze ich.«

»Signalisieren Sie, sie soll Segel kürzen.«

Bolitho spürte, wie sich um ihn Gleichgültigkeit verbreitete. Die Jagd war vorbei, ehe sie richtig begonnen hatte.

Die Signalflaggen stiegen auf zu ihrer Rah, wo sie knatternd auswehten. Aber die Signalrah drüben blieb leer, nicht einmal das Bestätigungssignal wurde geheißt.

»Sie fällt jetzt ein bißchen ab, Sir.«

Bolitho richtete sein Glas neu aus und glaubte, neben einer der Pooplaternen drüben Sonnenlicht von einer Teleskoplinse reflektieren zu sehen. *Achates'* Kurswechsel im Schutze der Nacht mußte sie ziemlich überrascht haben.

Keen befahl: »Folgen Sie der Drehung! Neuer Kurs West zu Süd.« Er warf einen Blick auf Bolithos unbewegte Miene.

»Lassen Sie das Signal stehen«, sagte dieser.

Beide Schiffe fuhren nun in Kiellinie, als schleppe der Fremdling *Achates* an einer unsichtbaren Trosse ab.

Keen schritt ruhelos auf und ab und versuchte, den nächsten Zug des fremden Kommandanten zu erraten. Wenn er weiter nach Lee abdrehte, blieb die *Achates* im Vorteil. Wenn er aber auf so kurze Distanz nach Luv aufkreuzen wollte, mußte er kostbare Zeit verlieren, und *Achates* konnte leicht zu ihm aufschließen.

Der Leutnant der Achterwache ließ sein Glas sinken. »Sie bestätigt immer noch nicht, Sir. Dabei sollten sogar die Dons mittlerweile unseren Signalkode kennen!«

Quantock brüllte: »Notieren Sie diese Männer, Sergeant!« Wütend fuchtelte er mit seinem Sprachrohr zu einem Achtzehnpfünder hinüber, dessen Mannschaft ihre Station verlassen hatte, um nach dem fremden Schiff auszuspähen. »Hol mich der Teufel, was fällt denen ein?«

Keen meinte: »Wenn der Wind so bleibt, lasse ich Leesegel setzen...«

Bolitho wischte sich die tränenden Augen und hob abermals das Glas. *Achates* hielt mit dem Fremdling mit, obwohl dieser die Royals gesetzt hatte, um ihr zu entkommen. Aber der Wind konnte abflauen oder ganz einschlafen. Wenn *Achates* sie nicht vor Einbruch der Nacht gestellt hatte, würden sie nie erfahren, was da vor sich ging.

Seltsam, das Ganze. Bolitho konzentrierte sich völlig auf die kleine, lautlose Welt in der Linse seines Fernrohrs. Das fremde Schiff trug einen frischen Farbanstrich, als wäre es wie die *Achates* eben erst aus dem Dock gekommen. Aber auf dem breiten roten Streifen quer übers Heck fehlte der Schiffsname. Entweder war sie überhastet in See gegangen, oder sie wollte ihre Identität verschleiern.

Er hörte *Achates'* Ruder knarren, als das Schiff vor ihnen weiter nach Lee abfiel.

Noch einmal spähte er scharf hinüber, denn er glaubte zunächst, seine überanstrengten Augen hätten ihm einen Streich gespielt. Aber nein, zu beiden Seiten des Ruders drüben hob sich der Deckel einer Stückpforte, und noch während er hinsah, begann das Licht auf den langen Rohren der beiden Heck-Kanonen zu spielen.

Quantock explodierte. »Hölle und Teufel, er wird es doch nicht wagen, auf ein englisches Kriegsschiff zu feuern!«

Aber da erzitterte die Luft schon vom Doppelknall der Kanonen, und als der Rauch in dicken Wolken leewärts trieb, spürte Bolitho die Eisenkugeln in *Achates'* Bug schlagen, daß sie erzitterte wie unter dem Hieb einer Riesenfaust.

Befehlsgebrüll kämpfte gegen den plötzlichen Höllenlärm an, Gesichter wandten sich dem Achterdeck zu, als seien die Männer vor Verblüffung bewegungsunfähig geworden.

»Laden und ausrennen, Kapitän Keen«, befahl Bolitho knapp.

Der andere Kommandant mußte toll geworden sein, einen 64er anzugreifen. Gleich würde Keen abdrehen und ihm eine volle Breitseite in den Rumpf schießen. Das mußte Tote geben – aber mit welchem Sinn und Zweck?

Am Backbordrumpf der *Achates* flogen die Stückpforten fast gleichzeitig auf, kreischend rollten die Achtzehnpfünder, nur von den schrillen Bootsmannspfeifen übertönt, das schrägliegende

Deck hinunter, bis ihre Rohre der See entgegenbleckten. Im Deck darunter würden die Mündungen der schweren Vierundzwanzigpfünder nur wenige Fuß über dem Wasser hängen. *Achates* lag unter ihrer gewaltigen Segelfläche so stark über, daß es ein Wunder war, wenn die See nicht in die offenen unteren Stückpforten wusch.

»Bugkanonen – Feuer!«

Keen hatte die Hände auf dem Rücken verschränkt – so fest, daß Bolitho die Knöchel weiß hervortreten sah. Was erblickte er in dem Schiff da vorn, eine unerwartete Prise oder den Ruin seiner Laufbahn?

Wieder feuerte der andere, und Bolitho mußte sich beherrschen, um nicht zusammenzuzucken, als die Kugel ihr pralles Großsegel durchschlug, das der Wind sofort in tausend flatternde Fetzen riß.

Aber die Stückmeister an den Bugkanonen der *Achates* mußten geschlafen haben. Jetzt konnten sie nicht einmal mehr Ziel auffassen, überlegte Bolitho.

Entlang des Batteriedecks stand jeder Stückmeister mit erhobener Hand an seiner Kanone.

Gepreßt sagte Keen: »Klar zur Halse, Mr. Knocker! Wir kreuzen sein Heck und beharken ihn dabei. Das sollte ihm was zu schlucken geben!«

Seine Stimme klang wütend. Es wurmte ihn, was da geschah.

»An die Leebrassen! Klar auf dem Achterdeck!« Quantocks metallverstärkte Stimme schien von überall zugleich zu kommen.

Und in diesem Augenblick feuerte ihr Gegner ein drittes Mal. Bolitho glaubte fast, die verwischte Bahn der Kugel zu sehen, bevor sie das Backbord-Seitendeck zerschmetterte; der andere Schuß, mit Maximalelevation abgefeuert, heulte über die Back heran.

Es war ein letzter, verzweifelter Versuch, den Jäger abzuschütteln. Und er hatte Erfolg.

Zuerst knallte es, einmal und ohrenbetäubend laut, und Sekunden später kam krachend die Vormaststenge herunter. Spieren und wild schlagendes Segeltuch regneten an Deck. Gleich darauf wankte der Vormast und schlug, sein gebrochenes Rigg wie ein Nest zuckender Riesenschlangen hinter sich herziehend, splitternd aufs Leedeck, von wo er mit einem gewaltigen Aufklatschen ins Wasser stürzte.

Bolitho hörte neben sich den halberstickten Entsetzensschrei eines Kadetten, als die Wrackteile einige Seeleute mit über Bord rissen; ihr Aufbrüllen ging im tosenden Inferno unter.

Die nachgeschleppten Spieren und Leinen wirkten wie ein riesiger Seeanker und zogen den Bug herum, immer weiter aus dem Kurs, bis alle Segel, die für die Verfolgungsjagd so sorgsam getrimmt worden waren, in wildem Durcheinander schlugen.

Bootsmann Rooke und seine Leute attackierten unten schon das Chaos, kappten mit Axthieben die Wrackteile, um das Schiff wieder flott zu machen. Die Stückmannschaften hantierten fieberhaft mit Taljen und Handspaken, um ihre Kanonen auszurichten, aber die *Achates* wurde immer weiter nach Lee gedrückt, so daß die Rohre sich blind auf die leere See richteten, während das Ziel schon in sicherer Entfernung stand.

Bolitho versuchte sich bewußt zu entspannen, aber sein Körper war wie eine überdehnte Bogensehne kurz vor dem Zerreißen.

Von einem Augenblick zum anderen war sein Schiff zum Krüppel geschossen worden.

Hätte es sich um ein ernsthaftes Gefecht gehandelt, wäre der Feind jetzt schon über Stag gegangen, um sie vom Bug bis zum Heck mit seinen Breitseiten einzudecken.

Hoch über Deck schrien die Toppgasten einander Anweisungen zu, während sie die Segel aufzugeien versuchten, bevor das Schiff total entmastet werden konnte.

Keen entrang sich ein verzweifelter Ausruf: »Das werde ich mein Lebtag nicht vergessen! Niemals!« Er starrte Bolitho an, als erwarte er eine Antwort von ihm. »Sie hatten keinen Grund, auf uns zu feuern!«

Bolitho sah allmählich wieder eine gewisse Ordnung an Bord einkehren, die Schiffsbewegungen wurden kontrollierter, und sie reagierte auf das Ruder; aus dem Wirrwarr auf dem Vorschiff ragte der Maststumpf wie ein abgebrochener Zahn.

Er sagte zu Keen: »Einen Grund hatten sie schon. Und ich beabsichtige, ihn herauszufinden. Damit wir beim nächsten Mal nicht überrascht werden.«

Offiziere eilten zu Keen, um sich neue Befehle zu holen. Die dienstälteren Leute an Bord würden ihn jetzt mit dem früheren

Kommandanten vergleichen. Egal, was sie dachten, es war jedenfalls kein guter Anfang.

Bolitho sagte: »Beruhigen Sie die Leute und bringen Sie das Schiff wieder auf Kurs.«

Es kostete ihn große Anstrengung, beherrscht zu sprechen. Sie hatten eine Niederlage einstecken müssen und Tote zu beklagen – es sei denn, das ausgesetzte Beiboot konnte noch Überlebende aus den achteraus abtreibenden Trümmern fischen.

Nur aus Instinkt, aus einer schlimmen Vorahnung heraus hatte er Keen befohlen, zu dem Fremdling aufzuschließen.

Jetzt war eine Verfolgung unmöglich geworden, das namenlose Schiff zog unter Vollzeug schnell davon.

Keen tat ihm leid. Er hatte sich und die Mannschaft so geschunden, um den Anforderungen seines Admirals zu genügen, hatte geglaubt, den fremden Kommandanten zu überraschen, aber dann, als die Falle zuschnappte, war der Gegner gewappnet – und Keen war es nicht.

Der Schiffsarzt Tuson, dessen weißes Haar der Wind zauste, gestikulierte zu den verfilzten Rigghaufen hinüber. Darunter mußten noch mehr Leute liegen.

Mit blassem, grimmigem Gesicht nahm Keen die Meldungen seiner Offiziere entgegen.

Heute hatte er eine Lektion bekommen, die er nie mehr vergessen würde, dachte Bolitho.

Er gewahrte Adams besorgten Blick. Vielleicht dachte der Junge an seinen Vater. Hugh hatte damals unter falscher Flagge Bolitho getäuscht und sein Schiff zuschanden geschossen.

Bolitho ging zur Poop und zog den Kopf ein, als er in den Schatten unter Deck trat.

Auch ich habe eine Lektion vergessen, dachte er. Nämlich, daß es immer der letzte Sonnenaufgang sein kann.

IV Alte Feinde – neue Freunde

»Nordwest zu Nord liegt an, Sir! Immer noch Ruder im Schiff!« Selbst die Stimme des Rudergängers klang gedämpft, als *Achates* nur unter Bramsegeln und Klüver langsam auf ihren Ankerplatz zukroch.

Die Mittagssonne brannte heiß auf die nackten Schultern der Seeleute herab, die wartend an den Brassen standen oder auf den Rahen ausgelegt hatten. Bis auf die letzten paar Kabellängen war ihre Reise zu Ende.

Bolitho hielt sich etwas abseits von Keen und seinen Offizieren und starrte zu der Küstenlinie hinüber, die im schimmernden Glast langsam Gestalt annahm.

Bei Morgengrauen hatten sie Cape Cod schon querab gehabt, aber dann war die schwache Brise fast eingeschlafen, und es wurde Mittag, ehe sie ans Ankern denken konnten.

Bolitho hob das Glas und studierte die Reede mit ihrem Dickicht aus Masten, Spieren und aufgetuchten Segeln – ein greifbarer Beweis für das Blühen und Gedeihen des Hafens von Boston. Schiffe und Flaggen aller Nationen gaben sich hier ein Stelldichein, Leichter hasteten zwischen ihnen und der Pier hin und her wie Wasserkäfer.

Auch einige Kriegsschiffe lagen hier, konstatierte Bolitho. Zwei amerikanische Fregatten und drei Franzosen, einer davon ein mächtiger Dreidecker, an dessen Besanmast eine Admiralsflagge müde flappte.

Bolitho schwenkte das Glas, bis der Landvorsprung in Sicht kam, der sich ihrem Backbordbug entgegenstreckte. Da war das vielsagende graue Band der Befestigungswälle und hoch darüber die Flagge.

Bolitho machte sich klar, was er empfand und warum sein Mund plötzlich trocken wurde. Es war jetzt neunzehn Jahre her, seit er in diesen Gewässern gesegelt, an dieser Küste gelandet war. In einem anderen Krieg, mit anderen Schiffen. Nun fragte er sich, was sich alles geändert haben mochte und wie er selbst darauf reagieren würde.

Er hörte Keens scharfen Befehl: »Beginnen Sie mit dem Salut, Mr. Braxton!«

Das Krachen der ersten Kanone rollte über die Massachusetts Bay wie eingefangener Donner, während der Pulverrauch auf dem glatten Wasser hing, als hätte er nicht die Kraft, höher zu steigen. Kreischend flatterten Möwen und andere Seevögel von ihren Standplätzen auf, als das Schiff und die Batterie an Land Schuß um Schuß ihre Grüße tauschten.

Bolitho mußte wieder an die Tage denken, die ihrem Gefecht

mit dem namenlosen Schiff gefolgt waren. Beschämung und Wut wichen der fieberhaften Entschlossenheit, »eine offene Rechnung zu begleichen«, wie Allday es formuliert hatte. Die Schäden in der Takelage waren schlimmer gewesen als die am Rumpf, und vom Kommandanten bis zum kleinsten Pulverjungen hatten alle ihr Bestes gegeben, um das Schiff zu reparieren, ehe in Boston der Anker fiel.

Eine neue Vormaststenge war an den geschäfteten Mast gelascht worden, laufendes Gut und Segel wurden ersetzt, während ein kräftiger Nordost gutes Vorwärtskommen versprach. Zuletzt hatten Farbe, Pech und Schweiß die Arbeit vollendet.

Der Eifer war ansteckend gewesen; Bolitho hatte die vier Holzattrappen aus seiner Kajüte entfernen und wieder durch die Achtzehnpfünder ersetzen lassen. Sie raubten ihm zwar Platz, symbolisierten aber seine Entschlossenheit, sich nie wieder mit verhängtem Zügel überraschen zu lassen.

Voraus sah er ein amerikanisches Wachboot bewegungslos über seinem Spiegelbild warten, um das britische Kriegsschiff an den Ankerplatz zu lotsen.

Bolitho beschattete seine Augen und studierte die Küste: weiße Holzhäuser, mehrere Kirchen, Sonnenreflexe auf Fenstern und polierten Kutschen am Kai. Vielleicht beobachtete dort drüben manch einer das langsam herangleitende Schiff und erinnerte sich wieder an die schlimmen Tage der Revolution, an den Krieg, der Bruder gegen Bruder antreten ließ.

»Alles klar, Sir!«

»Dann stellt sie in den Wind«, antwortete Keen.

»An die Lee-Brassen! Fiert weg«, kam Quantocks prompter Befehl. Bolitho blickte zum Großbramsegel auf. Die Brise reichte kaum aus, es killen zu lassen. Noch ein oder zwei Minuten, und sie hätten in einer Totenflaute gelegen.

»An die Bramsegelschoten!« Quantock beugte sich weit über die Querreling und schwenkte sein Sprachrohr von einer Seite zur anderen, während er seine Männer hoch oben in der Takelage nicht aus den Augen ließ. »Klar bei Geitauen!«

»Leeruder!« kam Keens Anweisung.

Zögernd drehte *Achates* in den einschlafenden Wind, das weiße Gekräusel vor ihrem Steven verschwand mit dem letzten bißchen Fahrt.

»Laß fallen Anker!«

Keen war schon auf der anderen Seite des Decks, noch ehe der schwere Anker gefaßt hatte.

»Und jetzt die Sonnensegel und Persennings, Mr. Quantock! Ein bißchen lebhaft! Da vorn sind heute alle Gläser auf uns gerichtet.«

Bolitho biß sich auf die Lippen. Keen war nervös, er grübelte länger als jeder andere an Bord immer noch über ihr kurzes Duell mit dem geheimnisvollen Schiff.

An dem Tag hatten sie zwei Männer verloren. Der eine war ertrunken, der andere von Wrackteilen erschlagen worden. Aber an Keen fraß noch etwas anderes, denn schließlich lebte ein Seemann immer riskant. Durch Unfälle an Bord oder im Kampf mit See und Wind starben mehr Männer als unter Feindbeschuß.

Doch Keen nahm es schwer. Trotz seiner Erfahrung und unbestritten klugen Kampftaktik machte er sich wegen seiner falschen Lagebeurteilung Vorwürfe. Oder verschärfte die Tatsache, daß er Bolithos Flaggkapitän war, so sehr die Anforderungen, die er an sich stellte?

Bolitho war selbst mehrfach als Flaggkapitän gefahren und konnte nachempfinden, was Keen durchmachte. Damals war er dankbar gewesen, als sein Admiral ihn in Ruhe gelassen und ihm Gelegenheit gegeben hatte, seinen Fehler wieder gutzumachen. Ganz gewiß sollte Keen die gleiche Chance von ihm bekommen.

Sanft schwojte *Achates* an ihrer Ankertrosse, während an Deck alle Mann wie besessen arbeiteten, um die Boote auszuschwenken und die Sonnensegel aufzuspannen, die die Mittagsglut etwas erträglicher machen würden.

Bolitho sah Knocker seine Rudergänger unter Deck entlassen. Dann studierte er die Berechnungen auf der Schiefertafel neben dem Kompaß, die ein Kadett angestellt hatte. Dabei rieb er sich nachdenklich das kräftige Kinn.

Knocker hatte guten Grund, mit sich zufrieden zu sein, überlegte Bolitho. Trotz allem hatte *Achates* die Reise von Hampshire nach Boston in der Rekordzeit von nur sechzehn Tagen geschafft. Für einen leichten Zweidecker, der unterwegs auch noch Reparaturen ausführen mußte, war das keine schlechte Leistung. Bolitho wollte dem griesgrämigen Segelmeister dafür seine Glückwünsche aussprechen, doch da war er bereits im Kartenraum verschwunden.

Also trat er statt dessen an die Webeleinen und blickte zu den einheimischen Booten hinunter, die den Neuankömmling schon zu umkreisen begannen. Er sah gebräunte Gesichter, farbenfrohe Gewänder und viele neugierige Blicke. In Boston war man an Schiffe aller möglichen Nationalitäten gewöhnt, aber seit dem Krieg hatten nicht viele britische Kriegsschiffe hier Anker geworfen.

Bolitho hörte Schritte an Deck und sah seinen Neffen mit einem Packen Dokumenten unter dem Arm herantreten.

»Aha, du nimmst deine Aufgabe also ziemlich ernst, Adam.«

Der schwarzhaarige Leutnant lächelte. »Aye, Sir. Aber ich verzichte gern auf jede Beförderung, wenn ich dafür dieses Schiff verlassen müßte.«

Bolitho hatte Verständnis für seine gute Laune. Zwar erwähnten beide kaum je Bolithos großzügige Geste, die sie noch enger verbunden hatte, aber Adam suchte an manchen Abenden, die er bei seinem Alter sicher lieber unter seinesgleichen in der Messe verbracht hätte, Bolithos Nähe, um ihm die Zeit und die trüben Gedanken an Belinda zu vertreiben. Wäre Bolitho noch Kommandant gewesen, hätten ihn die Reparaturen und anderen Anforderungen nicht zum Nachdenken kommen lassen; aber so blieb ihm während der Reise zu viel freie Zeit, nur mit Allday oder seinem Steward als Gesprächspartner. Da waren ihm Adams Besuche hochwillkommen gewesen.

Aber jetzt lag das Schiff vor Anker, hatte seine Aufgabe fürs erste erfüllt, und Bolitho war endlich aufgerufen, zu handeln und das Vertrauen zu rechtfertigen, das Sheaffe in ihn gesetzt hatte.

Leutnant Mountsteven, der Wachoffizier, tippte grüßend an seinen Hut und meldete: »Ein Boot hält auf uns zu, Sir.«

Keen nickte. »Besuch für Sie, Sir.«

Bolitho wußte, daß seine Anwesenheit hier oben störte; er sagte: »Ich bin in meiner Kajüte, wenn Sie mich brauchen.«

Als er unter Deck ging, hörte er die Seesoldaten zur Eingangspforte laufen und die Offiziere ihre Kommandos bellen, damit *Achates* für den ersten Abgesandten des Landes gerüstet war.

Ozzard räumte die große Achterkajüte auf, obwohl sie in Bolithos Augen eigentlich stets makellos sauber war. Er trat an die offenen Heckfenster und sah ein Boot im Schatten unter dem Rumpf verweilen, während die Insassen neugierig *Achates'* vergoldete Galerie und Heckschnitzereien bestaunten. Unbehaglich machte er sich klar, daß sein Bruder Hugh einst hier stationiert gewesen war, unter Leuten wie diesen in der Stadt gelebt hatte. Von Adams Existenz hatte er damals nichts geahnt. Und nun kam Adam statt seiner zurück, trat vielleicht in seine Fußspuren. Bolitho wurde unruhig. Vielleicht hätte er Adam doch nicht hierher mitnehmen sollen, mochte es seiner Karriere auch noch so förderlich sein.

Die Tür ging auf, und da stand Adam, einen dicken Briefumschlag in der Hand. »Wir sind für heute abend zu einem Empfang geladen, Onkel«, sagte er und hielt Bolitho den Umschlag hin. »Man hat mich soeben informiert, daß der Präsident der Vereinigten Staaten einen Gesandten zu deinem Empfang nach Boston beordert hat.«

Bolitho verzog das Gesicht. »Und damit weiß nun alle Welt, was wir hier vorhaben, Adam. Wenn sie uns schon so lange erwarten, kann es nicht überraschen, daß wir nur acht Tage nach unserem Auslaufen in einen Zwischenfall verwickelt wurden.«

Adam nickte. »Offenbar haben wir ziemliches Aufsehen erregt.« Aber dann überzog ein Grinsen sein Gesicht. »Vielleicht wollen sie doch noch ihre Steuerschulden an König George bezahlen?«

Bolitho schüttelte den Kopf. »Wenn du auch an Land so kesse Reden schwingst, dann bricht unseretwegen eher ein neuer Krieg aus!«

Als Bolitho später bequem im Sessel ausgestreckt lag und sich von Allday für den Abend rasieren ließ, versuchte er, sich über das Ausmaß seiner Verantwortung klar zu werden.

Die Fregatte *Sparrowhawk* mußte nun bald von San Felipe nach Boston auslaufen. Ihr Kommandant, Kapitän Duncan, war nicht unbedingt ein diplomatisches Genie. Gewiß hatte er dem Gouverneur der Insel vorschriftsmäßig seine Aufwartung gemacht, ehe er um weitere Befehle nach Boston aufbrach; aber genauso gewiß hatte er Rivers nicht im unklaren über den Ausgang der Affäre gelassen.

Trotz allem, was Sheaffe ihm erklärt hatte, kam es Bolitho immer noch unmenschlich und sinnlos vor, die Insel den Franzosen zurückzugeben. Dabei dachte er weniger an Strategie oder Diplomatie, sondern mehr an ihre Bewohner. Viel zu oft hatte die Insel sich aus eigener Kraft gegen feindliche Überfälle wehren müssen und hatte sogar selbst Schiffe ausgesandt, die im Namen des Königs Prisen eroberten oder den Feind irritierten.

In London und Paris sah man das alles aus ganz anderem Blickwinkel. Für Bolitho aber, der mit geschlossenen Augen unter Alldays Rasiermesser lag, war die ganze Sache allmählich so rätselhaft wie ein chinesisches Münzorakel.

Nach der Backofenhitze unter Deck genoß Bolitho dankbar die kühlere Abendluft, als er in sein Langboot hinabkletterte. Er fühlte sich seltsam gespannt, wie ein Entdeckungsreisender beim ersten Schritt auf noch unerforschtem Terrain.

»Rudert an – zugleich!« knurrte Allday, und die Bootsgasten pullten mit gleichmäßigen, exakten Riemenschlägen das grün gestrichene Boot in einer weiten Kurve zum Land.

Der Erste Offizier hatte an Bord zurückbleiben müssen, eine bittere Pille in einem so verlockenden Hafen, dachte Bolitho. Dann musterte er Keen, der ihn zum Empfang begleitete, und fragte sich, ob der Kommandant sich allmählich entspannen konnte. Seit sie vor Anker lagen, hatte Keen die größte Arbeitslast zu tragen, denn er mußte sich nicht nur um die Belange des Schiffes kümmern, sondern auch einen endlosen Besucherstrom abfertigen, und zwar jeden einzelnen entsprechend seinem Rang und seiner Mission: die Kommandanten der amerikanischen Fregatten samt diversen Untergebenen, den Hauptmann der Hafenwache und einen äußerst höflichen und gewandten jungen Herrn, der sich als Sohn ihres Gastgebers entpuppte.

Als das Langboot mit schnellem Riemenschlag an der *Achates* vorbeizog, vermochte Bolitho nicht zu widerstehen und musterte den Rumpf scharf nach verräterischen Spuren ihres kurzen Gefechts. Aber er konnte keine mehr entdecken – dank des geschickten Schiffszimmermanns und seiner Crew.

Einen letzten Blick warf er der schmucken Galionsfigur zu:

Achates, der treue Freund und Schwertträger des Aeneas, leuchtete in klarem Weiß, mit einem Arm nach vorn deutend, in der anderen Hand das Schwert. Unter der Farbe wirkte die Holzfigur rund geschliffen vom Zahn der Zeit; gewiß hatte sie mehr Länder und Meere gesehen als irgend jemand an Bord und hatte Stürme erlebt wie kaum ein anderer.

Das Boot passierte einen mächtigen Indienfahrer, der trotz der späten Stunde immer noch eifrig Fracht übernahm. Hastig kam einer seiner Offiziere an die Reling gerannt und lüpfte grüßend den Hut, als das Admiralsboot an seinem Heck vorbeizog.

Ironischerweise war es ein Handelsstreit um Tee gewesen, der die Feuer der Revolution entfacht hatte, sann Bolitho. Und jetzt kamen und gingen die stolzen Handelsschiffe, wie es ihnen beliebte, während ein Kriegsschiff sich nur im eigenen Hoheitsgewässer frei bewegen konnte.

Allday bellte ein Kommando, und der Bugmann erhob sich von seinem Platz, den Bootshaken in der Faust, klar zum Einhaken in die Festmacherketten.

Immer noch drängten sich Neugierige auf der Pier, und einige von ihnen hatten offensichtlich den ganzen Nachmittag hier verbracht. Die Fährleute von Boston mußten an ihren sensationslüsternen Passagieren schon ein Vermögen verdient haben.

Keen, Hauptmann Dewar von den Royal Marines, zwei Leutnants und Adam Bolitho waren als Gäste ins Haus eines einflußreichen Bostoner Kaufmanns namens Jonathan Chase geladen; die restlichen Offiziere hatten anderweitige Einladungen erhalten. Keen hatte sie alle ermahnt, jedes Wort gut zu überlegen und die Ohren offen zu halten, ob ihr Gefecht mit dem unbekannten Schiff erwähnt wurde; daraus hätte sich schließen lassen, daß diese Nachricht – mit wem? – ihnen schon vorausgeeilt war.

Bolithos Blick fiel auf einige junge Frauen an der Pier. Die besonders zuverlässigen Matrosen und Seesoldaten hatten ebenfalls Landurlaub erhalten. Aber nach den aufgeweckten Gesichtern dieser lächelnden Mädchen zu schließen, würde es den britischen Seeleuten hier verdammt schwerfallen, den Mund zu halten.

Trotz allem: Der Anschein des Alltäglichen, des Unbeschwerten mußte gewahrt werden, alte Vorurteile mußten verdrängt, wenn schon nicht ganz vergessen werden.

Die Bootsgasten stellten salutierend ihre Riemen senkrecht, Allday zog grüßend den Hut und vergewisserte sich, daß Bolitho auf den nassen Steinstufen nicht ausglitt.

Bolitho lächelte dankend. »Feine Crew, Allday.«

Selbst Allday hatte zugeben müssen, daß die neue Barkasse ein Schmuckstück war. Und die Bootscrew in ihren karierten Hemden, geteerten Hüten und mit Haarzöpfen von exakt gleicher Länge hätte nicht besser ausgewählt sein können.

Timothy Chase, der Sohn ihres Gastgebers, wartete bereits neben zwei eleganten Kutschen. Er reichte Bolitho unter den neugierigen Blicken der Umstehenden die Hand.

»Sie sind uns willkommen, Admiral. Wie meine Mutter sagt – wir müssen an die Zukunft denken.«

Gelenkig sprang Hauptmann Dewar aus der Barkasse an Land, und beim Anblick seiner roten Uniform wurde die Menge unruhig. »Obacht, Jungs, die Rotröcke kommen zurück!« schrie einer.

Aber die allgemeine Stimmung war nicht feindselig, sondern eher von gutmütigem Spott geprägt.

Die Fahrt zur Residenz der Chases ging für Bolitho viel zu schnell vorbei; der junge Timothy lenkte seine Aufmerksamkeit immer wieder auf Sehenswürdigkeiten oder besonders stattliche Anwesen, an denen ihre Kutsche vorbeiratterte. Offenbar war er sehr stolz auf die Stadt, in der er geboren und aufgewachsen war. Etwa im gleichen Alter wie Adam, wirkte er weniger reserviert, als er lebhaft jedes Haus und seine Bewohner beschrieb.

»Insgesamt ist das Stadtbild von Boston gepflegter als das jeder anderen Stadt Neuenglands, Sir«, hob er hervor.

Bolitho fiel auf, daß die meisten Häuser aus Holz gebaut waren, auch wenn manche Fassaden dem Schnitt und der Verarbeitung nach Steinmauern vortäuschten. Bolitho lächelte in sich hinein. Sein Gastgeber war zwar ein reicher Mann, aber sein Reichtum stammte – wie Bolitho aus seinen Geheimunterlagen wußte – nur von den Prisen seiner Freibeuter ab, die er während der Revolution gegen die Briten ausgeschickt hatte.

Überhaupt war Boston ein Freibeuternest gewesen – wie so viele Häfen an dieser Küste, bis hinauf nach Portland.

Die beiden Kutschen bogen von der Straße in eine lange Auffahrt ein, die zu einem ausgewogen proportionierten dreigeschossigen Haus führte. Wie andere Häuser Bostons war es weiß gestrichen und hatte hohe grüne Läden an allen Fenstern. Hinter vielen Scheiben brannte schon warmes, festliches Licht.

»Na, Adam, was hältst du davon?« fragte Bolitho leise.

Adam ließ sich nichts anmerken. »Ich könnte mich ohne weiteres an das Wohlleben gewöhnen, Sir«, sagte er ebenso gedämpft.

Es fiel nicht schwer, sich ihren Gastgeber als Kapitän auf dem Achterdeck eines Freibeuters vorzustellen. Er hatte eine laute, dröhnende Stimme, die es gewohnt schien, herrisch das Wüten des Sturms oder den Donner der Kanonen zu übertönen. Jonathan Chase war ein vierschrötiger, kantiger Mann mit eisengrauem Haar und einer Haut wie aus dunkel gegerbtem Leder.

»Also, Admiral, es ist mir ein großes Vergnügen.« Er packte Bolithos Hand und musterte aufmerksam sein Gesicht. »Und eine besondere Ehre, einen so berühmten Seemann begrüßen zu dürfen.«

Bolitho fand den Mann sympathisch. »Es war sehr freundlich von Ihnen, Ihr Haus für dieses Treffen zur Verfügung zu stellen.«

Chase grinste. »Wenn Thomas Jefferson etwas vorschlägt, dann fackelt man hier nicht lange, mein Freund. Auch wenn er erst seit einem Jahr unser Präsident ist, so hat er doch schon begriffen, daß Macht schneller zu Kopfe steigt als Wein.« Das schien Chase zu amüsieren.

Livrierte schwarze Diener nahmen die Hüte der Besucher entgegen, und dann folgte Bolitho dem Hausherrn in einen großen Salon voller Gäste. Chase deutete mit dem Kopf auf ein Tablett mit Gläsern. »Hoffentlich habe ich mit dem Wein Ihren Geschmack getroffen, Admiral. Er kommt aus Frankreich.«

Bolitho lächelte nachdenklich. »In der Tat.«

Fremde Gesichter glitten an ihm vorbei, als Chase seine Freunde und Geschäftspartner vorstellte; Bolitho wurde immer deutlicher bewußt, welche Autorität sein Gastgeber besaß und welch hohes Ansehen.

Keen war sofort von zwei attraktiven Damen mit Beschlag belegt worden, und eine dritte führte Hauptmann Dewar so entschlossen hinaus auf die Terrasse, als wolle sie ihn an diesem Abend mit keiner anderen teilen.

Chase stellte sein Glas ab und musterte Adam aufmerksam. »Ihr Adjutant, Admiral, sieht Ihnen ähnlich. Ist er Ihr Sohn oder jüngerer Bruder?«

»Mein Neffe.«

Chase nickte wohlgelaunt. »Sie und ich, wir schleichen uns gleich nach nebenan und köpfen eine Flasche ausgezeichneten Brandy.« Mit einem Finger tippte er sich gegen die Nase. »Das gibt uns Gelegenheit zu einer kleinen Unterhaltung, ehe unser Regierungsvertreter erscheint.« Plötzlich hob er die Hand. »Neffe, aha. Hätte ich mir denken können.« Und mit erhobener Stimme: »Hierher, Robina. Ich möchte dir jemanden vorstellen.«

Das Mädchen namens Robina war eine Schönheit: schlank, grazil und mit einem Leuchten in den Augen, das jeden Mann den Kopf nach ihr wenden ließ.

»Und das ist meine Nichte, Admiral«, strahlte Chase.

Robina legte Adam die Hand auf den Arm und schlug vor: »Ich zeige Ihnen den Garten, Leutnant.« Mit einer Kopfbewegung deutete sie auf ihren Onkel: »Die beiden wollen ja doch nur von alten Zeiten reden.«

Bolitho mußte über Adams Fügsamkeit lächeln; fasziniert ließ er sich, ohne ein Wort des Protestes, von Robina davonführen.

Chase schmunzelte. »Ein hübsches Paar, die beiden, wie?«

Dann warf er einen Blick über die schwatzende Gästeschar. »Ich denke, wir gehen jetzt in die Bibliothek. Im Augenblick wird man uns nicht vermissen.«

In der holzgetäfelten Bibliothek schien sich ein Stück jüngster amerikanischer Geschichte versammelt zu haben: Andenken an Schiffe und Reisen, für Chase wahrscheinlich Erinnerungen an seine stürmischen Jugendjahre. Bolitho sah Harpunen und Walkiefer, daneben Schlachtengemälde, auf deren einem ein brennendes britisches Schiff gerade die Flagge strich.

Gutgelaunt meinte Chase: »Na ja, Admiral, schließlich haben Sie nicht jede Seeschlacht gewonnen.« Aber dann wurde er wieder ernst. »Samuel Fane, der Gesandte des Präsidenten, ist ein schwieriger Verhandlungspartner. Ich persönlich finde ihn sympathisch, soweit man einen Regierungsvertreter sympathisch finden kann, aber er haßt die Briten.« Chase grinste breit. »Wollte Sie nur warnen. Obwohl Sie – nach allem, was ich über

Sie gelesen und gehört habe – gewiß selbst Ihren Mann stehen können.«

»Ich weiß Ihre Offenheit zu schätzen«, lächelte Bolitho.

Chase goß Brandy in zwei bauchige Gläser. »Keine Ursache. Ich habe gegen König George gekämpft, und zwar nicht zu knapp. Aber im Frieden gelten andere Gesetze als im Krieg. Wer das nicht akzeptiert, muß in *unserer* Welt Schiffbruch erleiden.«

Die Bäume und Sträucher des weitläufigen Gartens an der Rückfront des Herrenhauses waren schon in purpurne Schatten getaucht. Adam schritt mit dem Mädchen am Arm dahin und wagte kaum den Mund aufzumachen aus Angst, er könnte etwas Falsches sagen und damit den Zauber des Abends vertreiben. Für Adam gab es keinen Zweifel, daß er mit dem bezauberndsten Wesen spazierenging, das ihm jemals unter die Augen gekommen war.

Da blieb sie stehen, ergriff seine Hand und drehte ihn zu sich herum.

»Hören Sie, Leutnant, jetzt sind aber Sie dran, sonst rede ich noch den ganzen Abend. Alle sagen, ich sei viel zu geschwätzig. Und dabei möchte ich viel mehr über Sie erfahren. Sie heißen Adam und sind Adjutant des Admirals. Und weiter?«

Zu seiner Überraschung stellte Adam fest, daß ihm das Erzählen leicht fiel. Während sie unter den Bäumen dahinschlenderten, erzählte er ihr von seinem Dienst als Marineoffizier, von seinem Heim in Cornwall – und vergaß doch keinen Augenblick die warme kleine Hand auf seinem Arm.

Plötzlich unterbrach sie ihn. »Sie sind der Neffe des Admirals, Adam?«

Sein Name klang in ihrem Mund wie Musik. »Ja.«

»Ich wohne gar nicht in Boston«, fuhr sie fort. »Meine Familie lebt in Newburyport, das ist dreißig Meilen nördlich von Boston. Seltsam, daß es mir nicht früher eingefallen ist. Aber mein Vater spricht manchmal von einem Mann, der in unserer Stadt wohnte und ebenfalls Bolitho hieß.«

Adam bemühte sich, wieder klar zu denken. »In Newburyport?«

»Ja.« Sie drückte seinen Arm. »Das klingt ja, als hätten Sie sich an etwas erinnert?«

Er wandte sich ihr zu; wie gern hätte er sie in die Arme

genommen! »Das wird wahrscheinlich mein Vater gewesen sein.«

Amüsiert wollte sie auflachen, doch dann fiel ihr sein Ernst auf, das Bedeutsame dieser Entdeckung.

»Mein Onkel sagt, daß Ihr Schiff noch wochenlang in Boston liegen wird. Ich möchte, daß Sie nach Newburyport kommen und meine Familie kennenlernen.« Sie hob die behandschuhte Hand und legte sie leicht an seine Wange. »Seien Sie nicht so traurig, Adam. Falls es ein Geheimnis bleiben soll, ist es bei mir gut aufgehoben. Erzählen Sie mir aber nur davon, wenn es auch Ihr Wunsch ist.«

»Das ist es.« Adam stellte fest, daß ihm dieser Wunsch von Herzen kam.

Aus dem Fenster der Bibliothek sah Bolitho Adam und Robina die Terrasse überqueren. Ihr Anblick rührte ihn, denn in seinen Augen war es höchste Zeit, daß Adam ein bißchen Freude am Leben fand – und sei es nur vorübergehend. Seit er sich zu Fuß von Penzance nach Falmouth durchgeschlagen hatte, in der Hoffnung auf einen Platz in der Familie Bolithos, hatte er nur Krieg und den harten Dienst in der Marine kennengelernt. Noch immer sah Bolitho den dünnen, eingeschüchterten Jungen von damals vor sich: furchtsam, aber mit der trotzigen Unruhe eines Fohlens. Nun glaubte er, Robina lachen zu hören. Ja, er gönnte Adam diese Ablenkung.

Ein Lakai öffnete beide Türflügel, und ein hochgewachsener Mann in flaschengrünem Rock und weißen Strümpfen betrat die Bibliothek.

»Und hier ist nun Samuel Fane aus Washington«, stellte Chase ihn vor.

In Fanes schmalem, unbewegtem Gesicht schien sich das Leben ganz in die tiefliegenden, funkelnden Augen zurückgezogen zu haben, die dicht an der kräftigen Hakennase saßen.

»Und Sie sind Viezeadmiral Bolitho«, nickte er statt eines Grußes. »Also, kommen wir zur Sache.«

Bolitho ließ den schon ausgestreckten Arm sinken. Vielleicht mochte Fane nicht mit einem alten Feind einen Händedruck tauschen. Verständlich, aber trotzdem ein Affront.

Seltsamerweise ließ ihn das irgendwie gelassener werden: die innere Ruhe vor einem Duell, wenn man sich damit abgefunden hat, daß jede Hoffnung auf eine einfache Lösung nur Selbsttäuschung wäre.

Im gleichen trockenen Ton fuhr Fane fort: »San Felipe. Würden Sie mir bitte erklären, Admiral, weshalb Ihre Regierung sich für berechtigt hält, diese Insel und ihre Bevölkerung wie etwas Wertloses wegzuwerfen? Woher nimmt sie dieses Recht?«

»Beruhigen Sie sich, Sam«, mahnte Chase unbehaglich. »Sie wissen doch, daß die Sache anders liegt.«

»Weiß ich das?« Die tiefliegenden scharfen Augen ließen Bolitho keine Sekunde los.

Bolitho lächelte andeutungsweise. »So wurde es beim Friedensschluß vereinbart. Und *das* wissen Sie sicherlich. Ich darf doch annehmen, daß die französische Regierung Sie über Amiens ins Bild gesetzt hat?«

Chase mischte sich ärgerlich ein. »Natürlich hat sie das. Sagen Sie's ihm, Sam, und kommen Sie von Ihrem hohen Roß herunter. Der Krieg ist aus, vergessen Sie das nicht.«

Fane warf ihm einen kalten Blick zu. »Das kann ich schon deshalb nicht vergessen, weil ich ständig daran erinnert werde, wie gut manche aus dem Blut der Opfer Geld zu machen verstanden.«

Bolitho sah Chases Blick wütend aufflackern. »Ich dachte, Frankreich sei Ihr Freund und Verbündeter?« wechselte er das Thema.

Fane zuckte die Schultern. »So war es. Vielleicht wird es auch künftig so sein. Aber was San Felipe betrifft, das im Süden vor unserer Haustür liegt, so gilt das nicht.«

»Die Menschen auf San Felipe sind britische Untertanen«, stellte Bolitho fest.

Chase grinste. »Das waren auch die meisten von uns. Früher.«

Fane schien ihn nicht gehört zu haben. »Vor einiger Zeit erhielt ich eine Depesche des Gouverneurs von San Felipe. Die Uneinsichtigkeit der britischen Regierung bereitete ihm naturgemäß Sorgen. Er ist nicht geneigt, die ihm aufgezwungene Lösung zu akzeptieren, das heißt, eine blühende Insel vor den Franzosen zu räumen oder – von ihnen geduldet – unter französischer Flagge dort weiterzuwirken.«

»Das verstehe ich.«

»Wirklich, Admiral? Das läßt mich hoffen. Aber wie dem auch sei, die Regierung der Vereinigten Staaten ist nicht gewillt, tatenlos zuzusehen, wenn Menschen wie afrikanische Sklaven von einer Hand in die andere verschachert werden.«

Bolitho war aufgesprungen und hörte sich zu seiner eigenen Überraschung wütend erwidern: »Dann ist es sinnlos, daß Sie meine Zeit verschwenden, Mr. Fane. Oder ich die Ihre!«

Hastig sagte Chase: »Aber nicht doch, meine Herren! Schockschwerenot, Sam, der Admiral ist mein Gast. Ich dulde es nicht, daß ihr euch anfaucht wie zwei Wildkater!«

Fane milderte seinen Ton. »Dann werden wir einen Kompromiß finden müssen.«

Bolitho setzte sich wieder. »Welchen, zum Beispiel?«

»Wenn San Felipe den Wunsch äußert, sich unter den Schutz der Vereinigten Staaten zu begeben, wird meine Regierung dies wohlwollend aufnehmen.«

»Kommt nicht in Frage.«

»Aber wenn die Franzosen einverstanden sind, Admiral? Wären Sie es dann auch?«

Bolitho blickte zu Chase hinüber, aber der starrte nur einen Walkiefer an.

Für Chase war das nichts Neues, er hatte es längst gewußt – wie alle hier: Es war kein Kompromiß, nicht die Spur davon. Es war Erpressung.

Bolitho zwang sich zur Ruhe. »Der Gouverneur war zu diesem Ersuchen nicht berechtigt, weder bei Ihnen noch anderweitig. Wir sind hier in einer tragischen Entwicklung der Geschichte befangen, können aber nichts daran ändern.«

Fane musterte ihn unbewegt. »Das bleibt abzuwarten.« Schließlich fügte er hinzu: »Ihr Flaggschiff kann der Gastfreundschaft meiner Regierung sicher sein. Diese Angelegenheit läßt sich nicht so schnell bereinigen. Sie will gut bedacht werden.«

Bolitho nickte. Fane hatte ihn also nur testen oder provozieren wollen. Aber aus welchem Grund?

Er konnte es sich nicht verkneifen, Fane festzunageln. »Ihre Regierung hat auch einem anderen britischen Schiff ihre Gastfreundschaft zugesichert, Mr. Fane: der *Sparrowhawk*. Sie wird bald zu mir stoßen.«

»Ja, ich weiß«, knurrte Fane und schob die Hände unter seine Frackschöße. »Ich muß mich jetzt verabschieden.« Und mit einem kurzen Nicken: »Admiral...«

Chase begleitete den Gesandten aus der Bibliothek, und Bolitho trat wieder ans Fenster. Aber statt des blonden Mädchens am Arm des jungen Offiziers sah er nur Dunkelheit.

Bolitho wandte sich um, als er Chases schweren Schritt zurückkehren hörte.

In gewisser Hinsicht war das eben schwieriger gewesen als ein Seegefecht, überlegte er. Und viel unergiebiger.

V Der Schlächter

In den Wochen nach der Abendgesellschaft bei Chase wurde Bolithos Geduld auf eine harte Probe gestellt. Zwar setzten Jonathan Chase und einige andere reiche Bostoner Bürger ihren Ehrgeiz darein, den Offizieren der *Achates'* Kurzweil und abendliche Einladungen zu bieten; aber trotzdem quälte Bolitho der Gedanke, daß zwischen dem Ausbleiben jeglicher Nachricht und der mangelnden Kooperationsbereitschaft Samuel Fanes irgendein Zusammenhang bestand.

Vielleicht, so grübelte er, hätte er den Zeitplan, den ihm seine Befehle vorschrieben, ignorieren und als erstes San Felipe anlaufen sollen, damit der Eröffnungszug nicht Captain Duncan von der *Sparrowhawk* überlassen blieb. Aber dieser Schritt hätte als Einschüchterung – oder Schlimmeres – ausgelegt werden können.

Überhaupt – wo blieb die *Sparrowhawk?* Worauf war Duncan gestoßen, das wichtig genug war, sein Eintreffen in Boston zu verzögern?

An diesem Tag hatte Bolitho sein Mittagessen nicht angerührt. Obwohl Fleisch und Brot frisch waren, von Chase mit einem Boot als Geschenk an Bord geschickt, hatte er keinen Bissen davon herunterbekommen.

Auf allen Decks herrschte mittägliche Ruhe. Rumdüfte schwängerten die heiße Luft, weil in den Messen die Tagesration ausgegeben wurde.

Vielleicht hatte Sheaffe vorausgesehen, daß Bolithos Auftrag bloße Zeitverschwendung sein würde und nur zu scharfen Auseinandersetzungen mit den Amerikanern führen mußte. Bolitho zupfte an seinem schweißnassen Hemd, zwang sich aber, sitzenzubleiben, weil er sonst nur wieder ruhelos in seiner Kajüte auf und ab getigert wäre.

Belinda. Er wandte sich um und starrte durch die Heckfenster, bis seine Augen tränten. Inzwischen mußte alles vorbei sein. Entweder hatten sie jetzt ein Kind, oder...

Es war Belindas erstes Kindbett. Da konnte alles mögliche passiert sein.

Achates schwojte an ihrer Ankertrosse und rückte die fernen Hafengebäude in Bolithos Blickfeld. Er wollte lieber wieder auslaufen. Wollte etwas tun.

Ein leichtes Klopfen an der Lamellentür kündigte Keen an, dem beim Eintreten Bolithos unberührter Teller nicht entging.

»Die amerikanischen Fregatten gehen ankerauf, Sir.«

Bolitho nickte. »Ja. Nur die Franzosen bleiben noch hier.«

Keen zögerte. »Meiner Ansicht nach, Sir«, sagte er dann, »sollte uns ein weiteres Kurierschiff zur Verfügung gestellt werden.«

»Sie machen sich also auch Gedanken wegen *Sparrowhawk?*«

Keen zog die Schultern hoch. »Ja, allerdings. Da wir nicht einmal über eine kleine Brigg verfügen, sind wir taub und blind für alles, was sich außerhalb dieses Hafens abspielt.«

Yovell, der Sekretär, stand unschlüssig im Türrahmen. »Verzeihung, Sir, aber diese Papiere benötigen Ihre Unterschrift.«

Bolitho mußte plötzlich an seinen Neffen denken. Adam hatte um Erlaubnis ersucht, Chases Nichte Robina nach Newburyport begleiten zu dürfen. Jetzt beneidete er ihn um seine Freiheit; Adam wenigstens blieben dieses endlose Warten und die nagende Ungewißheit erspart. In den letzten Tagen hatten er wie auch Allday unter Bolithos Gereiztheit zu leiden gehabt.

Schnell überflog er, was Yovell geschrieben hatte, und setzte seine Unterschrift darunter. Kein Wunder, daß über den Papierberg in der Admiralität bittere Witze gerissen wurden. Wer konnte diese Flut von Berichten auch jemals lesen?

Bolitho faßte einen Entschluß. »Ich unternehme noch einen letzten Versuch, die Angelegenheit San Felipe mit den Amerikanern zu besprechen. Danach brechen wir auf und segeln zu der Insel, ob die *Sparrowhawk* nun eingetroffen ist oder nicht. Falls Sie den Kapitän eines Handelsschiffes überreden können, senden Sie bitte diskret mit ihm Nachricht nach Antigua. Dort sollte der Admiral von English Harbour über unser Vorhaben unterrichtet werden. Und wenn ich Ihrer Depesche ein, zwei Sätze hinzufüge, schaffen wir es vielleicht, ihm eine Brigg abzuluchsen.«

Ozzard trat ein und räumte wortlos das Tablett ab; nur ein vorwurfsvoller Blick verriet, was er über diese Verschwendung dachte.

»Erwarten Sie etwa, daß uns die Amerikaner einen Strich durch die Rechnung machen, Sir?« fragte Keen.

Bolitho schüttelte den Kopf. »Sie meinen, mit diesen Fregatten? Nein, das wäre unklug. Sie werden Mißbilligung äußern, sich aber mit der Zuschauerrolle begnügen.«

Der Erste Offizier trat mit eingezogenem Kopf über die Schwelle. »Bitte um Vergebung wegen der Störung, Sir, aber Mr. Chases Barkasse hält auf uns zu. Er hat auch den anderen Gentleman dabei.«

Bolitho und Keen wechselten Blicke.

Dann sagte Bolitho leise: »Endlich beehrt uns Mr. Fane, der Gesandte des Präsidenten, in eigener Person. Nun können wir vielleicht reinen Tisch machen.«

Grinsend griff Keen nach seinem Hut. »Ehrenwache vollzählig antreten lassen, Mr. Quantock! Wenn es Zunder gibt, dann soll's nicht an uns liegen.«

Allday kam aus dem Nebenraum getrottet und warf einen Blick zum Schott, wo Bolithos Säbel hingen. Nach kurzem Zögern nahm er die goldglänzende Prunkwaffe herunter, die Bolitho nach der Schlacht bei Abukir verliehen worden war. Dem alten, abgewetzten Familiensäbel gab er einen liebevollen Klaps und murmelte: »Du kommst auch noch dran – später.«

Bolitho hob die Arme, damit Allday den glitzernden Ehrensäbel an seinen Gürtel schnallen konnte. Allday hatte recht. Der alte Säbel war für die Schlacht, das Prunkstück fürs Repräsentieren.

Rund zwölfhundert Meilen südlich der Stelle, wo Bolitho mit mühsam beherrschter Ungeduld Mr. Samuel Fanes Besuch erwartete, lag Seiner Britannischen Majestät Fregatte *Sparrowhawk* reglos unter der blendenden Sonne. Vor ihrem Bug mühten sich zwei ihrer Boote lustlos ab, das Mutterschiff an Schleppleinen in Fahrt zu bringen, damit wenigstens Ruderwirkung erhalten blieb, wenn sie schon jede Hoffnung auf Wind verloren hatten.

Seit drei Tagen lagen sie in einer Totenflaute, die sie festhielt, nachdem sie San Felipe verlassen hatten. Ihr Auftrag dort war nur zum Teil erfüllt.

Mit gerunzelter Stirn saß Kapitän Duncan an seinem Schreibtisch und fügte einen weiteren Absatz an seinen ohnehin schon langen Brief. Er schrieb an seine Frau – wie die meisten verheirateten Marineoffiziere mit ähnlicher Regelmäßigkeit, wie er sein persönliches Logbuch führte. Er wußte weder, wann er diesen Brief beenden, noch welchem Schiff er ihn mitgeben würde.

Trotz seiner Schroffheit hing Duncan sehr an seiner Frau und ging zart mit ihr um. Sie waren jetzt zwei Jahre verheiratet, hatten aber insgesamt kaum einen Monat miteinander verbracht. Er haderte deshalb nicht mit dem Schicksal, denn solche Opfer mußte bringen, wer sich der Kriegsmarine verschrieb. Duncan war gerade erst 27 Jahre geworden und schon Fregattenkapitän. Und wenn er diesen Posten unter Bolitho behielt, konnte nichts – Friede hin oder her – seinen weiteren Aufstieg verhindern.

Wie viele seiner Zeitgenossen glaubte Duncan nicht an einen dauerhaften Frieden. Er hatte sich bereits in drei größeren Seeschlachten ausgezeichnet und war auch in kleineren Gefechten erfolgreich gewesen, im Kampf Schiff gegen Schiff, dem ureigensten Element jedes guten Fregattenkapitäns.

Bolitho galt seine uneingeschränkte Verehrung. Er bewunderte ihn nicht so sehr wegen seines Mutes und seiner Geschicklichkeit – beides hielt er eher für selbstverständlich –, sondern mehr noch für seine Anteilnahme am Schicksal der ihm Unterstellten. Obwohl er es nicht einmal sich selbst eingestand, versuchte Kapitän Duncan, Bolitho in allem nachzueifern.

Daher auch sein unzufriedenes Stirnrunzeln. Denn sein Besuch in San Felipe war kein Erfolg gewesen. Gouverneur Sir Humphrey Rivers hatte ihn abgefertigt wie einen grünen Rekruten, statt ihn zu behandeln, wie es einem Kriegsschiffkommandanten und Abgesandten Bolithos zukam.

Duncan verstand eben eine Menge von der Seefahrt, aber nichts von Männern wie Rivers.

Gleich bei ihrer ersten Begegnung hatte Rivers die Beherrschung verloren. Sie standen in seinem mitten in einer blühenden Plantage gelegenen Herrenhaus, und Rivers schrie Duncan an: »Da draußen neben dem Hafen liegt ein Friedhof, Kapitän! Er ist voller tapferer Männer, die ihr Leben für diese Insel gelassen haben! Ich denke nicht daran, ihr Andenken zu verraten und alles hier den Franzosen auszuliefern. Verdammt will ich sein, wenn ich das tue!«

Insgeheim pflichtete Duncan ihm ja bei, aber er war zu sehr daran gewöhnt, seinen Befehlen zu gehorchen. Außerdem war ihm der Mann zuwider, er hielt ihn für ein arrogantes Schwein.

Bolitho würde es nicht gerade freuen, daß er mit leeren Händen kam. Wenn Rivers sich weigerte, die zwischen England und Frankreich geschlossene Vereinbarung zu erfüllen, mochte er sich unversehens vor der Anklage des Hochverrats oder der Meuterei sehen – oder womit die Regierung sonst unbotmäßige Gouverneure zur Räson brachte. Mit einem erneuten Stirnrunzeln begann Duncan wieder zu schreiben.

Da hob sich das Deck unter seinen Füßen, und von einem Nebentisch fiel klappernd der Stechzirkel zu Boden.

Als Duncan aufsprang, spürte er, wie das Schiff unter ihm langsam wieder zum Leben erwachte.

Er eilte an Deck, wo sein Erster Offizier und der Segelmeister hoffnungsvoll zu den schlaffen Segeln emporstarrten, mit denen ein erstes zartes Lüftchen zu spielen begann.

Duncan wischte sich den Schweiß aus den Augen. Viel war das nicht, aber immerhin...

»Mr. Palmer! Rufen Sie die Boote zurück und lassen Sie sie wieder einsetzen. Und dann alle Mann an Deck zum Segelmanöver!« Er schlug dem Leutnant auf die Schulter und fügte hinzu: »Hol's der Teufel, Mr. Palmer, aber vielleicht haben wir jetzt die längste Zeit hier geschmort.«

Mit ein paar Schritten war Duncan am Schanzkleid und packte den sonnenwarmen Handlauf mit seinen mächtigen Pranken. Er sah zu, wie das erste Boot die Schleppleine loswarf und dankbar zum Schiff zurückpullte, obwohl die erschöpften Bootsgasten kaum noch die Riemen heben konnten.

Duncan fragte sich, was wohl auf dem anderen Schiff geschah. Es war in Sicht gekommen, kurz bevor die Flaute beide Schiffe lähmte und in der drückenden Hitze auf der Stelle hielt.

Der Erste Offizier kehrte zurück, nachdem er die Toppsgasten in die Takelage gescheucht hatte. »Der Ausguck im Masttopp meldet, daß unser heimlicher Begleiter bei Wachwechsel immer noch zu schen war.«

Wie zur Bestätigung erklang eine Stimme aus dem Großmasttopp und ließ mehrere Seeleute nach oben spähen.

»An Deck! Schiff in Luv voraus! Setzt die Bramsegel!«

Duncan quittierte mit einem Grunzen und wandte sich nach vorn, um sein eigenes Schiff zu beobachten, das sich unter dem wachsenden Winddruck schon leicht überzulegen begann. Das zweite Boot wurde gerade über das Schanzkleid gehievt und eingesetzt. *Sparrowhawk* machte wieder Fahrt.

Der Segelmeister stellte fest: »Sie wird auf konvergierendem Kurs zu uns liegen, Sir.«

»Ein Mann mit scharfen Augen soll gut Ausguck nach ihr halten.«

Duncan verdrängte die momentan in ihm aufsteigende Besorgnis. Im ersten Augenblick hatte er geglaubt, das andere Schiff sei die *Achates,* und Bolitho komme ihm entgegen, um den Grund für seine Verspätung zu erfahren.

Mit knarrenden Blöcken und knirschenden Leinen begann *Sparrowhawk,* auf den Wind in ihren Segeln zu reagieren.

»Nord zu West, Sir! Voll und bei!«

Duncan rieb sich das rote Gesicht, während er auf mehr Wind wartete. Aber er reichte schon aus, das Schiff Fahrt aufnehmen zu lassen. Selbst das winzige Eiland, das eine Zeitlang an der Kimm gestanden hatte, war bereits verschwunden, bevor der Master es identifizieren konnte. Wahrscheinlich eine Insel der Bahamagruppe, sagte sich Duncan.

Auch bei San Felipe hatte er solch kleine Inseln gesichtet, eine davon sogar seltsamerweise mit einem Kirchturm. Man hatte ihm gesagt, daß sich dort ein Missionsorden niedergelassen habe und in völliger Abgeschiedenheit lebe.

San Felipe war ursprünglich in spanischem Besitz gewesen, deshalb mochten diese Mönche durchaus ein Überbleibsel aus alten Zeiten sein.

Duncans Laune begann sich zu bessern. Wenn er's recht überlegte, hatte er nur ausgeführt, was ihm befohlen worden war. Bolitho würde sich schon einen Reim auf alles machen können, was sein Fregattenkapitän auf San Felipe gesehen und gehört hatte.

»Ich gehe unter Deck, Mr. Palmer. Muß noch einen Brief beenden. Wer weiß, vielleicht können wir früher als gedacht Post in die Heimat schicken!«

Palmer lächelte. War der Kommandant guter Stimmung, war das Leben leichter für alle.

Als die Segel im Wind immer voller standen und die weiße Bugwelle allmählich wuchs, wurde auch das andere Schiff größer und größer; zielstrebig kam es auf konvergierendem Kurs heran.

Zu groß für eine Fregatte, überlegte Palmer, der in den Webeleinen in Luv hing und sein Teleskop auf den Fremdling richtete. Er leuchtete grell in der Sonne, und seine hell und dunkel gewürfelten Lee-Stückpforten schnitten fast unter, so krängte er im auffrischenden Wind, der die *Sparrowhawk* noch nicht erreicht hatte.

Wahrscheinlich ein Westindienfahrer, konstatierte Duncan. Die waren neuerdings so schnittig wie Kriegsschiffe. Nicht umsonst hieß es ja, daß so ein Gemüsekipper mit einer Fahrt mehr verdiente als ein Marineoffizier in zehn Jahren.

»Sie hißt ein Signal, Sir!«

»Das sehe ich selbst, verdammt!« Palmer hatte das lange Warten bei Hitze und Flaute zermürbt; so grob zu reagieren, war sonst nicht seine Art.

Der Signalfähnrich schluckte nur und richtete sein starkes Glas auf das andere Fahrzeug, beobachtete die bunten Flaggen, die an seiner Signalrah aufstiegen.

»Sie haben uns etwas mitzuteilen, Sir.«

Der Erste Offizier unterdrückte einen Fluch. Wahrscheinlich war die Mitteilung völlig bedeutungslos; aber während sie überflüssige Informationen austauschten, konnten sie den Wind wieder verlieren.

»Bestätigen Sie, Mr. Clements«, befahl er unwirsch und winkte den Midshipman der Wache heran. »Und Sie, Mr. Evans, melden dem Kommandanten, daß wir beidrehen müssen.«

Palmer wandte sich wütend ab; das würde dem Kommandanten die gute Laune rasch verderben.

Mit bis zum Gürtel offenem Hemd kam Duncan aus dem Kajütsniedergang und musterte wortlos das fremde Schiff. Es konnte ihnen eine für ihre Unternehmung wichtige Nachricht bringen; andererseits mochte der Kapitän auch nur Klatsch und Tratsch austauschen wollen. Wenn sich zwei Schiffe so fern der Heimat trafen, war das nicht ungewöhnlich.

»Kürzen Sie Segel, Mr. Palmer. Klar zum Beidrehen.«

Er verschränkte die Hände auf dem Rücken und sah zu, wie seine Leute auf ihre Stationen eilten.

»Hart Luvruder!«

Duncan winkte nach dem Midshipman. »Ihr Glas bitte, Mr. Evans.«

Als er das Teleskop entgegennahm, fiel sein Blick auf den Jungen. Evans war erst dreizehn Jahre alt, der Jüngste in seiner Messe. Ein munteres Kerlchen, das schon mehr als einmal zur Strafe für seine Streiche in den Mast geschickt worden war.

Duncan hob das Glas und spreizte gleichzeitig haltsuchend die Beine, weil das Schiff gerade in ein Wellental sackte; vorn fierten die Seeleute die Stagsegelschoten, damit *Sparrowhawk* durch den Wind drehen konnte. Für eine Landratte mußte das Schiff jetzt einen völlig außer Kontrolle geratenen Anblick bieten; aber gleich würde es sich auf den anderen Bug legen und die Mannschaft noch mehr Segel aufgeien.

Duncan lächelte grimmig in sich hinein. Er führte sein Schiff gern mit fester Hand, zwang es ins Joch wie ein eigenwilliges Pferd.

Aber er erstarrte, als das andere Schiff riesenhaft in seiner Teleskoplinse auftauchte. Seine Rahen schwangen herum, die Segel blieben steif wie eiserne Brustpanzer, und es wechselte den Kurs, aber nicht um anzuluven, sondern nach Steuerbord. Donnernd füllte sich die Breitfock an ihrer Rah, und das Schiff schien einen Satz nach vorn zu machen, quer hinter dem Heck der Fregatte vorbei.

Duncan brüllte: »Belege das, Mr. Palmer! *Anluven!*« Aber es war zu spät, seinen letzten Befehl rückgängig zu machen.

An Deck herrschte Konfusion. Männer stürzten an Brassen, Halsen und Schoten, Blöcke und Winschen knarrten, und immer noch mehr Hände packten mit an, um die Rahen wieder herumzuholen.

Duncan kam ins Schwanken, als das Deck sich überlegte und das Schiff zu reagieren versuchte; aber sie hatten sich festgesegelt. Die Segel killten und schlugen wirkungslos gegen Masten und Spieren.

»Klar zum Gefecht!«

Mit wildem Blick starrte Duncan zu dem Fremden hinüber, trotz der Hitze fror er bis ins Mark. *Er hätte es vorhersehen müssen!* Jetzt war es zu spät, denn noch während er hinsah, flogen drüben die Stückpforten auf, die schwarzen Rohre reckten sich ins Licht, wohingegen auf der *Sparrowhawk* verwirrte Soldaten erst die Trommelstöcke wirbeln ließen; mehr Männer strömten aus den Niedergängen, zum Teil immer noch in Unkenntnis der drohenden Gefahr.

Duncan stand wie angewurzelt, dem regelmäßigen Einzelfeuer zugewandt, das jetzt aus der Bordwand des Fremden schoß und mit gelbroten Feuerzungen nach ihnen leckte, gefolgt von dick heranrollenden Rauchbänken. In der nächsten Sekunde krachte ein Eisenhagel mit infernalischer Gewalt in Rumpf und Rigg der Fregatte, mähte Männer um, zerfetzte Spieren und Taue, riß Löcher in die schlagenden Segel und – was am schlimmsten war – fuhr wie ein Sensenhieb vom Heck aus durch die ganze Länge des Batteriedecks, alles in blutiges Chaos verwandelnd.

Duncan krallte die Fäuste in die Webeleinen und schrie wie ein verwundeter Stier, als eine Kugel auf dem Achterdeck eine Kanone umriß und über die splitternden Planken weiterpflügte, eine Spur aus Blut und Leichen hinter sich herziehend.

Er spürte einen Schlag gegen seine Hüfte wie von einer Axt, und als er hinblickte, pulsierte Blut in breitem Strom an seinem Bein hinunter; dann kam der Schmerz, und er hörte sich aufstöhnen in Todesnot.

Ein gewaltiger Schatten glitt über ihn hinweg: der Besanmast, der mit Donnergetöse umstürzte und seine ganze Takelage mit allen Männern darin über Bord ins Verderben riß.

Wieder bockte der Rumpf und bäumte sich auf unter den Einschlägen einer feindlichen Breitseite. Duncan mußte sich an die Finknetze klammern, um nicht zu stürzen. Der Feind war ihrer Drehbewegung gefolgt, seine oberen Segel blähten sich über dem Rauch wie die Schwingen des Todesengels. Er feuerte pausenlos weiter, und immer noch war auf *Sparrowhawk* nicht eine einzige Kanone geladen. Das Deck war übersät mit Toten und Sterbenden, und als Duncans Blick auf das Ruder fiel, sah er, daß das große Rad gesplittert war; zu seinen Füßen lagen zerschmettert der Master und seine beiden Rudergänger.

»Mr. Palmer!«

Aber Duncans Schrei war nur ein Krächzen. Sein Erster Offizier kniete neben der Reling; den Mund in lautlosem Brüllen weit aufgerissen, starrte er auf seine beiden Hände nieder, die wie abgestreifte Handschuhe vor ihm lagen.

Bei den Einschlägen der nächsten Salve sank auch Duncan auf die Planken. Er hörte die Kugeln unten durch die Schottwände krachen und sah aus einer offenen Luke Rauch emporkräuseln. Die *Sparrowhawk* brannte.

Er versuchte wieder aufzustehen, Wut und Verzweiflung weckten seine letzten Kräfte. Über und über blutbedeckt, war er ein schrecklicher Anblick. Doch er fühlte, wie das Blut alle Kraft aus seinem Körper schwemmte; es gerann auf den Planken zu den gräßlichen Mustern, die schon das ganze Deck überzogen.

»Ich helfe Ihnen, Sir!«

Duncan legte dem Jungen einen Arm um die Schultern. Es war nur der kleine Evans, aber sein Anblick richtete den Kommandanten etwas auf.

Er keuchte: »Bin fertig, Junge. Sieh nach den anderen.« Er spürte den Kadetten unter seinem Griff zusammenfahren und sah die nackte Angst in seinen Augen. Da packte er ihn noch fester mit seiner blutigen Faust. »Halte durch mein Sohn, jetzt bist du ein Offizier. Zeig's ihnen...« Und damit stürzte Duncan abermals, aber diesmal stand er nicht mehr auf.

Eine Handvoll Seeleute und Soldaten kam nach achtern gerannt und hätte sich über Bord gestürzt, wäre der dreizehnjährige Seekadett ihnen nicht entgegengetreten.

Er schrie: »Setzt das Boot aus! Bootsmann, übernehmen Sie das!«

Als ihn einer der Fliehenden beiseitestieß, griff er sich eine Pistole und feuerte in die Luft. Noch einen Augenblick starrten sie einander an wie Irre, und dann gewann die Disziplin die

Oberhand. Sie warfen ihre Waffen weg und rannten zu dem Boot, um es zu Wasser zu lassen.

Immer noch schlugen vereinzelt Kugeln in den Rumpf, doch *Sparrowhawk* hatte keine Widerstandskraft mehr. Sie lag schon tief im Wasser, die See schwappte bereits im Orlopdeck und stieg schnell höher; blank glitzerte Wasser am Fuß der Niedergangstreppe.

Evans rannte zu seinem Freund, dem Signalfähnrich, aber der war schon tot. In seiner Brust klaffte eine Wunde, so groß wie eine Männerfaust.

Vorsichtig richtete Evans sich auf. Seine Füße glitten in den Blutlachen aus, als das Heck sich aus der See hob.

Er glaubte, eines der anderen Boote in der Nähe zu hören und die Stimme des Dritten Offiziers, der Überlebende zusammenrief und Ordnung herzustellen versuchte.

Noch einmal blickte Evans auf seinen toten Kommandanten nieder, den Mann, den er gefürchtet und bewundert hatte. Jetzt war er ein Nichts, und das verstörte Evans; er fühlte sich betrogen.

Ein vierschrötiger Marinesoldat hastete vorbei, einen verwundeten Kameraden wie einen Sack über die Schulter geworfen. Er verhielt kurz bei Evans und keuchte: »Kommen Sie, Sir, hier gibt's nichts mehr zu tun.«

Der Verwundete stöhnte, und sein Träger wollte sich abwenden, aber irgend etwas in Evans' Gesicht hielt ihn fest. Der Seesoldat hatte die Schlacht bei Abukir und auch die am Kap St. Vincent mitgemacht und schon viele Freunde sterben gesehen.

Grob fuhr er den Jungen an: »Du hast getan, was du konntest, also komm jetzt mit, ja?«

Ein Beben ging durch das Schiff. Die *Sparrowhawk* begann unterzuschneiden.

Der kleine Kadett folgte dem Seesoldaten zum Schanzkleid und zuckte nicht einmal zusammen, als der Großmast wie eine überhängende Klippe donnernd von oben kam.

»Ich bin soweit, danke.« Es klang seltsam in diesem schrecklichen Augenblick.

Kanonen rissen sich los und krachten, tote und wimmernde Männer zermalmend, der Länge nach durch die Decks. *Sparro-*

hawk reckte noch einmal das Heck empor und ging dann steil nach unten. Wo sie versank, drehte sich ein Wirbel aus Wrackteilen, Menschen und Gliedmaßen – noch lange, nachdem der Angreifer mehr Segel gesetzt hatte und sich mit westlichem Kurs davonmachte.

Als Zeugen der Vernichtung blieben zwei Boote und ein flüchtig zusammengelaschtes Floß zurück, umdrängt von Überlebenden, die um einen Platz an Bord oder wenigstens um Halt für ihre Fäuste kämpften.

Eine Woche danach sichtete die amerikanische Brigg *Baltimore Lady,* unterwegs von Guadeloupe nach New York, ein treibendes Boot und drehte bei, um es sich näher anzusehen. Das Boot war voller Männer, alle von der Sonne verbrannt und ausgedörrt, einige tot, der Rest nur noch halb am Leben. Die Toten waren ihren Wunden erlegen oder verdurstet, die Überlebenden konnten kaum sprechen. Aber die Spuren von Haizähnen an der Außenhaut des Bootes waren beredt genug: Tiefe Riefen zeigten, wo die Bestien die Männer weggerissen hatten, die sich außen anklammerten. Eine Art Offizier führte das Kommando im Boot; der Maat der Brigg beschrieb ihn später als »halbes Kind«.

Midshipman Evans hatte Duncans letztem Befehl gehorcht und ›nach den anderen gesehen‹.

Aber das Erlebnis verfolgte ihn für den Rest seines Lebens.

Samuel Fane betrachtete Bolitho ohne jede Gefühlsregung. »Ich habe mit dem Präsidenten gesprochen«, sagte er. »Und außerdem habe ich die Angelegenheit San Felipe mit dem französischen Admiral diskutiert.«

Auch Bolitho war die Ruhe selbst. Es hatte keinen Sinn, Fane vorzuwerfen, daß er hinterrücks mit den Franzosen verhandelt hatte. Das war sein gutes Recht, wenn Boston als neutraler Boden galt.

Auch erwies es sich als hilfreich, daß er diesmal mit Fane an Bord seines eigenen Flaggschiffs verhandelte. An Land, als Gast in Chases prunkvollem Haus, war er der Fremdling gewesen. Doch jetzt, inmitten der vertrauten Umgebung, fühlte er Sicherheit und Zuversicht.

Er sagte: »Ehe ich nicht den Bericht meines Fregattenkapitäns vorliegen habe, können keine weiteren Schritte unternommen werden. Vielleicht läßt sich ein Kompromiß erarbeiten, aber nur auf der Grundlage der augenblicklichen Situation. Sir Humphrey Rivers ist der britische Gouverneur auf San Felipe, nicht mehr und nicht weniger.«

Jonathan Chase hatte schon zwei Gläser Weißwein geleert, wohl aus Sorge um den Verlauf der Besprechung, von der er sich diesmal einen besseren Ausgang erhoffte. »Das ist doch nicht unbillig, Sam, oder?« schaltete er sich vermittelnd ein.

Fanes tiefliegende Augen glitten über ihn hinweg. »Meine Regierung duldet in ihrer Einflußsphäre keinerlei Kriegshandlungen, die das amerikanische Interesse an freiem Handel und Verkehr beeinträchtigen würden. Ich halte es für die beste Lösung, daß die Insel amerikanisches Protektoratsgebiet wird, wenn die Bewohner eine Übergabe ablehnen.« Und abschließend, mit einem resignierten Seufzer: »Aber wenn der Admiral zuerst eine Demonstration der Stärke wünscht, dann müssen wir ihm wohl den Gefallen tun.«

Chase hielt Ozzard sein Glas zum Nachfüllen hin. »Herrgott, Sam, müssen Sie immer so tierisch ernst sein?«

Fane lächelte verkniffen. »Meistens.«

An Deck oben erklangen Schritte, Befehle wurden gerufen. Das war Bolithos Welt, und nicht diese Doppelzüngigkeit hier unten. Er erhob sich und trat an die Heckfenster. Eine leichte warme Brise strich über die Massachusetts Bay und hatte den Himmel bis auf einige rosa Wölkchen leergefegt. Wie einladend doch die See aussah!

Fane sagte in seinem Rücken: »Es mag einige Monate dauern, bis die Angelegenheit bereinigt ist, aber was macht das schon? Die Franzosen bestehen nicht auf sofortiger Besetzung der Insel. Damit gewinnen wir alle mehr Zeit.«

Bolitho gewahrte draußen auf Reede plötzlich eine kleine bewaffnete Brigg, die in den Wind drehte, ihren Anker klatschend fallen ließ und routiniert die Segel barg. An ihrer Gaffel züngelte eine Flagge im Wind, die die gleichen Farben trug wie *Achates'* Nationale.

Bolitho erwiderte: »Ich bin von der Regierung Seiner Majestät beauftragt, die Insel zu übergeben, Sir. Niemand hat ein Interesse an einem Volksaufstand, schon gar nicht jetzt, da Westindien sich allmählich vom Krieg erholt.«

Die Brigg hatte ein Boot ausgesetzt, das bereits hastig in Richtung des Flaggschiffs pullte.

Bolitho spürte plötzlich einen Nerv an seiner Schläfe zucken. Was hatte diese Eile zu bedeuten? Brachte die Brigg bereits Neuigkeiten aus der Heimat oder...

Widerstrebend wandte er sich vom Fenster ab, zwang sich, dem anderen ins Gesicht zu sehen, obwohl seine von der Sonne geblendeten Augen in der Kajüte kaum etwas erkennen konnten.

»Ich werde Ihrem Präsidenten ein Schreiben senden. Wir wissen zu schätzen, daß er beabsichtigt...« Bolitho unterbrach sich und fuhr herum, weil Ozzard gemurmelt hatte: »Der Kommandant ist hier, Sir.«

Keen stand unter der Tür, den Hut in der Armbeuge.

»Bitte um Nachsicht für die Störung, Sir.« Sein Blick wanderte über die Anwesenden. »Aber der Kommandant der Brigg *Electra* ist an Bord gekommen – mit einer Nachricht für Sie, Sir.« Keens Blick wurde beschwörend. »Einer sehr ernsten Nachricht.«

Bolitho nickte. »Entschuldigen Sie mich einen Augenblick, meine Herren.«

Er folgte Keen aus der Kajüte und fand einen jungen Offizier vor dem Kartenraum warten.

Gepreßt sagte Keen: »Dies ist Kapitänleutnant Napier, Sir.«

Bolitho forderte ihn auf: »Berichten Sie.«

Napier mußte schlucken; die *Electra* war sein erstes Kommando, und er hatte noch nie zu einem Vizeadmiral gesprochen.

»Wir segelten mit südlichem Kurs, als wir eine amerikanische Brigg sichteten. Sie signalisierte um Hilfe, und als ich an Bord ging, stellte ich fest, daß sie britische Seeleute übernommen hatte.« Er senkte den Blick. »Schiffbrüchige.«

Bolitho sah Keen an, dessen Gesicht unter der Sonnenbräune bleich geworden war.

»Überlebende von der *Sparrowhawk,* Sir«, schloß der Kapitänleutnant gedämpft.

Bolitho verkrampfte die Hände auf dem Rücken, um sich seine Erschütterung nicht anmerken zu lassen. Insgeheim hatte er schon lange befürchtet, daß der kleinen Fregatte Schlimmes zugestoßen war. Aber er hatte an einen Orkan gedacht, an ein heimtückisches Riff oder an irgendeine der vielen anderen Gefahren, denen ein alleinsegelndes Schiff zum Opfer fallen konnte.

Napier berichtete weiter: »Sie wurden überfallen, Sir. Offenbar von einem Zweidecker, obwohl...«

Bolitho sah die Szene vor sich, als hätte er sie miterlebt: Ein Angriff wie damals auf *Achates,* ohne jede Vorwarnung. Nur war das Opfer diesmal hoffnungslos unterlegen gewesen, selbst für den Fall, daß Duncan mit Feindseligkeiten rechnete.

»Wie viele Überlebende?«

Wieder konnte der junge Kommandant Bolitho nicht in die Augen sehen. »Fünfundzwanzig, Sir, und einige davon in hoffnungslosem Zustand.«

Bolitho überlief ein kalter Schauder. Fünfundzwanzig aus einer Besatzung von zweihundert Seelen.

»Offiziere darunter?« Fast erkannte er die eigene Stimme nicht.

»Keine, Sir. Nur ein Midshipman. Es war auch noch seine erste Fahrt.«

Also war Duncan mit seinem Schiff untergegangen, dachte Bolitho bitter. Er sah ihn noch vor sich als Gast auf seiner Hochzeitsfeier in Falmouth. Ein guter Offizier, charakterfest und verläßlich.

Es konnte nicht sein. Das träumte er nur.

Der Kapitänleutnant faßte Bolithos Schweigen fälschlich als Mißbilligung auf und fuhr hastig fort: »Der Midshipman berichtete, daß sich der Dritte Offizier in ein anderes Boot gerettet hatte, obwohl von Splittern in Gesicht und Hals getroffen. Während der Nacht trieben die Boote auseinander, und dann kamen die Haie.«

Napier blickte zu Boden.

»Bringen Sie den Midshipman zu mir.« Bolitho sah das Zögern des anderen. »Ist er verwundet?«

»Nein, Sir.«

Keen befahl abschließend: »Also veranlassen Sie das.«

Als der Kapitänleutnant davoneilte, wies Bolitho Keen an: »Verständigen Sie meinen Adjutanten. Er muß sofort an Bord zurückkehren. Mit einem schnellen Pferd oder sonstwie.«

Aber Keen starrte Bolitho immer noch an. »Es war dasselbe Schiff, nicht wahr, Sir?«

»Ganz bestimmt.« Bolithos Blick blieb fest. »Stellen Sie unseren Arzt für die Verwundeten ab. Die Überlebenden der *Sparrowhawk* werden in unserer Stammrolle übernommen. Sie sollen dabeisein, wenn *Achates* mit diesem Schlächter abrechnet!«

Damit kehrte Bolitho in seine Kajüte zurück. Aber sein Äußeres mußte sich irgendwie verändert haben. Chases Hand mit dem halbleeren Glas blieb auf dem Weg zu seinen Lippen in der Luft hängen, Ozzard erstarrte mit der Karaffe in der Hand. Fanes Blick folgte Bolitho zu den Heckfenstern, bevor er fragte: »Eine schlechte Nachricht, Admiral?«

Bolitho fuhr herum und musterte ihn; nur mit Mühe konnte er die weißglühende Wut unterdrücken, die in ihm aufwallte.

»Ich laufe aus, sowie alle meine Leute an Bord sind.«

Chase beugte sich im Stuhl vor, als wolle er Bolitho eingehender betrachten. »Also warten Sie doch nicht auf Ihre Fregatte?«

Bolitho schüttelte den Kopf. »Ich habe das Warten satt.«

Er sah das Boot der Brigg draußen ein zweites Mal heranpullen. Es war grausam, den jungen Midshipman nach allem, was er durchgemacht hatte, zum Rapport zu befehlen. Aber er mußte alles erfahren, was der Junge wußte.

Ruhig sagte er: »*Sparrowhawk* ist versenkt worden.«

Er hörte Chase überrascht nach Luft schnappen.

Zu Fane gewandt fügte er hinzu: »Sie sehen also, meine Herren, es könnte doch zu Kriegshandlungen kommen, ehe die Übergabe zur Zufriedenheit *aller* vollzogen wird.«

VI Abschied von Boston

Kapitän Valentine Keen saß mit übergeschlagenen Beinen in Bolithos Kajüte und sah zu, wie sein Vorgesetzter eine Depesche an die Admiralität in London noch einmal durchlas. Sie sollte mit der Brigg *Electra* abgehen und schließlich von einem Kurierschiff der britischen Marine weiterbefördert werden, was bedeutete, daß sie völlig von den Ereignissen überholt sein würde, wenn Admiral Sheaffe sie endlich in Händen hielt.

Keen verfluchte insgeheim die drückende Hitze. Sie lag so lähmend über dem Schiff, daß selbst die kleinste Bewegung zur Qual wurde.

Bolitho setzte seine Unterschrift unter die letzte Seite und sah seinen Flaggkapitän fragend an.

»Also, Val, sind wir klar zum Auslaufen?«

Keen nickte und fühlte sofort Schweiß in seinen Kragen rinnen. »Der letzte Wasserleichter hat abgelegt, Sir. Wir warten nur noch...«

Heftig sprang Bolitho auf und schritt zu den offenen Heckfenstern. »Auf meinen Neffen. Er sollte längst an Bord sein.«

Damit hatte er nur seine Gedanken laut ausgesprochen. Das Schiff war klar zum Ankerlichten, alle Boote waren eingesetzt, die Leute vollzählig an Bord. Gereizt starrte er zu der kleinen Brigg hinüber, mit der die Nachricht über den Verlust der *Sparrowhawk* gekommen war. Ihr junger Kommandant würde aufatmen, wenn er erst dem Einflußbereich dieses fremden Admirals entronnen war. Sein kleines Schiff konnte nun nach Antigua eilen und die Kunde von dem geheimnisvollen Wegelagerer verbreiten, der ohne Namen und Nationalflagge segelte. Bolitho hätte viel darum gegeben, wenn er *Electra* hätte behalten können, aber es war vorrangig, daß vor dem unbekannten Angreifer gewarnt wurde. Noch andere Schiffe mochten seine Opfer werden.

Keen konnte seinem Admiral fast die Gedanken vom Gesicht ablesen. In Kriegszeiten hatten sie so vieles gemeinsam erlebt und durchgestanden; und jetzt, angeblich mitten im Frieden, wurden sie mit einem Gegner konfrontiert, der ebenso rätselhaft wie furchterregend war.

Über ihren Köpfen polterten Schritte, dann schrillten die Pfeifen und riefen die Wache an irgendeine neue Arbeit, beaufsichtigt vom scharfen Auge des Ersten Offiziers.

Bolitho entging Keens mitfühlender Blick. Seine Gedanken drehten sich immer wieder im Kreis, als sei sein Kopf ein Gefängnis. Sollte er hier in Boston warten oder nach San Felipe segeln? Es hing ganz allein von ihm ab, wie auch Duncans Tod auf seine Entscheidung zurückging. Keen hatte mit dem überlebenden Midshipman gesprochen, aber nur wenig aus ihm herausbekommen. Dann hatte Bolitho Allday gebeten, den jungen Evans auf seine eigene Art auszufragen, und diese Methode hatte verblüffende Resultate gebracht. Allday besaß eben die Gabe, sich beiläufig und wie nebenbei mit Leuten zu unterhalten, besonders mit halben Kindern wie Evans. Als Allday Bolitho schilderte, was er Evans entlockt hatte, glaubte Bolitho, selbst Zeuge dieses kurzen, mörderischen Treffens gewesen zu sein, das mit *Sparrowhawks* völliger Vernichtung geendet hatte.

Ein Wunder, daß der Junge nicht zusammengebrochen war, dachte Bolitho. Schließlich segelten sie nicht in den Krieg, mit dem Tod als allgegenwärtigem Schatten. Es war Evans' erste Reise gewesen, zwar auf einem Kriegsschiff, aber in friedlicher Mission. Auch kam er nicht aus einer Familie von Seeleuten, sondern war der Sohn eines walisischen Schneiders.

Seinen besten Freund und Kameraden wie ein Tier abgeschlachtet zu sehen, dem verwundeten Duncan im Tode Beistand zu leisten, während das tödlich getroffene Schiff unter ihm versank, war mehr, als die meisten seiner Altersgenossen verkraftet hätten. Vielleicht würde der Schock erst später, möglicherweise nach Monaten, auftreten.

Allday berichtete, daß Evans eine Explosion zu hören glaubte, als sein Boot von der sinkenden Fregatte wegpullte. Sie hatten ja nicht einmal Zeit gehabt, das Kombüsenfeuer zu löschen. Wahrscheinlich waren die Flammen auf das Pulvermagazin übergesprungen. So kam das Ende für die an Bord Verbliebenen wenigstens schnell, und die Schockwelle der Explosion hatte die Haie eine Weile von den Schwimmern ferngehalten.

Ein anderer Überlebender, ein erfahrener Artillerist, hatte Allday berichtet, daß das Kanonenfeuer ihres Mörders lauter und heller geklungen hatte, als zu erwarten gewesen war. Er glaubte, daß seine Batterie aus Kanonen bestand, die großkalibriger waren als üblich, wenn auch der Zahl nach reduziert.

Bolitho warf einen Blick auf den Achtzehnpfünder neben seinem Schreibtisch. Wahrscheinlich also Zweiunddreißigpfünder. Aber warum?

Die Tür öffnete sich langsam, und Yovell spähte zögernd herein. Bolitho sagte: »Die Depeschen sind fertig.«

Waren sie denn überhaupt von Bedeutung? Er wußte es besser, und Keen ebenso. Nur leere Worte. Aber die Fakten waren ebenso eindeutig wie grausam: Er hatte ein gutes Schiff mit fast der gesamten Besatzung verloren. Und Duncan, einen nahen

Freund und tapferen Offizier. Was sollte aus seiner jungen Witwe werden?

Yovell stand immer noch im Türrahmen.

»Ein Postschiff wirft gerade Anker, Sir«, sagte er. »Es kommt aus England.«

Bolitho starrte ihn an und sah mit Schrecken die Furcht in Yovells rundem Gesicht.

Mein Gott, dachte er, der Mann hat ja Angst vor mir. Aber dann traf ihn die Erkenntnis wie ein Schock: Der Sekretär ängstigte sich vor seiner Gereiztheit, weil das Postschiff möglicherweise keine Nachricht von Belinda mitbrachte.

Als Bolitho das begriffen hatte, fiel es ihm leichter, seine quälende Spannung zu meistern. »Danke, Yovell«, sagte er. »Nehmen Sie die Pinasse und schaffen Sie meine Depeschen auf die *Electra.* Auch alle Briefe der Besatzung.« Er sah den Sekretär noch zögern. »Und danach lassen Sie sich zum Postschiff rudern, ja? Vielleicht haben sie dort Briefe aus der Heimat für uns«, schloß er.

Bolitho setzte sich und sagte, als Yovell verschwunden war: »Wenn ich zu Ihnen allen ziemlich gereizt war, Val, möchte ich mich entschuldigen.«

Keen nutzte den günstigen Augenblick. »Als Ihr Flaggkapitän, Sir«, sagte er, »steht es mir doch frei, aus gegebenem Anlaß Vorschläge zu machen oder Warnungen auszusprechen?«

»Das stimmt.« Bolitho lächelte grimmig. »Thomas Herrick hat von diesem Recht ausgiebig Gebrauch gemacht, also sprechen Sie ganz offen.«

Keen hob die Schultern. »Sie werden von allen Seiten bedrängt, Sir. Die Franzosen weigern sich, mit Ihnen über San Felipe zu reden, und sie müssen es auch nicht tun, da ja unsere beiden Regierungen über die Zukunft der Insel bereits Vereinbarungen getroffen haben. Die Amerikaner wollen die Franzosen nicht vor ihrer Haustür haben, weil das ihre Strategie in einem zukünftigen Konflikt behindern könnte. Der Gouverneur von San Felipe bekämpft die Übergabe – also Sie – mit allen Mitteln, und ich nehme an, damit hat Admiral Sheaffe von Anfang an gerechnet. Weshalb sich also den Kopf zermartern? Wenn der Gouverneur nicht kapitulieren will, können wir ihn unter Arrest stellen oder sogar in Eisen legen.« Keens Ton wurde härter. »Zu viele Leute sind seinetwegen schon gestorben. Es wäre besser, wenn wir selbst die Insel übernähmen, als ihr Schicksal ihm zu überlassen. Er strebt wahrscheinlich völlige Unabhängigkeit von der britischen Krone an und spielt zu diesem Zweck eine Partei gegen die andere aus – solange wir es ihm gestatten.«

Bolitho lächelte. »Das habe ich auch schon bedacht. Aber der Verlust von *Sparrowhawk* und der unprovozierte Angriff auf uns passen nicht ins Bild. Wenn mich nicht alles täuscht, war das Schiff ein spanischer Werftbau, doch seine Allerkatholischste Majestät, der König von Spanien, hat keine Einwände gegen die Übergabe von San Felipe erhoben. Also haben wir es entweder mit einem versuchten Staatsstreich zu tun oder mit Piraterie in großem Maßstab. Zum Teufel, Val, nach diesem langen Krieg gibt es doch eine Menge Kapitäne mit der nötigen Erfahrung und auch Verzweiflung für ein Spiel um so hohen Einsatz.«

Keen legte die Fingerspitzen gegeneinander. »Ich weiß, Sir, daß Sie sich jetzt große Sorgen um Ihre Frau machen.« Er sah Ärger in Bolithos grauen Augen aufblitzen und fuhr schnell fort: »Das lange Warten muß die Hölle für Sie gewesen sein, besonders nach Ihren Erlebnissen in der Gefangenschaft.«

Ein Boot pullte unter dem Heck vorbei, und Bolitho trat an ein Fenster, um die Passagiere zu mustern. Aber es waren nur Neugierige und ein paar kleine Händler, die immer noch versuchten, mit den Matrosen an Bord das eine oder andere Geschäft zu machen.

Adam war nicht dabei.

Wieder erriet Keen seine Gedanken. »Er ist noch so jung, Sir. Vielleicht war es ein Mißgriff, ihn zum Flaggleutnant zu machen.«

Wütend fuhr Bolitho herum. »Hat Browne das gesagt?«

Keen schüttelte den Kopf. »Es ist meine persönliche Meinung. Ihr Neffe ist ein prächtiger junger Mann und hat meine volle Sympathie. Sie haben von Anfang an die Hand über ihn gehalten, haben ihn behandelt wie einen Sohn.«

Bolithos Widerstandskraft erlahmte. »War das denn so falsch?«

Traurig lächelte Keen. »Auf keinen Fall, Sir.«

Bolitho schritt an Keens Stuhl vorbei und legte seinem Flaggkapitän kurz die Hand auf die Schulter. »Aber Sie haben ganz recht. Ich wollte die Augen davor verschließen.« Er winkte ab, als Keen zu protestieren begann. »Ich habe Adams Mutter nie kennengelernt, niemand kannte sie. Immerhin hat sie ihn den ganzen Weg bis nach Falmouth geschickt, zu mir. Das war vielleicht das einzig Gute, was sie in ihrem Leben tat. Aber was mich betrifft, so haben Sie recht: Ich liebe Adam wie einen Sohn, doch er ist es nicht. Sein Vater war mein Bruder Hugh. Vielleicht hat er Hughs Charakter geerbt...«

Keen stand auf. »Lassen wir es dabei bewenden, Sir. Ihr Grübeln bringt Sie auch nicht weiter, es zermürbt Sie nur. Wir alle blicken zu Ihnen auf. Und ich glaube, uns steht Schlimmes bevor. Wahrscheinlich hat man uns nur deshalb hierher gesandt.«

Bolitho schenkte zwei Gläser Wein ein und reichte Keen eines davon.

»Sie sind mir ein guter Flaggkapitän, Val. Nur ein mutiger Mann konnte das eben aussprechen. Und es stimmt. Private Gefühle dürfen jetzt keine Rolle spielen. Später vielleicht – aber jetzt würde jedes Zeichen von Besorgnis sofort das ganze Schiff anstecken.« Er hob sein Glas und ließ den Wein in der Sonne funkeln. »Das alte Käthchen wird sich bald tapfer schlagen müssen. Einen Admiral, der vor privaten Sorgen an nichts anderes mehr denkt, kann sie nicht gebrauchen.«

Ein zaghaftes Klopfen an der Tür, und dann trat Yovell ein, den Blick wie gebannt auf Bolitho gerichtet.

Keen mußte wegsehen, als Bolitho den Brief aus Yovells Hand entgegennahm. Er wäre gern gegangen, wagte aber nicht, sich zu rühren. Yovell empfand anscheinend ebenso.

Bolitho überflog den kurzen Brief und faltete ihn dann sorgsam.

»Bringen Sie das Schiff bitte in Fahrt, wenn Sie soweit sind. Der Wind sollte reichen zum Auslaufen.«

Er begegnete Keens fragendem Blick.

»Der Brief kommt von meiner Schwester in Falmouth. Meiner Frau...« Als beschwöre er damit Unheil herauf, zögerte er, ihren Namen auszusprechen. »Belinda geht es nicht gut. Der Brief wurde schon vor ziemlich langer Zeit geschrieben, denn das Postschiff hat noch andere Häfen angelaufen, ehe es nach Boston kam. Aber sie wollte mich wissen lassen, daß sie an mich denkt.«

Er wandte sich ab, weil seine Augen plötzlich brannten. »Auch wenn sie zu krank war, um selbst zu schreiben.«

Keen sah in Yovells erschrecktes Gesicht und bedeutete ihm mit einer Kopfbewegung, sich zurückzuziehen.

Als sie allein waren, sagte er leise: »Sie tat es aus Liebe zu Ihnen, Sir. Und nur das sollten Sie sich vor Augen halten.«

Bolitho sah ihn an und nickte dann. »Danke, Val. Bitte, lassen Sie mich jetzt allein. Ich komme gleich an Deck.«

Keen schritt an dem Wachtposten draußen vorbei und mußte wieder an Herrick denken; der hätte bestimmt gewußt, was tun. Er aber fühlte sich so hilflos, auch wenn es ihn tief bewegte, daß Bolitho seine Sorgen mit ihm geteilt hatte.

Auf dem Achterdeck entdeckte er Allday neben einem Achtzehnpfünder und winkte ihn heran.

Allday hörte zu, was sein Kommandant zu sagen hatte, und seufzte dann tief auf. »Ich gehe nach achtern, Sir«, sagte er. »Er hat jetzt einen Freund nötig.« Ein schiefes Grinsen zog über sein Gesicht. »Wahrscheinlich geigt er mir die Meinung für meine Frechheit – aber was soll's? Wenn wir's nicht verhindern, klappt er zusammen wie ein Schnappmesser, darauf können Sie Gift nehmen.«

Keen rückte seinen Hut gerade und trat ins Sonnenlicht hinaus, wo ihn seine Offiziere und der Master schon erwarteten.

»Klar zum Ankerlichten, Mr. Quantock. Und denken Sie daran, daß uns der halbe Hafen beobachtet. Also keine Patzer, wenn ich bitten darf.«

Als die Offiziere auf ihre Stationen eilten und die Bootsmannsmaatgehilfen mit schrillem Pfeifen alle Mann an Deck riefen, sprang Keen leichtfüßig die Leiter zur Poop hinauf und musterte die verankerten Schiffe rundum und den Winkel des Verklickers im Masttopp.

Mit einem letzten Blick auf das offene Skylight zu seinen Füßen, unter dem er Bolitho wußte, formte er einen Schalltrichter mit beiden Händen und rief: »Mr. Mountsteven, Ihre Leute bewegen sich heute wie Krüppel!«

Gehorsam tippte der Offizier an seinen Hut und sputete sich.

Keen atmete tief aus. Jetzt fühlte er sich schon etwas besser. Er war wieder der Kommandant, wie ihn alle kannten.

Der schwarze Kutscher wischte sich die Hände an einem Lappen ab und verkündete: »Das Rad is' wieder ganz, Sir.«

Adam half Robina aufstehen, und sie traten zögernd aus dem Schatten der Bäume auf die staubige Straße hinunter.

Die Kutsche hatte in einer Kurve ein Rad verloren und war in den Graben gekippt. Es gab einen Augenblick totaler Konfusion, der Wagenschlag flog auf, und sie wären fast hinausgeschleudert worden. Aber Adam hatte instinktiv reagiert, in dem einzigen Gedanken, seine Gefährtin vor Schaden zu bewahren. So war der Zwischenfall, der mit Blut und Tränen hätte enden können, zum glücklichen Abschluß seines Besuches geworden. Denn als sich der Staub verzog, als Kutscher und Lakai ängstlich herbeieilten und ins Innere der Kutsche spähten, fanden sie Robina fest von Adams Armen umschlossen, seinen Mund tief in ihr blondes Haar gepreßt. Adam spürte ihr Herz schlagen, ebenso heftig wie sein eigenes.

Die Reparatur dauerte länger als erwartet, aber Adam bemerkte es kaum. Hand in Hand waren sie durch die grüne Parklandschaft gewandert, hatten an einem Bach dem Murmeln des Wassers gelauscht und von allen möglichen Dingen gesprochen, nur nicht von dem, was ihre Herzen bewegte.

Adam kam sein Besuch in Newburyport überhaupt wie ein einziges Abenteuer vor. Robina und ihr Vater hatten ihn zu einem kleinen, gemütlichen Haus begleitet und ihn fasziniert beobachtet, als er von einem Zimmer ins andere wanderte, geführt vom jetzigen Besitzer, einem Freund der Familie; Adam hatte die Tapeten berührt, die Kaminsimse und einen alten Sessel, der schon lange zum Inventar gehörte.

Robina hatte nasse Augen bekommen, als er sich in den großen Sessel setzte, beide Hände um die abgewetzten Armstützen gekrampft, als wolle er sie nie mehr loslassen.

Leise hatte er gesagt: »Hier hat mein Vater gesessen, Robina. *Mein Vater.*«

Er konnte es immer noch nicht glauben.

Jetzt glitt ihre Hand unter seinen Arm, und ihre Wange legte sich gegen seinen Uniformrock.

»Du mußt gehen, Adam«, sagte sie. »Ich habe dich schon viel zu lange aufgehalten.«

Zusammen schritten sie zur Kutsche und kletterten hinein.

Als die Pferde anzogen, flüsterte das Mädchen: »Jetzt werden wir bald in Boston sein.« Sie wandte sich ihm zu und sah ihm in die Augen. »Wenn du möchtest, darfst du mich küssen, Adam.« Halb scherzend fügte sie hinzu: »Hier kann uns schließlich keiner sehen. Ich möchte nicht, daß die Leute Robina Chase für leichtsinnig halten.«

Ihre Lippen schmeckten frisch und kühl, ihr Haar duftete nach Blumen.

Dann schob sie ihn sanft von sich und senkte den Blick. »Also wirklich, Leutnant...« Aber sie konnte den schnippischen Ton nicht durchhalten. Atemlos fuhr sie fort: »Ist das die Liebe, Adam?«

Adam lächelte wie in Trance. »Das muß sie wohl sein.«

Die Kutsche rollte über Kopfsteinpflaster und dann auf die Bohlen der Pier. Passanten blieben stehen und sahen zu, wie der junge britische Marineoffizier dem blonden Mädchen fürsorglich beim Aussteigen half.

Adam starrte erstaunt auf die Reede hinaus. Dann sah er das Mädchen an seinem Arm an. »Was mache ich jetzt, Robina?«

Denn es schockierte ihn wie eine kalte Dusche, daß *Achates* verschwunden war.

»Also hier seid ihr.« Jonathan Chase nickte seiner Nichte zu und berichtete mit grimmigem Lächeln: »Sie ist gestern ausgelaufen. Der Admiral konnte gar nicht schnell genug nach San Felipe kommen.« Er spielte mit dem Gedanken, dem Leutnant vom Untergang der *Sparrowhawk* zu erzählen, entschied sich aber mit Rücksicht auf seine Nichte dagegen.

Statt dessen schlug er vor: »Sie kommen besser mit mir, junger Mann. Morgen will ich sehen, wie ich Ihre Weiterreise arrangieren kann. Sie möchten doch zurück auf Ihr Schiff, oder?«

Er sah, wie ihre Hände sich fanden und begriff, daß sie ihm gar nicht zugehört hatten. Stirnrunzelnd ging er dem jungen Paar zu seiner Kutsche voraus. Robina war sein Augapfel, aber er mußte den Tatsachen ins Gesicht sehen, an Land ebenso wie früher auf See.

Sie waren ein auffallend schönes Paar, aber Robinas Familie würde niemals zulassen, daß sich mehr aus dieser Bekanntschaft entwickelte. Was hatte er sich nur dabei gedacht, als er die beiden zusammenführte?

Ein junger Marineoffizier, noch dazu ein Engländer, dessen einzige Zukunft die Kriegsmarine war, konnte kein aussichtsreicher Bewerber um Robina Chase sein. Also mußte er wieder auf sein Schiff geschafft werden – je schneller, desto besser.

Bolitho trat aus dem Schatten der Poop nach vorn zur Querreling. Rund um ihn gingen halbnackte Seeleute ihrer Arbeit nach, die auf einem Kriegsschiff nie ein Ende fand, und warfen ihrem Admiral neugierige Blicke zu. Sie konnten sich nur schwer an die Anwesenheit eines Flaggoffiziers gewöhnen und verstanden schon gar nicht, daß er sich nicht seinem Rang entsprechend kleidete. Wie die anderen Offiziere trug Bolitho lediglich ein Hemd, offen bis zur Brust, und Breeches. Nur zu gern hätte er auch diese abgelegt, um sich bei der Hitze Erleichterung zu verschaffen. Aber das wäre denn doch zu weit gegangen.

Er blickte nach oben und studierte ein Segel nach dem anderen. Im Augenblick standen alle voll, trotzdem konnten sie jederzeit wieder kraftlos einfallen – wie die meiste Zeit, seit sie Boston verlassen hatten.

Daran dachte Bolitho nicht gern zurück. Warum hatte Nancy geschrieben und nicht Belinda? Traf zu, was Keen gesagt hatte, oder sollte der Brief ihn nur auf noch schlechtere Nachrichten vorbereiten? Belinda war also krank. Es konnte auch ein Übel aus ihrer Zeit in Indien sein, wo sie ihren kranken ersten Mann bis zu seinem Tode gepflegt hatte.

Bolitho wanderte auf den weißgescheuerten Decksplanken auf und ab, die in den 21 Jahren, die das Schiff schon auf dem Buckel hatte, von Tausenden nackter Füße geglättet worden waren.

Gewaltsam verdrängte er Falmouth aus seinen Gedanken, aber statt dessen fiel ihm sein Neffe ein.

Bolitho hätte alles darum gegeben, noch in Boston bleiben zu können, um auf weitere Nachrichten von Belinda zu warten und darauf, daß Adam an Bord zurückkehrte. Ihm die Reise nach Newburyport zu erlauben, war ohnehin ein Fehler gewesen. Vielleicht hatte Keen auch in diesem Punkt recht gehabt, genau wie Browne. Er hätte nicht einen so nahen Verwandten zu seinem Adjutanten machen dürfen.

Keen trat zu ihm an die Reling. »Der Wind steht durch, Sir«, meinte er.

Acht Tage – die längsten Tage, an die Keen sich erinnern konnte – hatte er das Schiff nach Süden gequält und jeden Fetzen Tuch gesetzt, um wenigstens einen Knoten mehr Fahrt herauszuholen. Trotzdem hatten sie nur jämmerliche Etmale* erzielt, und er glaubte zu spüren, daß Quantock ihn ständig mit dem früheren Kommandanten verglich. Das Mißvergnügen seines Ersten scherte Keen wenig, mehr bekümmerte ihn schon der Umstand, daß Bolitho kein einziges Wort der Kritik geäußert hatte. Aber auch er mußte wissen, daß der Wind in dieser Weltgegend ein unzuverlässiger Geselle war und einen meist gerade dann in Stich ließ, wenn man ihn am dringendsten brauchte.

Bolitho blickte zum Verklicker auf, der unlustig flappte.

»Also morgen, Val.«

»Aye, Sir. Mr. Knocker hat mir versichert, daß wir um Mittag auf der Höhe von San Felipe stehen, wenn der Wind so bleibt.« Keens Stimme hörte man die Erleichterung an.

Bolitho blickte hinaus auf die schwach bewegte See, aus der ab und zu eine Gischtfeder wuchs, die ein springender Fisch aufwarf. Wie Keen hatte er die See- und Landkarten von San Felipe so eingehend studiert, daß er sie auch geschlossenen Auges vor sich sah: fünfzig Meilen lang, aber höchstens zwanzig Meilen breit, wurde die Insel von einem erloschenen Vulkan beherrscht und wies an ihrer Südseite einen weitläufigen Naturhafen auf. Gefährliche Riffe verwehrten die Zufahrt von Norden her, und ein weiterer Korallengürtel schützte die kleine Nebeninsel auf der gegenüberliegenden Seite. Ein großartiges Versteck, auch ohne die alte Festung, die die Einfahrt nach Rodney's Harbour beherrschte. An Süßwasser bestand kein Mangel, und die reiche Ernte an Zuckerrohr und Kaffeebohnen erhöhte noch den Wert der Insel. Wieder ertappte sich Bolitho bei dem Gedanken, daß er Gouverneur Rivers' Meinung teilte: Es war widersinnig, die Insel den Franzosen zurückzugeben.

Keen sagte gerade: »Bei dieser Windrichtung werde ich den Hafen von Südost ansteuern, Sir. Bin froh, daß wir nicht im Dunkeln einlaufen müssen.«

Das klang beiläufig, aber Bolitho hörte doch Keens Sorge um sein Schiff heraus. In den Gewässern um San Felipe verkehrten

* Etmal = die von Mittag bis zum nächsten Mittag zurückgelegte Strecke

Briggs und Schoner, aber ein Linienschiff, auch wenn es nur ein kleiner 64er war, brauchte mehr Platz zum Manövrieren.

»Ich möchte so bald wie möglich an Land gehen und beim Gouverneur vorsprechen«, sagte Bolitho. »Wir wissen, daß Duncan einen Wortwechsel mit ihm hatte.«

Auf dem Seitendeck sah Bolitho Midshipman Evans am Segelmacher und seinen Gehilfen vorbeihasten; der Junge wandte sich um und starrte zum Achterdeck zurück, dann lief er so schnell er konnte weiter und verschwand im nächsten Niedergang.

»Heute nacht ist wieder einer von den Verwundeten der *Sparrowhawk* gestorben, Sir«, berichtete Keen.

Bolitho nickte. Noch ein Opfer. Die Segelmacher würden es in eine alte Hängematte einnähen, damit es bei Sonnenuntergang bestattet werden konnte.

»Midshipman Evans soll sich bei meinem Sekretär melden«, wies er Keen an. »Die Arbeit für mich wird ihn ablenken.«

Damit wandte er sich um und marschierte auf und ab, bis ihm das Hemd klitschnaß am Leib klebte.

»An Deck!«

Keen blickte in die Takelage auf, mußte aber die Augen vor der grellen Sonne beschatten.

Aus dem Krähennest im Großmast sang der Ausguckposten: »Land in Lee voraus!«

Mit einem Grinsen wandte sich Keen dem Master zu. »Gut gemacht, Mr. Knocker. Wir bleiben auf diesem Bug, bis wir die Hafeneinfahrt anliegen können.«

Knocker grunzte nur; sein hageres Mönchsgesicht verriet weder Genugtuung noch Ärger.

»Ich lasse den Toten während der Hundewache über Bord gehen, Sir.« Quantock konnte sich trotz seiner Größe und Unbeholfenheit manchmal so lautlos bewegen wie eine Katze.

Keen fuhr herum und bemühte sich, die Abneigung gegen seinen Stellvertreter zu unterdrücken.

»Wir werden ihn mit den gebotenen Ehren *bestatten,* Mr. Quantock. Lassen Sie die Freiwache in der Abenddämmerung nach achtern purren.«

Der Leutnant zuckte mit den Schultern. »Wenn Sie meinen, Sir? Schließlich war er nicht einer von uns.«

Keen sah, wie Yovell den kleinen Midshipman in die Achterkajüte führte, und sagte scharf: »Er war ein Mensch, Mr. Quantock!«

Als die Nacht über die Kimm kroch und das langsam dahinziehende Schiff einzuhüllen begann, erwies die *Achates* ihrem Toten die letzte Ehre.

Bolitho hatte seine Uniform angelegt und stand neben Keen, der im Licht einer Windlaterne einige Sätze aus der Bibel verlas, obwohl er sie wahrscheinlich auswendig kannte. Bolitho sah, daß der Bootsmannsgehilfe, der die Laterne hielt, jener Mann von der alten *Lysander* war, mit dem er Erinnerungen über die Schlacht von Abukir ausgetauscht hatte.

Am nächtlichen Horizont war die Insel bereits verschwunden. Den ganzen Tag war sie langsam über die scharfe, dunkelblaue Kimm gestiegen, hatte an Kontur und Breite zugenommen, als wachse sie ihnen entgegen.

»Machen Sie weiter, Mr. Rooke«, sagte Keen.

Bolitho hörte den Toten von der Gräting rutschen und mit lautem Klatschen neben der Bordwand aufschlagen; von einer Kanonenkugel beschwert, trat er nun seine letzte Reise zum Meeresgrund an.

Ein Schauder überlief Bolitho, und er fühlte wieder den stechenden Schmerz in seiner alten Schenkelwunde.

Ein Seesoldat faltete bereits die Nationalflagge zusammen, die den Toten bedeckt hatte; die Freiwache schlurfte in ihr Logis. Der wachhabende Offizier hatte es eilig, abgelöst zu werden und ebenfalls in die Messe zu seinen Kameraden zu kommen. Das gewohnte Bordleben nahm seinen Fortgang – wie immer.

Aber Bolitho sah vor sich, wie das jämmerliche Bündel Mensch achteraus langsam tiefer sank, und hörte wieder die gefühllosen Worte des Ersten und Keens wütende Zurechtweisung.

Nicht einer von uns.

Der nächste, dachte er bitter, wird einer von uns sein.

Der Himmel über der Massachusetts Bay wirkte drohender, als ihn Adam während ihrer langen Liegezeit jemals erlebt hatte.

Er stand mit einer kleinen Gruppe am Kai und bemerkte, daß an Deck der meisten verankerten Schiffe eifrig gearbeitet wurde, als bereiteten sich alle auf einen Sturm vor.

Jonathan Chase rieb sich das Kinn und schielte zu den wild jagenden Wolken auf. »Ich will Sie ja nicht drängen, Leutnant, aber Sie sollten die Tide ausnutzen, ehe das Wetter umschlägt. Es kann jetzt nicht mehr lange dauern.«

Adam wandte sich Robina zu, deren Haar im schwindenden Licht wie Silber leuchtete.

Er sagte: »Es war sehr freundlich von Ihnen, Sir, mir so schnell eine Passage zu besorgen.« Aber seine Augen straften diese Worte Lügen.

Robina nahm seinen Arm, und gemeinsam sahen sie zu der kleinen Brigantine hinaus, die schon schwer vor Anker stampfte; der heiße, böige Wind zerrte an ihren lose aufgegeiten Segeln. Ihr Name war *Vivid,* und Adam hielt es für einen puren Zufall, daß Chase einen Skipper gefunden hatte, der zu der gut vierzehnhundert Seemeilen langen Reise nach San Felipe bereit gewesen war.

Beschwörend flüsterte Robina ihm zu: »Bleib hier, Adam. Du mußt doch nicht abreisen. Du kannst bei uns wohnen, bis...« Halb flehend, halb trotzig blickte sie ihm ins Gesicht. »Mein Onkel wird dir eine Stellung beschaffen.« Ihre Finger gruben sich in seinen Arm. »Mach es wie dein Vater, bleibe bei uns.«

Unwirsch sagte Chase: »Hier kommt das Boot. Ich habe Ihr Gepäck schon an Bord schaffen lassen, dazu ein paar Delikatessen für unterwegs. Und grüßen Sie Ihren Onkel von mir.« Er sprach hastig, als wolle er den Abschied verkürzen.

Adam neigte den Kopf und küßte sie, fühlte dabei ihre nassen Wangen. Naß von Tränen oder von Gischt, genau konnte er das nicht sagen. Aber eines wußte er: daß er sie mehr liebte als sein Leben. Und daß er sie in diesen Minuten zum letztenmal sah. Er kam sich vor wie mitten entzweigerissen.

Das kleine Boot schor an den Kai, und eine rauhe Stimme rief: »Springen Sie an Bord, Leutnant! Wir haben keine Zeit zu verlieren.«

Adam drückte seinen Hut fester in die Stirn und tat wie geheißen. Das Boot war alt und schäbig, aber die Männer an den Riemen verstanden ihre Arbeit.

Als sie von der Spundwand abstießen und anruderten, stand er im Heck und starrte achteraus, sah die winkende Gestalt mit dem blassen Gesicht immer kleiner werden.

Ich komme zurück.

Mit zusammengebissenen Zähnen wandte er sich ab, als Gischt übers Dollbord peitschte und der Bootsmann knapp befahl: »Da sind wir, machen Sie sich fertig.«

Der stampfende Rumpf der Brigantine erhob sich über ihnen, ihre beiden Mastspitzen kreisten wild vor den Wolken, so hart arbeitete sie vor Anker.

Die Barschheit des Bootsmanns tat Adam fast wohl. Sie setzten ihn nicht aus Freundlichkeit über, sondern weil Chase sie dafür gut bezahlt hatte; und sie dachten nicht daran, einen ausländischen Offizier zu respektieren.

Er kletterte an der Jakobsleiter hoch und wäre der Länge nach an Deck gefallen, wenn nicht ein bulliger Mann aus dem Schatten gesprungen wäre und ihn mit eisernem Griff am Arm gepackt hätte. Adam bemerkte, daß der Mann stark hinkte, und als er sich bei ihm bedanken wollte, sah er mit Erstaunen, daß er nur ein Bein hatte. Das tat aber der Autorität keinen Abbruch, mit der er seine Leute ans Ankerspill scheuchte.

»Gehen Sie bitte unter Deck.«

Die tiefe Stimme hatte einen weichen Südstaatenakzent, den Adam in Boston noch nicht gehört hatte. Schon hinkte er davon, seine kleine Crew zu beaufsichtigen, aber dann kehrte er noch einmal um.

»Würde es Ihnen was ausmachen, den Hut abzunehmen?«

Als Adam der Bitte entsprach und der Wind sein Haar zauste, nickte der Skipper der *Vivid* zufrieden.

»Das dachte ich mir«, brummte er. »Gleich als Sie an Bord kamen.« Er wischte die Hand an seiner Weste ab und hielt sie Adam hin. »Der Name ist Jethro Tyrrell. Willkommen auf meinem kleinen Schiff.«

Adam starrte ihn verwundert an. »Kannten Sie etwa meinen Vater?«

Der Mann namens Tyrrell legte den Kopf in den Nacken und stieß ein röhrendes Gelächter aus.

»Gott behüte! Aber ich kannte Richard Bolitho.« Im Weghinken warf er über die Schulter: »War mal sein Erster Offizier, ob Sie's glauben oder nicht.«

Völlig verwirrt tastete Adam sich nach achtern zu dem engen Niedergang.

Es machte gar keinen Unterschied, in wessen Händen das Schicksal der *Vivid* lag, sagte er sich. Entscheidend war nur, daß sie ihn von Robina wegführte. Seiner ersten Liebe.

VII Vor dem Angriff

»Die Einfahrt nach Rodney's Harbour ist eng, Sir. Höchstens eine Meile breit.« Stirnrunzelnd ließ Keen sein Fernrohr sinken. »Da könnte eine gut plazierte Batterie eine ganze Flotte fernhalten.«

Bolitho schritt zur anderen Deckseite, damit sein Blick nicht durch die Wanten behindert wurde.

Sie waren während der Nacht besser als gedacht vorangekommen; jetzt zeichnete sich vor ihnen in der Morgensonne die eindrucksvolle Pyramide des erloschenen Vulkans ab, und Bolitho studierte seine Größe und die zerklüftete Küste der Insel mit gebührendem Respekt.

»Nordwest zu West, Sir«, sang der Rudergänger aus, und Knocker grunzte eine Bestätigung.

Keen spähte zur Windfahne im Masttopp auf. Ohne einmal zu killen, zeigte sie nach Backbord voraus, also blieb der Wind immer noch stetig.

Bolitho glaubte zu spüren, wie Keen kalkulierte und überlegte, während sich sein Schiff vorsichtig auf das wie ein Dorn ins Meer ragende Vorland zuschob.

So vor dem Wind segelnd, konnten sie den Hafen zwar direkt anliegen, aber andererseits standen sie damit an einer Leeküste; Vorsicht war also geboten. Schon bei Morgengrauen hatte Keen zwei gute Lotgasten nach vorn in die Stampfketten geschickt, und seither warnten ihre regelmäßigen Rufe vor der Gefahr; aber noch hatten die Senkbleie keinen Grund gefunden. Der Meeresboden stieg vor der Insel sehr steil an, und sobald sie erst auf gleicher Höhe mit dem Inselchen an der südlichen Landspitze waren, mußten sie auf Riffe achten; sollte das Schiff aus dem Ruder laufen, würden sie ihnen den Kiel herausreißen.

»Nehmen Sie die Breitfock weg, Mr. Quantock.« Keens Stimme klang ruhig, aber seine Augen waren überall; die Bramsegel standen im Wind so steif wie Bretter.

»An Deck!«

Bolithos auf dem Rücken verschränkte Hände krampften sich umeinander, als der Ausguckposten meldete: »Die Einfahrt ist gesperrt, Sir!«

Keen starrte ihn an. »Zum Teufel, was fällt denen ein?«

Scharf befahl Bolitho: »Schicken Sie einen Offizier nach oben. Dann machen Sie klar zum Ankern!«

»Aber...« Keen schluckte seinen Protest hinunter, denn er wußte, Bolitho kannte die Risiken selbst nur zu gut. Auf so tiefem Wasser vor Legerwall* zu ankern, hieß das Schicksal herausfordern. Wenn der Wind auffrischte, würde der Anker schlieren und *Achates* hilflos auf die überspülten Korallenriffe treiben.

Bolitho schritt auf und ab und überlegte, während ein Leutnant in fliegender Hast zum Krähennest aufenterte.

Dem Gouverneur stand es frei, seine Insel zu schützen, auf welche Weise ihm beliebte. Vielleicht war er ja von anderer Seite angegriffen worden und würde die Sperre entfernen, sobald *Achates* identifiziert worden war. Aber Bolitho verwarf diese Idee sofort wieder. Das Schiff hatte fast seine gesamte Dienstzeit in diesen Gewässern gesegelt und mußte mit Leichtigkeit erkannt worden sein.

Der Leutnant, der zur Unterstützung des Ausguckpostens aufgeentert war, rief zum Deck herunter: »Die Sperre besteht aus einer Reihe vermurter Boote, Sir!«

Er war erst kürzlich zum Offizier befördert worden und hatte eine helle junge Stimme, die fast mädchenhaft klang; einige Matrosen grinsten bei ihrem Klang und stießen sich an, bis ein Anraunzer von Quantock sie zur Ordnung rief.

Mit einem Ruck schob Keen sein Teleskop zusammen. »Klar zum Anluven. Bemannt die Brassen. Und die Ankerwache nach vorn – aber lebhaft!«

Wieder ließ der junge Leutnant sich von oben vernehmen: »Eine Yawl hält auf uns zu, Sir!«

Besorgt suchte Keen Bolithos Blick.

»Also ankern Sie«, sagte dieser kurzangebunden.

»Ruder nach Lee! Halten Sie sich bereit, Mr. Quantock!«

* Legerwall = Küste, auf die der Wind steht

Mit Getöse schwangen die Rahen herum, Segel knallten und Blöcke schlugen, als das Schiff abrupt an Fahrt verlor.

»Laß fallen Anker!«

Mit einem gewaltigen Platschen schlug der schwere Anker in die See und warf Gischt bis über den Klüverbaum auf. Bootsmann Rooke und ein Leutnant beugten sich auf dem Vorschiff übers Schanzkleid. Oben in der Takelage arbeiteten die Toppgasten wie die Teufel, um schnell die Segel wegzunehmen und den Druck zu verringern, während immer noch mehr Ankertrosse im tiefen Wasser verschwand.

»Anker hält, Sir!« kam endlich der erlösende Ruf.

Keen nickte. »Verdammte Schweinehunde!« murmelte er.

Gemächlich kreuzte die Yawl heran. Der Midshipman der Wache hatte scharfe Augen. »Da ist so was wie ein Offizier an Bord, Sir«, sagte er.

Hauptmann Dewar von den Marinesoldaten fragte: »Ehrenwache aufziehen, Sir?«

Keen funkelte ihn wütend an. »Nachdem sie meinem Schiff die Einfahrt versperrt haben? Eher sehe ich ihn in der Hölle braten!«

Die braunen Segel der Yawl wurden niedergeholt. Als sie an die Bordwand des Linienschiffs glitt, sagte Bolitho: »Ich empfange ihn in meiner Kajüte.« Damit verschwand er nach achtern, um Keens ohnmächtige Wut nicht länger mitansehen zu müssen.

Es schien ihm eine Ewigkeit zu dauern, ehe der Besucher zu ihm gebracht wurde, und Bolitho fand Zeit, sich zu fragen, wie sich wohl Nelson in seiner Lage verhalten hätte. Einerseits konnte er die Inselbewohner verstehen, andererseits durfte er dieses Benehmen nicht dulden.

Yovell öffnete die Tür und ließ den Besucher eintreten, einen Mann von etwa dreißig Jahren, in eindrucksvoller Uniform: blauer Rock und weiße Hose, dazu sowohl Säbel wie Pistole im auf Hochglanz polierten Gürtel. Er sprach mit leicht westenglischem Akzent. Aus Devon, schätzte Bolitho, wie sein Sekretär.

»Ich komme im Auftrag des Gouverneurs!«

Keen, der ihm auf den Fersen gefolgt war, bellte: »Sie haben ›Sir‹ zu sagen, wenn Sie mit dem Admiral sprechen!«

»Und wie war Ihr Name, wenn ich fragen darf?« sagte Bolitho.

Der Mann warf Keen einen wütenden Blick zu. »Ich bin Hauptmann Masters von der Miliz auf San Felipe.« Pause. »Sir.«

»Also gut, Hauptmann Masters. Ehe einer von uns etwas Unwiderrufliches äußert, will ich Ihnen *meine* Absichten erläutern.«

Aber der Mann hatte sein Selbstvertrauen wiedergefunden und unterbrach Bolitho: »Der Gouverneur läßt Ihnen durch mich mitteilen, daß die Sperre an ihrem Platz bleibt, bis die Verhandlungen beendet sind. Danach ...«

Ruhig sagte Bolitho: »Was danach kommt, geht ihn nichts mehr an. Und wie soll ich den Gouverneur besuchen, wenn mein Schiff am Einlaufen gehindert wird?«

»Ich bringe Sie in der Yawl an Land.« Er sah, daß Keen einen Schritt auf ihn zu machte, und ergänzte schnell: »Sir.«

»Aha. Und jetzt teile ich Ihnen etwas mit, Hauptmann Masters von der San-Felipe-Miliz: Ich gehe in meiner Barkasse an Land und werde dem Gouverneur die schriftliche Entscheidung der Regierung Seiner Majestät übergeben.«

»Er wird sie nicht akzeptieren!«

Bolitho sah Keen an. »Lassen Sie meine Barkasse aussetzen.« Er las Keen den Widerspruch vom Gesicht ab; genau wie Herrick, dachte er.

»Dann segle ich vor Ihnen her«, beharrte Masters.

»Nein. Sie stehen unter Arrest. Jede Gegenwehr Ihrerseits wird scharf geahndet, und zwar durch den Strick. Habe ich mich klar ausgedrückt?«

Bolitho sah, daß er mit seinen beherrschten Worten ins Schwarze getroffen hatte. Wahrscheinlich war Masters gewöhnt, Eingeborene auf den Plantagen zu schikanieren; diese plötzliche Wende seines Geschicks machte ihn sprachlos.

Keen fuhr ihn an: »Legen Sie die Waffen ab!« Und mit erhobener Stimme: »Sergeant Saxton, führen Sie diesen Mann in die Zelle!«

Als der Seesoldat ihm Säbel und Pistole abnahm, rang Masters nach Luft. »Ihre Drohungen können mich nicht einschüchtern, Admiral!« rief er aus.

Bolitho erhob sich und trat an die Heckfenster. Von der Festung herunter mußten viele Zeugen das Schiff beobachten und abwarten, welchen Lauf die Dinge nahmen. Vielleicht eröffnete der Gouverneur sogar das Feuer auf seine Barkasse oder nahm ihn als Geisel, bis...

Er verbot sich diese Gedanken und sagte nur kalt zu Masters: »Das sollten sie aber.«

Als er sich wieder umwandte, war Masters schon abgeführt worden; draußen erklangen laute Befehle, als die Seesoldaten das Kommando über die Yawl übernahmen.

Eifrig schlug Keen vor: »Lassen Sie mich die Sperre rammen, Sir! Dann laufen wir ein wie geplant und beharken diese räudigen Meuterer, daß es ihnen eine Lehre ist.«

Bolitho tat seine Besorgnis wohl. »Dazu würden wir den ganzen Tag brauchen, vielleicht sogar länger. Selbst wenn Sie Erfolg damit hätten, würde es viele Menschenleben kosten, und falls der Wind überraschend auffrischte, müßten Sie das Gefecht abbrechen und seewärts aufkreuzen, abermals an den Kanonen des Forts vorbei.«

Keen resignierte. »Welcher Offizier wird Sie begleiten, Sir? Meiner Ansicht nach sollte *ich* mitkommen.«

Bolitho mußte plötzlich lächeln, wohl aus Erleichterung darüber, daß das Warten endlich vorbei war.

»Was, Sie wollen Ihr Schiff verlassen? Wenn wir beide in Rivers' Gewalt sind, kann alles mögliche geschehen.« Keens Enttäuschung und Reue betrübten ihn, aber er fuhr fort: »Ein Leutnant und – äh – Midshipman Evans werden völlig genügen.«

Ozzard holte den alten Familiensäbel herbei, aber Bolitho sagte: »Nein. Diesmal den anderen.«

Wenn irgend etwas Unvorhergesehenes geschah, blieb die Waffe für Adam erhalten. Bolitho sah an ihren Gesichtern, daß alle seine Gedanken erraten hatten.

Als er an Deck kam, stand die Sonne schon über dem Vulkangipfel, und die Planken waren bereits so heiß wie Ziegel im Backofen: zundertrockenes Holz, dazu geteerte Taue und die Segel – das alles würde aufflammen wie Fackeln, wenn die Inselbatterie mit glühenden Kugeln feuerte. Aber auch mit gewöhnlicher Munition war eine günstig plazierte Festlandsbatterie einem Schiff überlegen, das auf dem begrenzten Raum des Hafens nur schwerfällig manövrieren konnte.

Bolitho sah Alldays grimmig beobachtenden Blick, die Neugier der Soldaten und Matrosen auf den Seitendecks. An der Eingangspforte verhielt er den Schritt und blickte den Kommandanten noch einmal an. »Wenn ich mich irre«, er sah Keens Wangenmuskeln arbeiten, »oder heute falle, dann versprechen Sie mir, an Belinda zu schreiben. Erklären Sie's ihr, so gut es geht.«

Keen nickte stumm, platzte dann aber doch heraus: »Wenn die Hand an Sie legen, Sir...«

»Sie handeln wie befohlen, Val. Und tun weder mehr noch weniger.«

Bolitho grüßte die Flagge und stieg in die wartende Barkasse hinunter.

Unten fand er Trevenen vor, den Sechsten Offizier, und Midshipman Evans. »Schöner Tag für einen Ausflug, meine Herren«, begrüßte er sie.

Trevenen strahlte über die unerwartete Ehre, als Adjutant des Admirals fungieren zu dürfen; im Gegensatz dazu blickte Evans sich gehetzt um, die Augen dunkel und leer.

»Das gefällt mir nicht, Sir«, sagte Allday leise.

»Vom Reden wird's nicht besser.«

Allday seufzte. Inzwischen kannte er die Gefahrenzeichen.

»Stoßt ab vorn! Rudert an – zugleich!«

Bolitho warf einen schnellen Blick achteraus und sah sein Schiff zurückgleiten, die Gesichter an der Pforte verschwimmen und ihre Identität verlieren.

Da wandte er sich seinen Begleitern zu. Der rangniedrigste Offizier der Besatzung und ein dreizehnjähriger Kadett waren bestimmt nicht die Eskorte, die der Gouverneur erwartete. Aber genau wie bei seinem alten Säbel wollte er nichts riskieren. Wenn die Lage kritisch wurde, brauchte Keen jeden erfahrenen Offizier und Mann, den er bekommen konnte.

Als die Barkasse durch die Brandung stampfte, hörte Bolitho Metall klappern und bemerkte, daß unter jeder Ducht und in bequemer Reichweite Entermesser und Pistolen verstaut waren.

Er blickte in Alldays Pokergesicht, und ihre Augen trafen sich.

Hier bedurfte es keiner langen Erklärungen; Allday hatte schon eigene Pläne in die Wege geleitet.

Nervös meldete sich der Leutnant zu Wort. »Da liegt die andere Insel, Sir.«

Bolitho beschattete die Augen und studierte den Felsbuckel. Er war baumlos, doch umgab reichlich Gebüsch das aus Stein erbaute Missionshaus mit seinen Nebengebäuden. Auf einem kleinen hellen Strand lagen mehrere Boote, hoch über die Brandungslinie gezogen. Selbst Mönche und Priester mußten fischen, dachte Bolitho, und neben dem Beten auch ihr Land bestellen.

Dann konzentrierte er sich auf die Sperre. Mitten im Fahrwasser lagen Leichter und alte Hulks verankert und verwehrten *Achates* oder jedem anderen Schiff ihres Tiefgangs die Einfahrt. Bolitho hob den Blick zum Fort, das größer war als erwartet. Seewärts fiel das Gelände darunter steil ab und widersetzte sich jedem Sturmangriff; wie auch die Mauern unverwundbar wirkten, jedenfalls für seine Vierundzwanzigpfünder.

Auf der anderen Seite des Hafens sah er helle Häuserwürfel und lächelte grimmig. Das war Georgetown, Rivers' kleines Königreich. Im Hafen selbst ankerten verschiedene Schiffe, meist Frachtsegler und Fischerboote.

Allday sagte durch die Zähne: »Da sind Bewaffnete auf der Sperre, Sir.«

Bolitho nickte. »Halte nach Steuerbord.«

Kurz wandte er sich um nach seinem Schiff, aber es wurde schon vom Vorland verdeckt. Nur die Masttoppen und Bramrahen ragten über den Kamm, als seien sie dort eingepflanzt.

Bolitho spürte Evans auf der Ducht herumrutschen und sah ihn die Faust um den Griff seines Dolchs krampfen. Konnte man mit einer Nadel einen angreifenden Bullen bremsen? dachte Bolitho. Laut sagte er: »Ich habe Sie für den Fall mitgenommen, daß Sie etwas wiedererkennen.«

Der Junge sah zu ihm auf. »Ich weiß, Sir«, sagte er leise. Sein Blick wanderte über die Sperre zum Hafen, aber er schwieg.

Bolitho erriet, daß Evans wieder die *Sparrowhawk* vor sich sah, wie sie hier unter den Kanonen des Forts geankert hatte. Sein erstes Kriegsschiff, eine Heimat auf Zeit und die erste Sprosse auf seiner Karriereleiter, aber auch mit Freunden an Bord wie jenem Midshipman, den er hatte sterben sehen. Trotzdem – irgendeine Kleinigkeit konnte bei ihm eine wichtige Erinnerung auslösen. Sie mußten nach jedem Strohhalm greifen.

Allday erstarrte beim scharfen Knall einer Muskete, und Bolitho sah die Kugel querab eine Gischtspur aufwerfen, ehe sie versank.

Er sagte: »Pullt weiter. Nicht aus dem Takt kommen.«

Seine ruhige Stimme gab den Bootsgasten neuen Mut, die mit dem Rücken zur Sperre saßen und damit rechnen mußten, daß die nächste Kugel sie traf.

Bolitho straffte sich. Sein Zweispitz und die Goldepauletten mußten für jeden Scharfschützen ein gutes Ziel abgeben.

Aber es fielen keine Schüsse mehr. Als die Barkasse das Steuerbordende der Sperre rundete, sah Bolitho ganze Trupps neugieriger Bewaffneter zu ihnen herüberspähen. Einer schüttelte drohend seine Muskete in der erhobenen Faust.

Jetzt gab es kein Zurück mehr. Jeder Fluchtweg war ihnen versperrt.

Auf dem Kai unterhalb des Forts sah Bolitho eine Gruppe Männer beisammenstehen. Plötzlich schien ihm Sir Hayward Sheaffes stilles Dienstzimmer in der Admiralität, wo all dies begonnen hatte, unendlich weit entfernt.

Bolitho hatte sich keine genaue Vorstellung vom Gouverneur der Insel San Felipe gemacht, aber dennoch überraschte ihn Sir Humphrey Rivers' Erscheinung. Er war hochgewachsen und beleibt, fast aufgeschwemmt, mit einem vom heißen Klima und vom Trunk geröteten Gesicht. Aber er begrüßte Bolitho mit jovialem Lächeln und geleitete ihn zuvorkommend sofort in den kühleren Schatten der Festungsmauern.

Als sie eine eisenbeschlagene Tür durchschritten und einen mit Fellen und Gemälden dekorierten Korridor, sprach Rivers ununterbrochen. »Später werden Sie mir hoffentlich in meinem Haus die Ehre geben«, sagte er über die Schulter. »Aber jetzt, schätze ich, möchten Sie wohl zuerst Ihren Auftrag hinter sich bringen.«

Vor Bolitho öffnete sich eine zweite Tür, ein schwarzer Lakai mit Perücke verbeugte sich tief, als sie an ihm vorbeigingen.

Rivers wischte sich das Gesicht mit einem Seidentuch, dann musterte er Leutnant Trevenen und den kleinen Kadetten mit unverhohlener Belustigung.

»Bei Gott, Bolitho, haben Sie wirklich nur diese Kindereskorte, um den Wünschen der Admiralität Nachdruck zu verleihen?«

Auf sein Fingerschnippen trat ein zweiter Lakai lautlos mit einem Tablett voller Weingläser heran.

Rivers lächelte mit schmalen Lippen. »Vielleicht möchten sich Ihre jungen Begleiter jetzt zurückziehen?«

»Einverstanden.« Es hatte keinen Sinn, die beiden noch mehr zu gefährden.

Anschließend fragte Bolitho: »Sie kennen den Grund meiner Anwesenheit, Sir Humphrey?«

Rivers rückte seine Massen auf einem Stuhl zurecht und musterte kritisch sein Weinglas.

»Natürlich. Den kennt jeder. Und genauso wissen auch Sie, was ich davon halte?« Kichernd nahm er einen tiefen Schluck. »Ich entschuldige mich für diese lästige Sperre, aber sie war leider notwendig.« Dann erst schien ihm aufzufallen, daß Masters nicht mit Bolitho zurückgekehrt war, und er fragte abrupt: »Wo ist mein Milizhauptmann?«

»An Bord der *Achates,* Sir Humphrey.«

»Aha.« Er ließ sich Wein nachschenken. »Alles spricht dafür, daß der Wind auffrischen wird. Sie wissen aus eigener Erfahrung mit unseren Gewässern, daß es hier selbst zu dieser Jahreszeit ziemlich rauh werden kann. Wir wollen doch nicht, daß Ihrem – äh – Flaggschiff so dicht unter Land etwas zustößt?«

Bolitho versuchte den Wein und wunderte sich, daß er angesichts der Umstände so ruhig bleiben konnte. Rivers hatte offensichtlich an alles gedacht, auch daran, wie ein Schiff sich bei Sperrung des Hafens verhalten mußte.

Rivers beobachtete ihn aufmerksam. »Wir sollten den Tatsachen ins Gesicht sehen. Ihr Schiff kann da draußen nicht unbegrenzt ankern, Sie werden bald wieder Segel setzen müssen. Danach können Sie das Trinkwasser rationieren, bis Ihre Besatzung kurz vor der Meuterei steht, oder Sie können auf Unterstützung warten, die vielleicht niemals eintrifft. Oder Sie kommen jetzt und hier mit mir zu einer neuen Vereinbarung. Ich bleibe als Gouverneur im Amt, mit alleiniger Verantwortung für das Gedeihen und die Verteidigung der Insel.«

Und für den Profit, dachte Bolitho.

Rivers erhob sich ächzend und schritt zu einem Fenster hinüber.

»Die Insel ist unangreifbar, das werden Sie einsehen. Und die Amerikaner werden mir im Notfall helfen. Ich lasse es nicht zu, daß die Musjös hier ihre Trikolore hissen. Genau das habe ich auch Ihrem impertinenten Fregattenkapitän gesagt.«

»Die *Sparrowhawk* wurde kurz nach dem Verlassen dieses Hafens versenkt, Sir Humphrey.«

Er ließ Rivers' sanguines Gesicht dabei nicht aus den Augen und stellte fest, daß ihn diese Nachricht ehrlich überraschte.

»*Versenkt?* Was reden Sie da?«

»Sie wurde von einem überlegenen Kriegsschiff angegriffen, ohne jede Vorwarnung oder Chance zur Gegenwehr, und in den Grund gebohrt. Sie sehen also, Sir Humphrey, es sind noch andere als die Franzosen an dieser Insel interessiert.«

Rivers kippte seinen Wein hinunter, abgewandt, um seine Verwirrung zu verbergen.

»Das glaube ich nicht. Wahrscheinlich war es ein Pirat, hier wimmelt es nur so von ihnen. Da die britische Marine praktisch abgemustert hat, ist das ja auch nicht überraschend.«

Rivers knallte das leere Glas aufs Tablett und stürmte keuchend zu einer Tür am anderen Ende des Raumes. »Ich will Ihnen etwas zeigen.« Ein Lakai sprintete ihm voraus, um die Tür rechtzeitig zu öffnen.

Dahinter war von Teppichen und bequemen Möbeln keine Rede mehr. Eine lange, zinnenbewehrte Bastion mit schwerer Artillerie hinter den Schießscharten gab den Blick auf den Hafen frei: Rivers' Trumpfkarte.

Er marschierte zur letzten Kanone in der Reihe und legte wie liebkosend die Hand auf ihr verziertes Verschlußstück.

»Hier, werfen Sie mal einen Blick hinunter, Bolitho.«

Er trat beiseite, voll Stolz und Siegessicherheit. Bolitho spürte plötzlich eine heftige Abneigung gegen diesen Mann, dem das Schicksal Duncans und aller anderen völlig einerlei war.

Er bückte sich, visierte an dem langen schwarzen Rohr entlang und sah, daß die Kanone auf eine Reihe Festmacherbojen zielte, an deren einer auch seine Barkasse vertäut war. Er erkannte sogar Allday, der im Boot stand und die Augen beschattete, um besser zur Festung spähen zu können.

Aalglatt fuhr Rivers fort: »Da unten lag auch die *Sparrowhawk*. Ich hätte sie genauso leicht versenken können wie Ihr Boot.«

Bolitho richtete sich wieder auf und musterte Rivers kühl. »Sie waren selbst einmal Flaggoffizier, Sir Humphrey. Sie wissen, die Marine würde niemals dulden, daß...«

Rivers grunzte verächtlich. »Sie hätte gar keine andere Wahl. Hohe Verluste, nur um den Franzosen gefällig zu sein? Nicht einmal das Parlament ist so verblendet.«

Bolitho warf noch einen letzten Blick über die Reede. Das Wasser war unruhig, die Wellen trugen schon weiße Gischtkämme. Der Wind legte immer noch zu, was sich auch an den steif auswehenden Flaggen der Schiffe unten verriet. Aber die lagen hier geschützt. *Achates* nicht.

Er sagte: »Ich kehre auf mein Schiff zurück.« Und fügte hinzu, ohne aus seiner Verachtung ein Hehl zu machen: »Es sei denn, Sie wollten mich daran hindern?«

»Ohne Vereinbarung, Bolitho?«

»Treiben Sie nicht Ihr Spiel mit mir, Sir Humphrey. Sie mußten wissen, daß ich Hochverrat verabscheue.«

Rivers lächelte. »Im Gegensatz zu anderen in Ihrer Familie, wie?«

Bolitho nahm seinen Hut aus der Hand eines Lakais, langsam, damit sein Zorn verebben konnte. Eigentlich ganz gut, daß Adam nicht zugegen war, dachte er. Diese Beleidigung seines Vaters hätte ihn zur Waffe greifen lassen, und dann hätten Rivers' Soldaten die Sache auf der Stelle zu einem schrecklichen Ende gebracht.

So sagte er nur: »Das war billig, aber nicht überraschend.«

Rivers nahm wieder Platz und wischte sich das Gesicht. Er vermochte seine freudige Erregung über den Sieg nicht zu verbergen.

Bolitho ging zur Tür und sah Midshipman Evans im Korridor allein an einem offenen Fenster stehen.

Rivers rief Bolitho nach: »Ich habe mir erlaubt, Ihren kleinen Leutnant festzusetzen, bis mein Boot und meine Leute unbehelligt zurückkehren.«

Bolitho nickte langsam. »Wie Sie meinen.«

Das schien Rivers zu enttäuschen. »Sie können es sich immer noch anders überlegen.«

Bolitho winkte Evans heran. »Wie Sie selbst sagten, wimmelt es in dieser Gegend von Piraten. Mit einem von ihnen habe ich wohl soeben gesprochen.«

Damit wandte er sich abrupt um und schritt durch den Gang davon, halb in Erwartung einer Kugel oder eines anderen plötzlichen Angriffs.

Evans mußte rennen, um ihn einzuholen.

»Rufen Sie die Barkasse heran«, befahl Bolitho knapp.

Heiß strich der Wind über sein Gesicht, verstärkte noch die Drohung des bleigrauen Himmels. Es mußte auf Anhieb klappen, dachte Bolitho. Denn es gab weder einen zweiten Versuch noch eine andere Wahl.

Erleichtert sah Allday zu, als Bolitho und der Kadett ins Boot stiegen. »Das wär's dann, Sir«, murmelte er.

Bolitho sagte, den Blick auf die eintauchenden Riemen gerichtet: »Keine Hast, wenn ich bitten darf.« In seinem Kopf überschlugen sich die Gedanken an das Bevorstehende, aber Rivers durfte keinesfalls argwöhnisch werden.

In seiner Achterkajüte warf er Ozzard den goldbetreßten Admiralsrock zu und blickte Keen, Quantock und den beiden Offizieren der Marine-Infanterie entgegen, die Yovell hereinführte.

»Wir greifen an, Kapitän Keen.« Bolitho wunderte sich fast, daß das Weinglas in seiner Hand, das Ozzard ihm gerade gereicht hatte, unter seinem Griff nicht zersplitterte.

Keen antwortete: »Mr. Knocker ist um die Sicherheit des Schiffs hier sehr besorgt, Sir. Der Wind...«

»Behält die Richtung bei?«

»Er wird von Stunde zu Stunde stärker, Sir«, sagte Quantock mit seiner heiseren Stimme.

»Das habe ich nicht gefragt. Behält er die Richtung bei?«

»Aye, Sir.« Keen schien nervös.

»Also gut. Machen Sie klar zum Ankerlichten.« Keens offensichtliche Erleichterung schwand, als Bolitho hinzufügte: »Dann werden Rivers' Späher vermuten, daß wir uns davonmachen.«

»Mit allem Respekt, Sir, aber das erfordert schon die Vernunft. Wenn wir hierbleiben, wird der Anker mit Sicherheit schlieren.«

Bolitho lächelte ihm zu. »Erinnern Sie sich an Kopenhagen, Val?«

Keen nickte, aber er war blaß geworden. »Gewiß, Sir. Also wollen Sie bei Dunkelheit angreifen?« Das klang ungläubig.

»Das will ich. Ich weiß jetzt, wie die Batterie die Hafeneinfahrt und die Reede bestreichen kann. Rivers war so freundlich, es mir zu zeigen, wenn auch aus anderen Motiven.«

Was ging nur in ihm vor? Sein Plan konnte mit einer Katastrophe enden; würde es wahrscheinlich auch. Er hatte Keen an Kopenhagen erinnert, aber das ließ sich nicht vergleichen. Damals hatten sie eine ganze Flotte gehabt – und Nelson.

Diesmal lag die Sache völlig anders. Wenn er das Schiff verlor, blieb ihm nichts mehr, höchstens ein Kriegsgerichtsverfahren, falls er überlebte; und das Bewußtsein, Belinda ins Unglück gestoßen zu haben.

Aber trotz des hohen Risikos fühlte er sich seltsam beschwingt. Wie Eiswasser pulsierte eine wilde Entschlossenheit durch seine Adern.

Keen räusperte sich und warf den Kameraden einen Blick zu. »Also gut, Sir«, sagte er.

Bolitho wandte den Blick ab. Keen hatte seine Entscheidung akzeptiert. Mochte er sie nun billigen oder für falsch halten, auf jeden Fall würde er sie befolgen, auch unter Einsatz seines Lebens.

Bolitho zwang sich zu einem Lächeln. »Nach Sonnenuntergang schicken wir Masters mit seiner Yawl in den Hafen, im Austausch gegen Mr. Trevenen.« Er sah die beiden Seesoldaten an. »Und dann sind Sie an der Reihe.«

Alles hing vom richtigen Zeitpunkt ab – und vom Glück, wie Herrick nicht vergessen hätte anzumerken. Keen hielt seinen Plan wohl für Wahnsinn oder für ein Produkt verletzter Eitelkeit nach der Demütigung durch Sir Humphrey Rivers.

Das war ihre einzige Chance: daß Rivers sich angesichts seiner starken Stellung für unangreifbar hielt.

Wahrscheinlich stand er gerade in diesem Augenblick auf der Bastion und malte sich genießerisch den Widerstreit und die Verzweiflung aus, in die er seinen Gegner gestürzt hatte.

Mit knappen Worten skizzierte Bolitho seinen Angriffsplan und beobachtete ihre unterschiedlichen Reaktionen, ihre Skepsis und Unsicherheit. Aber auch ihre Erregung. Selbst Quantock, der kaum sprach, schien fasziniert zu sein.

Bolitho schloß mit den Worten: »Wie Sie alle wissen, meine Herren, ist ein Krieg hart und schwer für alle. Aber allzuleicht ist es, ihn vom Zaun zu brechen.«

Einer hinter dem anderen verließen sie die Kajüte, um ihre Untergebenen zu instruieren, und Bolitho setzte sich an seinen Schreibtisch. Er griff zur Feder.

Später mochte es ihm an der Zeit fehlen, und er wollte sie an seinen Überlegungen teilhaben lassen, genauso wie sie ihm ihre besten Wünsche nachgesandt hatte.

An Deck polterten Schritte und quietschten Taljen, als seine Barkasse wieder eingesetzt wurde.

Und wenn er sich nun irrte? Wenn Rivers' Überzeugung von der Unangreifbarkeit seiner Insel sich als richtig erwies?

Aber er verbot sich die Zweifel und begann zu schreiben.

Meine geliebte Belinda...

Doch dann faltete er entschlossen den leeren Bogen zusammen und schob ihn in eine Schublade. Wenn er fiel, würde sie es früh genug erfahren. Es hatte keinen Sinn, sie mit einem Brief in Angst und Schrecken zu versetzen, der sie vielleicht erst erreichte, wenn alles vorüber war.

Allday betrat die Kajüte und wartete stumm, die heftigen Bewegungen des hart vor Anker arbeitenden Schiffes elastisch ausbalancierend.

Schließlich konstatierte er unumwunden: »Wir greifen also an, Sir.«

Bolitho nickte. »Ja. Hast du alles erledigt?«

Trotz des Ernstes der Lage mußte Allday grinsen.

»Aye, Sir. Wir haben eine Lotleine die ganze Zeit hinter uns hergezogen, und sie hat bis zur Festmacherboje nur einmal Grundberührung gehabt. Wenn das Schiff erst mal drin ist, hat es genug Manövrierraum.« Bewundernd wiegte er den Kopf. »Wie Sie auch noch *daran* denken konnten, wo Ihnen doch so viele Dinge durch den Kopf gehen müssen, das ist mir schleierhaft.«

Bolitho bat: »Schenk uns zwei Gläser Brandy ein, Allday.«

Allday tat wie geheißen und fügte hinzu, als sei ihm diese Idee erst jetzt gekommen: »Aber vielleicht ist das der Trick, wie man

Admiral wird – indem man eben auch solche Dinge weiß, stimmt's, Sir?«

Der Offizier der Wache, der auf dem Hüttendeck hin und her marschierte, verhielt den Schritt, als er ihr Gelächter durch das Skylight schallen hörte.

Das bevorstehende Gefecht war sein erstes, jedenfalls seit er Offizier geworden war. Als Quantock ihm auseinandergesetzt hatte, was sie tun mußten, hatte sein Magen sich vor Furcht verkrampft.

Aber als er den Admiral jetzt gemeinsam mit seinem Bootsführer lachen hörte, faßte er wieder Mut. Gestärkt nahm er seine begrenzte Wanderung wieder auf.

VIII Überrannt

Bolitho warf noch einen letzten Blick durch die Heckfenster, ehe Ozzard sie schloß und verschalkte. *Achates* stampfte schwer vor ihrer Ankertrosse, und Bolitho überlegte, daß Keen die Ankerwache inzwischen verdoppelt haben mußte, damit er sofort handeln konnte, wenn sie zu driften begann.

Es war noch Tag, aber die tiefhängenden, bedrohlichen Wolken und peitschende Schauerböen hüllten das Schiff in ein Zwielicht, als sei die Sonne schon untergegangen.

Viel länger durfte er nicht mehr warten.

Seit dem Verschalken der Fenster war die Luft in der Kajüte stickig geworden; binnen weniger Sekunden fühlte Bolitho sich in Schweiß gebadet.

Draußen klopfte jemand an die Tür, und Keens gedämpfte Stimme erklang. Er war pünktlich, hatte wahrscheinlich schon längst auf diesen Augenblick gewartet.

Bolitho nickte ihm zu. »Dann wollen wir mal.«

Im Hintergrund stand ihre widerspenstige Geisel, flankiert von einem Korporal und von Black Joe Langtry, dem gefürchteten Schiffsprofos. Seine schweren schwarzen Brauen und das trotz vieler Jahre auf See aschfahle Gesicht erinnerten an einen Henker.

»Also, Hauptmann Masters, Sie werden uns nun verlassen.« Bolitho sah die Augen des Gefangenen triumphierend aufleuchten. Sein Vertrauen in den Gouverneur war offenbar ungebrochen und konnte Bolitho noch manchen Ärger bereiten. Aber sie hatten keine Zeit zu verlieren.

»Die Yawl wartet draußen und wird Sie in den Hafen zurückbringen.« Bolitho hob die Arme, damit Allday ihm geschickt den alten Säbel umschnallen konnte. »Ich fürchte, wir mußten die Crew auswechseln, trotzdem werden Sie uns durch die Sperre bringen.«

Hauptmann Masters fuhr auf. »Aber...«

»Der Gouverneur hat gegen das Gesetz verstoßen. Die Insel untersteht jetzt mir, und damit sich die Übergabe unter möglichst geringen Verlusten vollzieht, werden Sie uns durch die Hafeneinfahrt lotsen.« Er machte eine Pause. »Was mit Rivers geschehen wird, hängt nicht von mir ab. Aber falls Sie auch nur versuchen, Alarm zu schlagen, sind Sie ein toter Mann. Und wenn Sie uns anderweitig gefährden, werde ich Ihr Verhalten als Hochverrat ahnden. Was das bedeutet, wissen Sie.«

Er rückte die Scheide an seinem Gürtel zurecht, angewidert vom bestürzten Gesicht des Gefangenen und von seiner eigenen brutalen Drohung. Dann aber fielen ihm Duncan und seine Leute ein, und er befahl knapp: »Bringt ihn auf die Yawl. Ich komme gleich nach.«

Und zu Keen: »Es geht nicht anders. Sie müssen das Schiff befehligen.«

Beide blickten nach oben, als das Heulen des Windes in der Takelage stärker wurde.

»Und Ihr Erster Offizier ist ein ausgezeichneter Seemann, doch an Land könnte er seine Männer überfordern. Uns bleibt kein Spielraum für Irrtümer.«

Von Keen glitt sein Blick zu Allday. »Du hast die gefährlichste Aufgabe. Laß die Barkasse auf der Seeseite zu Wasser, damit sie vom Fort aus nicht gesehen wird.«

Allday begegnete trotzig seinem Blick. »Ich weiß, was ich zu tun habe, Sir: das Boot hinter die Festmacherbojen bringen und dann ein Richtfeuer anzünden.«

»Damit verlange ich viel von dir. Wenn wir es nicht schaffen, bist du abgeschnitten.«

Allday grunzte. »Ich würde lieber an Ihrer Seite bleiben, Sir. Da ist mein rechtmäßiger Platz.«

Bolitho packte seinen Arm und bemühte sich, seine Rührung zu verbergen. »Ohne das Richtfeuer findet *Achates* nicht in den Hafen. Sie würde bei diesem Wind unweigerlich stranden. Und du wirst noch an meiner Seite kämpfen, alter Freund, täusche dich nicht.«

Keen sagte: »Trotzdem glaube ich...« Dann schwieg er und grinste reuig. »Egal, jetzt ist es zu spät.« Er lockerte seinen Hemdkragen und legte dann die Hand auf den Säbel. »Für Rivers mag das ja eine Überraschung sein, aber für mich ist es weit mehr.«

Damit nickte er Allday zu und eilte hinaus, nach allen Seiten seine Befehle erteilend.

Bolitho suchte sich eine Pistole aus und steckte sie in den Gürtel. Wäre es denn wirklich so falsch gewesen, Quantock den Angriff führen zu lassen? Aber dann bejahte er sich diese Frage. Angesichts des fast sicheren Todes brauchten Männer, die für eine unbegreifliche Sache kämpfen sollten – oder mit dem Feind insgeheim sympathisierten –, den Anblick ihres Admirals, der ihnen vorausschritt, in den Tod oder ein ungewisses Schicksal.

Hinter Bolitho verließ Allday die Kajüte und bückte sich schwer atmend unter den tiefen Decksbalken. Im Zwielicht standen die halbnackten Stückmannschaften schon an ihren Kanonen; ohne überflüssigen Lärm oder laute Befehle hatte das Schiff klar zum Gefecht gemacht.

Die Wache auf dem Achterdeck drängte sich in kleinen Gruppen zusammen oder erledigte letzte Handgriffe. Der starke heiße Wind peitschte Gischt übers Deck, so schmerzhaft und blendend wie ein Hagel aus Sandkörnern.

Mit schräggeneigtem Kopf spähte Bolitho zu den Segeln auf, die wild gegen die Spieren schlugen. Wenn der Anker erst aufgeholt war, mußte das Schiff lospreschen wie ein angreifendes Raubtier. Ein hervorragender Segler, behaupteten alle. Das mußte sich jetzt erweisen – und mehr.

Quietschende Taljen verrieten, daß die Barkasse seewärts ausgesetzt wurde. Auch wenn ihn die Düsternis fast schon verschluckt hatte, fühlte Bolitho immer noch Alldays Widerwillen, ihn zu verlassen, seinen angestammten Platz aufzugeben.

»Viel Glück, Sir«, rief Keen.

Ein schneller Händedruck, dann stieg Bolitho übers Schanzkleid und hinunter in die stampfende Yawl, aus der sich ihm hilfreiche Hände entgegenreckten. »Wer kommt denn da noch?« knurrte eine heisere Stimme. »Laßt uns endlich ablegen, Ted!«

Ein anderer unterdrückte halb ein rauhes Hurra. »Der Admiral selber ist's, Jungs!«

Alle fuhren herum, sie trauten ihren Augen nicht. In seinem verschwitzten, schmuddeligen Hemd hätte Bolitho eine Teerjakke wie sie sein können, aber sie wußten es besser, und einer rief aus dem Dunkel: »Willkommen an Bord, Sir!«

Bolitho tastete sich zum Heck durch, ergriffen und wie stets beschämt vom Vertrauen dieser Unbekannten.

Dann hörte er Mountsteven, den Zweiten Offizier, belustigt sagen: »Hier stinkt's wie in einem Bordell, Sir.« Er wirkte ebenso aufgekratzt, von der Wildheit der anderen angesteckt, sonst hätte er sich diese Freiheit niemals genommen.

Bolitho erreichte die Heckbank und spähte in die Gesichter der Männer, die ihm am nächsten saßen: Christy, der Bootsmannsgehilfe von der alten *Lysander,* und Masters, trotz der Dunkelheit leicht kenntlich an seiner Milizuniform.

Das Boot stank wirklich. Aber es war ja auch mit leicht brennbarem Material vollgestopft: alter Leinwand, in Fett und Teer getränktem Tauwerk, dazu Öl und diverse Zutaten aus dem Vorrat des Sprengmeisters. Ein Funke genügte, und das Boot mußte explodieren wie eine Granate.

Sobald sie erst die Wachen auf der Schwimmsperre überwältigt und ihre Murings gekappt hatten, würde Alldays Barkasse, gefolgt von zwei Kuttern mit Seesoldaten, den Angriff weitertragen. Bolitho war aufgefallen, daß die ursprüngliche Crew der Yawl, genau wie die Wachmannschaft im Fort, überwiegend aus Farbigen bestand, afrikanischen Sklaven, Mischlingen oder Abkömmlingen der eingeborenen Inselbevölkerung.

Kaum anzunehmen, daß die Offiziere wie Masters die Quartiere des Forts mit ihnen teilten. Sie bewohnten wahrscheinlich bequeme Häuser in der Stadt und würden nach dem Alarm einige Zeit brauchen, ehe sie zu ihren Leuten stießen. Bolitho schauderte es trotz der drückenden Schwüle. Es sei denn, Rivers hatte seine List durchschaut, jede Kanone laden und richten lassen und wartete jetzt nur auf das erste verräterische Zeichen eines bevorstehenden Überfalls.

»Legen Sie ab, Mr. Mountsteven«, sagte er. »Und fahren Sie eine Laterne im Bug, wie besprochen.« Dann sah er Masters an. »Sie wissen, was Sie zu tun haben. Wenn Ihnen Ihr Leben lieb ist und Sie Ihre Familie wiedersehen wollen, dann machen Sie keine Dummheiten.« Christy ließ sein Entermesser in der Scheide klappern – eine wortlose Drohung.

Als die Festmacher losgeworfen waren und die Segel sich wie fahle Riesenflügel über der Yawl entfalteten, blieb die schützende Silhouette von *Achates* rasch hinter ihnen zurück.

Rivers' Wache auf der Sperre mochte zwar auf der Hut sein, hatte aber keinen Anlaß, mit einem so ungestümen Angriff zu rechnen. Trotzdem sah Bolitho plötzlich im Geist ein schreckliches Bild: *Achates,* wie sie in der Morgendämmerung an der Hafeneinfahrt strandete und von den schweren Kalibern der Festung zum Wrack geschossen wurde.

Jemand flüsterte: »Land voraus, Sir!«

Ein Gemurmel lief durch die mit Seeleuten vollgestopfte Kajüte, die unter Deck geduckt auf den Angriff warteten. Stahl kratzte auf Stahl, Fäuste tasteten in der Finsternis nach Pistolen und Musketen, um sich zu vergewissern, daß die Waffen trocken und einsatzbereit waren. Jetzt brauchte es nur eine leichtsinnige Bewegung, einen unabsichtlich ausgelösten Schuß – und sie waren alle verloren. Wieder erinnerte sich Bolitho dankbar daran, daß die Besatzung der *Achates* überwiegend aus erfahrenen Männern bestand, gut ausgebildet und eine verschworene Gemeinschaft.

Haltsuchend packte er eine Pardune und spähte durch die Gischt nach dem dunklen Schatten des Vorlandes an Backbord aus. An Steuerbord wuchsen das Fort und der fünfhundert Meter hohe Vulkankegel schemenhaft in den gespenstischen Gewitterhimmel.

Ein Lichtschein fiel übers Wasser, tanzte auf den Wellen, und Bolitho glaubte, einen Anruf zu hören.

Rauh sagte Masters: »Dippt die Buglaterne!« Das klang gepreßt, als müsse er um Luft ringen. »Zweimal!«

Wie angewiesen, wurde die Buglaterne zweimal auf und nieder geholt, und Bolitho merkte, daß er den Atem anhielt. Jetzt hatte Masters die günstigste Gelegenheit, sie zu verraten, seine Loyalität für Rivers unter Beweis zu stellen. Aber nichts geschah, das

Licht von der Schwimmsperre blinzelte stetig über die gischtgekrönten Kabbelseen zu ihnen herüber.

Leise knarrte die Pinne, als Masters, eine Hand über der des Rudergängers, den Kurs leicht korrigierte. Jetzt hatte er sich inkriminiert und wollte seinen Entschluß nicht damit büßen, daß er wegen eines Ansteuerungsfehlers vor dem eigenen Hafen ertrank.

Bolitho erkannte das Backbordende der Sperrre, auf dem sich einige geduckte Gestalten um die Richtlaterne drängten. Irgend jemand preite die Yawl an, und Masters winkte gebieterisch zurück, mit einer Autorität, die sein Verrat ins Lächerliche verzerrte.

»Jetzt! Hart Steuerbord! Die Segel streichen!«

Gewohnt, bei jedem Wetter, bei Tag oder Nacht, ihre Arbeit zu tun, ließen die Seeleute das Boot zügig an die vermurten Boote und Pontons heranscheren. Als die ersten Draggen an ihren Leinen über die Köpfe der verdutzten Wachen flogen und sich festbissen, sprangen schon die schnellsten der unter Deck verborgenen Matrosen hervor, waren mit einem Satz auf dem Ponton und erstickten mit ihren Entermessern jeden Schrei der Überfallenen.

Plötzlich wimmelte es auf der Sperre von Männern. Während die einen die unglücklichen Wachtposten ausschalteten, löschten die anderen die gefährliche Fracht der Yawl und brachten sie in Position.

»Lunten anbrennen! Ein Fidibus her! Schnell!« Mountsteven bellte seine Befehle, während die Gefangenen grob auf die Yawl gestoßen wurden.

Bolitho blickte zu den verschwommenen Umrissen der Festung auf: keine Reaktion. Vielleicht hatte Rivers wirklich erwartet, daß er seine Ehre, seine Karriere und sein Land vergaß und diese schamlose Vereinbarung mit ihm traf? Es wäre nicht der erste Vorfall dieser Art in der Marinegeschichte gewesen.

»Murings gekappt, Sir!«

Ein langsam abbrennendes Zündholz flammte auf, dann ein zweites, und der letzte Brite sprang in die wild stampfende Yawl.

»Legt ab!«

Ohne den zusammengekauerten Überlebenden des blitzartigen

Angriffs einen Blick zu gönnen, versuchten die Matrosen, mit langen Riemen, Bootshaken und anderem Gerät die Yawl von der Sperre abzustoßen. In seiner Erregung packte Leutnant Mountsteven Bolithos Arm und deutete mit seinem Säbel ins Dunkle.

»Da kommt Ihr Bootsführer, Sir!«

Nur die hellen Riemenblätter waren sichtbar, als Alldays Barkasse durch die Lücke schoß; sie war im Hafen, noch ehe die Yawl Fahrt aufgenommen hatte.

»Haltet auf Land zu!«

Bolitho rutschte auf die andere Seite hinüber, wo Masters sich über die Reling beugte und zum Fort hinaufspähte. Das Boot vollführte einen Höllentanz und nahm eine Menge Wasser über. »Das haben Sie gut gemacht, Masters.« Bolitho scherte sich nicht um den erstaunten Blick seines Gefangenen, er rief: »In Dekkung, Leute!«

Es gab eine dumpfe Explosion, die Yawl mit den erstarrten Gesichtern darin war plötzlich in grelles, orangefarbenes Licht getaucht: Die driftende Schwimmsperre zerbarst in einem Flammenmeer. Nun trieben die brennenden Wrackteile schnell in den Hafen, weil eine Lasching nach der anderen brach.

Bolitho schlang sich den Riemen seines Säbels fester ums Handgelenk und verlagerte das Gewicht prüfend auf sein verletztes Bein. Wenn es ihn jetzt im Stich ließ...

Der Bug lief auf und rutschte wieder ab, während die Brandung ihn kochend überspülte und Unvorsichtige wie halbvolle Säcke kreuz und quer warf; dann stieß die Yawl ein zweites Mal gegen Fels. Bolitho hörte Holz splittern und Wasser ins Boot gurgeln, wo es bald seine Beine umspülte. Immer noch wurden sie zwischen den Uferfelsen wie ein Spielball hin und her geworfen.

Aber dann fanden die ersten Draggen Halt an Land, und als die Männer wasserspuckend und fluchend über Bord zu klettern begannen, hörte Bolitho ein weit entferntes Trompetensignal.

Wieder rief er sich das Bild der Küste ins Gedächtnis; dann wandte er sich um, weil ein weiteres Teilstück der driftenden Sperre explodiert war und nun lichterloh brannte.

Inzwischen mußte ganz Georgetown alarmiert sein.

Von den Festungsmauern herab begannen Musketen zu knallen, aber die Kugeln zischten wirkungslos durch den Sprühregen der Brandung.

»Sammeln, Mr. Mountsteven!«

Der Leutnant konnte nur schwer den Blick vom Wrack der gestrandeten Yawl losreißen. Als Fluchtfahrzeug war sie nicht mehr zu gebrauchen.

Irgendwer stieß einen heiseren Hochruf aus, wurde aber sofort von einem Unteroffizier zum Schweigen gebracht.

Doch Bolitho wäre selbst gern in Jubelrufe ausgebrochen. Denn die beiden Kutter der *Achates* pullten mit einem Höllentempo durch die letzten brennenden Reste der Schwimmsperre, und die gekreuzten weißen Brustriemen der Marinesoldaten leuchteten hell herüber.

Im Bug des einen Kutters krachte trocken ein Musketenschuß, gefolgt von einem scharfen Kommando, das durchs Sprachrohr geisterhaft verstärkt wurde.

Der Kutter hielt direkt auf ein Boot des Gouverneurs zu; wahrscheinlich hatte es den unglücklichen Leutnant Trevenen an Bord, der gegen Masters ausgetauscht werden sollte. Wenn sie ihn nun für den Überfall büßen ließen…

Bolitho verdrängte diesen Gedanken, als Mountsteven meldete: »Alle Mann vollzählig, Sir!«

»Weitermachen! Und zwar im Eiltempo zur Straße, die in die Stadt führt. Dort sollen sich die Männer zwischen den Felsen so verteilen, daß sie den Gegenangriff aufhalten können, bis uns die Marinesoldaten zu Hilfe kommen.«

Obwohl sich seine Gedanken fast überschlugen, mußte Bolitho über sich selbst lächeln. Da stand er und kommandierte wie ein Infanteriegeneral, nicht wie ein Marineoffizier mit einer Handvoll Leute und der Hoffnung auf Unterstützung durch Seesoldaten, die sich vielleicht niemals bis zu ihnen durchschlagen konnten.

Aber schon rannte er mit den Matrosen zwischen Felsen und Gebüsch landeinwärts; im stürmischen Wind peitschten Äste nach ihnen, als wollten sie die Eindringlinge verjagen.

»Hierher, Sir!«

Das war Christys Stimme. Bolitho ließ sich neben ihn fallen und schnappte keuchend nach Luft, als der Schmerz durch sein verletztes Bein zuckte.

Christy prüfte seine Pistolen und hatte das Entermesser schon blankgezogen.

Bolitho sah die anderen geduckt in Deckung rennen, während jetzt stärkeres Musketenfeuer über ihren Köpfen knatterte. Wo mochte Rivers gerade sein? In seinem prächtigen Haus oder oben im Fort, wo er sich fragte, ob plötzlich alle Welt verrückt geworden war?

Bolithos Finger krallten sich in den nassen Boden. Alles hing jetzt von Allday ab. Vielleicht war er von einem Wachboot abgefangen worden wie vorhin der Kutter? Trotzdem würde Keen jetzt Anker lichten und die brennenden Wrackteile der Hafensperre nicht aus den Augen lassen; bisher waren sie seine einzige Hilfe beim Unterscheiden von Wasser und Fels.

Aber bald mußten auch diese Richtfeuer erlöschen.

Eine Stimme bellte Befehle, dann krachte eine Salve, als die Seesoldaten vom Hang aus die Festung unter Feuer nahmen.

Scott, der Dritte Offizier und einer der Erfahrensten an Bord, rief: »Nachladen! Ruhig Blut, Jungs!«

Bolitho verdrängte den Gedanken an Keens Hilflosigkeit, wenn der Anker erst aus dem Grund gebrochen war und das Schiff sich blind durch die Dunkelheit tasten mußte. Ohne den Landungstrupp und mindestens drei seiner besten Offiziere war er außerdem gefährlich knapp an Leuten.

Neben ihm glommen Christys Augen auf wie zwei Kohlenstückchen; er wandte sich um und sah am Rand der Bojenreihe im Hafen eine Feuersäule in die Höhe schießen.

Allday hatte es geschafft! Die brennenden Fackeln leuchteten hell durch die Nacht, von seinen Bootsgasten auf einer Festmacherboje angelascht und entzündet; wenn dieses Bündel erlosch, würde das nächste aufflackern.

Und dann rollte der erste Kanonendonner über die Reede. Niemand sah die Kugel einschlagen, aber sie flog wahrscheinlich genau über die Boje, die Rivers mit so beiläufiger Drohung bezeichnet hatte.

Masters kam herangerobbt und ließ sich neben Bolitho fallen. Sein ganzer Körper flog vor Angst, ohne daß er es verhindern konnte.

Bolitho warf ihm einen Blick zu. »Welchen Tag haben wir heute, Mr. Masters?«

Masters mußte schlucken. »Den neunten Juli, glaube ich, Sir«, stammelte er.

Er wäre aufgesprungen, hätte Christy ihn nicht in Deckung gezogen. Aber Bolitho hatte es ebenfalls gehört: fernen Trommelwirbel und den schrillen Klang der Querpfeifen.

Er sah sie vor sich: seine Marinesoldaten, die – vom starken Wind gezaust – auf der holprigen Straße heranmarschierten, vorneweg die Offiziere und dahinter mit exaktem Abstand die kleinen Trommelbuben, wie bei der Parade. Nur daß sie auf einer Straße paradierten, die keiner von ihnen je gesehen hatte und auf der mancher auch nicht zurückkehren würde.

Bolitho zwang sich, den unterbrochenen Faden wieder aufzunehmen. »Dieses Datum ist wichtig, Mr. Masters«, sagte er. »Wir wollen es uns gut merken.«

Er wandte den Kopf, als ein neues Richtfeuer für die *Achates* aufflammte, aber diesmal sah er es nur verschwommen. Da stieß er den Degengriff neben seinem gesenkten Kopf in den Boden und flüsterte: »Wir werden siegen! Wir *müssen* siegen!« Es klang wie eine Beschwörung.

Keen rannte die Leiter zum Hüttendeck hinauf und klammerte sich an die Heckreling, weil der Wind ihn von Deck zu fegen drohte; er kam genau von vorn ein und heulte durchs Rigg wie tausend losgelassene Teufel.

Keens Verstand wehrte sich dagegen, die knappen Zeiten und Distanzen zu berechnen, die *Achates* noch verblieben, sobald der Buganker erst ausgebrochen war. Schwach hörte er von vorn das Klicken der Ankerwinsch, die heiseren Rufe der Deckoffiziere, die auf den entscheidenden Augenblick warteten.

Als Keen sich wieder dem Hüttendeck zuwandte, brannte sein vom Wind gepeitschtes Gesicht wie Feuer. Schemenhaft sah er unten das große Rad und die Rudergänger, daneben den Master und einen Midshipman. Andere Männer der Achterdeckswache hielten sich an den Besanbrassen bereit, ihre nackten Oberkörper schimmerten wie nasser Stein im schwachen Licht.

Gleich ... Gleich hieß es, jetzt oder nie. Oft genug hatte Keen das in der ›Gazette‹ oder in einem Admiralitätsbericht gelesen: ein Kriegsschiff Seiner Majestät war gestrandet und verlorengegangen, und das Seegericht fällte später seinen Spruch, wonach

... Stopp. Er mußte seine Phantasie zügeln. Laut rief er, das Heulen des Windes übertönend: »Alles klar, Mr. Quantock?«

Der große, hagere Erste kämpfte sich, schräggeneigt gegen den Wind und das krängende Deck, auf den Kommandanten zu.

»Das hat doch keinen Zweck, Sir!«

Wütend fuhr Keen zu ihm herum. »Nicht so laut, Mann!«

Quantock beugte sich vor, um ihm besser ins Gesicht sehen zu können. »Aber der Master ist derselben Meinung. Es wäre Wahnsinn. Das schaffen wir einfach nicht.« Keens Schweigen schien ihn zu ermutigen. »Niemand kann Sie dafür tadeln, daß Sie das Schiff nicht riskieren wollten. Uns bleibt immer noch Zeit zum Aufkreuzen.«

»Der Anker ist kurzstag, Sir!« Die Meldung fuhr zwischen sie wie ein Axthieb.

»Zeit? Wofür bleibt uns Zeit – zu feiger Flucht? Verdammt sollen Sie sein!«

Keen wandte sich ab und schritt zu den Finknetzen, sah einige Matrosen ihn ängstlich beobachten.

Aber Quantock ließ nicht locker. »Kapitän Glazebrook hätte niemals...« Weiter kam er nicht.

»Er ist tot!« Keen schrie es fast. »Aber wir leben. Verlangen Sie etwa von mir, daß wir unseren Admiral und die Kameraden da draußen im Stich lassen, bloß weil es gefährlich für uns wird? Ist das der Rat, den Sie mir geben, Mr. Quantock?« Es tat ihm wohl, seinen Zorn und seine Verbitterung herauszuschreien. »Eher schicke ich Sie, den Master und alle anderen zum Teufel, als daß ich den Schwanz einziehe und feige davonrenne!«

Er schritt zur Querreling und spähte zu der wild schlagenden Leinwand auf. Vielleicht kostete es sie wirklich ein paar Segel oder Spieren, vielleicht auch die Masten. Aber da hinten, jenseits des stampfenden Hecks, wartete Bolitho. Schemenhaft zogen Bilder an Keens innerem Auge vorbei: die Große Südsee, das Mädchen, das er geliebt hatte und das am gleichen Fieber gestorben war, dem auch Bolitho fast erlegen wäre. Trotz seiner eigenen Verzweiflung hatte Bolitho ihm Trost zugesprochen. Und nach allem, was sie gemeinsam durchgemacht hatten, sollte er ihn jetzt im Stich lassen? Nein, tausendmal nein!

»Geben Sie durch an die Toppgasten, Mr. Fraser: Es wird ein haariges Manöver. Holen Sie alle Mann aus dem Batteriedeck und stellen Sie jede Hand an Brassen, Halsen und Schoten.« Er versuchte, sich an den Namen des Offiziers zu erinnern, der neben ihm stand. »Mr. Foord, machen Sie für den äußersten Notfall den Backbordanker klar zum Fallen.« Damit konnten sie das Schiff vielleicht lange genug abbremsen, daß wenigstens ein Teil der Besatzung sicher an Land gelangte.

Dann hörte er sich ruhig fragen: »Also, Mr. Quantock?«

Quantock starrte ihn durch die Gischtfetzen böse an.

»Aye, aye, Sir.«

Damit griff er nach seinem Sprachrohr und stapfte davon.

Keen packte den glatten Handlauf. Wie viele Kommandanten vor ihm hatten hier schon so gestanden? In Sturm oder Flaute, vor einem Hafen oder einem Gefecht, und hatten versucht, sich ihre Ängste nicht anmerken zu lassen?

Würde er der letzte sein? Er horchte auf das Klicken des Ankerspills, den Knall der Peitsche, mit der ein Bootsmannsgehilfe einen Saumseligen zu größerer Anstrengung trieb. Von ihrer Kraft und Entschlossenheit hing es ab, ob das schwere Schiff gegen Wind und See bestehen konnte.

Ein letztes Mal blickte er zu den Rahen auf, wo die Toppgasten in den Fußpferden standen, jederzeit bereit, die knatternden Segel herabrauschen und sich entfalten zu lassen.

Weit und breit kein Licht. Und keine Spur mehr von der brennenden Schwimmsperre. Vielleicht war Allday nicht durchgekommen. Aber wenn dem so war, dann lebte er jetzt bestimmt nicht mehr. Noch ein Bild sah Keen vor sich: er selbst, damals ein kleiner Seekadett, schreiend und keuchend vor Schmerzen, mit einem messerscharfen Holzsplitter im Leib, der ihn wie ein Speer durchbohrte. Und Allday, der ihn überraschend sanft unter Deck trug und den Splitter selbst aus dem Fleisch schnitt, weil der Schiffsarzt zu betrunken war, um verläßlich seine Arbeit zu tun.

»Anker ist frei!« Nur halb drang der Ruf zum Achterschiff, aber schon legte sich *Achates* so scharf über, daß die See wie Brandung über Seitendeck und Schanzkleid brach.

»Setzt die Bramsegel!«

Die Rudergänger rutschten aus und fielen auf die Planken, umklammerten aber eisern das mächtige Doppelrad, als der Wind das Schiff wie ein Spielzeug herumwarf; die losen Bramsegel knallten und schlugen an ihren Rahen, und das Crescendo der

Sturmböen in der Takelage übertönte das Geschrei der um ihr Leben kämpfenden Crew.

Keen kniff die Augen zu Schlitzen zusammen, als Spritzwasser durch die Webeleinen schoß und ihn von Kopf bis Fuß durchnäßte. Das Wasser fühlte sich warm an, als heiße es seine Beute schon willkommen.

Sparrowhawks überlebender Midshipman, der kleine Evans, klammerte sich verzweifelt an ein Want, als ihm die Füße weggerissen wurden. Ein dunkles Bündel fiel aus der Besantakelage, schlug mit einem ekelerregend dumpfen Krachen aufs Schanzkleid und von da in die See: ein Toppgast, den das plötzlich steif kommende Segel von seinem unsicheren Stand gerissen haben mußte. Dem Mann blieb nicht einmal Zeit für seinen letzten Schrei.

Im Getöse von Wind und See klang Gebrüll auf und verebbte wieder – wie ein Chor verdammter Seelen.

»Noch ein paar Hände an die Luvbrassen dort!«

»Mr. Rooke, lassen Sie zwei Leute aufentern!«

»Bringt den Mann da ins Lazarett!«

»Wahrschau – die Gig reißt sich los!«

Und plötzlich der heisere Ruf des Masters: »Ruder im Schiff, Sir!«

Keen fuhr herum und starrte ihn an, das Gesicht entstellt durch ein irres Grinsen, denn der Winddruck verzerrte seine Lippen. Aber das Schiff gehorchte wieder dem Ruder! Mit vierkant gebraßter Großrah und zum Platzen steifen Segeln, so stark überliegend, daß Wasserstrahlen durch die geschlossenen Lee-Stückpforten gepreßt wurden, fiel *Achates* ab und begann, dem Sturm das Heck zu zeigen.

Gebrochene Leinen wehten vor ihr her wie Lianen; von oben hörte Keen das schrille Glissando reißender Leinwand, aber er wußte, daß die Fäuste der Toppgasten den Schaden in Grenzen halten würden.

»Nordost zu Nord!« Die Stimme klang atemlos. Und gleich darauf: »Nord zu Ost!«

Keen umklammerte den Handlauf, daß ihn die Fäuste schmerzten. *Achates* gab wirklich ihr Bestes. Aber mit jeder Sekunde, die der Sturm sie weiter auf den dunklen Schatten des Landes zutrieb, wurden ihre Chancen geringer.

Wieder das Knirschen der Rahen, deren Brassen von halbnackten Männern geholt wurden, die sich vor Anstrengung schräg gegen das Deck stemmten. Und über allen Quantocks fordernde, drohende, rauhe Stimme.

Der Rumpf schien einen Satz nach vorn zu machen, schräg abwärts, bis eine massive Wasserwand hoch über dem Vorsteven emporwuchs und auf das Vorschiff niederkrachte. Wie Stoffpuppen wurden Männer nach achtern gewaschen. Keen schien es ein Wunder, daß sich keine der vorderen Kanonen losriß. Er kannte die Gefahr nur zu gut: wie von blinder Angriffswut beseelt, konnten diese gußeisernen Monster, hatten sie sich erst aus ihren Laschings befreit, kreuz und quer durch die Decks krachen und alles zermalmen, was ihnen in den Weg kam.

Mit kaltem Grauen zählte er die Sekunden, bis der Bugspriet sich langsam zu heben begann und tosende Wasserkaskaden abschüttelte. Der Klüverbaum zeigte wieder aufs Land, auf das unerbittlich drohende Land.

Wie zur Bestätigung hörte er Knockers Schrei: »Nordwest liegt an, Sir!«

Und immer noch kein Lichtsignal. Sie würden auch vergeblich darauf hoffen, dachte Keen.

Eigentlich hätte er verzweifelt sein müssen. Er hatte sich geirrt, und Quantock hatte recht behalten. Nun war das Schiff verloren und mit ihm jeder Mann an Bord, und diese rebellische Insel konnte weiterhin der Krone trotzen, als hätte es *Achates* nie gegeben.

Aber trotz allem war er seltsam erleichtert. Er hatte es wenigstens versucht, und Bolitho würde davon hören. Andere Schiffe würden kommen und sie rächen, ob nun britische oder französische, das spielte keine Rolle.

Plötzlich Leutnant Foords gellende Stimme: »Das Signal! O Gott, da ist das Signal!« Er schluchzte fast, so erleichtert war er.

Scharf befahl Keen: »Reißen Sie sich zusammen, Mann! Mr. Knocker: einen Strich nach Steuerbord!«

Bewußt versuchte er, seine verkrampften Glieder zu entspannen, während er nach dem Feuer ausspähte, dessen sprühendes Licht von den jagenden Wolken reflektierte. Wieder hievten die Deckshände an den Brassen, Keen hörte das Vorbramsegel sich knallend mit Wind füllen und wußte jetzt, daß vorhin das Großbramsegel zerfetzt worden war.

Aber da war ihr Richtfeuer, ohne jeden Zweifel. Allday hatte das Unmögliche geschafft.

»Nordwest zu Nord, Sir.«

»Recht so!«

Das Schiff schien jetzt mit einem höllischen Tempo durchs Wasser zu preschen. »Lotgasten in die Ketten!« befahl Keen. Täuschte er sich, oder hatte im rauhen Ruf des Masters mehr gelegen als Überraschung und Erleichterung? Vielleicht auch ein respektvolles Staunen?

Keen stieß sich ab und ging zur anderen Seite hinüber, um die weiß schäumende Brandung im Auge zu behalten. Die Brecher schienen nicht weiter als eine Bootshakenlänge vom Rumpf entfernt.

Er hörte den ersten Lotgasten aussingen, aber seine Tiefenangabe verstand er nicht.

Dicht neben dem Rumpf konnte er plötzlich festes Land ausmachen, in Gischt gehüllt, und spürte das Deck unter seinen Füßen erbeben, als der Kiel mit knapper Not über eine gefährliche Sandbarre rutschte.

Knocker gab neue Ruderkommandos, seine Stimme hallte plötzlich laut von der Landzunge wider, auf deren Höhe die Pontons den Hafen gesperrt hatten.

Sie hörten Gefechtslärm: Gewehrfeuer und dazwischen vereinzelt das Krachen von Kanonen. Aber das klang alles so fern und unwirklich, als hätte es nichts mit dem anstürmenden Zweidecker und seiner Besatzung zu tun.

Warnschreie vom Vorschiff – und dann hielt Keen scharf den Atem an, als ein heftiger Ruck durch das Schiff ging. Dunkel und verschwommen sah er ein kleineres Fahrzeug am Rumpf der *Achates* entlang gleiten und achteraus verschwinden: ein Boot, das sie von seiner Boje gerissen hatten und das nun langsam kenterte.

Immer noch brannte das Richtfeuer lichterloh, und jetzt konnte Keen seinen Widerschein auf einem helleren Fleck erkennen, der dichtbei lag: Alldays Barkasse. Er riß einem Midshipman das Teleskop aus der Hand und richtete es nach Backbord voraus.

Im Schein ihres Feuers standen die Bootsgasten in der Barkasse und schwenkten jubelnd die geteerten Hüte, als das Schiff sich näherte. *Achates* mußte einen gespenstischen Anblick bieten, dachte Keen: oben feurig leuchtende Segel und darunter ein Rumpf, der mit dem dunklen Wasser verschmolz.

»Klar zum Segelkürzen, Mr. Quantock!«

Keen stellte fest, daß er am ganzen Leib zitterte wie ein Mann, der soeben dem Tod entronnen war.

Dann erkannte er zum erstenmal die Lichter der Stadt, sie schimmerten durch die Gischt wie winzige Juwelen. *Achates* war fast am Ziel, das Unmögliche geschafft.

Im Dunkeln krachte wieder eine Kanone, aber Keen scherte sich nicht um den Einschlag der Kugel.

»Klar zum Anluven, Mr. Quantock!«

Noch war die Gefahr nicht vorbei. Falls *Achates* nicht rechtzeitig ankerte, mußte sie an den Strand treiben oder sich wie eine Schildkröte im Netz zwischen den verankerten Fahrzeugen verfangen.

Vielleicht schnappte jetzt die selbstgestellte Falle hinter ihnen zu? Keen entdeckte plötzlich, daß er diese Möglichkeit bar jeder Emotion einkalkulieren konnte. Darauf kam es jetzt nicht mehr an. Denn wenn *Achates* den Hafen nicht mehr verlassen konnte, war das auch allen anderen Fahrzeugen unmöglich. Im Geist sah er Bolithos ernstes Gesicht wieder vor sich und hoffte, daß er beobachtet hatte, wie sein Flaggschiff, ein dunkles Phantom, mitten in den Hafen gestürmt war.

Wenn allein Willensstärke diesen Kampf entschied, dann stand der Sieger jetzt schon fest.

»Bemannt die Leebrassen!« Quantock warf seinem Kommandanten einen Blick zu. »Ich habe beide Anker klar zum Fallen, Sir, und einen Leutnant an den Kettenkneifer gestellt. Wenn die Trosse bei diesem Sturm bricht...« Er ließ den Satz unvollendet.

Keen musterte ihn gelassen. »Bitte, machen Sie weiter.«

Er konnte an Quantock keine Veränderung feststellen, dachte er mit einer gewissen Genugtuung. Warum sollte sich der Mann auch wegen einer gewissenlosen Tollkühnheit verändern? Denn genau das hatte er eben begangen, wenn er es recht bedachte.

»Gei auf Bramsegel!«

Keen wandte den Blick nach oben, wo plötzlich hektische

Bewegung entstand. Die Toppsgasten hatten eine Meisterleistung vollbracht, dachte er, sie hatten ihr Leben, ihr Schiff und ihren Stolz bewahrt, wie nur Seeleute das konnten.

»Leeruder!«

Wieder legte sich das Deck scharf über, und Alldays Barkasse zog am herumschwingenden Bugspriet vorbei, als suche sie ihr Heil in hastiger Flucht. Aber Sturm und See hatten für den Augenblick an Gewalt verloren. Ihre Revanche würde noch kommen, später.

»Laß fallen Anker!«

Keen hörte das Platschen und spürte ein leichtes Erzittern der Planken, als der zweite Anker, der an seinem Kranbalken klar zum Fallen hing, gegen den Rumpf schlug.

Blöcke quietschten, als die unsichtbaren Toppsgasten langsam, aber sicher die widerspenstige Leinwand zu ihren Rahen aufholten und festzurrten.

Sofort ließen die Schiffsbewegungen nach, und Keen befahl so gelassen er konnte: »Setzt die restlichen Boote aus. Und bringt achtern einen Warpanker aus. Mr. Rooke soll sich bei mir melden.« Und als Quantock verbittert schwieg, setzte er hinzu: »Außerdem nehmen Sie bitte eine allgemeine Musterung vor. Und melden Sie mir die Verluste.«

An seinem Ellbogen stand plötzlich eine kleine Gestalt, Ozzard, Bolithos Steward, mit einem silbernen Becher in der Hand.

»Hier, Sir.«

Keen setzte ihn an die Lippen und verschluckte sich fast an dem starken Rum. Aber er erzielte die von Ozzard beabsichtigte Wirkung.

»Danke.« Keen reichte den Becher zurück, es war einer von Bolithos eigenen. »Das hatte ich nötig.«

Gemeinsam sahen sie zu, wie Gig und Jolle an ihren Davits ausgeschwungen und zu Wasser gelassen wurden. Männer hasteten nach achtern, während die Bootsmannsgehilfen ihre Anweisungen für das Ausbringen des Warpankers bellten. Auf den blankgescheuerten Planken sah das dicke Tau aus wie eine endlose Schlange.

Schüchtern fragte Ozzard: »Ob er in Sicherheit ist, Sir?«

Keen sah einen Leutnant und Harry Rooke, den Bootsmann,

auf sich zukommen; ungeduldig erwarteten sie seine Befehle, aber in Ozzards Stimme hatte eine Dringlichkeit gelegen, die von ihm eine Antwort verlangte.

Sicherheit? Wann verschwendete die Kriegsmarine schon Gedanken an die Sicherheit eines einzelnen? Vertrauen zählte da schon eher. Und Zuversicht. Beides besaßen Männer wie Allday, für die Bolithos Wort und Reputation alles andere aufwog, selbst ihr Leben.

Lächelnd wandte er sich dem Steward zu. »Jedenfalls wird er uns morgen eine Menge zu tun geben, Ozzard. Zumindest das weiß ich genau.«

Ozzard nickte strahlend und hoppelte davon. Diese Antwort genügte ihm vollauf.

IX Knapp davongekommen

Eine Hand schüttelte Bolitho wach, und er regte sich mit einem unterdrückten Stöhnen. Hatte er wirklich geschlafen? Der Schreck darüber weckte ihn endgültig.

»Was ist denn, Mann?«

Leutnant Mountsteven starrte ihn neugierig an, als könne er es selbst nicht glauben, daß er diesen steinigen Graben mit seinem Vizeadmiral teilte.

»Es dämmert schon, Sir. Die Leute sind auf den Beinen.«

Bolitho setzte sich und rieb seine brennenden Augen; jetzt fiel ihm auch auf, daß der Wind fast eingeschlafen war.

Er erinnerte sich an die Nacht wie an eine Halluzination. Als er über den Grabenrand auf die glitzernde Wasserfläche spähte, sah er wieder vor sich, wie *Achates* unter Segeln, die sich wie kupfern schimmernde Brustpanzer wölbten, die Einfahrt erzwungen hatte. Sie war nur ein leichtes Linienschiff, hatte aber im Feuerschein fast doppelt so groß gewirkt und schien den ganzen Hafen zu füllen. Mit wildem Jubel und nassen Augen hatten Bolithos Seeleute ihre gespenstische Erscheinung begrüßt.

Nun hörte er, wie die Männer rundum nach ihren Waffen griffen, und dachte wieder an den Korporal der Marineinfanterie, den Hauptmann Dewar mit der Meldung zu ihm geschickt hatte, daß alle an Land waren und ihre Stellungen bezogen hatten.

Er mußte grinsen. Der Korporal wirkte in seiner makellosen roten Uniform so untadelig im Vergleich zu seinem Admiral in schmutzigem Hemd und mit wirrem, staubigem Haar.

Die Festung hüllte sich noch in Dunkelheit, aber der Gipfel des Vulkans trug schon eine graue Mütze.

Mountsteven reichte ihm eine Hüftflasche herüber. »Ich lasse das Schiff beobachten, Sir«, sagte er. »Aber die Marineinfanterie wird es schon zu verhindern wissen, wenn sie eine Kanone so in Stellung bringen wollen, daß es unter Direktbeschuß genommen werden könnte,«

Bolitho hob die Flasche an die Lippen und ließ den starken Brandy brennend über seine Zunge rinnen. Jetzt hing alles von Rivers ab. Wenn ihm genug Zeit blieb, schaffte er seine schwere Artillerie bestimmt auf eine andere Bastion, von wo aus er die *Achates* mit glühenden Kugeln binnen weniger Minuten zum Wrack schießen konnte.

Irgendwo begrüßte ein Hahn trotzig krähend den Morgen, und Bolitho blickte sich um.

Der Dritte Offizier kam den Hang herabgestolpert und meldete atemlos: »Sie verlegen die Artillerie im Fort, Sir. Ich habe einen Späher so weit vorgeschickt wie möglich.« Er ließ sich von seinem Kameraden ebenfalls die Flasche reichen und setzte sie an. Mit einer Grimasse schloß er: »Aber die Tore sind noch zu.«

Bolitho nickte, während sein wie eingefrorener Verstand die spärlichen Nachrichten zu verarbeiten suchte. Die erste Aufregung über die Vernichtung der Schwimmsperre und ihren Durchbruch in den Hafen mußte sich inzwischen gelegt haben, Rivers sein Selbstvertrauen allmählich zurückgewinnen.

Bolitho erhob sich steif und wischte sich mit dem Ärmel über das Gesicht. Was für eine verfahrene Situation! In England würde man mit Recht die Notwendigkeit bezweifeln, daß hier Menschenleben geopfert wurden, um den Franzosen einen Vorteil zu verschaffen. Mit einem lautlosen Fluch verdrängte er diesen Gedanken; nur seine Hoffnung auf eine glückliche Zukunft mit Belinda flüsterte ihm solche Skrupel ein. Kein Wunder, daß ihn die jungen Offiziere wie Mountsteven oder Scott mit heimlichem Befremden musterten. Auch er hatte in ihrem Alter niemals an die privaten Sorgen seiner Vorgesetzten gedacht, an ihre Rücksichtnahme auf die eigene Familie, die sie vielleicht zögern ließ, wenn es ans Kämpfen ging.

Aber dann schüttelte er diese Stimmung ab. Ein Leben ohne Belinda schien ihm unerträglich. Aber ein Leben ohne Ehre konnte er ebensowenig ertragen.

Vom Ufer klang ein erschreckter Anruf herauf und dann Alldays gedämpfte, aber wütende Stimme: »Ich bin's doch, du blindes Huhn! Sei leise, oder ich brech' dir das Genick!« Er rutschte in den Graben hinunter und schielte unsicher zu den drei Offizieren herüber.

Bolitho lächelte. »Ihr habt heute nacht ein Wunder vollbracht. Das war gute Arbeit!«

Erst jetzt schien Allday zu begreifen, daß die eine der drei abgerissenen Figuren Bolitho war; weiß schimmerten seine Zähne im Halbdunkel, als er breit zu grinsen begann.

»Danke, Sir.«

Scott sagte: »Mir kam's so vor, als seid ihr auf ein Patrouillenboot gestoßen, Allday.«

Allday betrachtete ihn, schien zu überlegen, ob ein bloßer Leutnant seiner Aufmerksamkeit würdig war, aber dann antwortete er doch. »Stimmt, Sir.« Er fuhr mit der Hand quer über seine Kehle. »War aber kein Problem.«

Das ohrenbetäubende Krachen eines einzelnen Kanonenschusses ließ einige der Umstehenden erschreckt zusammenfahren. Kreischend und krächzend flatterten Vögel scharenweise vom Wasser und aus den Uferbüschen auf. Aller Augen folgten den Rauchschwaden, die vom Festungswall aufstiegen, gefolgt vom dumpfen Einschlag eines Volltreffers.

Bolitho rückte seinen Säbelgurt zurecht und sagte knapp: »Sie nehmen *Achates* unter Beschuß.«

Wie zur Antwort drang Lärm aus der Stadt: zunächst nur Gewehrfeuer, dann lautes Hufgetrappel auf einer gepflasterten Straße.

Also wollte Rivers' Miliz sie angreifen, ehe sie ihre Stellungen auf der Insel befestigen konnten, und eine schnell herbeigeschaffte Kanone sollte das verankerte Schiff in den Boden bohren.

»Kapitän Keen wird sich beeilen müssen«, stellte Bolitho fest. »Und wir sollten ihm etwas Zeit verschaffen.«

Schon nahm ihre nähere Umgebung und die Gruppe zusammengedrängter Seeleute im Morgengrauen deutlichere Umrisse an. Ruhig fragte Mountsteven: »Was haben Sie vor, Sir?«

»Zu verhandeln.« Und die erstaunte Reaktion des anderen scharf unterbindend, setzte er hinzu: »Ich brauche zwei Freiwillige – sofort.«

Wieder feuerte die Kanone, und Bolitho zwang sich, nicht zusammenzuzucken. Diesmal war kein Einschlag zu hören, aber bald mußte der Richtschütze sein Ziel im zunehmenden Licht gut erkennen können.

Brummig korrigierte Allday: »Nur *einen* Freiwilligen, Sir. Ich komme mit.«

Bolitho verließ die Deckung und wandte sich dem Weg zu, der in vielen Windungen zur Festung hinaufführte. Plante er wirklich nur einen Bluff? Jedenfalls hatte er Rivers nichts anderes zu bieten.

Mit einem schnaufenden Allday an seiner Seite und Christy, dem Bootsmannsmaatgehilfen, hinter sich, schritt Bolitho auf dem holprigen Weg rasch aus. Christy trug einen Bootshaken mit einem weißen Hemd als Parlamentärsflagge daran und pfiff leise vor sich hin. Beim Abschied hatte er noch darüber gewitzelt, daß das Hemd von einem der beiden Kadetten stammte, die ihrem Landungstrupp angehörten: »Der einzige junge Herr, der für unseren Zweck sauber genug ist.«

Bolitho wunderte sich, daß die Männer immer noch zum Grinsen aufgelegt waren.

»Halt! Keinen Schritt weiter!«

Bolitho blieb still stehen und blickte zu den Festungsmauern auf, die sich drohend über ihnen erhoben. Er glaubte, ein metallisches Klicken zu hören, und konnte sich gut vorstellen, wie ein Scharfschütze ihn ins Visier nahm, weiße Fahne oder nicht. Wieder stieg Verbitterung in ihm auf. Wen würde ihr Tod schon kümmern? Überall waren Hunderte, Tausende von Seeleuten und Soldaten gefallen, für die verschiedensten Zwecke, und wer erinnerte sich noch an sie oder an den Grund ihres Sterbens?

Er formte einen Schalltrichter mit beiden Händen. »Ich will mit Sir Humphrey Rivers sprechen!«

Die Antwort war ein höhnisches Auflachen. »Sie meinen wohl kapitulieren, Sir!«

Bolitho ballte die Fäuste. Also hatte er richtig vermutet, Rivers hielt sich da oben auf. Sonst hätten die unbekannten Gegner mit einer spöttischen Abfuhr reagiert, ihn für seinen Irrtum verhöhnt.

Allday murmelte: »Ich zeig's dem Schweinehund, von wegen kapitulieren!«

Eine andere Stimme rief: »Ach, Sie sind das, Bolitho! Ich dachte schon, wir hätten ein paar Bettler vorm Tor!«

Bolitho merkte, daß er sich entspannen konnte, jetzt, da Rivers ihm wirklich gegenüberstand.

»Bitte, sagen Sie doch – was kann ich für Sie tun, bevor ich Sie und Ihre Rabauken gefangennehme?«

Bolitho fühlte sein Herz gegen die Rippen schlagen, als sei es der einzige Teil seines Körpers, der noch spontan reagieren konnte. War es nicht schon viel heller geworden? Ohne das Sturmgewölk der vergangenen Nacht hätte bereits heller Tag geherrscht.

Irgendwo hinter der Mauer hörte er den Ruf: »Feuerbereit, Sir!«

Aber Rivers wollte die Situation ausgiebig genießen. »Einen Moment noch, Tate. Ich möchte hören, worum unser stolzer Admiral mich bittet.«

Bolitho flüsterte seinen Begleitern zu: »Sie können nicht feuern, so lange Rivers da oben ist. Er steht genau zwischen der Kanone und dem Schiff.« Laut rief er: »Ich fordere Sie auf, das Feuer einzustellen und Ihre Miliz zurückzubeordern. Sie haben keine Chance, uns zu besiegen. Und Ihre Leute müssen sich klar darüber sein, welch hohen Preis sie für den Angriff auf ein englisches Kriegsschiff zahlen werden.«

Dabei stellte er sich vor, wie seine Worte hinter den Festungsmauern von Mund zu Mund gingen. Trotzdem, Rivers' Leute waren überwiegend Einheimische, wahrscheinlich nicht viel besser als Piraten, obwohl die während des Krieges erfundene, zartfühlende Umschreibung ›Freibeuter‹ diese Profession inzwischen fast legalisiert hatte.

Wütend schrie Rivers zurück: »Zur Hölle mit Ihnen, Bolitho! Ich habe Ihnen eine Chance gegeben, aber jetzt werden Sie für Ihre verdammte Arroganz büßen!«

Bolitho blinzelte geblendet, als die ersten Sonnenstrahlen ihm zwischen den Zinnen des Burgfrieds hindurch in die Augen stachen und den Hang über der Festung in goldenes Licht tauchten. Aufgeregte Rufe erklangen hinter den Mauern, als auch der verankerte Zweidecker unten klar sichtbar wurde.

Rivers' Stimme wurde noch um einige Töne schriller: »Da liegt das Ziel, Jungs! Daß mir jede Kugel trifft! Dieser Kommandant ist ein noch größerer Narr als sein Admiral.«

Langsam wandte Bolitho sich um und sah über die Reede hinweg zu den weißen Häusern von Georgetown und den dicht gedrängt ankernden Fahrzeugen hinüber. Und er vergaß das Hohngeschrei aus dem Fort, als er erkannte, was Keen mit seiner kleinen Besatzung im Schutz der Dunkelheit bewerkstelligt hatte: Eine lange Trosse verlief vom Heck der *Achates* zu einer Festmacherboje und hielt das Schiff regungslos, und zwar so, daß es seine Breitseite voll der Festung zuwandte. Damit hatte Keen eine Batterie, die nach beiden Seiten feuern konnte, zum einen auf die Stadt und die Reede, zum anderen auf die Festung und die Hafeneinfahrt. Kein Wunder, daß Rivers ihre Pläne nicht durchschaut hatte.

Rivers rief: »Meine Kavallerie rückt schon aus, um Sie fertigzumachen, Bolitho! Ihr schändliches Ende wird alle künftigen Angriffe auf *meine* Insel abschrecken, das garantiere ich Ihnen!«

Nun konnte Bolitho auch seine Gestalt vor dem hellen Himmel sehen und den Haß fühlen, der von diesem Mann ausging. Träge stieg Rauch über die Mauerkrone und verriet, daß dahinter Kugeln erhitzt wurden, die *Achates* vernichten sollten. Jetzt wurde die Zeit knapp.

Er rief hinauf: »Ich gehe zu meinen Leuten zurück, Sir Humphrey...« An seinem Hals zuckte ein Nerv, als er plötzlich ein entferntes, aber wohlvertrautes Rumpeln hörte. Diesmal wandte er sich nicht um, wagte es auch nicht, Rivers aus den Augen zu lassen, als das dumpfe Poltern wie abgehackt verstummte.

Rivers hatte es ebenfalls gehört. »Wozu soll das gut sein?« rief er. »Keine Ihrer Kanonen kann diesen Mauern auch nur einen Kratzer beibringen.« Aber das klang schon nicht mehr ganz so selbstsicher; vielleicht hatte das Poltern, mit dem *Achates'* Kanonen ausgefahren wurden, auch bei ihm alte Erinnerungen heraufbeschworen, genau wie bei Bolitho.

»Haben Sie ein Teleskop, Sir Humphrey?«

Nur mit Mühe zwang er sich zur Ruhe, obwohl es ihn mit allen Fasern seines Körpers danach verlangte, gegen dieses vermaledeite Tor anzurennen und es mit bloßen Fäusten zu zertrümmern.

Rivers hatte bereits ein Glas auf das bewegungslose Schiff gerichtet. Daß *Achates* so ruhig dalag, verstärkte die Drohung noch. Alle Segel waren ordentlich aufgetucht, über dem schwarzen, hellbraun abgesetzten Rumpf rührte sich keine Menschenseele.

Bolitho fuhr fort: »Im Krähennest des Großmasts sehen Sie einen Mann, einen Leutnant, um genau zu sein. Auch er hat ein Teleskop, Sir Humphrey, aber es ist auf Ihr Haus, Ihren Besitz gerichtet: unser Einschlagbeobachter.«

»Sie spielen ja nur um Zeit«, sagte Rivers.

»Und danach kommt die Stadt dran, Sir Humphrey, bis dort kein Stein mehr auf dem anderen ist.«

Als die Explosion kam, wirkte sie ohrenbetäubend laut, denn das Land warf das Echo der Breitseite zurück und ließ es über die Bucht rollen, als hätte die Festungsbatterie schon das Feuer eröffnet.

Bolitho wandte sich um und sah Rauch von der abgewandten Seite der *Achates* aufsteigen und zum Uferkai treiben, wo sich eben noch die Schaulustigen zusammengedrängt hatten, um Zeugen des ungleichen Gefechts zu werden.

An Bord mußten Keens Offiziere jetzt neue Anweisungen an die Gangspillwachen geben, damit der Rumpf noch besser auf das Ziel ausgerichtet werden konnte.

Bolitho sah auch die aufgerissenen Planken in *Achates'* Bordwand, wo die erste Kugel getroffen hatte. Doch das war nichts im Vergleich zu dem Schaden, den glühende Kugeln anrichten mußten.

Ein schmaler Wimpel stieg schneidig zur Großrahnock auf und flatterte in der leichten Brise.

Bolitho informierte seinen Gegner: »Die Batterie ist feuerbereit für die nächste Breitseite. Nun hängt es von Ihnen ab.«

Hinter ihm murmelte Christy: »Allmächtiger!«

Und Allday meldete: »Die Kavallerie rückt an, Sir.«

Bolitho sah die Schwadron aus der Stadt galoppieren, auf dem Weg, der zu ihnen heraufführte. Aber sie ritt ungeordnet, wahrscheinlich hatten die Pferde bei den überraschenden Kanonenschüssen gescheut. Die Reiter mochten Söldner, einheimische Pflanzer oder Milizionäre sein, darauf kam es nicht an. Doch wenn sie Bolithos Landungstrupp unten auf der Straße überwältigten, mußte das Glück sich gegen ihn wenden.

Ein kurzes Hornsignal, dann sah Bolitho die geschlossenen Reihen seiner Rotröcke aus dem Gebüsch neben der Straße treten, wo sie sich versteckt gehalten und auf den entscheidenden Augenblick vorbereitet hatten.

Sonnenlicht reflektierte von den aufgepflanzten Bajonetten. Die Pferde der Gegner galoppierten jetzt schneller, ihre Hufe warfen Staubwolken auf, die in breiter Front über die Straße zogen.

Eine erste, unregelmäßige Salve fiel, und Bolitho durchfuhr es kalt, als er drei der winzigen roten Gestalten auf dem Weg zusammenbrechen sah.

Es schien endlos zu dauern, bis sich die erste Reihe der Marinesoldaten neben ihren toten Kameraden auf ein Knie niedergelassen hatte, während die hintere Reihe über ihren Köpfen die Gewehre anlegte. Erneut fielen Schüsse, und diesmal sank ein kleiner Trommelbube in den Staub.

»Jesus«, keuchte Allday, »warum schießen sie nicht endlich?«

Aber da fuhr Dewars Säbel schon blitzend nach unten, und die Salve der Briten krachte wie ein einziger überlauter Schuß.

Pferde und Reiter stürzten wirr durcheinander, und als der Pulverdampf sich hob, standen die roten Reihen unerschütterlich an ihrem Platz. Die überlebenden Reiter hatten ihre Pferde herumgerissen und galoppierten zur Stadt zurück, Tote und Verwundete sich selbst überlassend.

Erregt meldete Christy: »Das Tor geht auf, Sir!«

Es war vorüber. Erst zu zweit und zu dritt, dann in ganzen Gruppen, stolperte die Fortbesatzung ins Sonnenlicht und warf im Laufen ihre Waffen weg.

Als letzter erschien Rivers, schwankend wie ein Betrunkener. Doch als er sich an Bolitho wandte, war seine Stimme fest und klar. »Dafür sollen Sie mir in der Hölle schmoren!« Wilden Blicks starrte er zu dem üppig begrünten Hang oberhalb der Stadt hinüber. »Sie haben auf mein Haus, meine Familie schießen lassen, ohne alle Skrupel...«

Bolitho unterbrach ihn scharf. »Durch Ihre Schuld habe ich heute gute Männer verloren.« Mühsam beherrschte er seinen Zorn. »Und warum mußten sie sterben? Weil Sie Ihren Ehrgeiz und Ihre Habgier nicht zügeln wollten.« Er wandte sich ab, weil er die Kontrolle über sich zu verlieren fürchtete. »Aber regen Sie sich nicht auf, Sir Humphrey. Während Sie sich anschickten, ein Schiff Ihres Königs in Brand zu schießen und jeden Mann an Bord zu ermorden, war Kapitän Keen so rücksichtsvoll, seine Kanonen nur mit Pulver zu laden. Rauch hat Sie besiegt, nichts weiter.«

Es hätte ein Augenblick des Triumphes sein sollen, aber Bolitho fühlte sich nur angeekelt.

Er wandte sich an Allday. »Wir kehren an Bord zurück. Dewars Soldaten sind hier Herr der Lage.«

Allday deutete auf den verstörten Rivers. »Und was wird aus ihm?«

»Laßt ihn gut bewachen, zu seiner eigenen Sicherheit.«

Als zwei Seeleute Rivers an den Armen packten und zum Festungstor abführten, fügte Bolitho wie zu sich selbst hinzu: »Für den Sieger ist Rache immer wohlfeil.« Dann schlug er dem vierschrötigen Bootsmann auf die Schulter und schloß: »Aber wir gehören nicht hierher, sondern dort hinaus, auf die See.«

Allday stieß einen Seufzer der Erleichterung aus. Diesmal war es gerade noch gut gegangen; ihn schauderte trotz der warmen Morgensonne. Aber allmählich wurde er zu alt für solche Scherze. Das nächste Mal waren die jungen Spunde an der Reihe.

Nach diesem Fazit besserte sich seine Laune, und er beschleunigte den Schritt.

Die Matrosen des Landungstrupps säumten den Weg und öffneten grinsend eine Gasse für ihren Admiral.

Bolitho erriet ihre Gedanken: *Einer von uns.* Weil er genauso schmutzig und abgerissen daherkam wie sie, weil er diesen Bluff mit ihnen gemeinsam durchgestanden hatte, obwohl sie um ein Haar verloren hätten.

Und jetzt gab es eine Unmenge zu tun. Dewars Seesoldaten mußten das Fort besetzen, die Einheimischen mußten versammelt und beruhigt werden. Er hatte Depeschen zu verfassen und Erklärungen zu formulieren.

Irgendwo wieherte schrill ein verletztes Pferd, es klang wie der Schrei einer gemarterten Frau. Zum Glück brachte ein Gnadenschuß das Tier zum Verstummen.

Bolitho verhielt den Schritt an der Stelle, wo Dewar die Kavallerie zurückgeschlagen hatte. Der kleine Trommler lag auf dem Rücken, die blauen Augen offen, die Züge in einer schmerzlichen Grimasse erstarrt.

Bolitho nahm sein Taschentuch und bedeckte damit das Gesicht des Toten. »Zu jung für dieses Geschäft«, hörte Allday ihn murmeln.

Einer von uns? Die Worte schienen ihn jetzt zu verhöhnen, als er durch die Reihen der Seeleute schritt, die ihn mit fröhlichem Nicken begrüßten, obwohl sie alle darauf gefaßt gewesen waren, diesen Morgen nicht mehr zu erleben. Nein, er führte, und sie folgten. Das traf eher zu, und so wollte es auch die Flagge, die drüben im Fockmasttopp von *Achates* wehte.

Vor den Felsen wartete die Barkasse, um ihn an Bord zu bringen. Da straffte er sich und ging hinunter, ohne nach links oder rechts zu blicken.

Bolitho saß am Schreibtisch in seiner Tageskajüte und nahm seufzend ein weiteres Schriftstück entgegen, das Yovell ihm zur Unterschrift vorlegte.

Furcht und Feuer des nächtlichen Angriffs schienen weit hinter ihnen zu liegen, obwohl erst eine knappe Woche vergangen war, seit er Rivers vor seiner Festung die Stirn geboten hatte. Glücklicherweise hatten sie nur wenige Tote zu beklagen, die alle auf dem Bergfriedhof der Insel begraben worden waren.

Ungeduldig erhob sich Bolitho, trat zu den Heckfenstern und blickte auf die bleiern daliegende Reede hinaus. Das hölzerne Süll verbrannte ihm fast die Handflächen, denn die Sonne hatte ihren Höchststand über dem erloschenen Vulkan erreicht.

Er sah das Wachboot langsam und ohne große Begeisterung seine Runden um das Schiff ziehen, und konnte leicht erraten, womit sich die Gedanken der Bootsgasten und der Männer an Bord beschäftigten.

Seit ihr Gouverneur unter Arrest stand, verhielt die Inselbevölkerung sich ruhig und abwartend. Alle Feindseligkeiten waren eingestellt, einige Milizsoldaten sogar neu vereidigt worden, um die Marineinfanteristen auf der Festung zu verstärken. Aber Bolitho traute dem Frieden nicht. Es war eine feindselige Passivität, denn zu angestrengt wandten die Einheimischen den Blick ab, wenn sie einem britischen Arbeitstrupp oder Offizier begegneten.

Die Seeleute reagierten zunächst enttäuscht, dann verärgert. Schließlich waren einige ihrer Kameraden gefallen – wofür, wußten die wenigsten –, und den Sieg hatten sie sich verlockender vorgestellt.

Jetzt zur Mittagszeit mischte sich der Geruch des erhitzten Teers mit dem würzigeren Duft der täglichen Rumration, die in den Messen ausgegeben wurde. Das Hämmern der Schiffszimmerleute verstummte; sie hatten den von der Festungskanone angerichteten Schaden schon fast behoben. Immerhin hatte ein Seemann durch Splitter ein Auge verloren.

Es klopfte, Keen trat ein, den Hut unter dem Arm. Auf Bolitho machte er jetzt einen entspannteren Eindruck, obwohl er ein gewaltiges Arbeitspensum bewältigen mußte; der Schiffsarzt und der Erste, der Master und der Zahlmeister, sie alle gingen den Kommandanten um die letzte Entscheidung an, und sei es nur, um die Verantwortung von sich abzuwälzen.

»Sie wollten mich sprechen, Sir?«

»Nehmen Sie Platz, Val.« Wohl zum hundertstenmal lockerte Bolitho seinen Hemdkragen. »Wie geht die Arbeit voran?«

»Ich halte die Leute beschäftigt, damit sie nicht auf dumme Gedanken kommen. Aber *Achates* ist seeklar. Besser als neu, würde ich sagen.«

Bolitho nickte, ihm war nicht entgangen, wie stolz Keen neuerdings auf sein Schiff zu sein schien. Vielleicht hatte er endlich den Schatten seines Vorgängers abgeschüttelt. Bolitho hatte auch von Keens Streit mit Quantock kurz vor der Erstürmung des Hafens gehört. Kaum zu glauben, was sie da für ein Wagnis eingegangen waren. Aber die britische Flagge wehte wieder über dem Fort, und dem äußeren Anschein nach hatte die Insel zum Alltag zurückgefunden.

Bald mußte er eine Depesche an den französischen Admiral absenden, dessen Schiffe in Boston warteten. *Falls* sie dort noch warteten... Dann würde es um den Frieden der Insel geschehen sein und das Elend von neuem beginnen.

Mit einem Blick in Bolithos ernstes Gesicht sagte Keen: »Der Admiral auf Antigua würde uns Unterstützung nicht verweigern, Sir.« Als er Bolithos Wangenmuskeln spielen sah, fügte er hinzu: »Doch daran haben Sie bestimmt schon gedacht.«

»Die Aufgabe hier wurde *mir* anvertraut, Val. Ich kann nicht über meinen Schatten springen.« Mit einer Handbewegung unterband er Keens Protest. »Ich brauche gute Augen und Ohren draußen auf See, nicht einen Flaggoffizier, der mir Vorschriften macht. Wenn wir *Sparrowhawk* nicht verloren hätten..,.«

Sie tauschten einen Blick; daß Duncan nicht mehr lebte, war immer noch unfaßbar.

Nachdenklich sagte Keen: »Wenn wir Anker lichten und uns auf die Suche nach diesem verdammten Schiff machen, können die Dinge hier außer Kontrolle geraten. Das Fort wäre leicht auszuhungern. Ich glaube, wir sollten ein Standgericht zusammentreten lassen und Sir Humphrey an der Großrahnock hängen, wie er es verdient.« Sein Ton war ungewöhnlich haßerfüllt. »Solange er lebt, ist er eine Bedrohung für uns.«

Sie fuhren beide zu den Fenstern herum, als draußen ein Musketenschuß krachte.

»Vom Wachboot. Da muß etwas passiert sein.«

Keen griff nach seinem Hut und sprang auf. »Ich sehe nach, Sir.«

Bolitho nahm ein Teleskop aus seiner Halterung und wartete, bis *Achates* an ihrer Ankertrosse zurückschwojte. Die Festung glitt in sein Blickfeld, die Mauerkronen von Hitzedunst verhüllt, so daß die Flagge an den Himmel selbst gepinnt schien. Bolithos Blick wanderte weiter zum Vorland und zu dem vorgelagerten Inselchen mit seiner spanischen Missionsstation. Dann sah er hinter der Landzunge ein einzelnes braunes Segel auftauchen und schließlich zum letzten Schlag wenden, der es direkt in den Hafen führen würde.

Achates' Kutter dümpelte abwartend, mit hochgestellten Riemen, auf der leichten Dünung.

Der Neuankömmling war eine kleine Brigantine, wahrscheinlich ein Händler von den Inseln. Auf ihren Skipper wartete eine Überraschung, sobald er erst den Hafen einsehen und *Achates'* mächtigen Rumpf erkennen konnte.

Mit schweißnassem Gesicht kehrte Keen zurück.

»Unser Wachboot wird die Brigantine zu einer Boje eskortieren.« Als Bolitho sich zu ihm umwandte, fuhr er fort: »Wie es aussieht, ist sie beschossen worden. Ich lasse gleich unseren Arzt hinüberrudern.«

»Beschossen?«

Keen hob die Schultern. »So sieht es aus.«

»Na gut. Aber signalisieren Sie allen anderen Fahrzeugen, sich von ihr freizuhalten. Ich habe ein ungutes Gefühl.«

Wieder richtete Bolitho das Glas auf die Brigantine, die jetzt die killenden Vorsegel wegnahm und geschickt an eine Festmacherboje heranschor.

Langsam und sorgfältig musterte er ihren Rumpf mit dem Glas. Der Farbanstrich trug schwarze Pockennarben von Schrot- oder Schrapnellbeschuß. Schwereres Kaliber hätte ein so leichtes Fahrzeug sofort versenkt. Bolitho konzentrierte sich auf die beiden Gestalten, die achtern an der Pinne standen: ein großer bulliger Mann in blauem Rock, das graue Haar zerzaust, und daneben...

Bolitho rief: »Verflucht noch mal, Val, es ist Adam! Wenn er unnötig viel riskiert hat, werde ich ihn...«

Sie sahen einander an und lachten.

»Aber ich kann mich da schlecht als sein Richter aufspielen, wie?«

Es schien eine Ewigkeit zu dauern, bis das Beiboot der Brigantine bei *Achates* längsseits ging.

Bolitho hatte das Teleskop wieder sorgsam an seinen Platz gehängt. Adam sollte ihn nicht für überängstlich und allzu fürsorglich halten. Trotzdem...

Keen sagte: »Ich gehe an Deck, um ihn zu begrüßen, Sir.« Mit einem heimlichen Lächeln schloß er die Tür hinter sich.

Als Adam die Kajüte betrat, verriet sein Gesicht Besorgnis; er schien sich auf eine Strafpredigt gefaßt zu machen.

»Tut mir leid, Sir...« begann er.

Bolitho ging auf ihn zu und legte ihm die Hand auf die Schulter. »Du bist hier, und das ist die Hauptsache.«

Adam blickte sich in der Kajüte um, als fürchte er, Spuren des Kampfes zu sehen.

»Im Wachboot haben sie mir schon von dem Gefecht erzählt, Onkel. Und daß ihr euch mit Gewalt die Einfahrt erzwingen mußtet.« Er senkte den Blick, eine schwarze Strähne fiel ihm in die Stirn. »Auch von *Sparrowhawks* Verlust habe ich gehört. Das hat mich erschüttert.«

Bolitho führte ihn zu einem Stuhl. »Wir wollen nicht mehr davon reden«, sagte er leise. »Erzähle mir lieber von deinen Problemen.«

Es war schon eine erstaunliche Geschichte, die der junge Leutnant zu berichten hatte. Erst vor wenigen Tagen, nachdem sie einen starken Sturm auf der Höhe der Bahamas abgewettert hatten, waren sie von einer Fregatte gestellt worden. Sie gab sich als spanisches Schiff aus und befahl ihnen, beizudrehen und ein Prisenkommando an Bord zu nehmen. Aber der mißtrauische Skipper der Brigantine blieb auf der Hut. Als das Prisenboot fast schon längsseits war, hatte er blitzschnell gewendet, mehr Segel gesetzt und mit dem günstigen Wind seine Zuflucht in flacherem Wasser gesucht, wohin ihm die Fregatte nicht folgen konnte. Immerhin hatte das spanische Prisenkommando die fliehende Brigantine noch beschossen, mit einem Buggeschütz und zwei Drehbassen. Der Maat war getötet und der Rumpf mit Einschlägen übersät worden.

Bolitho lauschte Adams hervorgesprudeltem Bericht, ohne ihn zu unterbrechen. Man durfte sich doch nie in Sicherheit wähnen, dachte er dabei. Während er sich über das künftige Schicksal von San Felipe den Kopf zermartert hatte, war Adam einem unerklärlichen Angriff ausgesetzt gewesen und um ein Haar getötet worden.

Laut sagte er: »Dieser Skipper muß ein beherzter Mann sein. Fast schon tollkühn. Ich möchte ihn gern kennenlernen.«

Adams Augen leuchteten; er wollte Bolitho unbedingt von Robina erzählen, aber nach der abenteuerlichen Überfahrt von Boston mit all ihren neuen Erlebnissen und Informationen mußte das warten. »Er hat mit mir übergesetzt und ist an Bord.«

Bolitho musterte ihn fragend. »Na ja, dann soll er doch hereinkommen.«

Der Wachtposten öffnete die Tür und trat beiseite, um den Besucher einzulassen. Nur die Augen unter dem hohen schwarzen Lacklederhut des Postens bewegten sich, als er meldete: »Der Kapitän der *Vivid,* Sir!« Ein lautes Aufstampfen des Gewehrkolbens beschloß den Satz.

Bolitho wollte den Besucher begrüßen, aber es verschlug ihm vor Erstaunen die Sprache. Der geflickte blaue Rock mit den Marineknöpfen auf den Manschetten, der hölzerne Stumpf, der aus dem einen Hosenbein ragte – all dies konnte ihn nicht darüber hinwegtäuschen, wen er da vor sich hatte.

Bolitho eilte dem Mann entgegen und streckte ihm beide Hände hin.

»Jethro Tyrrell! Mein Gott, es muß zwanzig Jahre her sein. Und nun stehen Sie plötzlich wieder vor mir!«

Tyrrell legte den Kopf schief und musterte Bolitho mit geheuchelter Belustigung.

»Zum Vizeadmiral befördert, hieß es.« Langsam nickte er, das struppige graue Haar tanzte auf seinem Kragen. »Hätte nie gedacht, daß die Seelords doch noch vernünftig werden!«

Noch einmal drückte er Bolithos Hände, dann begann er, durch die große Kajüte zu humpeln, wobei er hier und da etwas berührte; seinen aufmerksamen Augen entging kein Detail.

Während Bolitho ihm zusah, stiegen wieder die Bilder der Erinnerung in ihm auf: die kleine Korvette *Sparrow,* sein erstes Schiff, auf dem der Südstaatler Jethro Tyrrell Erster Offizier gewesen war.

Es tat weh, den Holzstumpf zu sehen, den er nachschleifte, und seine schäbige Kleidung.

Bei Bolithos Admiralsrock, der nachlässig über einen Stuhl geworfen war, blieb Tyrrell stehen und betastete eine goldene Epaulette.

»Stimmt, es ist zwanzig Jahre her«, sagte er leise. »Aber Sie sind ganz schön vorangekommen, Dick. Bin richtig stolz auf Sie.«

Allein schon sein weicher Virginia-Tonfall rief tausend Dinge in Bolithos Gedächtnis zurück.

Vorsichtig ließ Tyrrell sich auf einen Stuhl nieder und zupfte seinen Rock zurecht. »Am besten gehe ich bald wieder. Wollte nur mal guten Tag sagen. Ich möchte nicht...«

Bolitho rief dazwischen: »He, ich war einmal Ihr vorgesetzter Offizier, und mein Wort gilt immer noch. Deshalb werden Sie hierbleiben und mir erzählen, wie es Ihnen ergangen ist. Nach dem Krieg habe ich vergeblich nach Ihnen geforscht.«

Tyrrell sah zu, wie Ozzard mit Flaschen und Gläsern hantierte.

»Als man mir unseren jungen Freund hier als Passagier schickte, da wußte ich, daß ich Sie wiedersehen würde.« Seine Augen spiegelten das reflektierte Sonnenlicht wider. »Das waren großartige Zeiten, sage ich Ihnen.« Er warf dem jungen Leutnant einen Blick zu, der gebannt lauschte. »So grün er war – sogar noch jünger als ich –, so faustdick hatte er's schon damals hinter den Ohren. Duellierte sich um ein Mädchen, das ihn um jeden Preis tot sehen wollte, und attackierte die Franzosen beinahe mit bloßen Händen.« Tyrrell lächelte breit, aber seine Augen blieben düster und traurig.

Vorsichtig erkundigte sich Bolitho: »Und was treiben Sie jetzt?«

»Dies und das. Ich führe die *Vivid,* aber sie gehört mir nicht, leider. Treibe mit ihr Handel zwischen den Inseln. Die Spanier und die Briten sind mir dauernd auf den Fersen, weil sie mich außerdem für einen Schmuggler halten. Was für ein Witz! Man braucht mich ja nur anzusehen – ein Schmuggler wäre besser dran.«

Die Tür ging auf, und Keen trat zögernd ein.

»Dies ist Jethro Tyrrell«, machte Bolitho bekannt, »mein Erster auf der *Sparrow.*« Bei Keens Verblüffung mußte er lächeln. »Das war in einem ganz anderen Krieg, Val. Aber ein feines kleines Schiff.«

Unbehaglich rutschte Tyrrell auf seinem Stuhl herum, die allgemeine Aufmerksamkeit machte ihn verlegen.

»Wie dem auch sei, ich höre, Sie haben hier unten ziemlichen Ärger. San Felipe soll an die Franzosen zurückgegeben werden, stimmt's?«

Bolitho nickte ernst. »Das hat sich aber schnell herumgesprochen.«

Tyrrell verzog das Gesicht. »Wohl doch nicht schnell genug. Sie sollten sich vor den verdammten Spaniern besser in acht nehmen. Die haben es sich in den Kopf gesetzt, diese Insel zu erobern.« Mit heimlicher Genugtuung sah er in ihre erstaunten Gesichter. »Und das werden sie auch schaffen, wenn Sie nicht verteufelt vorsichtig vorgehen. Sie haben überall ihre Späher. Sogar meine kleine *Vivid* wollten sie anhalten und durchsuchen, nach Briefen oder Depeschen.« Er warf Adam einen Blick zu. »Beim Satan, wenn sie ihn an Bord gefunden hätten, wären wir alle umgebracht worden, so sicher wie das Amen in der Kirche.«

Bolitho beugte sich vor. »Stimmt das wirklich? Das mit den Spaniern?«

Tyrrells grimmiger Blick ließ ihn nicht los. »Ich brauche Geld, damit ich die *Vivid* kaufen kann. Viel stellt sie ja nicht dar, aber wenigstens wäre sie ein neuer Anfang.« Dann wandte er sich ab. »Sie ist für mich genauso wichtig wie für Sie das Schiff, das Ihre Fregatte versenkt hat.«

Sein Ton war defensiv, beschämt; aber man merkte ihm an, wie ernst es ihm war.

»Ich werde Ihnen helfen, Jethro«, versprach Bolitho. »Das hätte ich auf jeden Fall getan, wenn ich nur gewußt hätte, wie.«

»Ich hatte auch mal meinen Stolz, Dick. Damals. Jetzt kann ich mir Stolz nicht mehr leisten. Hab meine ganze Familie verloren. Mein Leben ist die See, mehr ist mir nicht geblieben. Ich brauche ein Schiff.«

Bolitho trat neben ihn und legte ihm eine Hand auf die Schulter. »Sie bekommen Ihr Schiff, glauben Sie mir.«

Tyrrell seufzte tief auf. »Dafür bringe ich Sie zu dem verdammten Spanier!«

Bolitho warf Keen einen Blick zu, aber dem schien es vor Erstaunen die Sprache verschlagen zu haben.

Es war zwanzig Jahre her – und trotzdem so frisch, als wäre es erst gestern gewesen.

X Verkörperung der Treue

»Herrgott noch mal, Allday, mach die Luke zu!«

Bolitho beugte sich wieder über die Seekarte von San Felipe mit den benachbarten Küstenabschnitten Kubas und Haitis; seine Finger trommelten auf den exakten Kursberechnungen und Tiefenangaben.

Aber bei den geschlossenen Fenstern und Luken wurde es in der Kajüte bald heiß wie in einem Backofen. Außerdem war es sinnlos, die Geräusche ließen sich nicht aussperren; immer noch hörte Bolitho laut und deutlich Black Joe Langtry die Schläge mitzählen, die der Profos mit der neunschwänzigen Katze austeilte.

Bolitho fand es selbst merkwürdig, daß er sich mit der Prügelstrafe immer noch nicht abgefunden hatte, diesem Allheilmittel jedes Kommandanten bei Verstößen gegen die Disziplin.

Ein Trommelwirbel, danach eine kurze Pause und schließlich wieder das scheußliche Klatschen der Peitsche auf einem nackten Rücken.

Bolitho starrte blicklos auf die Karte nieder, bis seine Augen schmerzten.

»Zehn!« Erneut Langtrys rauhe Stimme.

Keen und seine Offiziere mußten da oben sein und zusehen, obwohl auch ihnen dieser Strafvollzug zuwider war. Aber auf einem Kriegsschiff, das allein segelte und von niemandem Unterstützung erwarten konnte, mußte der ständig drohenden Gefahr des Aufruhrs mit drakonischen Strafen vorgebeugt werden.

Drei verläßliche Matrosen hatten an Land für den Zahlmeister gearbeitet und waren desertiert. Aber die Inselmiliz hatte sie bald aufgestöbert und wieder an Bord gebracht. Offenbar hatten sie auf einer Plantage ein paar Halbblutmädchen kennengelernt, und was darauf folgte, war nur zu alltäglich.

Wieder das Klatschen. »Elf!«

Jetzt zahlten sie den Preis für ihr kurzes Vergnügen. Keen hatte die Mindeststrafe von vierundzwanzig Peitschenhieben pro Deserteur verhängt, aber auch sie reichte schon aus, einen Rücken in rohes Fleisch zu verwandeln.

Um sich abzulenken, dachte Bolitho an Tyrrell. Er war wieder auf seine *Vivid* zurückgekehrt, um die Sturmschäden zu beheben und die Narben auszubessern, die der Beschuß der spanischen Drehbassen hinterlassen hatte.

Sein plötzliches Auftauchen hatte Bolitho mehr aus dem Gleichgewicht gebracht, als er sich eingestehen wollte. Seither verfolgte ihn die Erinnerung an die lange zurückliegenden, gemeinsamen Erlebnisse, an die kleine *Sparrow* und die schicksalhafte Rolle, die das Schiff für sie beide gespielt hatte.

Würden die alten Bilder ihn denn auf ewig verfolgen?

Erst letztes Jahr war die Fregatte *Phalarope,* Bolithos zweites Schiff, wie ein Gespenst aus der Vergangenheit aufgetaucht und in seinem Geschwader mitgesegelt; und nun suchte ihn die Erinnerung an die alte *Sparrow* heim...

War er damals wirklich glücklicher gewesen, wie ihm die Erinnerung jetzt vorgaukelte? Mit weniger Verantwortung, aber eher bereit, das Leben zu riskieren, sogar zu verlieren, nicht in dieser ständigen Sorge um seinen Ruf?

Die Trommeln an Deck verstummten, die Auspeitschung war beendet.

Er kannte Tyrrell besser als die meisten, hatte ihm beigestanden, als ihm das Bein unterm Leib weggeschossen worden war. Aber jetzt war er nur noch ein Zerrbild des Offiziers von damals. Auf den ersten Blick ein harmloser Alter, der typische kleine Handelskapitän, der überall Gerüchte über das Kommen und Gehen der großen Kriegsschiffe aufschnappte. Der Skipper eines so kleinen Frachtseglers scherte sich wenig um ihre Nationalitäten oder Flaggen, sie waren für ihn alle gleich bedrohlich. Immer auf der Suche nach erfahrenen Seeleuten, obwohl das gewaltsame Pressen nicht mehr üblich war. Aber wen kümmerte schon das Schicksal eines schanghaiten Matrosen, wenn man davon überhaupt jemals erfuhr?

Auch bei eindringlicher Befragung hatte Tyrrell auf seiner Beschreibung des mächtigen Zweideckers beharrt: ohne Flagge, ohne Namen, war er doch bekannt bei den spanischen Fregatten aus Santo Domingo, ja selbst aus dem Hunderte von Meilen südlicher gelegenen La Guaira; alle kannten und mieden ihn.

Dieses geheimnisvolle Schiff, das ohne zu zögern Keens List mit Kanonenschüssen beantwortet und die *Sparrowhawk* erbarmungslos abgeschlachtet hatte, mußte mit einem bestimmten Auftrag in der karibischen See und ihren Zugängen segeln; ein Auftrag, für den sein Kommandant notfalls auch das Äußerste riskierte.

Bolitho hörte Allday wieder das Oberluk öffnen und war sich bewußt, daß dieser ebenso wie Ozzard und alle anderen, die in seine Nähe kamen, wie auf Katzenpfoten um ihn herumschlichen.

Er sah seinen bulligen Bootsführer an und hob hilflos die Schultern. »Ich frage mich selbst, was mit mir los ist«, sagte er entschuldigend.

Allday nickte mit einem wissenden Lächeln. »Es ist das Warten, Sir, das macht einen fertig.«

»Kann sein.«

Wieder wandte Bolitho sich der Seekarte zu. Es war jetzt eine Woche her, seit *Vivid* eingelaufen und Tyrrell aus der Vergangenheit aufgetaucht war. Ohne Unterstützung durch ein zweites Schiff wagte Bolitho nicht, San Felipe sich selbst zu überlassen. Rivers' Sympathisanten, für deren Existenz es immer noch genügend Beweise gab, mochten einen Gegenangriff starten. Bolitho konnte es ihnen nicht einmal verdenken, denn wenn die Franzosen erst eintrafen, mußten sie alle ihre Häuser und Plantagen verlassen. Vielleicht hatte Keen völlig recht gehabt: wenn Rivers gehenkt wurde, war der Rebellion die Spitze genommen.

Aber Rivers besaß einflußreiche Freunde in Amerika und in London. Auch wenn er Bolithos Meinung nach nur ein Pirat wie alle anderen war, mußte doch ein ordentliches Gerichtsverfahren in London stattfinden, damit die Seelords das auch beweisen konnten.

Außerdem – wenn Tyrrell recht hatte und der unbekannte Zweidecker einen Überfall auf San Felipe vorbereitete, dann wäre es Torheit gewesen, den Hafen ohne Schutz zu lassen. *Achates* hatte selbst bewiesen, wozu ein Schiff fähig sein konnte, wenn ein hoher Einsatz winkte.

Die Tür ging auf, und Adam betrat die Kajüte.

Seit ihrem Wiedersehen war eine Woche vergangen, und doch hatten sie nur wenige Worte gewechselt. Bolitho spürte, daß Adam etwas vor ihm verbarg. Oder vielleicht war er selbst zu beschäftigt und in Gedanken gewesen, um das Vertrauen des jungen Leutnants zurückzugewinnen?

»Signal von der Festungsbatterie, Sir«, meldete Adam. »Die Brigg *Electra* hält auf den Hafen zu und sollte binnen einer Stunde hier Anker werfen.«

»Danke, Adam.«

Bolitho erinnerte sich noch gut an ihren jungen Kommandanten, der ihm vom Auffinden der *Sparrowhawk*-Überlebenden berichtet hatte, übernommen von dem amerikanischen Handelsschiff. Napier, so hieß er. Er mußte jeden Fetzen Tuch gesetzt haben, wenn er inzwischen bis Antigua und dann westwärts nach San Felipe gesegelt war. Durfte er hoffen, daß *Electra* als Repräsentantin britischer Staatsgewalt im Hafen bleiben und die Aufsässigen in Schach halten würde? Sie war zwar nur eine kleine Brigg, segelte aber unter der gleichen Flagge wie *Achates*.

Bolitho vermutete, daß vielen Inselbewohnern selbst ein länger anwesendes britisches Kriegsschiff noch lieber war als ein französisches oder spanisches, das aus dem unbewachten Zugang seinen Vorteil zog.

Er trat zu den Heckfenstern und beschattete seine Augen mit der Hand.

»Laß dem Kommandanten der *Electra* signalisieren, daß er sich gleich nach dem Ankerwerfen bei mir melden soll.«

Adam lächelte zurückhaltend. »Ich habe die Festung schon ersucht, dieses Signal an *Electra* weiterzugeben, Onkel.«

Bolitho wandte sich um und hob die Hände. »Eines schönen Tages wirst du noch mal einen tüchtigen Kommandanten abgeben, mein Junge.«

Keen betrat die Kajüte und ließ sich auf Bolithos Wink in einen Stuhl fallen.

»Ich frage mich, was sie uns Neues bringt, Sir.«

Dankbar nahm er ein Glas Wein entgegen und setzte es durstig an. Es war Rheinwein aus Ozzards heimlichem Vorrat in den Bilgen, den er seit England wie einen Schatz hütete.

»Mir sind alle Neuigkeiten recht. Manchmal komme ich mir hier wie ein Taubstummer vor.«

»Vielleicht rufen Ihre Lordschaften uns zurück«, überlegte Keen.

Bolitho ging nicht darauf ein. »Adam, ein Signal an *Vivid*«, sagte er. »Oder besser, laß dich übersetzen und sprich selbst mit Mr. Tyrrell. Ich möchte, daß er an Bord ist, wenn wir auslaufen.«

Keen wartete, bis die Tür sich hinter Adam geschlossen hatte, dann stellte er sein Glas bedächtig ab. »Gestatten Sie mir eine Bemerkung, Sir?«

»Sie sind mit meiner geplanten Taktik nicht einverstanden, wie?«

Keen lächelte knapp. »Sie gehen damit ein sehr hohes Risiko ein. Ein doppeltes sogar, um genau zu sein.« Als Bolitho schwieg, fuhr er fort: »Dieser Tyrrell – wieviel wissen Sie denn schon von ihm?«

»Er war mein Erster Offizier...« Keen nickte nur. »Sie meinen, nach zwanzig Jahren ist das ein bißchen wenig?«

Keen hob die Schultern. »Schwer zu sagen, Sir. Er hat sich ja selbst als einen verzweifelten Mann bezeichnet, der seine Familie und seinen guten Ruf verlor, weil er lieber für den König als für Washington kämpfen wollte.«

»Und weiter?« Bolitho merkte, daß Allday den Atem anhielt.

»Angenommen, wir stoßen auf den Spanier und zwingen ihn zu einem Gefecht – wie verhalten wir uns, wenn er seine wahre Flagge zeigt? Möchten Sie der Zündfunke zu einem neuen Krieg sein?«

»Und das zweite Risiko?«

Keen äußerte seine Bedenken völlig zu recht. Trotzdem fühlte Bolitho sich dadurch noch einsamer als zuvor.

»Zweitens steht zu befürchten, daß der Spanier – falls er sich überhaupt noch in diesen Gewässern aufhält – nur darauf wartet, daß wir den Hafen verlassen, damit er *Achates'* Rolle hier übernehmen kann. Dann müßten wir uns den Rückweg teuer erkämpfen, nicht gegen ein paar unerfahrene Pflanzer und die Inselmiliz, sondern gegen ein Kriegsschiff mit erfahrener Besatzung. Meiner Ansicht nach übersteigt dieses doppelte Risiko den möglichen Gewinn.« Keen senkte den Blick. »Tut mir leid, Sir, aber das mußte gesagt werden.«

Bolitho lächelte trübe. »Ich weiß, welche Überwindung es Sie gekostet hat. Um die Wahrheit zu sagen, ich glaube nicht, daß ein Risiko jemals genau vorherberechnet werden kann. Ich will meine Leute nicht in einen sinnlosen Tod hetzen, ich will auch nicht zwischen den Zangen und Sägen auf dem Tisch eines Schiffsarztes enden. Ich besitze viel, wofür zu leben lohnt – endlich wieder. Aber...«

Grinsend nahm Keen sein nachgefülltes Weinglas von Ozzard entgegen. »Aye, Sir, das große Aber. Es ist nur ein kleines Wort, aber das stärkste Argument gegen die bessere Einsicht.«

Bolitho klopfte mit dem Messingzirkel auf die Seekarte.

»Ich bin überzeugt, dieses Schiff hält sich in der Nähe auf, genau wie Jethro Tyrrell behauptet. Es muß eine starke Besatzung haben, deshalb braucht es einen Hafen als Basis, um sich zu verstecken, während der Kommandant Auskünfte über uns einholt. Und da wir rundum von Feinden umgeben sind, dürfte er dabei keine Schwierigkeiten haben.«

Keen erhob sich und trat an den Kartentisch.

»*Falls* Tyrrell recht hat«, sagte er, »müßte sich das für uns bei einem Krieg erschwerend auswirken.« Er fuhr mit dem Finger an der Inselkette entlang: Puerto Rico, Santo Domingo, Haiti, Kuba. »Die Spanier würden alle Zufahrtswege in die Karibik und nach Jamaika beherrschen.« Begreifend nickte er. »Und in der Durchfahrt zwischen Kuba und Haiti liegt wie eine Zugbrücke San Felipe. Kein Wunder, daß die Franzosen es unbedingt haben wollen. Sie brauchen zwar Verbündete, aber deshalb trauen sie ihnen noch lange nicht über den Weg.«

Noch immer standen beide Männer über die Seekarte gebeugt, als ein Midshipman eintrat und *Electras* Ankunft meldete.

Keen knöpfte seinen Rock zu.

»Ich gehe Kapitänleutnant Napier begrüßen, Sir.« Und mit einem letzten Blick auf den Kartentisch: »Ganz überzeugt bin ich noch nicht, Sir.«

Bolitho lächelte. »Sie werden mir bald recht geben.«

Er ließ sich von Ozzard in seinen Dienstrock helfen, zu Ehren des jungen Kommandanten der *Electra.*

Bald war er schweißgebadet und sah sehnsüchtig auf das blaue Wasser hinaus, das sich vor den Heckfenstern sanft hob und senkte; könnte er doch jetzt ein erfrischendes Bad darin nehmen! Und sofort mußte er wieder an Belinda denken. Er hatte versucht, jeden wachen Augenblick mit Arbeit auszufüllen, um sie aus seinen Gedanken zu verbannen, konnte aber nicht ganz verhindern, daß ihr Bild und das Bewußtsein der großen Entfernung, die sie trennte, ihn immer wieder übermannten.

Draußen hörte er Schritte und gedämpfte Stimmen. Er mußte sich zusammenreißen, um seinet- wie um ihretwillen.

Bald, vielleicht schon sehr bald, stand ihnen ein Gefecht bevor, diesmal nicht heraufbeschworen durch eine Zufallsbegegnung oder räuberischen Piratenübermut. Das unbekannte Schiff hatte ihnen schon gezeigt, daß es nichts nützte, im Recht zu sein. Rechtmäßigkeit allein war kein Schutz, dafür gab es schon viele tote Zeugen.

Er wandte sich der Tür zu. Wenn im Krieg erst die Kanonen sprachen, dann taten sie das völlig indifferent gegenüber Gut und Böse. Ihre Breitseiten radierten alle aus, ob sie es nun verdienten oder nicht.

Kapitänleutnant Napier trat ein, eine glänzende neue Epaulette auf der linken Schulter, und salutierte.

Bolitho nahm den schweren Briefumschlag aus seiner Hand entgegen und reichte ihn an Yovell weiter.

»Sie hatten eine schnelle Überfahrt, Kapitänleutnant Napier.«

Aber Bolitho mußte sich gedulden, bis Napier zu einem Stuhl geleitet und mit einem Glas Wein versorgt worden war.

Dann berichtete er: »In English Harbour auf Antigua liegen kaum noch Schiffe, lediglich zwei Fregatten und ein Linienschiff dritter Klasse, das aber überholt wird. Der Admiral hat das Geschwader zu den Inseln unter dem Winde verlegt, Sir.« Napier mußte unter Bolithos Blick schlucken. »Er läßt Ihnen durch mich seine Hochachtung übermitteln und seine besten Wünsche, Sir.«

Bolitho hörte, wie Yovell die Siegel auf dem Leinwandumschlag aufbrach, und wäre am liebsten hinübergerannt, um ihm die Depeschen aus den Händen zu reißen. Aber wenn der Admiral sich aus dem Staub gemacht hatte, war er hilflos. Kommodore Chater war ihm nicht ganz unbekannt, er wußte genug über ihn, um keine große tapfere Geste von ihm zu erwarten, die ihm das Mißfallen seiner Vorgesetzten einbringen konnte.

Heiser fügte Napier hinzu: »Ich wurde angewiesen, *Electra* zu Ihrer Verfügung zu stellen. Als Chater vom Verlust der *Sparrowhawk* hörte, wollte er Ihnen einige Marinesoldaten schicken, um Ihre Mannschaft zu verstärken.«

Bolitho nickte. »Aber auch die Marinesoldaten waren mit dem Geschwader ausgelaufen, habe ich recht?«

»Aye, Sir«, antwortete Napier betreten. Aber dann hellte sich sein Gesicht auf. »Statt ihrer bringe ich Ihnen einen Zug Infanteristen, Sir.«

»Immerhin etwas«, murmelte Keen, der mit Napier eingetreten war.

Bolitho wandte sich den Fenstern zu, um diese Bruchstücke gedanklich zu verarbeiten.

Unbefangen sprach Napier weiter. »Aber die Soldaten haben Sie sicherlich schon erwartet, Sir. Der Kommodore ließ es Ihnen ja durch die Kurierbrigg mitteilen, die zwei Tage vor mir auslief.«

Bolitho fuhr herum. »Was sagen Sie da?«

Napier wurde blaß. »Ein Kurier, Sir. Mit Depeschen für den Admiral auf Antigua und für Sie, Sir.« Hilfesuchend sah er zu Keen hinüber. »Depeschen aus England, Sir.«

Keen konnte sich nicht mehr beherrschen. »Sie hatten also doch recht, Sir!« rief er aus. »Die müssen auch die Kurierbrigg abgefangen und versenkt haben.«

Bolitho verschränkte die Hände auf dem Rücken und grub sich die Fingernägel ins Fleisch, bis der Schmerz ihm half, seine Enttäuschung zu zügeln.

Depeschen aus England, eine Nachricht von Belinda. Aber jetzt...

Er fixierte Keen. »Sind Sie endlich überzeugt?«

Ohne die Antwort abzuwarten, fragte er Napier: »Haben Sie einen tüchtigen Ersten Offizier?«

Das alles ging über Napiers Horizont. Stundenlang hatte er auswendig gelernt, was er Bolitho sagen wollte, hatte sich in seine beste Uniform geworfen. Und jetzt war alles anders gekommen, alles umsonst gewesen. Er kam sich vor wie jemand, der einem Freund die Tür öffnen wollte und einem Irren gegenüberstand.

Immerhin brachte er ein Nicken zustande. »Aye, Sir. Er ist verläßlich.«

»Um so besser.« Bolitho wandte sich wieder an Keen. »Bei erster Gelegenheit lichten wir morgen früh Anker und laufen aus. In der Zwischenzeit werde ich sehen, welchen Honig ich aus den Depeschen saugen kann, die der tapfere Kommodore mir schickt. Aber ehe ich damit beginne«, er schritt zum Tisch hinüber und goß für Napier ein neues Glas Rheinwein ein, »trinken wir alle einen Toast. Auch du, Allday.«

Allday ließ sich von Ozzard ein Glas reichen, fasziniert von dem plötzlichen Stimmungsumschwung im Raum.

Bolitho merkte, daß er grinste.

»Einen Toast«, er hob sein Glas, »auf Mr. Napier, den neuen Gouverneur von San Felipe!«

»Südwest zu Süd, Sir!«

»Recht so.«

Nur mit halbem Ohr hörte Bolitho Meldung und Bestätigung, er konzentrierte sich ganz auf den violetten, weit ausladenden Schatten am Backbordhorizont. Es war Nachmittag, und die

Sonne brannte immer noch erbarmungslos aufs Deck des nur wenig Fahrt machenden Schiffes. Aber nach der bedrückenden Feindseligkeit auf San Felipe fühlten sich alle hier draußen wie neu belebt. Die Stimmung war gut; selbst Mountsteven, der Offizier der Wache, befleißigte sich eines normalen Tonfalls, während er das Trimmen der Breitfock überwachte.

Bolitho richtete sein Teleskop auf das ferne Land: Haiti, das etwa fünfzehn Seemeilen querab liegen mußte. Trotz dieser Entfernung ging eine Drohung von ihm aus. Wenn irgend möglich, mieden die Seeleute seine Küsten mit ihrem Hexenzauber und ihren schauerlichen Riten.

Flaute hatte *Achates* noch einen Tag länger in San Felipe festgehalten, aber jetzt füllte ein stetiger Nordost ihre Segel, und sie strebte auf die Windward Passage zu, als beseele sie ein eigener Wille. Diese Durchfahrt zwischen Kuba und Haiti war an ihrer engsten Stelle kaum siebzig Meilen breit. Wenn San Felipe in Feindbesitz war, konnte ein Konvoi sich nur unter hohen Verlusten hier ein Durchkommen erzwingen. Je länger er darüber nachdachte, desto unbegreiflicher schienen Bolitho die Befehle, die er in London erhalten hatte.

Er reichte das Glas einem Midshipman zurück und begann, langsam auf dem Achterdeck hin und her zu wandern. Hoffentlich hatte er Kapitänleutnant Napier nicht überfordert. Immerhin schien er in seinem neuen, wenn auch befristeten Amt als Gouverneur überglücklich zu sein. Und mit seiner unter der mächtigen Festungsbatterie verankerten Vierzehn-Kanonen-Brigg und den schneidigen Infanteristen vom 60. Regiment – den Royal Americans, wie sie immer noch genannt wurden – konnte er wenigstens den Anschein von Stärke und Kampfkraft erwecken.

Bolitho sah Leutnant Hawtayne Waffen und Ausrüstung einiger Marine-Infanteristen inspizieren. Ein Glück, daß sie wieder da waren, wo sie hingehörten: an Bord der *Achates.* Sehr wahrscheinlich wurden sie bald erneut gebraucht.

Mit einem heimlichen Lächeln hörte er die helle Stimme des Marineleutnants schimpfen: »Reiß dich zusammen, Jones! Der Schlendrian an Land ist vorbei!« Sofort hatte Bolitho wieder das Bild des erschossenen Trommelbuben vor Augen; es würde ihn noch lange heimsuchen, das wußte er.

Da hörte er Adams leichten Schritt neben sich und sah ihn abwartend stehenbleiben.

»Und wie geht's meinem Flaggleutnant an diesem schönen Tag?« fragte er.

Adam lächelte; der Augenblick war günstig.

»Miss Robina ist ein wunderbares Mädchen, Onkel. Ich bin noch nie einer Frau wie ihr begegnet...«

Bolitho ließ ihn sein Herz ausschütten, ohne ihn auch nur einmal zu unterbrechen. So standen die Dinge also. Hätte er nicht selbst so viele Probleme gehabt, wäre ihm schon damals klargeworden, daß Adams Ausflug nach Newburyport nicht ein Abschluß, sondern ein neuer Anfang sein würde.

»Hast du ihren Vater um ihre Hand gebeten?«

Adam errötete. »Dafür war es noch viel zu früh, Onkel. Das heißt, ich habe etwas durchblicken lassen über unsere Zukunft, will sagen, über die nicht allzu ferne Zukunft...« Er ließ den Satz unvollendet und starrte ins dunkelblaue Wasser hinunter. Dann raffte er sich auf und sagte: »Ich weiß natürlich, daß sie mich nicht heiraten kann. Und ihr Onkel ist im Bilde. Er war richtig froh, daß er mich auf eines seiner Schiffe abschieben konnte.«

Bolitho sah auf. *Vivid* gehörte also Chase. Seltsam, daß Tyrrell das unerwähnt gelassen hatte.

»Gehen wir eine Weile auf und ab, Adam.«

Einige Minuten schritten sie schweigend nebeneinander her, während das Schiff sich unter ihnen hob und senkte.

Schließlich begann Bolitho: »Du hast eine Zukunft bei der Marine, Adam. Und zwar eine aussichtsreiche, falls ich ein Wort dabei mitzureden habe. Du kommst aus einer alten Seefahrerfamilie, aber das gilt auch für andere. Denke immer daran, daß du alles bisher Erreichte nur dir selbst zu verdanken hast. Wenn die jungen Offiziere wie du erst an die richtigen Stellen kommen, sollte die Kriegsmarine ein besseres, menschlicheres Gesicht aufweisen als zu meiner Zeit. Wir sind ein Inselvolk und werden Schiffe immer bitter nötig haben, ebenso Männer, die auf ihnen zu kämpfen verstehen.«

Adam erwiderte Bolithos Blick. »Nichts anderes wünsche ich mir, seit ich auf deiner *Hyperion* als Kadett angeheuert habe.«

Bolitho sah zum Batteriedeck hinunter, wo der Matrose, der ein Auge verloren hatte, von seinen Kameraden begrüßt wurde;

unsicher ertastete er sich seinen Weg an einem Achtzehnpfünder vorbei. Er hatte sich immer noch nicht ganz erholt, aber die schwarze Augenklappe gab ihm etwas Verwegenes, und seine Kameraden behandelten ihn als Helden.

Auch Adam hatte ihn bemerkt, bedachtsam suchte er nach Worten. »Männer wie er da unten, Onkel, sind dir wohl ziemlich wichtig, nicht wahr? Du siehst in ihnen nicht nur unwissende Handlanger, sondern sie bedeuten dir etwas.«

Bolitho wandte sich ihm zu. »Ganz sicher tun sie das. Wir dürfen ihre Treue niemals für selbstverständlich halten, Adam. Leider gibt es viele andere, die genau das tun.«

Adam nickte. »Als ich in Vaters altem Sessel saß...«

Leise fragte Bolitho: »In Newburyport, wo er einst mit seinem Schiff Zuflucht suchte?«

Adam wandte den Blick ab. »Sie haben mich hingeführt, Onkel. Als sie meinen Familiennamen hörten, haben sie es gleich erraten. Er ist in Neuengland nicht gerade häufig.«

»Ich freue mich darüber. Du hast also mehr gesehen als ich.«

Bolitho hörte Keen herankommen und war fast dankbar für die Störung. Schmerzlich war nicht nur die Erinnerung an Hugh und an das, was er ihrem Vater angetan hatte, als er desertierte, um mit den amerikanischen Rebellen zu kämpfen; und es war nicht nur das Bewußtsein der Schande, die Rivers so geflissentlich erwähnt hatte. Nein, Bolitho machte sich nichts vor, er war eifersüchtig auf Adams Vater. Und gekränkt, so lächerlich ihm das auch vorkam.

Keen griff grüßend zum Hut. »Mr. Tyrrell ist beim Master im Kartenhaus, Sir. Ich denke, wir sollten uns den nächsten Kartenausschnitt vornehmen.« Er warf einen prüfenden Blick zum klaren Himmel. »Wie es aussieht, sollten wir die ganze Nacht unsere Fahrt beibehalten können.« Das verlegene Schweigen schien er nicht zu bemerken.

»Gut, ich komme gleich nach.« Bolitho nickte seinem Neffen zu. »Und du am besten auch. Es ist eine Erfahrung mehr für dich.«

Aber vor dem Kartenhaus zögerte er plötzlich. »Übernehmen Sie, Val«, sagte er abrupt. »Ich gehe in meine Kajüte. Sie können mir ja später berichten.«

Erschreckt fragte Adam: »Fühlen Sie sich nicht wohl, Sir?«

»Nur etwas müde.« Bolitho ging und war bald im Schatten unter dem Hüttendeck verschwunden.

Irgendwie fühlte er sich außerstande, ihnen allen gerade jetzt gegenüberzutreten: Knocker, dem Segelmeister, Quantock, Hauptmann Dewar von den Royal Marines und dazu ihren jeweiligen Gehilfen.

Bolitho hatte bei Napier in San Felipe einen Brief zurückgelassen und außerdem eine Abschrift davon, die mit dem nächsten Schiff nach England abgehen sollte, das den Hafen zur Verproviantierung anlief.

Daß er so völlig im dunkeln blieb über Belindas Ergehen, fraß an ihm wie ein Geschwür. Ihm war selbst nicht bewußt gewesen, wie sehr die Ungewißheit an seinen Kräften zehrte. Bis Adam ihn an Hugh erinnert hatte: ›Als ich in Vaters altem Sessel saß...‹ Bis dahin war Hugh nur ein vager Schatten aus der Vergangenheit gewesen. Aber jetzt stand er wieder zwischen ihnen, erhob Anspruch auf seinen Platz in der Familie.

Bolitho ließ sich auf die Bank unter den Heckfenstern sinken und starrte ins weißschäumende Kielwasser draußen, das *Achates* hinter sich herzog.

Allday kam aus der Pantry getrottet. »Kann ich Ihnen etwas zu trinken holen, Sir?« fragte er bewußt beiläufig.

»Nein, danke.« Bolitho wandte sich um und sah ihn an. »Du bist der einzige hier, der mich wirklich kennt, weißt du das?«

»Manchmal stimmt das, Sir, manchmal nicht. Alles in allem kriege ich wohl öfter als andere den Mann zu sehen, der Sie wirklich sind, Sir.«

Bolitho ließ sich zurücksinken und atmete tief ein. »Mein Gott, Allday, ist das eine Qual!« Aber als er aufblickte, war Allday verschwunden.

Bolitho sah achteraus einen Fisch springen. Wer wollte es Allday auch verübeln, daß er sich für seinen verzweifelten Vorgesetzten schämte?

Aber Allday hatte sich nur in seine winzige, durch Vorhänge abgeschirmte Kammer zurückgezogen, die er mit seinen beiden Freunden teilte: Jewell, dem Segelmacher, und Christy, den er schon von der alten *Lysander* her kannte.

Später, mit drei großen Bechern Rum im Leibe, baute er sich vor Keens Kajüte auf.

Der Steward des Kommandanten beäugte ihn mißtrauisch. »Was willst du hier, Allday?«

Er rümpfte die Nase, als Allday ihm seinen Fuselatem ins Gesicht blies. »Ich verlange den Käpt'n zu sprechen.«

Das war ganz unüblich, und außerdem fühlte Keen sich nach der Diskussion im Kartenhaus wie gerädert. Aber er kannte Allday und verdankte ihm außerdem sein Leben. »Komm herein und mach die Tür zu.« Er winkte seinen Steward hinaus. »Was ist los, Mann? Du siehst ja aus, als wolltest du dich prügeln.«

Allday holte tief Luft. »Es geht um den Admiral, Sir. Er hat sich mehr aufgeladen, als er tragen kann. Das ist unfair...«

Keen mußte lächeln; darum ging's also. Er hatte schon befürchtet, daß eine Katastrophe passiert sei.

Aber Allday war noch nicht fertig. »Wollte mir's nur von der Seele reden, Sir, weil Sie doch ein anständiger Mensch sind. Und für ihn da achtern ein wirklich guter Freund. Schuld dran ist irgendwas, das der Flaggleutnant gesagt hat. Das spüre ich in meinen Knochen. Muß was sein, was ihn tief getroffen hat.«

Keen war zwar müde, aber auch intelligent und schnell von Begriff. Jetzt wurde ihm klar, was ihm längst hätte auffallen müssen: wie seltsam förmlich der Admiral und sein Neffe neuerdings miteinander umgingen.

Er sagte: »Überlaß das ruhig mir, Allday. Ich hab' schon verstanden.«

Forschend sah Allday ihm ins Gesicht und nickte dann. »Mußte einfach darüber reden, Sir. Sonst verprügle ich eines Tages noch den Flaggleutnant, und wenn er dreimal Offizier ist!«

Keen erhob sich. »Das will ich nicht gehört haben, Allday.« Er lächelte. »Und jetzt mach, daß du in deine Koje kommst.«

Danach saß Keen noch lange an seinem Schreibtisch und sah zu, wie die Sonne langsam im Meer versank.

Eigentlich hatte er tausenderlei Dinge zu tun, denn eine Ahnung sagte ihm, daß sie bald wieder zu den Waffen würden greifen müssen. Er spürte das, um mit Allday zu reden, in seinen Knochen. Das Gespräch war alles andere als erheiternd gewesen, aber er merkte, daß er darüber die Konferenz im Kartenhaus vergessen konnte, Quantocks stumme Mißbilligung und Tyrrells prahlerisches Versprechen, daß er sie zu einem Platz führen könne, wo sie dem anderen Schiff überlegen sein würden.

Alldays Besuch hatte das alles verdrängt. Er kannte Bolithos Bootsführer nun schon seit achtzehn turbulenten Jahren; es war eine Zeit der Gefahren und Entbehrungen gewesen, eben Kriegszeit, mit kurzen Erholungspausen dazwischen, in denen die überwältigende Freude, trotz aller Fährnisse noch am Leben zu sein, das prägendste Erlebnis war.

Wenn es um Allday ging, drängte sich stets als erstes ein einziges Wort auf: Treue.

Müde griff Keen nach der Glocke, um seinen Steward herbeizuzitieren.

Die wenigsten, überlegte er, würden den Begriff Treue definieren können. Aber er hatte immerhin erleben dürfen, in welcher Gestalt sie sich verkörperte.

XI Späte Rache

»Alle Mann an Deck, alle Mann an Deck! Aufentern und klar zum Bramsegelsetzen!«

Bolitho beobachtete von der Querreling aus, wie die tropfnassen Kutter wieder einmal auf ihren Stellings festgelascht wurden. *Achates* hatte hier einige Stunden geankert, während die Beiboote ausgesetzt wurden, um eine Bucht zu rekognoszieren, in der sich ein Schiff hätte verstecken können. Aber wie schon all die Male zuvor waren die Leute unverrichteter Dinge zurückgekehrt.

Bolitho beschattete die Augen, um trotz der grellen Sonne das Land zu erkennen. Santo Domingo lag nur wenige Meilen weiter nordwestlich; danach kam noch die Mona-Passage, und dann waren sie wieder in den nördlichen Zufahrtswegen, wo alles seinen Anfang genommen hatte.

Zwei vergeudete Wochen. Dazu der tägliche Kampf um die Ausnützung einer so leichten Brise, daß sie an Land kaum ein Pappelblatt bewegt hätte.

Nun sah er zu, wie die großen Bramsegel schlugen und sich träge füllten, bis das Schiff sich auf dem neuen Kurs leicht überlegte.

Keen kam quer übers Deck heran und wartete darauf, daß Bolitho sich zu ihm umwandte.

»Mit allem Respekt, Sir, aber ich glaube, wir sollten nach San Felipe zurückkehren.«

»Ich kenne diese Gewässer, Val«, erwiderte Bolitho. »Hier könnte man notfalls eine ganze Flotte verstecken. Sie glauben, daß ich mich geirrt habe, nicht wahr?« Er fuhr sich über das zerknitterte Hemd und lächelte Keen an. »Ich mache Ihnen daraus keinen Vorwurf, schließlich waren die letzten Wochen für uns alle eine Qual.«

»Ich sorge mich Ihretwegen, Sir«, sagte Keen. »Je länger wir warten...

Bolitho nickte. »Ich weiß. Mein Hals steckt in der Schlinge. Das war mir von Anfang an bewußt.«

Die Wanten knarrten, als die Brise etwas auffrischte und die Segel sich strafften. Hoch oben in den Masten ließen die zusätzlichen Ausguckposten die überanstrengten Augen rundum schweifen und verfluchten heimlich ihre Vorgesetzten wegen dieser Schikane.

Bolitho hörte das dumpfe Tappen von Tyrrells Holzstumpf näherkommen und wandte sich ihm grüßend zu. Keen entschuldigte sich und schlenderte zur anderen Seite hinüber. Sein Mißtrauen und sein wachsender Argwohn Tyrrell gegenüber ließen sich nicht mehr verbergen.

Tyrrell sandte ihm einen Blick nach und meinte: »Kann mich wohl nicht ausstehen, der Gute.« Aber seine Stimme klang besorgt und nicht mehr so zuversichtlich.

»Sind Sie sich Ihrer Sache immer noch so gewiß, Jethro?« fragte Bolitho.

»Sie können Gott weiß wo sein.« Er hämmerte mit der Faust auf die Reling. »Aber verschiedene Freunde haben mir gesagt, daß sie sich in einer dieser Buchten hier erholen wollen. Und von den Spaniern haben sie ja nichts zu befürchten. Außerdem kennen die längst ihre Absichten, davon bin ich überzeugt.«

Bolitho musterte Tyrrell nachdenklich. »Wir sind jetzt in spanischen Gewässern. Es gibt keine Rechtfertigung für unsere Anwesenheit, es sei denn, dieses verdammte Schiff versteckt sich wirklich hinter der spanischen Flagge.«

Keen kam zurück und sagte mit ausdruckslosem Gesicht: »Wir müssen bald wieder über Stag gehen, Sir.« Tyrrell ließ er absichtlich unbeachtet. »Und danach kommt das mühsame Aufkreuzen zur Mona-Passage. So flau der Wind ist, hat er es offenbar doch darauf abgesehen, uns das Leben schwer zu machen.«

Noch während er sprach, wurde das Vorbramsegel schlaff und schlug gegen die Wanten; Männer hasteten an die Brassen, um die Rah abermals neu zu trimmen.

Plötzlich sagte Tyrrell: »Mir ist etwas eingefallen. Geben Sie mir ein Boot.« Er sprach hastig, als müsse er auch eigene Vorbehalte übertönen. »Sie glauben mir nicht. Aber ich bin mir ja selbst nicht sicher.«

Sie blickten alle nach oben, als ein Ausguckposten rief: »An Deck! Segel in Nordwest!«

»Hol's der Teufel«, murmelte Keen. »Das ist bestimmt ein Patrouillenboot aus Santo Domingo!«

Tyrrell musterte ihn kalt. »Die Spanier haben Ihr schönes Schiff schon seit Tagen beobachtet, Kapitän Keen, darauf halte ich jede Wette.«

Keen wandte den Blick ab. »Ich wette nicht mit einem Glücksritter«, brummte er.

Scharf befahl Bolitho: »Das reicht!«

Er blickte zum Krähennest auf. Der Tag war sonnig und klar, der Ausguckposten da oben mußte mehr erkennen können als jeder andere.

Durch die hohlen Hände schrie er hinauf: »Was für ein Schiff?«

Bolitho war sich bewußt, daß einige der in der Nähe arbeitenden Seeleute innehielten und ihn anstarrten. Ein Admiral, auch wenn er noch so jung war, und Schreien? Das mußte ihnen vorkommen wie eine Blasphemie.

Aus dem Ausguck schrie es herunter: »Eine Fregatte, Sir, wie's aussieht.«

Bolitho nickte. Also eine Fregatte. Wahrscheinlich hatte Keen mit seiner Vermutung recht, dann blieben ihnen höchstens noch zwei Stunden.

Er befahl: »Lassen Sie bitte beidrehen und einen Kutter aussetzen. Bewaffnet und unter dem Befehl eines Leutnants.«

Eifrige Rufe erklangen, hastiges Getrappel ringsum auf den von der Sonne gedörrten Planken, und dann drehte *Achates* zögernd in den Wind, während das Boot bereits ruckartig über das Steuerbordschanzkleid geschwungen wurde.

Knocker, der sich an Keen herangeschoben hatte, murmelte: »Die Bucht ist nicht größer als ein Dorfteich, Sir. Ein solches Schiff käme niemals da hinein.«

»So steht's in Ihrer Karte«, erwiderte Tyrrell düster. »Aber ich weiß es besser.«

Bolitho sah Scott, den Dritten Offizier, sich hastig mit dem Säbel gürten, während ihm der Messesteward mit Pistole und Zweispitz nachlief. Von trübsinniger Untätigkeit zu hektischer Betriebsamkeit – wie oft hatte Bolitho diesen Stimmungsumschwung schon erlebt, auch an sich selbst.

»Kutter liegt längsseits, Sir!«

Mit einem dumpfen Poltern landete die abgefierte Drehbrasse im Bug des Beiboots, um sofort von zwei Seeleuten geladen zu werden.

Leise fragte Bolitho: »Ist Ihnen diese kleine Bucht erst jetzt wieder eingefallen, Jethro? Oder wissen Sie schon seit zwei Wochen und länger, daß sie die richtige Stelle ist? Wir hätten im nächsten Augenblick gewendet und diese Chance für immer verspielt.«

»Sie wollten das Schiff«, antwortete Tyrrell. »Ich halte mein Wort.« Damit wandte er sich ab und hinkte zum Schanzkleid, sein Holzbein holte bei jedem Schritt in weitem Bogen aus.

Und obwohl Bolitho in diesem Augenblick die Wahrheit erkannt hatte, drängte ihn ein unerklärlicher Impuls, mit zwei, drei Schritten an die Finknetze zu eilen und Tyrrell nachzurufen: »Seien Sie vorsichtig, Jethro! Und viel Glück!«

Tyrrell hielt inne, die großen Fäuste um die Taue der Jakobsleiter gekrampft, und blickte mit Augen, die im grellen Licht tränten, zum Achterdeck hinauf. Einen Lidschlag lang standen nicht mehr die vielen Jahre zwischen ihnen, sondern sie waren wieder an Bord der *Sparrow*. Dann stieß sich Tyrrell von der Bordwand ab und ließ sich in den Kutter fallen, den Holzstumpf steif vorgereckt wie einen Rüssel.

Keen murmelte: »Wenn das nur gutgeht.«

Schon löste sich der Kutter vom Mutterschiff, die Riemen hoben und senkten sich in schnellem Takt, während der Bootsmann, hinter dem Leutnant stehend, aufs Land zuhielt.

Bolitho biß sich auf die Lippen. »Ich habe ihm vertraut. Aber vielleicht war es doch eine zu starke Versuchung für ihn.«

Keen schüttelte den Kopf. »Ich verstehe nicht, Sir.«

Bolitho sah dem Boot nach, das jetzt einen engen Bogen beschrieb, weil Tyrrells ausgestreckter Arm in eine neue Richtung deutete. Die Wirbel einer kleinen Flußmündung waren zu erkennen, zu deren beiden Seiten Bäume und Gebüsch bis zum Ufer wuchsen. Kaum zu glauben, daß dieses Flüßchen breiter sein sollte als auf der Karte angegeben.

Von weit her erscholl ein gedämpfter Knall, gefolgt vom lauten Ruf eines Ausguckpostens: »Die Fregatte hat gefeuert, Sir!«

»Auf diese Distanz treffen sie nicht mal den Felsen von Gibraltar«, höhnte Knocker.

Bolitho tauschte einen Blick mit Keen. War der Schuß eine Warnung, die Aufforderung, das spanische Hoheitsgebiet zu verlassen – oder sollte er einen Dritten alarmieren?

Er sagte: »Machen Sie lieber klar zum Gefecht.« Und nach einem prüfenden Blick zum Kutter hinüber, der gut vorangekommen war: »Wir wollen uns nicht ein zweites Mal überraschen lassen.«

Die Männer in seiner Umgebung erstarrten, konnten nicht glauben, was sie soeben gehört hatten.

Aber als die Trommeln zu rasseln begannen und sich heisere Befehlsrufe durch das ganze Schiff fortpflanzten, wurden die letzten Illusionen ausgeräumt.

Keen verschränkte die Arme und ließ den Blick über sein Schiff wandern. Auf beiden Seitendecks drängten sich die Männer, stopften die zusammengerollten Hängematten als Kugelfang in die Finknetze, während Schiffsjungen zwischen den Kanonen herumrannten und das Deck mit Sand bestreuten, damit die Stückmannschaften nicht ausrutschten, wenn erst Blut die Planken bedeckte. Big Harry Rooke, der Bootsmann, schrie einen Säumigen aus seiner Crew an, die auf den untersten Rahen auslegte und Kettenschlingen ausbrachte, die gebrochene Spieren daran hindern sollten, an Deck zu stürzen. Andere schlugen unten Zwischenwände ab und verwandelten die getrennten Messen und Kammern in einen einzigen großen Raum, der den Stückmannschaften vom Bug bis zum Heck Bewegungsfreiheit gab.

Quantock blickte vom Batteriedeck herauf und tippte grüßend an seinen Hut.

»Schiff klar zum Gefecht!« meldete er. Inzwischen kannte er Keens Anforderungen. »In neun Minuten, Sir!«

Keen nickte. »Gut gemacht, Mr. Quantock.«

Aber die Spannung zwischen den beiden Männern blieb fühlbar, das kleine Kompliment entlockte keinem ein Lächeln.

Bolitho richtete ein Teleskop auf den fernen Kutter. Er konnte nur raten, was Leutnant Scott und die Bootsgasten jetzt dachten, während *Achates* unter dem Wirbel der Trommeln gefechtsklar machte und sie sich mit jedem Riemenschlag weiter von ihrem Schiff entfernten.

Er hörte Allday sich diskret neben ihm räuspern und ließ sich in den bereitgehaltenen Uniformrock helfen, während Ozzard mit dem alten Säbel herbeitrippelte. Auch Adam stand plötzlich bei ihnen, mit glänzenden Augen, unglaublich jung und eifrig.

»Befehle, Sir?«

Bolitho hob leicht die Arme, damit Allday ihm den Säbelgurt umschnallen konnte, und bemerkte betrübt Adams Förmlichkeit.

»Tut mir leid, Adam«, sagte er. »Ich hätte es besser wissen müssen. Es war dein gutes Recht, stolz darauf zu sein. An deiner Stelle hätte ich genauso empfunden.«

Der junge Leutnant machte einen halben Schritt auf ihn zu. »Ich würde mir eher die Hand abhacken, als Sie zu verletzen, Sir. Es war nur...«

»Es war nur so, daß du mich an deiner Freude teilhaben lassen wolltest und ich zu beschäftigt war, um dir zuzuhören.«

Keen sagte: »Alles klar, Sir.«

Erleichtert blickte er von einem zum anderen. Dann suchte er Alldays Blick, aber der zuckte mit keiner Wimper. Keen mußte lächeln; was war Allday doch für ein alter Fuchs!

»Also gut.« Bolitho sah zu seiner Flagge im Vormasttopp auf. »Setzt die Gefechtsflagge. Und dann, Mr. Bolitho, bitte folgendes Signal: *Feind in Sicht!*« Er sah die Verblüffung auf Adams Gesicht schnellem Begreifen weichen und fügte für die Umstehenden erklärend hinzu: »Schließlich kann es nichts schaden, wenn wir sie glauben machen, daß wir nicht ganz allein sind, wie?«

Und zu Keen sagte er: »Also fangen wir an.«

Aber angenommen, da drüben lag gar kein Schiff? Angenommen, er hatte sich in Tyrrell und in allem anderen geirrt? Dann wurde er jetzt zum Gespött seiner Leute.

Signalfähnrich Ferrier und der kleine Evans von *Sparrowhawk* machten sich mit ihren Gehilfen eifrig an den Flaggleinen zu schaffen, bis die bunten Stoffbällchen zügig zur Signalrah emporstiegen und in der leichten Brise auswehten, begrüßt vom aufgeregten Hurrageschrei der Stückmannschaften an den Achtzehnpfündern des Oberdecks.

Die meisten von ihnen konnten eine Signalflagge nicht von der anderen unterscheiden, aber die bunten Wimpel bedeuteten ihnen mehr als Worte: Sie waren ein Symbol.

Keen beobachtete Bolitho und unterdrückte einen Seufzer. Ich hätte damit rechnen müssen, dachte er.

Es knallte einmal scharf, dann riefen mehrere Stimmen zugleich: »Sie feuern auf den Kutter, die Schweine!«

Jubel schlug um in Wut.

Bolitho hob schnell das Glas und sah den Kutter gerade noch einen Haken schlagen; vorübergehend aus dem Takt gebracht, zögerten die Riemen über dem in bösartigen kleinen Fontänen aufspritzenden Wasser. Ein schlaffer Körper wurde rücksichtslos über das Dollbord gerollt, damit die Rudergasten mehr Platz gewannen. Mit einem trockenen Krachen feuerte die Drehbrasse des Kutters und bestrich das Ufergehölz mit ihrer Kartätschenladung.

Keen rief zum Batteriedeck hinunter: »Vielleicht müssen wir den Kutter sich selbst überlassen, Mr. Quantock! Aber signalisieren Sie Mr. Scott für alle Fälle, so schnell wie möglich zurückzukehren!«

Zustimmung heischend sah er sich nach Bolitho um, doch der stand drüben an den Finknetzen und starrte gebannt zu der halbverborgenen Flußmündung hinüber, als erwarte er dort jeden Augenblick eine Reaktion.

Der Kutter war langsamer geworden, woraus Bolitho schloß, daß doch mehrere Männer getroffen worden waren, wahrscheinlich von Musketenkugeln. An der Pinne stand jetzt Tyrrell und fuchtelte mit der Faust, um die Rudergasten zu größerer Anstrengung zu bewegen.

Das Großbramsegel füllte sich knallend mit Wind.

Bolitho sagte: »Halten Sie sich bereit, das Schiff wieder in

Fahrt zu bringen, Mr. Knocker. Uns bleiben nur noch wenige Minuten.«

Quantock meldete: »Die Fregatte behält ihren Kurs bei, Sir.«

Bolithos Mund wurde plötzlich trocken, als er hinter den Wipfeln einer Baumreihe am Ufer eine Bewegung entdeckte: wie eine Schlange, die rot und gelb im Sonnenlicht leuchtete. Es war der Toppwimpel eines großen Schiffes, das, hinter den Bäumen versteckt, auf dem unsichtbaren Flüßchen langsam dem offenen Wasser zustrebte.

Dann schob sich ihr hochaufragender Bugspriet ins Freie, gefolgt von der golden glänzenden Galionsfigur, der Back und dem noch an seiner Rah aufgetuchten Vorbramsegel; aber die Breitfock war gesetzt und killte leicht, als das Schiff ins gleißende Licht hinausglitt.

Nur noch wenige Minuten, und es wäre unbemerkt geblieben. Wahrscheinlich hatten sie in ihrem Flußversteck den Atem angehalten, als *Achates* draußen vorbeisegelte, hatten über diese dilettantische Suchaktion gelacht. Unter seinen Rockschößen ballte Bolitho die Fäuste. Das Lachen wollte er ihnen bald austreiben.

Der Kutter war jetzt nur noch eine Kabellänge entfernt, und Keen befahl: »Klar bei Wurfanker! Wir haben keine Zeit, ihn an Bord zu nehmen.«

Gewaltsam mußte er den Blick von dem anderen Schiff losreißen, das seine Deckung jetzt verlassen hatte und im Nähergleiten immer größer wurde, bis es das Ufer ganz zu verdecken schien.

»Hol mich der Teufel, aber das ist sie wirklich!«

Bolitho zog den alten Säbel probeweise zwei Zoll aus der Scheide und stieß ihn wieder zurück.

»Endlich, Kapitän Keen, habe ich Sie überzeugt.«

Mit viel Geschrei wurden die Bootsgasten aus dem Kutter über das Schanzkleid gehievt. Dann legte sich *Achates* unter dem Winddruck etwas stärker über und schob das aufgegebene Beiboot wie ein Stück Treibholz beiseite. Immer noch stand Tyrrell an der Pinne, ihm zu Füßen lag als einziger Begleiter ein toter Seemann.

Bolitho rief: »Werft ihm eine Leine zu! Ich lasse ihn nicht zurück!«

Irgend etwas sagte ihm, daß Tyrrell im Kutter bleiben und sich mit der Strömung abtreiben lassen wollte. Absichtlich hatte er *Achates* in die Irre geführt, von einer falschen Spur zur anderen, und zum Schluß hatte er sogar vorgeschlagen, daß die Boote eine Bucht absuchen sollten, die dicht neben dem wirklichen Versteck des Spaniers lag. Niemand hätte jemals die Wahrheit erfahren. Und doch hatte ihn etwas im letzten Augenblick anderen Sinnes werden lassen.

Nun war er entlarvt und hatte noch Glück, wenn er für seinen Verrat nicht mit dem Leben bezahlen mußte.

Bolitho sah eine Talje über dem treibenden Boot schwingen, bemerkte Tyrrells furchtsames Zögern, ehe er schließlich das Ende ergriff und zweimal um die Drehbrasse schlang.

Keen wartete noch ab, bis Tyrrell und die Drehbrasse von den an der Pforte wartenden Helfern gepackt wurden, dann gab er seine Befehle und hetzte die Mannschaften in die Masten, wo sie die Bramsegel setzten, um den auffrischenden Wind voll zu nutzen.

Bolitho spürte ein leichtes Beben unter seinen Füßen, hörte Blöcke klappern und Wanten knirschen, als *Achates* auf den steigenden Winddruck reagierte.

Keen starrte ihn an. »Was hatte dieser verdammte Narr eigentlich vor?« fragte er. »Verspricht er sich etwa...« Aber die Worte wurden ihm durch das Krachen einer Breitseite vom Mund gerissen.

Schon ruckten in der Bordwand des anderen Schiffes die Rohre wieder binnenbords, während durch *Achates* Takelage plötzlich ein tödlicher Eisenhagel fuhr. In den prallen Segeln klafften auf einmal Löcher, und Bolitho spürte die schon vertraute Erschütterung unter seinen Sohlen, die schwere Treffer im Rumpf anzeigte.

Doch Knockers Steuerleute fingen sich wieder, und der Bugspriet begann sich, langsam zuerst und dann immer zielbewußter, zum Land hin zu drehen. Wie mit unsichtbarer Hand half die frische Brise nach. Aber das gegnerische Schiff folgte *Achates'* Manöver und profitierte genauso vom Wind.

Hätte Bolitho Keen in die Mona-Passage beordert, angespornt durch das nun günstigere Wetter, wären sie erst viel später nach San Felipe zurückgekehrt. Das Schiff, mit dem sie nun fast Bug an Bug lagen, während es sich von den Untiefen freikämpfte, wäre ihnen um Tage zuvorgekommen. Die kleine Brigg *Electra* hätte ihm gewiß bis zum bitteren Ende Widerstand geleistet, aber am Schicksal der Insel nichts mehr ändern können.

Keen hob den Arm. »Langsam, Mr. Knocker! Aufkommen!«

Noch drehte *Achates* weiter, ihre Segel begannen sich auf dem neuen Bug zu füllen, während die Seeleute mit aller Kraft an den Brassen hievten, um die herumschwingenden Rahen richtig zu trimmen. Aber der Master grunzte etwas über seine Schulter, und die Rudergasten bremsten die wirbelnden Speichen des großen Rades ab.

»Recht so!«

»West zu Nord liegt an, Sir!«

Bolitho befeuchtete sich die Lippen. Die Stückpforten des Feindes lagen jetzt in zu spitzem Winkel vor ihnen, als daß er sie unter Feuer nehmen konnte. Er hatte seinen Eröffnungszug zu früh gemacht. Aber trotzdem, die Schiffsführung drüben verstand ihr Handwerk, die Wende klappte, und fast alle Segel standen wieder voll.

»Steuerbordbatterie!« In einer einzigen, zischenden Bewegung zog Keen seinen Säbel. »Feuer in der Aufwärtsbewegung!«

Auf beiden Decks spähten die Stückmeister durch ihre Luken, die Abrißleinen straff gespannt in der Faust, und warteten darauf, daß das Ziel vor ihre Mündungen glitt.

Dann hieb die Schneide blitzend nach unten, ein sekundenlanger Donnerschlag brach los, und die Rohre der Achtzehn- und Vierundzwanzigpfünder fuhren, von ihren Taljen abgefangen, wieder binnenbords.

Rauch trieb nach vorn davon und erlaubte einen Blick auf die Takelage des Feindes, die im Kugelhagel einen Höllentanz aufzuführen schien. An der Wasserlinie stiegen hohe Fontänen auf, wo andere Kugeln den Rumpf getroffen hatten. Doch obwohl der Fremde sein Manöver noch nicht ganz beendet hatte, erwiderte er sofort das Feuer.

Wieder spürte Bolitho dieses schreckliche Aufbäumen des Decks und hörte einen schrillen Aufschrei am mittleren Luk.

Die Stückmannschaften arbeiteten wie die Wilden mit Schwämmen, Ladestöcken und Kartuschen, bis sie endlich die schwarz schimmernden Eisenkugeln in die Rohre gerammt hatten. Die Crews wetteiferten miteinander, welche ihre Kanone als erste feuerbereit melden konnte. Sowie alle Stückmeister mit erhobenen Händen dastanden, erklang wieder Keens heiserer Schrei: »Breitseite – Feuer!«

Diesmal gab es keine Fehlschüsse. Bei einer Distanz von knapp zwei Kabellängen konnten sie den Rumpf des Feindes unter den Treffern erzittern sehen. Das Seitendeck barst und riß einen Teil der Besantakelage in die Tiefe.

Aber auch drüben hatten sie inzwischen nachgeladen, und die viel schwereren Zweiunddreißigpfünder reckten schon wieder ihre Rüssel aus den Stückpforten. Abermals schossen die Feuerzungen aus der Bordwand, und ein schreckliches Krachen und Rumpeln zeugte davon, daß viele Kugeln auf *Achates* ihr Ziel gefunden hatten.

Das Gesicht eine blutige Maske, wurde ein Kanonier von seiner Lafette weggerissen. Aber Bolitho sah auch, daß Midshipman Evans steif und starr dastand und das andere Schiff nicht aus den Augen ließ. Wenn ihn das Schlachtgetöse erschreckte, so merkte man es ihm nicht an. Bolitho begriff, wie der Feind in den Augen des Jungen aussehen mußte: der Mörder seines ersten Schiffes, das er brennend und zerschmettert in die Tiefe geschickt hatte, während Duncan neben ihm verblutete.

Bolitho rief: »Bewegen Sie sich, Mr. Evans!« Und als der Junge ihm einen verständnislosen Blick zuwarf: »Auch wenn Sie klein sind, geben Sie doch ein gutes Ziel ab!«

Über Evans' Gesicht glitt das Gespenst eines Lächelns, dann wandte er sich um und ging zu dem gefallenen Kanonier.

Wieder rollten die Kanonen im Rückstoß nach hinten, Explosionen erschütterten die Luft, keuchend und hustend rangen die Männer im Pulverrauch nach Atem, während ihnen noch die Splitter vom letzten Beschuß um die Ohren flogen.

Hallowes, der Vierte Offizier, schritt hinter der vorderen Batterie auf und ab; den Degen auf der Schulter, beobachtete er seine Abteilung und gab in schneller Folge Kommandos.

»Zündloch stopfen!«

»Auswischen!«

Die Männer auf dem Batteriedeck duckten sich, als einige Finknetze an der Reling unter dem Beschuß zerplatzten und

Fetzen der Hängematten durch die Luft flogen. Die Kugeln fällten zwei Seeleute, ein dritter konnte noch davonhinken und sich wie ein scheues Tier unter der Gangway verkriechen.

»Laden!«

Hallowes deutete mit dem Säbel auf den zusammengekauerten Mann und schrie: »Zurück an deinen Platz – sofort!« Und dann: »Ausrennen!«

Wieder rumpelten und quietschten die Lafetten, als das Schiff Kanone um Kanone dem Feind seine Breitseite präsentierte. Dieser lag nach einem leichten Richtungswechsel jetzt auf konvergierendem Kurs mit *Achates* und feuerte pausenlos weiter.

Bolitho sah Keen zur anderen Seite des Achterdecks hinübergehen. Neue Treffer hämmerten in den Rumpf, ein vielstimmiger Aufschrei aus dem unteren Batteriedeck verriet Bolitho, daß ein Vierundzwanzigpfünder umgestürzt sein mußte oder – noch schlimmer – sich aus seinen Taljen losgerissen hatte.

Beide Schiffe waren der Bewaffnung nach ebenbürtig. *Achates* hatte zwar mehr Kanonen, aber die schwereren Kaliber des Feindes forderten einen schrecklichen Blutzoll. Ein einziger Glückstreffer konnte die Entscheidung bringen. Bolitho starrte auf Keens Rücken, als könne er ihn durch Willenskraft zum Handeln antreiben: *Aufschließen, Val. Geh ran, ehe er dich entmastet.*

Wieder übertönten Schreie das allgemeine Inferno der Kanonade. Ein Seesoldat taumelte, die Hände vors Gesicht geschlagen, von seinem Platz an den Finknetzen zurück; seine Brust war gespickt mit scharfen Holzsplittern.

»Herrgott, was für ein Schlamassel!« Tyrrell bahnte sich mit seinem Stumpf mühsam einen Weg durch zerrissene Taljen und gebrochene Leinen, die trotz der Schutznetze herabgefallen waren.

Bolitho wies ihn an: »Gehen Sie nach unten. Sie sind Zivilist.«

Tyrrell zog eine Grimasse, als eine Kugel am Verschlußstück eines Neunpfünders auf dem Achterdeck zerbarst und es Splitter hagelte, die abermals zwei Seeleute zu Boden rissen, wo sie sich in Lachen ihres eigenen Blutes wälzten.

Keen fuhr herum und funkelte Tyrrell an. »Verdammt, was machen Sie hier?«

Durch zusammengepreßte Zähne knurrtc Tyrrell: »Bringen Sie

Ihren Kahn endlich längsseits, Käpt'n, Ihre Leute können dieses Tempo nicht mehr lange durchhalten.«

Keen sah zu Bolitho hinüber. »Aber dann wird Ihr Flaggschiff erkannt, Sir!«

Daran lag's also. Bolitho zog seinen alten Säbel. »Legt Ruder! Wir bringen ihnen jetzt das Fürchten bei«, er hob die Stimme, »stimmt's, Jungs?«

Als sie ihm zujubelten, mußte er sich abwenden. Halbnackt, pulvergeschwärzt, schweißüberströmt, waren dies nicht die romantischen Helden, wie er sie auf manchem prächtig gemalten Schlachtenpanorama in London gesehen hatte.

Wieder spürte er die schon vertraute Wildheit des Nahkampfes in sich aufsteigen. »Lebhaft, dort drüben!« drängte er.

Als Ruder gelegt wurde, schwangen die Rahen leicht herum, und binnen weniger Minuten war die Distanz auf eine Kabellänge geschrumpft und verringerte sich schnell weiter. Bald waren es nur noch fünfzig Meter und weniger, die Takelage des Feindes ragte hoch über ihren Köpfen empor, und jetzt fiel Musketengeknatter in den betäubenden Chor der Kanonen ein.

Dem anderen Kommandanten blieb keine Wahl. Er konnte nicht mehr halsen und sich davonmachen, denn das Land, das ihm bisher Zuflucht geboten hatte, war jetzt zu einer tödlichen Gefahr geworden und drohte ihm mit den steinernen Fängen des Riffs, auf dem sich tobend die Brandung brach. Und wenn er es mit einer Wende versuchte, mußte er sich mit backstehenden Segeln festfahren und genau die entscheidenden Sekunden verlieren, die Keen brauchte, um ihn vom Bug bis zum Heck mit seinen Breitseiten zu beharken.

Ein splitterndes Krachen hoch über ihnen, und dann warnende Rufe: »In Deckung da unten!« Teile der Fußrah des Besansegels durchschlugen die Schutznetze, knallten an Deck und zogen ein Gewirr gebrochener Leinen und Taljen hinter sich her.

Bolitho spürte an der Schulter einen Schlag wie von einer eisernen Faust, und dann lag er mit dem Gesicht auf den Planken. Seine erste Reaktion kam einer Panik sehr nahe: wieder verwundet, und diesmal bestimmt schwer! Aber dann hörte er sich fluchen, vor allem über den Rauch, der ihm im entscheidenden Moment die Sicht geraubt hatte.

Er merkte, daß Adam mit starrem Blick seinen Arm gepackt

hielt, während Allday irgend etwas Schweres von seinem Rücken wegzog und ihm zunächst auf die Knie, dann auf die Füße half. Ein riesiger Block, den der Schuß durch die Besantakelage losgerissen hatte, schwang wie ein Knüppel an seinen Parten vom Netz und hatte ihn umgerissen. Er hatte nicht mal einen Kratzer davongetragen. Mit leicht verzerrtem Grinsen dankte er, als jemand ihm seinen Hut zurückreichte und ein anderer jubelte: »Zeigen Sie's den Hunden, Sir!«

Bolitho wandte sich dem Feind zu, obwohl ihm der Rauch in den Augen brannte und ein dumpfer Schmerz in seiner Schulter pochte. Hätte der Block ihn am Kopf getroffen, wäre er jetzt tot gewesen.

Musketenkugeln durchlöcherten die zusammengerollten Hängematten, Holzsplitter wurden aus den Planken gerissen oder ragten wie spitze Federkiele aus dem Deck.

Doch schon blinkten Äxte im rauchgetrübten Sonnenlicht, die Trümmer aus der Besantakelage wurden freigehackt und mit Handspaken über das Schanzkleid gehievt.

Jetzt trug das erbarmungslose Exerzieren an Segeln und Kanonen Früchte. Wo ein Mann fiel oder beiseitegezerrt wurde, damit er nicht im Weg war, bis die Gehilfen des Schiffsarztes kamen, da stand sofort ein anderer an seinem Platz, herbeigesprungen von den Kanonen auf der gegenüberliegenden Decksseite.

Die Musketen der Marinesoldaten griffen jetzt in den Kampf ein. Sergeant Saxton schrie laut den Takt und stampfte dazu mit dem Stiefel auf, während die Ladestöcke sich alle zugleich hoben und senkten. Sobald die Läufe sich dann durch die Netze schoben, schrie er: »Ziel auffassen! Jeder Schuß ein Treffer!« Geknatter hoch über ihren Köpfen zeigte an, daß auch in den Masten Marinesoldaten feuerten; diese Scharfschützen zielten vor allem auf die Offiziere des Gegners.

Bolitho schritt auf und ab und stolperte dabei über einen gezackten Splitter, wodurch die Kugel eines feindlichen Scharfschützen ihn knapp verfehlte.

Die beiden Schiffe glitten immer näher zusammen. Die Kanonen feuerten jetzt auf Kernschußweite, bedient von halb blinden und tauben Mannschaften, die mit Händen und Füßen kämpfen mußten, um ihre schweren Waffen unter Kontrolle zu bringen.

»Feuer einstellen!«

Quantock mußte den Befehl wiederholen, ehe auch die letzte Kanone auf dem unteren Deck verstummte. Als der Feind es ihnen nachtat, entstand eine dumpfe Stille, in der andere Geräusche erst allmählich wieder wahrgenommen wurden: die Schmerzensschreie Verwundeter, Hilferufe, Befehle.

»Hartruder!«

Sobald das Rad herumwirbelte, fegte *Achates'* Bugspriet wie eine Axt durch die vorderen Wanten des gegnerischen Schiffes. Mit einem fürchterlichen Knirschen stießen die beiden Rümpfe zusammen.

Bolithos Männer rannten nach vorn, griffen jetzt zu Äxten, Entermessern und Piken, ließen Kanonen Kanonen sein und rüsteten sich zum Kampf Mann gegen Mann.

Leutnant Hallowes, dem der Hut halb vom Kopf geschlagen worden war, brüllte mit geschwungenem Säbel: »Auf sie, Leute!«

Jubelnd wie die Besessenen rannten die Männer nach vorn zu der Stelle, wo sich die Schiffsrümpfe berührten, um sich mit Hauen und Stechen einen Weg nach drüben zu erkämpfen, über das schmale Dreieck glitzernden Wassers hinweg.

Einige wurden von den Piken der Verteidiger aufgespießt, als sie sich schon an die Enternetze klammerten, andere fällten die Scharfschützen, noch ehe sie hinübergesprungen waren. Aber die meisten kamen durch, und immer mehr folgten ihnen; Bolitho sah den Vierten Offizier auf dem Backbordseitendeck des Feindes nach achtern stürmen, wobei er eine schrill aufschreiende Gestalt mit seinem Säbel beiseite hackte und eine andere mit dem Messer durchbohrte, bis er schließlich von seinen eigenen johlenden und kampfestollen Männern überholt wurde, deren Entermesser schon blutrot waren vom Handgemenge auf dem Vorschiff.

Die britischen Marinesoldaten drängten mit grimmigen Gesichtern auf der dem Feind zugekehrten Seite an die Reling und schossen in das Gedränge auf dem Achterdeck; der Drill war vergessen, jeder feuerte, so schnell er konnte.

Und nun zog Hauptmann Dewar seinen Säbel. »Vorwärts, Soldaten!«

Die roten Uniformröcke mit den weißen Brustriemen stürzten sich in die Rauchschwaden; auch wenn die Stiefel immer wieder im Blut ausrutschten, die Bajonette bahnten ihnen eine Gasse durch die Verteidiger, bis die Soldaten die erste Welle der Enterer auf dem Deck des Feindes erreicht hatten.

Keen war nach vorn gerannt, um seine Leute anzufeuern; trotz der Verluste im feindlichen Feuer hörte Bolitho immer wieder Hurrageschrei, das noch anschwoll, als die ersten das Achterdeck erreichten.

Plötzlich stieß *Achates'* Bootsmann einen Warnruf aus: »Feuer! Sie haben Feuer an Bord!«

Im selben Augenblick sah Bolitho drüben Rauchfäden aufsteigen.

Die Fäuste um den Handlauf gekrampft, starrte Tyrrell zum Feind hinüber, wo die ersten bereits ihre Waffen wegwarfen und um Gnade flehten, hart bedrängt von den wie im Rausch fechtenden Engländern.

»Mr. Hawtayne!« rief Bolitho. »Lassen Sie den Trompeter zum Rückzug blasen! Klar zum Loswerfen!«

Eine dumpfe Explosion erschütterte beide Rümpfe, aus dem Vordeck drüben quoll jetzt dicker schwarzer Rauch. Wenn das Schiff in Flammen aufging, drohte *Achates* das gleiche Schicksal.

Sich den Schweiß vom Gesicht wischend, kehrte Keen zurück und suchte mit den Blicken seine Offiziere und Maaten, als eine zweite Explosion den Ernst der Lage unterstrich.

Ihre Verwundeten hinter sich herzerrend und einige wenige Verfolger abwehrend, rannte *Achates'* Entermannschaft auf ihr eigenes Schiff zurück.

Sobald die letzte Verbindungsleine gekappt war, begann der fremde Zweidecker hilflos nach Lee abzutreiben, da sein Ruder entweder entzweigeschossen oder unbemannt war. Leichen trieben im Wasser zwischen den beiden Schiffen, leblose Gestalten hingen in Webeleinen und Netzen, wie die Kugeln sie ereilt hatten.

»Setzt die Breitfock! Holt dicht den Klüver! Entert auf und setzt die Bramsegel!« Quantocks rauhe Stimme übertönte das Chaos und sorgte für zielgerichtetes Handeln.

Auf dem Batteriedeck des Feindes leckte eine gewaltige Feuerzunge gen Himmel und brachte herumliegende Pulverladungen zur Explosion. Wie betäubt rannten Männer zwischen Gefallenen und Trümmern herum, niemand machte auch nur den Versuch, das Schiff zu retten.

Als Ruder gelegt wurde, wandte *Achates* sich langsam von dem geschlagenen Feind ab und entblößte dabei dessen Wunden: Blutspuren an der Bordwand, weggeworfene Waffen und Kanonenrohre, die wie aus eigenem Antrieb immer noch qualmten.

Eine weitere Explosion dröhnte übers Wasser, brennende Holz- und Riggstücke schlugen gefährlich nahe bei *Achates* ein; aber sie nahm jetzt mehr und mehr Fahrt auf, weil ihre durchlöcherten und rauchgeschwärzten Segel sich mit Wind zu füllen begannen.

Mehrere kleinere Explosionen, gefolgt von einer Funkenfontäne mittschiffs: Flammen züngelten an Masten und Segeln empor, bis die ganze Takelage ein Feuermeer war. Binnen weniger Sekunden wurden Leinen und Tuch zu Asche, Männer sprangen – manche selbst brennend – ins Meer, wo andere wild um sich schlagend schon nach Wrackteilen suchten, an die sie sich klammern konnten, während das Schiff lodernd davontrieb.

Bolitho sah zu und dachte an *Sparrowhawk,* fühlte aber keine Genugtuung. Jubelnd umarmten sich seine Leute. Sie hatten überlebt – ein weiteres Mal. Für viele war es das erste Gefecht gewesen.

Die spanische Fregatte, die sich während der ganzen Zeit mit der Rolle des unbeteiligten Zuschauers begnügt hatte, segelte jetzt vorsichtig auf das brennende Wrack zu. Sie verdeckte *Achates* die Sicht auf ihr Opfer, wohl um sich unbeobachtet schuldig zu machen. Aber die Spanier sagten sich wahrscheinlich, daß Tote nichts mehr bezeugen konnten.

Ein grelles Aufblitzen und eine gewaltige Detonation ließen allen Jubel bei den Engländern wie abgeschnitten verstummen.

Das besiegte Schiff rollte sich auf die Seite, die brennenden Stückpforten starrten wie zornrote Augen himmelwärts.

Ihre Verbände gaben wohl nach, denn sie sank jetzt sehr schnell. Unter Deck mußten die losgerissenen Kanonen die Agonie der Eingeschlossenen noch verstärken.

Bolitho sah Midshipman Evans hinüberstarren auf das Ende; aber sein Gesicht war tränennaß, nicht schadenfroh, und Bolitho wußte, warum.

Evans sah vor sich nicht die gerechtfertigte Vernichtung eines verhaßten Feindes, sondern durchlebte noch einmal den Untergang seiner *Sparrowhawk*.

Leise sagte Bolitho: »Kümmere dich bitte um Mr. Evans, Adam. Er macht jetzt eine Krise durch.«

Keen trat heran und griff grüßend zum Hut.

»Wie hoch ist der Blutzoll, den wir dafür bezahlen mußten?« fragte ihn Bolitho.

Aber beide fuhren herum, als die Luft unter einer letzten Explosion erbebte. Das feindliche Schiff drehte wie ein tödlich getroffener Riesenwal den Bauch nach oben und versank.

Gedämpft sagte Keen: »Nicht viel hat gefehlt, dann wären wir jetzt an deren Stelle.«

Bolitho reichte Allday seinen Säbel. »Ich verstehe, Val. Dann ist wohl der Blutzoll noch immer nicht ganz bezahlt.«

XII Der Brief

Electras jugendlicher Kommandant, Kapitänleutnant Napier, hatte sich mitten in Bolithos Tageskajüte aufgebaut, um seinen Bericht zu erstatten.

In Mißachtung seiner Befehle war Napier mit seiner Brigg ausgelaufen, um dem ramponierten Zweidecker auf den letzten zwei Meilen bis zur Reede von San Felipe das Geleit zu geben.

So sehr er sich auch bemühte, Napier hatte nicht verhindern können, daß seine Blicke neugierig umherschweiften, sowie er den Fuß an Bord gesetzt hatte, Zwischen den in alte Segel eingenähten Toten, die auf ihre Bestattung warteten, gingen die erschöpften, abgerissenen Matrosen ihrer Arbeit nach und hoben kaum den Blick vom Spleißen, Nähen oder von den Taljen, mit denen sie Ersatzteile zu den Toppsgasten in den Rahen hinaufhievten.

Bolitho dachte wieder an die letzten Augenblicke seines Gegners. Immer noch wußte er nicht den Namen des Schiffes. Doch bald würde er ihn erfahren, ebenso den des Kommandanten. Auch wenn die spanische Fregatte so bemüht gewesen war, durch ihr Dazwischenkommen jeden Bergungsversuch Überlebender zu verhindern.

Napier berichtete: »Es kreuzten doch tatsächlich zwei spanische Kriegsschiffe vor der Küste auf. Sie wollten einen Landungstrupp auf der Missionsinsel absetzen.«

Er schien überrascht, daß der Admiral ihn zu diesem Vorfall nicht näher befragt hatte. Aber Bolitho war so müde gewesen, daß er Napiers sauber abgefaßten Bericht lediglich überflogen hatte.

Nun raffte er sich auf und ging zu den offenen Heckfenstern hinüber, während *Achates* die Insel ansteuerte. Immer noch roch er Schweiß und Asche, den Gestank des Gefechts, den Todesatem.

»Wie haben Sie sich verhalten?«

Napier erinnerte sich stolzgeschwellt an seine schönsten Augenblicke als Gouverneur auf Zeit.

»Ich habe sie verscheucht, Sir. Ließ die Festungsbatterie einen Schuß abfeuern, um ihnen Beine zu machen.«

Ihnen Beine machen. Bolitho hätte gern darüber gelacht, aber er wußte, daß er dann vielleicht nicht mehr aufhören konnte.

Wann und wo würde das alles enden? Tyrrell hatte ihn verraten, oder hatte es jedenfalls bis zum letzten Moment vorgehabt. Und jetzt gierten nicht nur die Franzosen nach der Insel, sondern auch die Spanier.

Keen betrat die Kajüte. »Wir laufen in den Hafen ein, Sir«, meldete er. »Der Wind bleibt stetig aus Südost.« Er wirkte überanstrengt und so ausgelaugt, als fühle er die Blessuren seines Schiffes am eigenen Leibe.

Seit dem Gefecht waren die Pumpen fast nicht mehr verstummt, denn *Achates* hatte zwei schwere Treffer nahe der Wasserlinie eingesteckt. Und ein ›langer Neuner‹, wie die Zweiunddreißigpfünder genannt wurden, konnte auf einem 22 Jahre alten Schiff schrecklichen Schaden anrichten.

»Ich komme an Deck.« Bitter fügte Bolitho hinzu: »Einige, die uns von Land aus beobachten, mag es enttäuschen, daß wir immer noch schwimmfähig sind.«

Darüber fielen ihm die beiden spanischen Kriegsschiffe ein, die offenbar Truppen auf einem Territorium an Land setzen wollten, das sie immer noch als ihr Eigentum betrachteten. Wenn Tyrrell es sich nicht in letzter Sekunde anders überlegt hätte, wäre den beiden das große Schiff zu Hilfe gekommen, das jetzt am Fuße eines karibischen Riffes lag.

Napier erbleichte plötzlich. »Ich – ich muß um Vergebung bitten, Sir. Beinahe hätte ich's vergessen. Aber ein Postschiff aus England war da.«

Bolitho starrte ihn an. »Fahren Sie fort«, sagte er scharf.

Napier suchte in seinen Rocktaschen und holte schließlich einen Brief hervor. »Für Sie, Sir.« Unter Bolithos Blicken schien er zu schrumpfen.

Keen sagte knapp: »Kommen Sie mit nach oben, Kapitänleutnant Napier, ich muß über die Reparaturen an meinem Schiff mit Ihnen sprechen...« Doch in der Tür blieb er noch einmal stehen und warf einen Blick auf Bolitho zurück. Dieser hielt seinen Brief in beiden Händen und scheute sich offenbar, ihn zu öffnen.

Als Keen sich abwandte, stieß er fast mit dem Flaggleutnant zusammen. »Warten Sie noch, Adam«, sagte er. »Ein Brief ist gekommen.«

Im halbdunklen Batteriedeck lehnte Allday an einem verschrammten Achtzehnpfünder und spähte durch die offene Stückpforte nach der grünen Landzunge aus, die querab vorbeiglitt. Dort standen Leute, um das besudelte und verkrüppelte Schiff vorbeisegeln zu sehen; aber keiner winkte.

Für Allday war es ein Landfall wie andere auch. Er war schon in so vielen Häfen eingelaufen, daß sich ihr Bild in seiner Erinnerung verwischte. Seufzend gestand er sich ein, daß im Augenblick nur der Brief aus England zählte. Als wäre es gestern gewesen, stand ihm vor Augen, wie er sich mit Bolitho in die verunglückte Kutsche gezwängt und darin eine bildschöne Frau gefunden hatte, die dem Tode näher schien als dem Leben. Sie sah Bolithos verstorbener erster Frau so ähnlich, daß er seinen Augen nicht traute.

Mit schiefgelegtem Kopf lauschte er nun dem Salut, den die Festungsbatterie für sie schoß. Der richtige Willkommensgruß, dachte er, obwohl sie zu viele Kameraden an Bord hatten, die keinen einzigen Schuß mehr hören würden.

Er richtete sich auf, als die Tür klappte und der Wachtposten Haltung annahm.

Bolitho zog den Kopf unter den niedrigen Decksbalken ein und gewahrte dann die wartende Gestalt.

Als er die besorgte Spannung in Alldays Gesicht sah, spürte er seine letzten Kraftreserven schwinden. Die Selbstbeherrschung, zu der er sich während der Lektüre des Briefes gezwungen hatte, die Verzweiflung, die seinen Blick getrübt hatte, all das zehrte jetzt an ihm.

Er hielt inne und lauschte dem Salut, der von *Achates'* Kanonen erwidert wurde. Dann griff er zu und drückte Alldays Hand.

Heiser fragte sein Bootsführer: »Steht es gut, Sir?«

Noch einmal drückte Bolitho Alldays Hand. Es fügte sich ganz richtig, daß er in diesem Augenblick bei ihm war und somit als erster davon erfuhr.

»Wir haben eine gesunde Tochter, Allday.«

Keiner von beiden wußte, wie lange sie so dastanden. *Achates* setzte zum letzten Kreuzschlag um die Landspitze an, auf dem Achterdeck intonierten die Pfeifer und Trommler einen munteren Marsch, aber Bolitho war im Geist ganz woanders.

Dann nickte Allday bedächtig; er kostete den Augenblick aus, von dem er wußte, daß er ihm noch oft Gesprächsstoff liefern würde, wenn er einst zum letztenmal den Fuß an Land gesetzt hatte.

»Und Mrs. Bolitho, Sir...«

»Geht es sehr gut.« Bolitho schritt ins Sonnenlicht hinaus. »Sie läßt dich grüßen.« Mit kraftvollen Schritten strebte er dem Achterdeck zu. Jetzt konnte er es mit allen aufnehmen. Konnte alles schaffen. Er sah sich nach Alldays breit grinsendem Gesicht um. »Außerdem hofft sie, daß uns der Dienst in dieser Friedenszeit nicht zu langweilig wird.«

Allday hob den Blick zur zerschmetterten Besanrah, zu den Blutspuren und frischen Einschlägen, die das Schiff entstellten.

Und dann warf er – ungeachtet des feierlichen Augenblicks, des Saluts und des Flaggengrußes, den die Festung dem einlaufenden Kriegsschiff entbot – den Kopf in den Nacken und lachte lauthals.

Keen starrte erst ihn und dann Bolitho an.

Dem Sieger war also endlich sein Lohn zuteil geworden.

In Kapitän Valentin Keens Augen stand unverhohlene Überraschung und Bewunderung, als er seinen Vorgesetzten anblickte. Seit *Achates* nach San Felipe zurückgekehrt war, hatte es bei den Reparaturarbeiten, beim Ersetzen zerschossener Planken und

Spieren keine Pause gegeben. Dabei war die Werft von Georgetown jämmerlich ausgerüstet, und außerdem erschwerten Feindseligkeit und mangelnde Kooperationsbereitschaft jeden Handgriff.

English Harbour auf Antigua wäre der einzige geeignete Platz für eine so gründliche Überholung gewesen, aber Keen hatte sich damit abfinden müssen, daß sein Schiff unter den primitivsten Umständen wieder zusammengeflickt wurde. Denn sobald *Achates* die Insel sich selbst überließ, würde unweigerlich eine Invasion von wem auch immer erfolgen, daran bestanden kaum Zweifel.

Keen wußte am besten, wie wenig Bolitho sich geschont hatte. Er hatte zahllose Besuche an Land gemacht, auch beim ehemaligen Gouverneur Rivers, dem er die Rückkehr in sein Haus erlaubt hatte, wo er jetzt unter Arrest stand. Keens Einspruch dagegen war vergeblich gewesen.

Jetzt, gegen Ende August, war die Hitze unerträglich geworden. Trotzdem mußten sie jeden Tag, sogar zu jeder Stunde, darauf gefaßt sein, daß die Ausguckposten des Forts die Annäherung spanischer – oder französischer – Schiffe meldeten; *Achates* blieb deshalb Tag und Nacht see- und gefechtsklar.

Am Vormittag war *Electra* nach Antigua ausgelaufen, mit Depeschen für den Admiral, sollte er zurückgekehrt sein, und mit anderen, dringlicheren, für die Admiralität in London. Diese Schreibarbeit und eine Menge anderer Dinge hatten Bolitho bis spät in die Nacht an seinem Schreibtisch festgehalten, und trotzdem schien er nie zu ermüden oder sich über die Verzögerung und Quertreibereien durch die Inselbewohner zu ärgern.

Der Brief seiner Frau aus Falmouth gab ihm offenbar mehr Auftrieb, als hundert Siege es vermocht hätten.

Bolitho blickte von seinen Papieren auf, erleichtert darüber, daß Napier endlich mit seinen Ideen und Vorschlägen nach Antigua unterwegs war; wenn Sheaffe in der Admiralität sie schließlich zu lesen bekam, war er festgelegt. Ob richtig oder falsch, seine Entscheidung war getroffen. Und genau davor hatte er sich bisher gescheut. Nun war er froh, sogar begierig, mit einer Freiheit zu handeln, die er sich bisher nicht gestattet hatte.

»Rivers sagt, daß er sich nicht einmischen wird. Später sollen andere über sein Schicksal entscheiden.« Bolitho fielen die tiefen

Falten in Keens Gesicht auf, und er fügte mitfühlend hinzu: »Ich weiß, daß Sie harte Tage hinter sich haben, Val.«

Keen zuckte mit den Schultern. »Mr. Quantock, der Master, Mr. Grace, der Zimmermann – alle sind sich ausnahmsweise einig: Wenn dieses Schiff vor der gründlichen Überholung in einer Werft in ein Gefecht verwickelt wird, muß es ernsthaften Schaden nehmen.«

Bolitho nickte. »Das ist mir klar. Außerdem sind wir wegen unserer Verluste unterbemannt.«

»Ohne eine Unterstützung durch andere Schiffe können wir uns kaum selbst verteidigen, Sir«, fuhr Keen fort. »Geschweige denn die ganze Insel.«

»Ich habe einen energischen Lagebericht verfaßt, Val.«

Bolitho beugte sich aus einem Heckfenster und holte tief Atem. Aber die Luft war draußen genauso schal und heiß. Er wünschte sich, auf See zu sein, selbst eine Flaute dort wäre erträglicher gewesen als dieses untätige Warten. Einzig der Gedanke an Belindas Brief, den er am Ende jedes arbeitsreichen Tages las, munterte ihn etwas auf. Eine Tochter – er konnte sich einfach nicht vorstellen, wie sie aussehen mochte. Belinda hatte von ihrer Liebe geschrieben, von ihren Hoffnungen, aber er konnte auch zwischen den Zeilen lesen. Offenbar war es eine schwere Geburt gewesen. Um so besser, wenn sie immer noch glaubte, daß er in diplomatischer, nicht in gefährlicher Mission unterwegs war.

Scheinbar zusammenhanglos fragte Keen: »Und was wird aus Mr. Tyrrell, Sir?«

Bolitho biß sich auf die Lippen. Er hatte Tyrrell gleich nach dem Festmachen auf seine Brigantine geschickt, fast ohne ein Wort mit ihm zu wechseln. Ob er sich aus Trotz oder Schuldbewußtsein stumm verhielt, ließ sich noch nicht beurteilen.

Er sagte: »Ich möchte ihn so bald wie möglich sprechen, Val.« Keens Überraschung amüsierte ihn. »Ich brauche seine *Vivid,* sie ist das einzige Schiff, das mir im Augenblick außer *Achates* zur Verfügung steht. Und da ich sie ohnehin kaufen will, kann sie auch gleich unter unserer Flagge segeln.«

»Wenn Sie das für klug halten, Sir?«

»Klug? Kann ich im Augenblick noch nicht sagen. Fest steht nur, daß es mehrere Monate dauern wird, ehe mein Flaggschiff wieder voll einsatzfähig ist. Mittlerweile droht uns ein Angriff der Spanier. Niemand kann von mir erwarten, daß ich diese Insel den Franzosen übergebe, ehe ich die Dinge hier ein für allemal bereinigt habe. Wenn es in letzter Minute zu einem Konflikt um San Felipe käme, würden uns die Franzosen nur zu gern die Schuld daran geben und uns vorwerfen, wir hätten einen Zwischenfall provoziert, damit wir ihnen ihr rechtmäßiges Eigentum vorenthalten konnten.«

Aber Bolitho konnte Keen am Gesicht ablesen, daß er ihn nicht überzeugt hatte.

»Ich habe den Verdacht, Val, daß man mich hier bewußt mit einer unlösbaren Aufgabe betraut hat. Aber wenn ich schon den Sündenbock spielen muß, dann treffe ich die Entscheidungen nach eigenem Ermessen und lasse sie mir nicht von Leuten vorschreiben, die noch nie einen Schuß gehört oder einen Mann sterben gesehen haben.«

Keen nickte. »Also gut, Sir, ich stehe zu Ihnen, was auch kommt. Aber das wissen Sie bereits.«

Bolitho ließ sich auf der Heckbank nieder und zupfte an seinem klebrigen Hemd, um die schweißnasse Haut zu kühlen.

»Wenn Sie erst den Stabsrang erreicht haben, Val, werden Sie sich hoffentlich an all das erinnern. Es ist einfacher, in Gefechtslinie zu segeln und alle Kanonen auf sich gerichtet zu sehen, als sich durch den Pfuhl der Diplomatie zu wühlen. Ich werde gleich mit Jethro Tyrrell sprechen, einem Mann, der alles verloren hat, obwohl er der Flagge, die er verehrte, früher aufopfernd diente. Er war ein aufrichtiger Patriot, aber seine eigenen Landsleute haben ihn als Verräter gebrandmarkt. Er ist verbittert wie ein verstoßener Wolf. Doch ein Rest Ehrgefühl ist ihm geblieben, denn im entscheidenden Augenblick hat er uns zum Feind geführt. Aus seiner Sicht war das Wahnsinn. Denn Ehrenhaftigkeit kann ihn nicht für sein Opfer entschädigen. Er hielt es ursprünglich für klüger, uns gar nicht erst in ein Gefecht zu verwickeln, damit wir die Insel nach unserer vergeblichen Suche bei der Rückkehr bereits in spanischem Besitz vorfinden würden; dann hätte ich, so rechnete er, weiter nichts tun können als den Fehlschlag nach London zu melden.«

Keen schüttelte ungläubig den Kopf. »Und Sie wollen ihm weiterhin vertrauen?«

»Wenn ich kann.«

Bolitho blickte auf die im Hitzeglast schimmernde Reede hinaus, wo die Boote reglos über ihrem Spiegelbild lagen.

»Rivers ist ein Schurke. Er wurde reich, indem er sich beim Abschaum der Karibik anbiederte. Sklavenhändler, Glücksritter, Piraten – mit allen machte er Geschäfte. Er hat auch Besitz in Südamerika, doch um voll davon profitieren zu können, brauchte er die Machtbefugnisse eines Gouverneurs. Ich habe Beweise dafür im Fort gefunden, aber sie scheinen nur die Spitze eines Eisbergs zu sein. Ich verabscheue ihn wegen seiner Gier, doch ich brauche ihn, und sei es nur, damit er unserer Anwesenheit hier eine gewisse Glaubwürdigkeit verleiht.«

Keen schien den Hammerschlägen draußen zu lauschen. Insgeheim hatte er von Anfang an seine Bedenken gehabt, weil hier ein leichter Zweidecker mit einer Mission betraut wurde, die ein ganzes Geschwader erfordert hätte. Er verstand sein Land nicht mehr. Statt auf errungene Siege stolz zu sein, schien es sich am Boden zu winden, um alte Feinde nicht erneut gegen sich aufzubringen.

Keen hätte Rivers gehenkt – und mit ihm alle, die für den Tod seiner Matrosen und Soldaten verantwortlich waren. Und zur Hölle mit den Konsequenzen!

Bolitho hatte sich erhoben und spähte jetzt, mit der Hand die blendende Sonne abschirmend, zum fernen Fort hinüber. Als er wieder sprach, klangen seine Worte unbewegt, aber sie fielen schwer in die Stille.

»Wissen Sie, Val, den Vereinigten Staaten ist es meiner Ansicht nach wichtiger, ihre Beziehungen zu Südamerika, Spanien und Portugal zu verbessern. Rivers' Ersuchen um amerikanischen Schutz vor einer Rückgabe an Frankreich stieß deshalb auf offene Ohren. Weiterhin glaube ich, daß Samuel Fane – und erst recht Jonathan Chase – sich keinerlei Illusionen über die Franzosen machen, sollte es wieder zum Krieg kommen in Europa.«

Keen starrte seinen Vorgesetzten an, alle Müdigkeit war vergessen. »Sie wollen damit sagen, daß die Regierung der Vereinigten Staaten sich mit den Spaniern gegen uns verschworen hat?«

»Nicht direkt. Aber wer die Hand in einen Fuchsbau steckt, muß damit rechnen, daß er gebissen wird. Die spanische Regierung wollte sich mit einer offenen Intervention nicht kompromittieren, deshalb bediente sie sich eines starken Freibeuters. Nachdem *Sparowhawk* vernichtet und die Küstenschiffahrt bis zur Lähmung eingeschüchtert war, stand nur noch *Achates* zwischen ihr und der Übernahme von San Felipe. Chase muß von der alten Beziehung zwischen Tyrrell und mir gewußt haben; genauso klar war ihm, daß Tyrrell ein Schiff verzweifelt nötig hatte. Den Rest können wir uns denken. Aber sie haben nicht mit Tyrrells alter Loyalität mir gegenüber gerechnet.«

Keen wirkte perplex. »Ganz wie Sie meinen, Sir. Trotzdem steht das als Beweis bei einer künftigen Untersuchung auf ganz schwachen Beinen. Zu schwach, um Ihren guten Ruf davon abhängig zu machen.«

»Da stimme ich Ihnen zu. Deshalb müssen wir noch ein paar Beweise fabrizieren.« Seelenruhig sah Bolitho ihn an. »Und jetzt möchte ich Tyrrell sprechen. Sagen Sie meinem Flaggleutnant, daß ich ihn brauche.«

Als Tyrrell später in die Kajüte humpelte, wurden schon die Lampen angezündet. Bolitho wandte sich seinem ehemaligen Offizier mit einer Mischung aus Trauer und Entschlossenheit zu.

Tyrrell setzte sich auf den angebotenen Stuhl und verschränkte seine kräftigen Finger.

»Na denn, Jethro.«

Tyrrell lächelte. »Na denn, Dick.«

Bolitho saß auf der Tischkante und musterte ihn ernst. Dann sagte er: »Da wir uns in Gewässern befinden, die zur Zeit noch britischer Oberhoheit unterstehen, mache ich Gebrauch von meinem Recht, Ihr Schiff zu beschlagnahmen und es in den Dienst meiner Regierung zu stellen.«

Tyrrell zuckte kurz zusammen, sagte aber nichts. Er war viel zu ausgekocht, um sich durch einen Schock aus der Reserve locken zu lassen.

»Außerdem unterstelle ich *Vivid* vorerst dem Befehl meines Neffen, der als mein Adjutant eine Depesche von mir nach Boston bringen wird.«

Jetzt rührte sich Tyrrell und verriet zum erstenmal Anzeichen einer gewissen Unruhe.

»Und ich?« stieß er heiser hervor. »Mich wollen Sie wohl von der Großrah baumeln lassen, wie?«

Bolitho schob ein Dokument über den Tisch. »Hier ist der Kaufvertrag für *Vivid,* der bei Ihrer Rückkehr nach San Felipe in Kraft tritt. Sie sehen, ich halte mein Wort. Die Brigg wird Ihnen gehören.«

Obwohl es ihm schwerfiel, Tyrrells Nöte mitanzusehen, fuhr er fort: »Ich habe mit Sir Humphrey Rivers gesprochen. Um sich Schande zu ersparen und vielleicht sogar sein Leben zu retten, wird er mir alle Auskünfte über den Spanier geben, die ich benötige. Wenn er es sich anders überlegt, hat er die Wahl zwischen zwei Anklagen: wegen Hochverrats oder wegen Mordes. Aber für beide würde er hängen.«

Tyrrell starrte Bolitho an, dann rieb er sich das Kinn. »Chase wird sich niemals von der *Vivid* trennen.«

»Ich glaube doch.«

Aber Bolitho mußte den Blick abwenden; Tyrrell konnte nur an eines denken: ein eigenes Schiff, seine letzte Chance.

Nun erhob sich dieser und sah sich um wie ein Tier in der Falle. »Dann mache ich mich jetzt auf den Weg«, sagte er.

»Ja.« Bolitho setzte sich an seinen Schreibtisch und begann in Papieren zu blättern. »Ich bezweifle, daß wir uns noch einmal begegnen.«

Wie ein Blinder wandte Tyrrell sich zur Tür. Aber Bolitho sprang auf, unfähig, dieses grausame Spiel bis zum Äußersten zu treiben.

»Jethro!« Mit ausgestreckter Hand kam er hinter dem Tisch hervor. »Sie haben mir doch einmal das Leben gerettet.«

Tyrrell musterte ihn forschend. »Und Sie meines, mehr als einmal.«

»Ich möchte Ihnen wenigstens Glück wünschen. Hoffentlich finden Sie, was Sie suchen – was das auch sein mag.«

Tyrrell erwiderte den Händedruck und sagte rauh: »So einen wie Sie gibt's nicht noch einmal, Dick.« Jetzt lag Bewegung in seiner Stimme. »Ich habe die alten Zeiten wieder durchlebt, als ich Ihren Neffen plötzlich vor mir sah. Schon damals schwante mir, daß ich weich werden würde, obwohl diese Insel es bei Gott nicht wert ist, daß man dafür stirbt. Aber ich kenne Sie, Dick, und Ihre Wertmaßstäbe. Sie werden sich nie ändern.«

Ein breites Grinsen ging über sein Gesicht und machte ihn für Augenblicke wieder zu dem Mann, der er einst gewesen war:

Offizier an Bord der kleinen Korvette in eben diesen Gewässern.

Dann humpelte er davon, und Bolitho hörte den Midshipman der Wache das Boot für ihn längsseits rufen.

Bolitho lehnte sich an die Bordwand und sah auf seine Hände nieder; er hatte ein Gefühl darin, als zitterten sie.

Allday trat aus der Tür zur Schlafkajüte, als hätte er die ganze Zeit dahinter gelauert, um einen Überfall auf Bolitho abzuwehren.

»Das ist mir schwergefallen, Allday.« Bolitho lauschte immer noch dem dumpfen Klopfen des Holzbeins nach. »Und ich fürchte, es wird noch schwerer für den Jungen, für Adam.«

Allday verstand kein Wort. Der Mann namens Tyrrell war ein alter Freund des Admirals, jedenfalls wurde das behauptet. Trotzdem schien er eher eine Drohung zu verkörpern, und deshalb war er heilfroh, ihn los zu sein.

Doch Bolitho sprach schon weiter. »Ich habe mich verändert, seit ich weiß, daß ich eine Tochter habe.«

Allday atmete auf; die trübe Stimmung war verflogen.

»Eins ist mal sicher, Sir: Sie bringt endlich Abwechslung in die Familie. Zwei Bolithos auf hoher See sind für uns mehr als genug, das steht fest.«

Einen Augenblick fürchtete Allday, jetzt doch zu weit gegangen zu sein, aber Bolitho antwortete mit einem Lächeln: »Also, dann brechen wir doch einer Flasche den Hals und trinken auf die Gesundheit der jungen Dame, einverstanden?«

Oben an Deck hörte Adam Alldays rauhes Lachen aus dem Skylight schallen und umfaßte die Reling in plötzlicher Erregung. Beim Blick über die allmählich dunkler werdende Reede konnte er *Vivids* Ankerlicht erkennen und den schwachen Schimmer einer Laterne hinter den Kajütfenstern.

Bald – und viel früher, als er zu hoffen gewagt hatte – würde er also Robina wieder in die Arme schließen können. Er spürte ihre Lippen, als hätte sie ihn eben erst geküßt, und roch ihr Parfüm, als stehe sie neben ihm.

Wie froh war er, daß Bolitho sich doch noch entschlossen hatte, seinem alten Freund zu vertrauen! Es würde interessant werden, wieder seinen Geschichten aus alten Zeiten zu lauschen, sobald sie erst Segel gesetzt und San Felipe hinter sich gelassen hatten.

Der Erste Offizier ging seine Abendronde und gewahrte Adams Silhouette vor dem dämmrigen Himmel.

Da ballte Quantock die Fäuste. Es war aber auch zu unfair! *Ihm* hätte man die Brigg geben müssen, ganz gleich für wie kurze Zeit. Zur Hölle mit ihnen allen! Wenn *Achates* in ihrem jetzigen Zustand nach England zurückkehrte, wurde sie bestimmt außer Dienst gestellt wie die meisten anderen Schiffe der Flotte. Quantock wußte, daß er dann wie ein Fisch auf dem Trockenen landen würde, nur einer von den vielen überzähligen Marineoffizieren, für die nirgends ein Posten frei war.

Er fluchte in den dämmerigen Abend. Verdammter Frieden! Krieg brachte zwar Gefahren, zugleich aber viele Chancen auf Beförderung und Auszeichnung.

Chancen, wie sie die Bolithos dieser Welt immer hatten und haben würden. Er ließ den Blick über das leere Deck wandern. Aber die Reihe würde auch an ihn kommen.

Träge schwojte *Achates* in ihrer Ankertrosse und wartete wie die Verwundeten im Schiffslazarett darauf, daß die Spuren des Gefechts verheilten.

Die Messe im Zwischendeck war überfüllt. Zwischen den mächtigen Kanonen saßen die Matrosen und Soldaten im Schein der Öllampen, klönten oder widmeten sich ihrem sorgsam gehüteten Rumvorrat. Hier und da schnitzten schwielige Finger überraschend feinfühlig an einem kleinen, detailgetreuen Modell oder an einer Muschelschale herum. Ein Matrose, der schreibkundig war, hockte dicht unter einer Lampe, während daneben ein Kamerad ihm mühsam einen Brief an seine Frau in England diktierte. Im Quartier der Seesoldaten säuberte man die Waffen oder dachte an das letzte Gefecht, vielleicht auch an das bevorstehende; denn obwohl niemand davon sprach, wußten alle, daß es nicht zu vermeiden war.

Unten im Orlopdeck war die Luft zum Schneiden dick. Der Schiffsarzt James Tuson wischte sich die Hände und sah zu, wie abermals einem Schwerverwundeten die Decke übers Gesicht gezogen wurde; die Arztgehilfen hoben ihn an und trugen ihn hinaus. Besser für ihn, daß er tot war, dachte Tuson. Bei einer doppelten Beinamputation...

Er ließ den Blick durch sein kleines Lazarett schweifen, diese Stätte des Elends. Warum? fragte er sich. Wozu das alles?

Die Matrosen fochten nicht für König und Land, wie die Landratten immer so gern glaubten. Der Chirurg fuhr jetzt schon zwanzig Jahre zur See und wußte es besser. Sie kämpften für ihre Kameraden, für ihr Schiff und manchmal für ihren Anführer. Ihm fiel Bolitho ein, den er mit erschüttertem Gesicht an Deck hatte stehen sehen, als ihn die Mannschaft hochleben ließ, obwohl er sie in den Tod schickte. Ja, auch für *ihn* würden sie kämpfen.

Er duckte sich unter den schweren Decksbalken und wollte weitergehen, da spürte er, daß jemand sein Bein packte.

Tuson bückte sich. »Was ist denn, Cummings?«

Ein Gehilfe leuchtete ihm mit der Laterne, so daß er den Verwundeten besser sehen konnte. Ein Eisensplitter hatte ihn in die Brust getroffen – ein Wunder, daß er noch lebte.

Der Mann namens Cummings flüsterte: »Danke, daß Sie sich um mich gekümmert haben, Sir«. Dann verlor er das Bewußtsein.

Tusons Gefühle waren abgestumpft, dazu hatte er schon zu viele Männer sterben gesehen oder zu Krüppeln werden; aber die simplen Dankesworte des Matrosen durchbrachen seinen Schutzpanzer und schüttelten ihn wie Fäuste.

Bei der Arbeit am Operationstisch war er zu beschäftigt, als daß er an das Kanonenfeuer oder Kampfgetümmel oben auch nur einen Gedanken verschwenden konnte. Der Strom der Verwundeten, die ihm ins Orlopdeck gebracht wurden, schien niemals ein Ende zu haben. Kaum daß er den Blick zu den blutigen Schürzen seiner schweißgebadeten Gehilfen hob. Kein Wunder, daß man seine Zunft mit Metzgern verglich. Hier ein Bein ab, dort ein Arm, während der nackte Körper mit roher Gewalt auf dem Tisch festgehalten wurde, damit er sägen und hacken konnte, taub für das Gebrüll der Gemarterten.

Aber hinterher, in solchen Augenblicken wie jetzt, setzte auch bei ihm die Reaktion ein. Dann fühlte er sich beschämt darüber, daß er so wenig für sie tun konnte; daß sie ihm auch noch dankbar waren.

Der Arztgehilfe ließ die Laterne sinken und wartete geduldig.

Tuson setzte seinen Rundgang fort und verdrängte das verführerische Bild der Schnapsflasche aus seinen Gedanken. Wenn er dieser Versuchung erlag, war er verloren. Vor ihr hatte er sich ursprünglich auf See geflüchtet.

Irgendwo aus dem Halbdunkel kam ein schriller Aufschrei.

»Wer war das?«

»Larsen, Sir, der große Schwede.«

Tuson nickte. Er hatte dem Mann einen Arm amputiert. Der Schrei ließ eine Wendung zum Schlechteren vermuten. Vielleicht Wundbrand. In diesem Falle...

»Hebt ihn auf den Tisch«, befahl er knapp.

Tuson war wieder ruhig und Herr der Lage. Er wartete, bis die Gestalt auf dem Operationstisch ausgestreckt dalag. Also ein Schwede. Aber was zählte schon die Nationalität eines Matrosen?

»Na denn, Larsen...«

Bolitho stand neben Keen an Deck, als *Vivid* von ihrer Muring loswarf und langsam auf die Hafenausfahrt zukreuzte.

Er hob ein Teleskop und suchte das kleine Schiff vom Bug bis zum Heck ab, bis er Adam neben Tyrrells vierschrötiger Gestalt am Ruder stehen sah; er wirkte sehr schneidig in seiner Uniform.

Was ihn in Boston erwartete, würde ihm wehtun, aber nicht das Herz brechen. Bolitho wußte jetzt, daß er sich nicht einmischen durfte; er mußte riskieren, daß Adam sich gegen ihn wandte.

Keen schien seine Gedanken zu erraten. »Vielleicht trifft er die Kleine gar nicht, Sir«, sagte er tröstend.

Bolitho ließ das Glas sinken und die Brigantine damit wieder zu einem fernen kleinen Spielzeugschiff werden.

»Er wird schon dafür sorgen. Ich weiß genau, wie ihm zumute ist. Sehr genau.«

Vivid glitt hinter dem Vorland außer Sicht, nur ihr Toppsegel war noch zu erkennen. Dann, als sie auf den anderen Bug ging, verschwand auch dieses.

Keen hegte Bolitho gegenüber großen Respekt, aber er konnte einfach nicht verstehen, warum er gutes Geld verschwenden wollte, nur um Tyrrell zu dem Schiff zu verhelfen. Der sollte sich glücklich schätzen, daß er dem Strick entronnen war. Aber dann gewahrte er Bolithos traurigen Gesichtsausdruck und begriff, daß kein Dritter jemals die besondere Beziehung zwischen diesen beiden Männern durchschauen würde.

Bolitho wandte der See den Rücken.

»Und wir müssen jetzt an die Verteidigung dieser Insel gehen, Val.« Er ballte die Faust. »Wenn ich doch nur ein paar Schiffe mehr hätte! Dann könnte ich auslaufen und sie mit geladenen Kanonen erwarten.«

Keen schwieg. Bolitho rechnete also fest mit einem Überfall. Der Friede von Amiens hatte hier draußen ja auch keinerlei Bedeutung, schon gar nicht für die Spanier. Nachdenklich starrte er zur glitzernden Kimm hinaus und überlegte, welch gefährliches Spiel Rivers getrieben hatte, als er Amerikaner und Spanier gegen England aufgestachelt hatte. Gefährlich vor allem für *Achates,* die nun dafür bezahlen mußte.

Aufmunternd schlug ihm Bolitho auf die Schulter. »Warum denn so grimmig, Val? Wir wollen doch dem Unvermeidlichen ins Gesicht sehen.«

Er schien so guter Laune zu sein, daß Keen seine Depression sofort abschüttelte.

»Womit möchten Sie beginnen, Sir?« fragte er.

Stimmungen waren ansteckend, das hatte Keen schon oft erlebt. Auch damals, als er in dem Gefecht beinahe ums Leben gekommen wäre, hatte man von einer Friedenszeit gesprochen.

»Wir beschaffen uns Pferde und besichtigen erst einmal die ganze Insel. Dabei vergleichen wir jede Landmarke mit Mr. Knockers Karte oder anderem Kartenmaterial, das wir hier auftreiben können.« Bolitho deutete auf den Dunst, hinter dem sich der Gipfel des Vulkans verbarg. »Diese Insel ist ein fetter Brokken, Val. Und die hungrige Meute schließt schon den Kreis um uns.«

Die Besorgnis seines Flaggkapitäns war Bolitho nicht entgangen. Wenn schon Keen davor zurückschreckte, um San Felipe einen Krieg ohne Kriegserklärung zu führen, dann mußte es seiner Besatzung noch mehr widerstreben.

Den Ritt um die Insel brauchte Bolitho im Grunde nicht, er hatte die Stärken und Schwächen für eine Verteidigung von der Karte her im Kopf. Aber es war notwendig, daß er Keen und den anderen seinen Widerstandswillen demonstrierte. Und seine Entschlossenheit, die Insel zu halten, bis sich eine günstigere Wendung ergab.

Seine Schenkelwunde juckte bei dem feuchtwarmen Wetter, und es verlangte ihn danach, sie zu reiben.

Warum bedrückte ihn die Aussicht auf eine Belagerung oder einen offenen Angriff? Sorgte er sich Belindas wegen oder weil der Ausgang der Schlacht ungewiß war?

Plötzlich sah er sich wieder in Sir Hayward Sheaffes stillem Dienstzimmer in London. Hier, zu Füßen der Festung und des erloschenen Vulkans, war es für ihn wie die Erinnerung an eine andere Welt. Trotzdem klangen ihm Sheaffes klare Worte immer noch in den Ohren: »Ihre Lordschaften benötigen für diese Aufgabe einen ebenso taktvollen wie tapferen Mann.«

Und dann dachte Bolitho an des kleinen Evans' Gesicht, als der namenlose Zweidecker in Flammen aufgegangen war; an den Schrecken und das Entsetzen in den toten Zügen des Trommlerbuben. Und er dachte an Duncan und die vielen anderen, die er gar nicht gekannt hatte.

Taktvoll konnte er später immer noch sein.

XIII Ein Feiertag

Adam Bolitho stand in Jonathan Chases Bibliothek am Fenster und starrte hinaus auf die endlos heranrollenden, gischtgekrönten Brecher der Massachusetts Bay. Erst vor einer Stunde war er in *Vivids* Beiboot gelandet und von Chases erstauntem Agenten in Empfang genommen worden. Wie er bald merkte, hatte *Vivids* Rückkehr unter britischer Flagge in ganz Boston Aufsehen erregt.

Adam kam es vor, als träume er. Chase hatte ihn begrüßt, wirkte aber zurückhaltend und nahm den dicken Umschlag nur zögernd an, den Adam ihm von seinem Onkel überbrachte.

Er schauderte in der kühlen Herbstluft Neuenglands und dachte seltsam schuldbewußt an das warme San Felipe. Schlimm, daß ihm alles so unwirklich schien. Aber da stand er nun, und Chase hatte sich entschuldigt, um Bolithos Brief zu lesen; vorher hatte er noch wie beiläufig erwähnt, daß Robina sich mit ihrer Mutter in Boston aufhielt und vielleicht bald vorbeikommen würde.

Adam wandte sich um und ließ den Blick über die Gemälde und nautischen Antiquitäten des geschmackvollen Zimmers schweifen. Es war der richtige Rahmen für einen Mann wie Chase, den ehemaligen Seemann – und ehemaligen Feind –, der jetzt ganz hier verwurzelt war.

Ihre Zehn-Tages-Reise von San Felipe nach Boston war ganz anders verlaufen als die Hinfahrt, auf der er sich die Zeit im Gespräch mit Jethro Tyrrell so angenehm vertrieben hatte. Diesmal hatte er trotz der Enge an Bord kaum ein Wort mit Tyrrell wechseln können, höchstens über das Wetter und ihre Navigation.

Warum hatte sein Onkel angeboten, *Vivid* für Tyrrell zu erwerben, und weshalb sollte Chase sie verkaufen wollen? All das konnte er sich nicht erklären. Aber es scherte ihn auch wenig – jetzt, da er wieder in Boston war und Robina wiedersehen würde.

»Tut mir leid, daß ich Sie warten ließ.«

Chase war ein kräftig gebauter Mann, aber dennoch lautlos wic eine Katze wieder ins Zimmer gekommen.

Nun nahm er bedachtsam Platz und begann: »Ich habe den Brief Ihres Onkels gelesen und veranlaßt, daß der zweite Brief, den er beigelegt hatte, sofort zu Sam Fane in die Hauptstadt gebracht wird.« Nachdenklich musterte er den Leutnant. »Mich wundert nur, daß er *Sie* damit gesandt hat.«

Adam hob die Schultern; darüber hatte er sich noch keine Gedanken gemacht.

»Hm. Ihr Onkel versichert mir, daß er Politik verabscheut, dennoch scheint er sich ausgezeichnet darauf zu verstehen.« Ohne dies näher zu erläutern, fuhr Chase fort: »Wie Sie beim Einlaufen zweifellos bemerkten, haben die französischen Kriegsschiffe Boston verlassen. Gerüchte verbreiten sich eben mit Windeseile. Der französische Admiral schien jedenfalls nicht auf einer schnellen Rückgabe San Felipes durch die Briten zu bestehen, solange die Lage dort unten noch unklar ist.«

»Aber Frankreich und Spanien waren doch schon oft verbündet, Sir.«

Zum ersten Mal lächelte Chase. »Frankreich würde Spanien gewiß als Bundesgenossen brauchen, wenn es wieder zum Krieg mit England käme. Falls es also über San Felipe wirklich einen

Konflikt geben sollte, dann möchten die Franzosen keineswegs als die Schuldigen dastehen. Es käme ihnen sehr zupaß, wenn die britischen Schiffe sich diskret zurückziehen würden, nachdem sie alle Ansprüche Spaniens auf San Felipe tapfer zurückgewiesen haben. Dann – und erst dann – wird für den französischen Admiral der rechte Zeitpunkt sein, die Insel zu übernehmen und einen Gouverneur einzusetzen.«

Adam erwiderte: »Es scheint mir verwerflich, so mit Menschenleben zu spielen.«

Chase nickte. »Da mögen Sie recht haben, aber San Felipe ist ein hoher Einsatz. Im Krieg wie im Frieden beherrscht es einen wichtigen Schiffahrtsweg. Meine Regierung würde es lieber im Besitz eines befreundeten Landes sehen, am liebsten unter unserem eigenen Schutz. Und genau das hatte Sir Humphrey Rivers vorgeschlagen. Aber da Sie Vizeadmiral Bolithos Adjutant sind, wissen Sie das alles zweifellos. Ich merke, daß Sie diese Zusammenhänge genauso schnell durchschauen wie Ihr Onkel, also muß Ihnen auch klar sein, daß es Rivers trotz seiner Loyalitätsbezeugungen für König Georg vor allem um seinen eigenen Vorteil geht. Er brachte eine gefährliche Karte ins Spiel, als er das Schicksal der Insel mit Spanien erörterte oder – um genau zu sein – mit dem spanischen Befehlshaber in La Guaira. Geteilte Geheimnisse sind keine Geheimnisse mehr.« Chase seufzte tief auf. »Außerdem läßt sich ein Tiger nicht aufs Teilen ein.«

Chase war sich jetzt Adams voller Aufmerksamkeit sicher. Er fuhr fort: »Ich kann offen mit Ihnen sprechen, weil keiner von uns beiden auf diese Affäre entscheidenden Einfluß hat. Das spanische Interesse blieb mir nur deshalb nicht verborgen, weil ich sowohl mit dem Befehlshaber in La Guaira wie auch mit seinem Nachbarn in Caracas Geschäftsbeziehungen unterhalte. Beide waren schon immer der Ansicht, daß ihre Regierung den Anschluß an die rapide Ausweitung ihres Imperiums in Südamerika verloren hat. Woche für Woche bringen die Sklavenschiffe mehr Arbeiter für die Bergwerke und Plantagen; unterwegs begegnen sie wahrscheinlich den bis ans Schanzkleid mit Gold beladenen Galeonen, die auf dem Weg nach Spanien sind. In der Vergangenheit hat San Felipe ihre Bewegungsfreiheit eingeschränkt. Dem wollen sie in Zukunft einen Riegel vorschieben.«

Adam sah im Geiste plötzlich *Achates* im Hafen von San Felipe vor sich, halb abgetakelt für Reparaturen, die Mannschaft überfordert mit Arbeiten, die das Geschick erfahrener Werfthandwerker verlangt hätten.

»Dieser Zweidecker...« rief er aus.

Chase lächelte grimmig. »Den Sie versenkt haben? O ja, Leutnant, darüber haben mir meine Informanten alles berichtet. Das war die *Intrepido,* frisch überholt in Cadiz und stark genug bewaffnet, um es mit jedem Narren aufzunehmen, der ihr in die Quere kommen wollte. Ein Freibeuter, ein gekaufter Abenteurer – nennen Sie ihn, wie Sie wollen. Aber ihr Kommandant hatte Anweisung, jeden Widerstand zu brechen und die Insel in Besitz zu nehmen. Später sollte ein beamteter Gouverneur installiert und die spanische Flagge gehißt werden, wobei weder von den Briten noch von den Franzosen nennenswerte Gegenmaßnahmen erwartet wurden. Ihrer Regierung wäre es peinlich gewesen, wegen dieser aussichtslosen Sache noch mehr Zeit und Menschenleben zu opfern, und auch die Franzosen würden sich nicht dagegen sperren, weil sie sich damit Spanien für künftige Zwecke zum Schuldner machen konnten.« Er lehnte sich bequem in seinem Stuhl zurück und schloß: »Erklärt das nicht alles?«

Adam nickte verwirrt; doch die scheinbare Stichhaltigkeit dieser grausam simplen Überlegungen ekelte ihn an.

Chase fuhr fort: »Aber nichts ist so einfach, wie es scheint. Die Spanier dachten schnell, raffiniert und skrupellos, doch sie machten die Rechnung ohne Ihren dickköpfigen Onkel. Trotzdem ist er zu bedauern. Er steht als einziger zwischen den Spaniern und ihrer Gier nach San Felipe. Wie ich annehme, war all dies schon in England bekannt, bevor man ihn ausschickte. Es ist nicht als Beleidigung gedacht, wenn ich sage, daß die Briten bei ihren Verhandlungen ziemlich hinterhältig vorgehen können. Für manche Leute zählt Selbstachtung eben nicht, wenn es um Dinge geht, die sich auf der anderen Seite der Welt abspielen. Habe ich recht?«

»Ich kann es nicht glauben, Sir. Mein Onkel wird ihnen die Stirn bieten.«

Chase wirkte plötzlich besorgt. »Gewiß, davon bin ich überzeugt. Aber was kann er erreichen, wenn die Bevölkerung der Insel nicht hinter ihm steht? Auf verlorenem Posten kämpfen?«

Adam ballte die Fäuste so fest, daß sich die Nägel schmerzhaft in sein Fleisch gruben. »Genau das!«

Chase wandte den Blick ab, als könne er Adams Verzweiflung nicht mitansehen. »Dann helfe ihm Gott.«

In diesem Augenblick schwang die Tür auf, und Adam hörte Robinas aufgeregte Stimme fragen: »Wo hast du ihn versteckt, Onkel? Und was soll das ganze Gerede über einen Verkauf der *Vivid?* Sie ist doch eines deiner Lieblingsschiffe!«

Sie fuhr herum, erkannte Adam neben dem Fenster und schrie in freudiger Überraschung leise auf.

»Da bist du ja!« Sie lief auf ihn zu und küßte ihn leicht auf die Wange. »Jetzt wird alles gut!«

Adam wagte nicht, sie zu berühren oder zu umarmen, denn er sah über ihrer Schulter Chases umwölkte Miene.

Ernst sagte ihr Onkel: »*Vivid* war schon immer etwas zu klein für meine Zwecke. Tyrrell hat sie mehr als verdient.«

Er ließ Adam nicht aus den Augen und versäumte es, den von Bolitho entrichteten Kaufpreis zu erwähnen. Langsam schritt er zur Tür, den Blick immer noch auf das junge Paar am Fenster gerichtet.

Er sah keine Möglichkeit, es ihnen schonend beizubringen; deshalb war sein Ton fast grob, als er fortfuhr: »*Vivid* muß noch vor Anbruch der Nacht den Anker lichten. Unser Leutnant hier hat seinem Onkel wichtige Nachrichten zu überbringen. Ist's nicht so?«

Langsam nickte Adam; er verabscheute Chase und bewunderte ihn doch.

Wie lange sie so dastanden, konnte er später nicht sagen. Er preßte Robina an sich, murmelte Unverständliches in ihr Haar, während sie seine Schultern umklammert hielt, als wehre sie sich mit Gewalt gegen das Unbegreifliche.

Schließlich lehnte sie sich in seinen Armen zurück und starrte zu ihm auf. »Warum?« fragte sie. »Was ist daran denn so wichtig? Wir sind endlich wieder zusammen, mehr wollten wir doch nicht. Also warum mußt du schon wieder fort?«

Adam wischte eine blonde Haarsträhne aus ihren Augen und sah seine Hoffnung, sein Glück, verrinnen wie Sand im Stundenglas.

»Ich muß zurück nach San Felipe, Robina«, sagte er. »Dein

Onkel kennt den Grund. Er kann es dir besser erklären als ich.«

In ihren Augen blitzte plötzlich Zorn auf. »Was geht das alles dich an? Du bist doch bloß Leutnant, weshalb sollte er dich mit hineinziehen?« Sie versuchte, sich ihm zu entwinden, aber Adam hielt sie fest.

»Es hat schwere Kämpfe gegeben. Mein Schiff hat den Gegner versenkt, wurde dabei aber selbst stark beschädigt.« Er spürte, wie alle Kraft sie verließ, als sie die Bedeutung seiner Worte erfaßte. »Mein Onkel hat herausgefunden, welche Gefahr der Insel drohte und wer sie heraufbeschwor. Er hat mich mit Depeschen zu deinem Onkel nach Boston gesandt, damit diese Informationen umgehend an euren Präsidenten weitergeleitet werden.«

Ihre Augen hingen an seinem Gesicht. »Aber weshalb wird mein Onkel da mit hineingezogen, meine Familie?«

Resigniert hob Adam die Schultern. »Weil er schon damit befaßt war. Er kannte seit langem die Absichten Spaniens, das hat er gerade indirekt zugegeben. San Felipe unter französischer oder britischer Flagge zu wissen, würde deinem Land offenbar wenig behagen. Aber da mein Onkel all diese widerstreitenden Interessen jetzt ans Licht gebracht hat, wird sich keine der Parteien in seinen Konflikt mit den Spaniern einmischen.« Adam konnte seine Verbitterung nicht unterdrücken. »Also steht mein Onkel ganz allein da, wenn er seine Pflicht tut.«

Sie machte einen Schrtitt von ihm weg und sagte, ohne ihn anzusehen: »Dann planst du also nicht mehr, dir hier bei uns ein neues Leben aufzubauen?«

»Aber so ist es doch nicht! Ich liebe dich von ganzem Herzen.«

»Und trotzdem schlägst du mir das ab?«

Adam trat auf sie zu, doch sie wich zwei Schritte vor ihm zurück. »Es ist meine Pflicht...«

Da hob sie den Blick zu ihm, in ihren Augen funkelten Tränen. »Pflicht! Was kümmert mich das! Wir sind beide jung, so jung wie dieses Land, weshalb willst du uns also unglücklich machen – für etwas ganz Sinnloses?«

Adam hörte Schritte im Korridor, die schweren von Chase und die leichteren einer Frau: Robinas Mutter.

Als die beiden durch die Tür traten, war Chases Gesicht streng und verschlossen, das der Frau bleich vor Sorge.

Ohne Umschweife fragte Chase: »Also, haben Sie's ihr gesagt?«

Adam begegnete seinem Blick offen. »Das meiste, Sir.«

»Aha.« Chase schien erleichtert zu sein. »Ihr Mr. Tyrrell hat es eilig mit dem Auslaufen. Der Wind krimpt...« Er ließ den Satz unvollendet.

»Ja, gleich.« Adam wandte sich noch einmal dem Mädchen zu, die beiden anderen Menschen im Raum sofort vergessend. »Jedes Wort eben war mein voller Ernst, Robina. Eines Tages komme ich zurück, und dann...«

Sie blickte zu Boden. »Dann wird es zu spät sein.«

Chase nahm Adams Arm und bugsierte ihn durch die geschmackvoll getäfelte Halle. Ein schwarzer Lakai öffnete die Haustür, und Adam sah vor sich den kalten blauen Streifen der See und den Himmel darüber, der ihn zu verspotten schien.

Leise sagte Chase: »Bitte, glauben Sie mir, daß ich das sehr bedaure. Aber es ist besser so, das werden Sie eines Tages begreifen.«

Geistesabwesend schritt Adam die Treppe hinunter und sah Tyrrell schon am Tor warten. Dieser studierte aufmerksam das Gesicht des Näherkommenden und fiel dann mit seinem Holzstumpf neben ihm in Schritt.

»Also haben Sie sich entschieden?«

»Man hat für mich entschieden.« Adam sah kaum, wohin er den Fuß setzte, so beschäftigt war er mit seinem Schmerz, seiner Verzweiflung.

»Da wäre ich mir nicht so sicher, Leutnant.« Tyrrell warf ihm einen Seitenblick zu. »Aber ich weiß, wie Ihnen zumute ist.«

Adam wurde zornig. »Woher plötzlich dieses Mitgefühl? Auf dem Weg hierher haben Sie doch kaum das Wort an mich gerichtet!«

Tyrrell grinste. »Da wußte ich noch nicht, woran ich mit Ihnen war. Sie hätten sich ja auch hier ins warme Nest setzen können.«

Als die verankerte Brigantine vor ihnen auftauchte, beschleunigte er den Schritt. »Aber Ihre Treue war nicht käuflich, Leutnant. Da ging's Ihnen nicht anders als mir.«

Nebeneinander warteten sie an der Pier auf das Boot, das sie zur *Vivid* übersetzen sollte.

Dabei glitt Tyrrells Blick immer wieder von Adam zu seinem neuen Schiff hinüber. Er kannte sich aus mit gebrochenen Herzen, hatte das selbst mehr als einmal erlebt. Aber ein eigenes Schiff war etwas ganz anderes.

Mit rauher Freundlichkeit schlug er dem Leutnant auf die Schulter. »Also los, junger Freund, ausnahmsweise stehen Wind *und* Tide endlich einmal günstig für uns.«

Adam zögerte noch; er blickte sich um, aber das Haus war schon von anderen Gebäuden verdeckt. Ihm kam wieder in den Sinn, was er Robina erst vor wenigen Minuten gesagt hatte: »Ich liebe dich von ganzem Herzen.«

Daß er die Worte laut ausgesprochen hatte, wurde ihm erst klar, als er Tyrrells mitfühlende Stimme sagen hörte: »Das geht vorbei. Nur seine Träume vergißt man nie.«

Bolitho nahm die letzten Steinstufen zur Brustwehr des Forts im Eilschritt und bemerkte mit Genugtuung, daß er nicht außer Atem gekommen war. An Land bekam man doch mehr körperliche Bewegung als an Bord.

Es war noch früh am Morgen und angenehm kühl nach der schweren nächtlichen Regenbö. Typisches Wetter für die Inseln dieser Gegend, dachte er. Regengüsse bei Nacht, und eine Stunde nach Sonnenaufgang schon so starke Hitze, daß alles wieder knochentrocken wurde.

Leutnant George Lemoine, der den Trupp des 60. Infanterieregiments befehligte, griff grüßend zum Hut. »Ich hörte, daß Sie schon früh auf den Beinen sind, Sir«, lächelte er.

Bolitho beugte sich über die Brüstung und blickte auf das schimmernde Wasser des Hafens hinunter. Ein großer Teil lag noch im Schatten, aber bald mußte die Sonne über den Vulkangipfel steigen; dann würden die Schiffe wie die Stadt dahinter im Hitzeglast verschwimmen. Er sah *Achates'* schwarzen Rumpf mit den hellbraunen Streifen der Batteriedecks und fragte sich, ob Keen immer noch über den endlosen Vorratslisten grübelte.

Ihr Frischproviant wurde allmählich knapp; und Trinkwasser mußte Faß für Faß von den Seeleuten an Bord geschafft werden. Die Inselbewohner rührten immer noch keinen Finger für die

Briten, sondern beriefen sich auf ihre Armut, wenn Früchte oder Obstsäfte für die Besatzung besorgt werden sollten.

Bolitho hatte sein Bestes getan, um mit der Bevölkerung in Kontakt zu kommen. Das Ausweglose ihrer Situation war ihm durchaus klar. Die Pflanzer und Händler verübelten ihm, daß ihre Schiffe weder aus- noch einlaufen konnten und daß Frachtsegler, die Waren nach San Felipe brachten, durchsucht werden mußten, ehe man sie auf Reede ankern ließ. Selbst eine vollbesetzte Garnison und mehrere Kriegsschiffe wären pausenlos beschäftigt gewesen mit dieser Aufgabe, die Lemaines Soldaten und die Marineinfanteristen jetzt ganz allein bewältigen mußten.

Bolitho holte tief Atem. Unten lag seine Barkasse an der Pier des Forts, wo er vor drei Monaten Rivers zum erstenmal gegenübergetreten war. Nun schrieben sie Ende September, und Adam wurde stündlich zurückerwartet. In *Vivid.* Hatte er sie Tyrrell zur Belohnung oder als Bestechung geschenkt? Ganz klar war er sich immer noch nicht über seine Motive.

Und Bolitho dachte auch an Falmouth: herbstliches Laub in roten und braunen Farbtönen, abends dann der Duft der Holzfeuer; tüchtig und zuversichtlich gingen die Leute ihrem Tagwerk nach, denn Schiffe wie *Achates* sicherten ihnen den Frieden.

Von Belinda war kein weiterer Brief gekommen, aber schließlich hatten ihn von nirgendwo neue Nachrichten erreicht. Die Insel schien vom Rest der Welt abgeschnitten zu sein, auch wenn die Ausguckposten gelegentlich fern am Horizont die Toppsegel unidentifizierter Kriegsschiffe gemeldet hatten.

Vielleicht war alles längst vorbei? Das unvermutete Aufspüren des versteckten Zweideckers und seine Versenkung konnten die Angriffsgelüste der Spanier erstickt haben.

Aber die Ungewißheit kostete Bolitho Nerven und Schlaf. Er hatte sich angewöhnt, in der Morgenkühle über die Insel zu reiten oder dem Fort einen Besuch abzustatten, und sei es nur, um der Besatzung zu zeigen, daß sie nicht vergessen war.

Manchmal fragte er sich, ob die Kunde von den Ereignissen um San Felipe schon bis in die Straßen Londons oder aufs Land gedrungen war. Würde Belinda dann begreifen, was hier wirklich vorging? Bestimmt gab es genug Neider, die sein Vorgehen nur als Bemühen interpretieren würden, den Verlust von Duncans *Sparrowhawk* zu verschleiern.

Der Ruf eines Wachtpostens riß Bolitho aus seinen Gedanken. »Kanonenfeuer, Sir! Östlich von hier.«

Lemoine straffte sich. »Bei Gott, er hat recht.« Durch die gewölbten Hände rief er: »Korporal der Wache, geben Sie Alarm!«

Schon sah Bolitho die Rotröcke aus ihren Kasematten unterhalb der Festungsmauern rennen.

Die Kanonenschüsse hatten wahrscheinlich nicht viel zu bedeuten, waren vielleicht nur eine Geste ohnmächtigen Trotzes von einem weit draußen passierenden spanischen Schiff. Aber man durfte nichts riskieren.

Er sah sich um und gewahrte im Schatten des Wachtturms Midshipman Evans, der schon ein Teleskop aus seinem Futteral zog. Es war fast unheimlich, wie der Junge jedem seiner Schritte folgte und stets zu erraten schien, was er als nächstes tun würde.

Doch war es noch nicht hell genug, um weit über das Vorland hinaussehen zu können. Oder doch? Ja, da war es: das von der Unterseite einer Wolke reflektierte Aufblitzen. Und noch eines. Zu sporadisch für ein Seegefecht. Also wahrscheinlich eine Verfolgungsjagd.

Bolitho winkte Evans heran. »Verständigen Sie das Wachboot, man soll *Achates* vorwarnen. Eine Empfehlung an Kapitän Keen, und ich lasse ihm ausrichten, daß wir Gesellschaft bekommen, noch ehe der Tag voll angebrochen ist.«

Er sah Crocker, den Artilleriemaat der *Achates,* auf der oberen Bastion herbeilaufen, gefolgt von keuchenden Soldaten.

Crocker, wahrscheinlich der älteste Mann an Bord, war mit seinem dünnen weißen Nackenzopf und seltsam hüpfenden Gang ein richtiges Original. Seit ihn etwa in Adams Alter ein Splitter ins linke Auge getroffen hatte, war er darauf fast blind. Doch mit dem rechten Auge sah er so scharf wie ein Falke, und wenn er einen Kanonenlauf ausrichtete und abfeuerte, traf er besser als eine ganze Crew. Er verstand sich auch aufs Kugelerhitzen, und Bolitho glaubte schon die beißenden Schwaden zu riechen, die von den hinter der Brüstung aufgestellten Essen aufstiegen.

Crocker schien überrascht, seinen Vizeadmiral auf der Bastion anzutreffen. Grüßend tippte er sich an die Stirn und drehte dann seine Mütze herum, damit er besser durch die Schießscharten spähen konnte. Jetzt sah er noch verwegener aus, und Bolitho konnte es seinen Stückführern leicht nachfühlen, daß sie ihn wie die Pest fürchteten.

»Feiner Morgen für 'ne Ballerei, Sir!«

Bolitho mußte lächeln. »Halten Sie sich bereit.«

Lemoine sah dem davonhastenden Crocker nach. »Der hat meine Männer ziemlich in Trab gehalten, Sir.«

Von der Kirche in der Stadt klang Glockengeläut herüber, dünn und melancholisch in der feuchten Morgenluft.

»Was bedeuten die Glocken, Mr. Lemoine?« Bolitho hielt sein Teleskop auf das ferne Schiff gerichtet.

Der Leutnant unterdrückte ein Gähnen. Er hatte bis nach Mitternacht mit seinem Stellvertreter Karten gespielt – und verloren.

»Hier auf der Insel leben viele Katholiken, Sir«, antwortete er. »Die Glocken rufen zur Morgenandacht.« Als Bolitho schwieg, fügte er noch erläuternd hinzu: »Heute ist ein Feiertag für sie, der Namenstag von St. Damian.«

Lemoine ging ohne Scheuklappen durch die Welt, dachte Bolitho zufrieden. Im Gegensatz zu manchen Offizieren, für die außerhalb ihres eigenen engen Befehlsbereichs nichts anderes existierte.

Wieder Kanonenfeuer. Es klang, als versuchten sie, ein Schiff am Einlaufen zu hindern. Adam fiel ihm ein. Nein, ihn betraf es bestimmt nicht. Tyrrell war ein viel zu alter Fuchs, um sich so früh fangen zu lassen.

Er schwenkte das Glas zum anderen Vorland herum, das sich eben aus dem Schatten schälte. An seinem felsigen Fuß erkannte er schon die weiße Brandung und weiter draußen die Kette größerer Felsblöcke, die ins Meer hinausragte und den bezeichnenden Namen Cape Despair, Kap der Verzweiflung, trug.

Schritte polterten die Treppe herauf, und ein Melder erstattete Lemoine bellend Bericht. Der Leutnant wandte sich an Bolitho: »Meldung vom Flaggschiff, Sir: alle Boote ausgesetzt und Patrouillen alarmiert.«

Bolitho konnte sie vor sich sehen, die kleinen Truppen der Marineinfanteristen, verstärkt durch ein paar Freiwillige der Inselmiliz. Eine kleine Streitmacht, aber wenn sie geschickt eingesetzt wurde, konnte sie wenigstens verhindern, daß durch den Riffgürtel Stoßtrupps angelandet wurden. Abgesehen davon gab es nur eine Zufahrt, eine sichere, und das war der Weg, den Keen nachts gewählt hatte. Aber wenn der Feind dort einen Durchbruch versuchte, würde ihm der alte Crocker mit seinen glühenden Kugeln tüchtig einheizen.

Sonnenlicht floß die Hänge herunter und übergoß die Hafeneinfahrt mit Gold. Im Teleskop sah Bolitho das Wachboot dort langsam entlangrudern, befehligt von einem Midshipman, der im Heck stand und wahrscheinlich seine befristete Freiheit genoß.

Lemoine sagte: »Da ist sie, Sir!«

Das fremde Schiff rundete das Vorland, seine Segel verloren den Wind, als es wendete, füllten sich aber gleich wieder auf dem neuen Bug: ein großes, gut geführtes Fahrzeug. »Indienfahrer, Sir«, meldete sich wieder Lemoine. »Ich kenne ihn, es ist die *Royal James.* Vor einigen Monaten lag sie in Antigua.«

Aus den Schießscharten beugten sich neugierige Männer, andere liefen unten auf der Pier nach vorn, um den Ankömmling besser sehen zu können.

Bolitho kam zu einem Entschluß. »Ich kehre aufs Flaggschiff zurück, Mr. Lemoine. Sie werden hier ja allein fertig.« Er war schon die halbe Treppe hinabgelaufen, ehe der Leutnant antworten konnte.

Die Mannschaft der Barkasse sprang auf, als Bolitho durchs Tor eilte. »Zum Schiff, Allday«, befahl er.

Er ignorierte ihre Überraschung und versuchte sich darüber klar zu werden, was ihn so beunruhigte. Wenn der Verfolger nicht noch durch einen Zufallstreffer in seinem Rigg Schaden anrichtete, sollte der Indienfahrer sicher den Hafen erreichen können. Bei diesem starken Südost mußte sich das feindliche Schiff gut von der Leeküste freihalten – oder sich dem Kugelhagel der Kanonen stellen. Und jetzt, bei vollem Tageslicht, konnte Crokker eigentlich nicht danebenschießen.

Die Riemen der Barkasse hoben und senkten sich in schnellem Gleichtakt, bis das Boot übers glatte Wasser zu fliegen schien.

Plötzlich packte Bolitho Alldays Arm. »Kursänderung! Aufs Vorland zuhalten!« Als Allday zögerte, schüttelte er ihn und rief aus: »Ich muß blind gewesen sein! Dabei hat Lemoine mich unwissentlich darauf gebracht: Heute ist St. Damianstag!«

Allday legte Ruder, so daß die Barkasse einen Bogen beschrieb, aber dennoch kam kein einziger der langen Riemen aus dem Takt.

»Aye, Sir, wenn Sie's sagen?«

Er hält mich für verrückt, dachte Bolitho und erläuterte hastig: »Aber trotz des Feiertags ist noch kein einziges Boot von der Missionsinsel gekommen!«

Immer noch starrte Allday ihn an.

Bolitho blickte sich nach dem Wachboot um, aber das stand zu nahe an Land, dicht vor der Hafeneinfahrt, und jeder Mann im Boot hatte nur Augen für die *Royal James,* die jetzt gleich um den Landvorsprung brausen mußte.

Bolitho hieb sich mit der Faust in die andere Handfläche. Er hätte es gleich sehen müssen!

»Ist die Mannschaft bewaffnet?« fragte er Allday.

Der nickte und kniff die Augen vor der blendenden Sonne zusammen. »Jawohl, Sir, mit Entermessern und drei Pistolen.«

Er warf Bolitho einen Seitenblick zu, gespannt, was nun bevorstand, wagte aber vor seinen Untergebenen nicht danach zu fragen.

»Dann muß das reichen.« Bolitho deutete auf einen winzigen Sandstrand. »Setz uns dort auf.«

Als die Rudergasten ihre Riemen in der Schwebe hielten und das Boot lautlos in den Schutz der hohen Steilküste glitt, wirkte die Szenerie ungemein friedlich.

»Alle von Bord!« Bolitho kletterte hinaus und spürte, wie die Strömung die Beine unter ihm wegziehen wollte, als er zum Strand watete. Entermesser und drei Pistolen – wogegen? Er befahl: »Schickt einen Mann aus, er soll die Patrouille von der Landspitze herbeiholen. Aber sich dabei nicht blicken lassen.«

Allday ließ ihn nicht aus den Augen. »Ist das ein Überfall, Sir?« fragte er nervös.

Aus dem Häufchen Waffen im Sand suchte sich Bolitho eine Pistole und ein schweres Entermesser heraus. Ausgerechnet diesmal war er unbewaffnet an Land gegangen.

»Es geht um die Mission. Irgend etwas stimmt dort nicht.«

Auch die Männer bewaffneten sich und folgten ihm gehorsam den Steilhang hinauf. Auf dem Bergrücken empfing sie starker

Wind, der ihnen Sand ins Gesicht peitschte; der Bewuchs, der von weitem so einladend aussah, bestand nur aus zähem Unkraut und niedrigen Sträuchern.

Auf dem Missionsinselchen drängten sich die wenigen Gebäude dicht zusammen; der Strand war leer, alles wirkte völlig verlassen. Nicht einmal Rauch zeugte von Herdfeuer oder anderweitigem Leben.

Bolitho hörte schwache Hochrufe, halb verweht vom Wind, als riefen irgendwo spielende Kinder. Er hielt inne und warf einen Blick über die Hafeneinfahrt zur alten Festung hinüber, deren Flagge munter auswehte. Die Hochrufe kamen wahrscheinlich vom Wachboot, denn der mächtige Indienfahrer ragte plötzlich über dem Vorland auf und hielt zielstrebig auf den sicheren Hafen zu.

Er hatte ein großes Boot im Schlepp, doch an Deck zeigten sich kaum Leute; auch enterte niemand auf, um die Segel zu kürzen, sobald das Schiff den Ankerplatz erreicht hatte. In diesem Augenblick glitt das Wachboot in Sicht; der Midshipman hob schon seine Flüstertüte an die Lippen, um den Neuankömmling anzupreien.

Gewaltsam wandte Bolitho sich ab und musterte sein klägliches Häuflein. Keen und die anderen konnten sich um die *Royal James* kümmern. Er hatte die schnittige Takelage einer Fregatte entdeckt, die gerade draußen beidrehte, weil ihre Beute den Schutz der Festungsbatterie erreicht hatte.

»Die Boote sind weg, Sir«, sagte Allday.

Bolitho starrte zur kleinen Insel hinüber. Es stimmte, die Fischerboote waren alle verschwunden. Das mochte die simple Erklärung sein: Die Mönche oder Missionare waren zum Fischen ausgelaufen, denn schließlich ging der Lebensunterhalt dem Gebet vor.

»Sehen Sie dort, Sir!«

Bei Alldays Aufschrei fuhr Bolitho zu der vorgelagerten Riffkette herum. Die Felsen waren nicht mehr leer und verlassen, sondern voll kletternder, geduckt rennender Gestalten; Sonnenlicht reflektierte von Säbelschneiden und Bajonetten.

»Soldaten!« Keuchend vor Aufregung hob Allday seine Pistole. »Das sind ja hundert und mehr!«

Einige Schüsse fielen; sie klangen weit entfernt und ungefährlich, bis die Kugeln über ihre Köpfe pfiffen oder in den harten Sand klatschten.

»In Deckung!«

Bolitho sah den ausgeschickten Mann mit zwei Seesoldaten aus dem Wachboot unten am Ufer entlangrennen. Einer fiel sofort, die anderen verschwanden aus seinem Blickfeld.

Nun gab es eine gedämpfte Explosion, fühlbar eher als Druckwelle denn als Schall. Als ob alle Luft aus den Lungen gesaugt würde.

Bolitho rollte sich auf die Seite und spähte zu der Stelle hinüber, wo sie die Barkasse gelassen hatten; da sah er, wie die *Royal James* sich aufbäumte. In ihrer Bordwand flogen die Stückpforten auf, aber statt der Kanonenrohre schossen Flammenzungen heraus, die sofort nach oben leckten und Wanten, Spieren und Segel mit entsetzlicher Schnelligkeit verzehrten. Das nachgeschleppte Boot war losgeworfen worden und wurde jetzt zur Hafeneinfahrt zurückgerudert.

»Ein Brander!« flüsterte Allday.

Bolitho sah den noch wachsenden Feuerschein sich in Alldays Augen spiegeln und konnte sogar die Hitze fühlen, die wie aus einer offenen Esse zu ihnen herübergeweht wurde. Der Wind stand so, daß er das aufgegebene Schiff direkt in den Hafen trieb. Geradewegs auf die verankerte *Achates* zu.

Wieder peitschten Schüsse über die Landzunge, und Bolitho hörte schon das Geschrei der anstürmenden Soldaten.

Mit *Achates* würden sie alle Hoffnung und jeden Schutz verlieren. Und die Festungsbatterie hatte ihrem Mörder noch Deckung geboten.

Mit wilden Augen starrte Allday ihn an. »Kämpfen wir, Sir?«

Bolitho fiel etwas zurück. Sollte das schon alles gewesen sein? Ein sinnloser Tod auf dieser gottverlassenen Insel? Dann fiel ihm wieder der Trommler ein und der Ausdruck seines toten Gesichts, ehe er es zugedeckt hatte.

Er richtete sich auf und wog das schwere Entermesser in der Hand. »Ja, wir kämpfen!«

Links und rechts von ihm erhob sich die Bootscrew und schwenkte ihre Entermesser. Bolitho zielte, taub gegen das furchtbare Prasseln der Flammen, und feuerte in die anrückende

Reihe Soldaten. Zum Nachladen blieb keine Zeit. Für nichts blieb mehr Zeit.

Er machte einen Ausfall über das lose Geröll und hackte den Säbel eines Gegners mit solcher Wucht beiseite, daß der Mann den Abhang hinunterrollte.

Stahl schlug auf Stahl, ein paar vereinzelte Schüsse fielen, aber ihre Gegenwehr war erbärmlich schwach. Bolitho spürte, wie er von den Kämpfenden bedrängt wurde, sah wilde Augen und gebleckte Zähne, fühlte Haß und Verzweiflung, als seine kleine Gruppe von der spanischen Übermacht zurückgedrängt wurde. Noch einmal hieb er mit aller Kraft zu, spaltete das Gesicht eines Gegners vom Ohr bis zum Kinn, hörte sein Entermesser auf Knochen knirschen, als er die Deckung eines zweiten durchbrach und seine Brust durchbohrte.

Plötzlich ein Keuchen neben ihm – zu seinem Entsetzen brach Allday im Handgemenge zusammen und entschwand seinen Blicken.

»Allday!«

Bolitho stieß einen Soldaten beiseite, um seinen Bootsführer zu erreichen. Ihr Widerstand war sinnlos geworden, eine leere Geste, dienlich nur seinem Stolz.

Bolitho senkte die Waffe. »Genug!«

Zwischen den unschlüssig Zögernden fiel er auf die Knie und versuchte, Allday auf den Rücken zu drehen. Dabei rechnete er jede Sekunde mit dem Todesstoß, erwartete den weißglühenden Schmerz der eindringenden Klinge, aber selbst das war ihm gleichgültig.

Doch die Soldaten verharrten reglos, ob aus Verblüffung über die erbitterte kurze Gegenwehr oder aus Respekt vor Bolithos hohem Rang, ließ sich nicht sagen.

Bolitho beugte sich so über Allday, daß er ihm Schatten spendete. Er gewahrte Blut auf seiner Brust, viel zu viel Blut.

Verzweifelt flüsterte er: »Nur ruhig, alter Freund. Du hast nichts mehr zu befürchten, bis...«

Allday öffnete die Augen und sah sekundenlang stumm zu ihm auf. Dann krächzte er: »Es tut weh, Sir. Höllisch weh. Diesmal haben sie mich umgebracht, die Hunde...«

Ein Matrose ließ sich neben ihnen zu Boden fallen. »Sir!« keuchte er. »Die Spanier rennen davon!«

Bolitho blickte auf und sah die fremden Soldaten sich laufend oder hinkend zu den Felsen zurückziehen, wo sie ihre Boote gelassen hatten.

Der Grund dafür wurde bald sichtbar: eine Reihe Kavallerie, die unter der Führung Hauptmann Masters' von der Inselmiliz mit gezogenen Säbeln über den Bergrücken galoppiert kam – eine lautlose Attacke, die deshalb um so bedrohlicher wirkte.

Masters zügelte sein Pferd und sprang ab, in seinem Gesicht stand ungläubiger Schrecken. »Wir haben gesehen, wie Sie sie aufzuhalten versuchten«, brach es aus ihm hervor, »da beschlossen ein paar von uns, sie abzufangen.«

Bolitho sah ihn an, gewahrte aber nur Masters dunkle Gestalt und dahinter die großen Rauchschwaden, die von dem Inferno im Hafen aufstiegen.

»Sie kommen zu spät!«

Er entwand das Entermesser Alldays schlaffer Hand und warf es den Fliehenden nach. Da spürte er einen Griff ums Handgelenk und blickte hinab in Alldays schmerzverdunkelte Augen.

»Geben Sie nicht auf, Sir«, murmelte sein Bootsführer. »Wir schlagen die Kerle, verlassen Sie sich drauf.«

Schwere Stiefel stapften durch den Sand heran, mehr Rotröcke umschlossen sie zu beiden Seiten.

Bolitho sagte: »Hebt ihn vorsichtig auf, Leute.«

Er sah den vier Soldaten nach, die Allday zur Barkasse hinuntertrugen. Dabei hörte er in der Ferne weitere Explosionen und Geschrei aus allen Richtungen. Er wurde gebraucht. Zum Trauern war jetzt keine Zeit. Wie oft hatte er das schon gehört...

Trotzdem eilte er den Soldaten nach und ergriff noch einmal Alldays Arm.

»Laß mich nicht allein, Allday. Ich brauche dich.«

Alldays Augen blieben geschlossen, aber über sein Gesicht glitt der Schatten eines Lächelns; dann wurde er in die Barkasse gehoben.

Als Bolitho über den Strand schritt und seine Goldepauletten in der Sonne funkelten, brachen einige Milizsoldaten in Hochrufe aus.

Ein Mann der Bootscrew, der den verwundeten rechten Arm ruhiggestellt im Hemd trug, blieb stehen und fuhr sie böse an: »Jetzt jubelt ihr wohl, ihr Lumpen, was? Weil ihr noch einmal davongekommen seid!« Verächtlich spuckte er vor ihre Füße und deutete dann mit dem Kopf auf Bolitho. »Aber der dort ist mehr wert als ihr und die ganze verdammte Insel zusammen!«

Bolitho ging durchs Buschwerk davon, das an einigen Stellen schon aufflammte, entzündet vom Funkenflug des Branders.

Jeden Augenblick erwartete er die zweite Angriffswelle. Und Keen benötigte bestimmt dringend seine Hilfe. Aber all das schien ihm so unwirklich. Ihn erfüllte nur ein Gedanke: daß Allday nicht sterben durfte. Nicht so sinnlos. Er war knorrig und stark wie ein Eichbaum – das konnte doch nicht sein Ende sein!

XIV Ein Schluck Rum

Als plötzlich Flammen und schwarze Rauchwolken die Hafeneinfahrt verhüllten, erklangen von allen Seiten Entsetzensschreie. Für Seeleute war Feuer der schlimmste Feind; bei Sturm oder Strandung gab es immer noch eine Überlebenschance, aber wenn Feuer an Bord wütete, wo alles geteert, kalfatert und zundertrokken war, bestand keine Hoffnung mehr.

Leutnant Quantock zwang sich, den Blick von dem lodernden Indienfahrer zu wenden, und rief zu Keen hinüber: »Was sollen wir tun, Sir?« Er war barhäuptig, der Wind zerzauste sein Haar; nichts an Quantock erinnerte mehr an den makellosen, bärbeißigen Ersten Offizier der *Achates.*

Keen umklammerte die Reling und wandte sich dem näherkommenden Verhängnis zu. Erst *Sparrowhawk,* dann der spanische Freibeuter und jetzt seine *Achates.* Es blieb keine Zeit mehr, das Schiff an eine andere Stelle des Hafens zu verholen, außerdem waren die meisten Boote unterwegs und anderweitig beschäftigt.

Aber Quantock starrte ihn ratheischend an, während die Seeleute ihn umstanden, wie versteinert vor ungläubigem Entsetzen. Eben noch hatten sie gejubelt, weil der Indienfahrer wohlbehalten bis in den Schutz des Forts gelangt war. Und im nächsten Moment befand sich der Feind mitten unter ihnen und drohte, sie bei lebendigem Leibe zu verbrennen.

Keen kannte die Anzeichen nur zu gut: erst Zaudern, dann

Panik. Aber er konnte sie doch nicht zwingen, hilflos wie Schlachtvieh dazustehen und den sicheren Tod zu erwarten. Zum Glück hatte er das Schiff sofort gefechtsklar gemacht, nachdem Midshipman Evans Bolithos Warnung überbracht hatte.

»Mr. Quantock! Lassen Sie die Backbordkanonen laden und ausfahren! Beide Decks!« Er boxte den Leutnant in die Seite. »Bewegung, Mann!«

Pfeifen schrillten, sie schreckten die Männer aus ihrer Starre und riefen sie auf Gefechtsstationen. In beiden Decks quietschten die Lafetten, als die dem Brander zugewandten Kanonen ausgerannt wurden.

Rauch brannte Keen in den Augen, als er abzuschätzen versuchte, mit wieviel Fahrt der Brander auf sie zukam. Seine Segel waren nur noch verkohlte Fetzen, seine Masten schwarze Stümpfe. Aber er brauchte weder Masten noch Segel, der Winddruck allein genügte, ihn auf sein Opfer zuzutreiben. Während er noch hinsah, stieß der Brander leicht gegen einen an seiner Boje liegenden Toppsegelschoner; im Handumdrehen brannte er wie eine Fackel, und der Ankerwache blieb nur der Sprung ins aufspritzende Hafenwasser.

»Feuerklar, Sir!« Quantocks Stimme klang verzweifelt.

Keen merkte, daß er an Bolitho dachte. Wo steckte er? Schlug er, unterstützt von einer der Patrouillen, einen Flankenangriff irgendwo am Strand zurück? Sein Magen verkrampfte sich. Oder war Bolitho vielleicht schon tot?

»Ziel auffassen!«

Er trat an die Querreling und sah auf seine Stückmannschaften hinunter – wie sonst, wenn sie es mit einem lebenden Feind aufnehmen mußten.

»Feuer!«

In dem engen Hafen hallte die aufbrüllende Breitseite wie ein Donnerschlag. Keen sah die Spur der Kugeln gleich einem Windstoß über das Wasser fahren und spürte das Aufbäumen des Decks unter seinen Füßen, als sich das Schiff im Rückstoß von seiner Muring zu befreien versuchte.

Ein Ruck ging durch den Brander, er versprühte einen Regen brennender Wrackteile, der zischend aufs Wasser schlug.

»Nachladen! Ruhig Blut, Leute!« Das war Mountsteven von der unteren Batterie.

Keen rief: »Mr. Rooke, lassen Sie Männer aufentern und die Segel begießen. Und stellen Sie andere mit Pützen auf die Seitendecks.«

Der Bootsmann nickte und eilte davon, den Befehl auszuführen, obwohl er wußte, daß die wenigen Eimer voll Wasser, die sie in der kurzen Zeit zu den Rahen hinaufziehen oder über die Bordwand gießen konnten, so gut wie nichts bewirken würden: als wolle man einen Waldbrand mit Spucke löschen. Aber es gab ihnen wenigstens etwas zu tun und ließ ihnen keine Zeit, den Kopf zu verlieren und über Bord zu springen – jedenfalls nicht bis zum letzten Augenblick, und dann würde es diszipliniert geschehen.

»Feuer!«

Abermals sah Keen die volle Breitseite in den Brander schlagen, diesmal ins Vorschiff; es machte ihn fast krank vor Verzweiflung, daß die Eisenkugeln nur Löcher rissen, durch die sofort noch größere Flammenbündel ins Freie loderten.

Heiser flüsterte der Master neben ihm: »So können wir ihn nicht aufhalten, Sir.«

Keen sah ihn nicht an. Knocker war ein bedachtsamer Mann und hatte wahrscheinlich schon seinen Chronometer ausgebaut, damit er nicht mit *Achates* unterging. Aber es stimmte, er konnte sein Schiff nicht mehr retten, das tapfere alte Käthchen, das schon so viel gesehen und erlebt hatte.

Wieder hob Quantock sein Sprachrohr: »Feuer!«

Tuson, der Schiffsarzt, erschien am Fuß der Leiter, und Keen fragte ihn: »Wollen Sie Ihre Verwundeten an Deck schaffen?«

Diese Maßnahme konnte die mühsam bewahrte Disziplin in ein Chaos verwandeln. Wenn die Stampede erst begann, ließ sie sich nicht mehr aufhalten, denn von Dewars Seesoldaten war kein einziger an Bord. Doch als Keen Tusons dankbares Gesicht sah, wußte er, daß er das Richtige getan hatte.

Steuermannsmaat Goddard schrie: »Seht mal dort, Leute!«

Der Indienfahrer hatte ein zweites Fahrzeug gerammt und in Brand gesetzt; aus seiner Ladung schoß ein Funkenregen empor und mehrte die Schrecken noch.

Aber nicht darauf richtete sich Goddards Augenmerk.

Keen hielt so angestrengt Ausschau, daß seine Augen schmerzten, als die kleine Brigantine *Vivid* ihren Bugspriet durch Rauch und fallende Wrackteile schob; mit vierkant gebraßten Rahen überholte sie den treibenden Brander.

Quantock stöhnte heiser. »Allmächtiger! Sie muß ihm dichtauf in den Hafen gefolgt sein. Gleich fängt sie Feuer!«

Keen riß einem Midshipman das Fernrohr aus der Hand und richtete es auf die näherkommende Flammenwand. In der Vergrößerung wirkte sie noch schrecklicher, und Keen schnürte es nur vom Hinsehen die Kehle zu.

Tyrrells mächtige Gestalt stand am Ruder und steuerte seine *Vivid* dichter an die Steuerbordseite des Branders heran; im Wirbel der Rauchwolken und Rußfetzen wirkte er unerschütterlich wie ein Fels. Und jetzt schwangen die Spieren herum, die Segel killten und füllten sich wieder; Gott mochte wissen, woher Tyrrells Männer die Kraft nahmen, bei dieser Hitze noch an Schoten und Winschen zu arbeiten.

Aus dem Augenwinkel bemerkte Keen, daß die ersten Verwundeten an Deck gebracht wurden, aber er konnte sich von der fürchterlichen Szene im Hafen nicht abwenden. Schon glaubte er, die Hitzewelle zu spüren, und war sich klar, daß er bald den Befehl zum Verlassen des Schiffes geben mußte.

»Sichern Sie die Kanonen, Mr. Quantock.«

Er erwartete empörtes Geschrei, aber niemand protestierte gegen den anscheinend sinnlosen Befehl; statt dessen hörte er das Knirschen der Lafetten und Knarren der Handspaken, als die Achtzehnpfünder hinter ihren Stückpforten gesichert wurden, damit sie nicht quer übers Deck rutschten.

Ein vielstimmiges Aufstöhnen lief reihum, als *Vivids* Toppstander in einem Rauchwölkchen verpuffte. Nur noch wenige Sekunden, dann konnte auch das vorsichtigste Manöver sie nicht mehr vor dem Feuer bewahren.

Vor Keens Augen stießen beide Schiffe mit dem Bug zusammen; die unter Vollzeug segelnde *Vivid* hatte dabei genug Schwung, um den Brander etwas nach Backbord abzudrängen.

Gepreßt sagte Leutnant Trevenen: »*Vivid* hat Feuer gefangen, Sir.«

Wie triumphierende Teufel sprangen die Flammen von Rigg zu Rigg über, vermehrten sich blitzschnell und breiteten sich aus, bis die Breitfock sich in Asche auflöste.

Aber immer noch schob *Vivid* den anderen, schwereren Bug

aus dem Kurs. Jetzt wurden an der Stelle, wo beide Schiffe ineinander verhakt waren, einige Gestalten sichtbar. Im nächsten Augenblick sah Keen das Wasser aufspritzen: einer der beiden Buganker des Indienfahrers war gefallen. Jemand hatte ihn vom Kranbalken gelöst. Zwar würde die Ankertrosse den Flammen nicht lange standhalten, aber noch gruben sich die Flunken in den Grund, so daß die Trosse steifkam und der Brander noch weiter nach Backbord schwojte.

Seine eingeäscherte Takelage fiel krachend in sich zusammen und über Bord. Atemlos sagte Knocker: »Bei Gott, er ist auf Grund gelaufen!«

Keen nickte wortlos, er konnte nicht sprechen. Tyrrell, der die Häfen hier wie seine Jackentaschen kannte, hatte sein Rettungsmanöver auf die Sekunde genau berechnet, so daß der brennende Indienfahrer sich immer höher aufs Flach schob.

Keen fand seine Stimme wieder. »Setzen Sie jedes verfügbare Boot aus, Mr. Quantock.«

Vivid brannte jetzt lichterloh. Kaum konnte man das eine Schiff vom anderen unterscheiden, sie waren ein einziges Flammenmeer. Immer noch war *Achates* nicht ganz außer Gefahr, denn der Brander konnte wieder flottkommen, auch mochte ein brennendes Wrackteil herübertreiben.

Keen wandte sich ab und ließ den Blick über sein Schiff schweifen. Aber was auch noch geschah, sie waren nicht gewichen. Ohne zu wanken hatten sie zusammengehalten, so wie Bolitho es von ihnen erwartete.

Vom Batteriedeck starrten Männer zu Keen herauf; die Gesichter rauchgeschwärzt, erinnerten sie eher an einen Piratenhaufen als an reguläre britische Matrosen. Nun begannen sie zu jubeln, schüttelten die Fäuste und beglückwünschten sich, als hätten sie eine Schlacht gewonnen. Aber Keen entging auch nicht Quantocks bitterer Blick. Endlich hatte die Mannschaft ihren verstorbenen Kommandanten vergessen und Keen akzeptiert.

Keen grinste zu ihnen hinunter, obwohl ihm eher nach Weinen zumute war. Dann faßte er einen Entschluß.

»Lassen Sie meine Gig aussetzen, ich hole Tyrrell selbst.«

Sie fanden Tyrrell und den Rest seiner kleinen Crew im Wasser, wo sie sich an eine Stenge und das Wrack eines gekenterten Bootes klammerten.

Unter ihnen war auch Adam Bolitho, halb nackt und mit einer großen roten Brandwunde an der Schulter.

Tyrrell ließ sich in die Gig helfen und sackte im Heck zusammen, den Blick immer noch auf die Überreste seiner Brigantine gerichtet. Inzwischen war sie bis zur Wasserlinie niedergebrannt, ein unkenntliches Wrack.

Keen sagte: »Ich bedaure, daß dies geschehen ist und auch, daß ich Sie schlecht behandelt habe. Sie kamen in letzter Minute. Nun haben Sie Ihr Schiff verloren, aber meines gerettet.«

Tyrrell schien ihn nicht zu hören. Er legte Adam die Hand auf die unverletzte Schulter und murmelte heiser: »Mir scheint, wir haben beide einiges verloren, wie?«

Als die Gig bei *Achates* längsseits ging, rannten die Seeleute auf die Seitendecks oder kletterten in die Wanten, um Tyrrell mit Hochrufen zu empfangen.

»Sie sind Ihnen dankbar«, sagte Keen.

»Haben auch Grund dazu.«

Tyrrell musterte sein Holzbein; sogar das war angekohlt. Weshalb sollte er sich wiederholen? Wenn *Achates* bei dem spanischen Überfall nicht hier gewesen wäre, hätte das alles nicht geschehen müssen. Er blickte hinüber zu der Stelle, wo seine geliebte *Vivid* jetzt zerbrach und mit einer Dampfwolke versank. Und er hätte immer noch ein Schiff gehabt.

Da spürte er die Hand des jungen Offiziers auf seinem Arm und hörte ihn tröstend sagen: »Wir werden beide eine neue Chance bekommen, Jethro.«

Tyrrell entblößte die Zähne in einem grimmigen Lächeln. »Verdammt, das will ich doch hoffen. Kann schließlich nicht den Rest meines Lebens damit verbringen, auf euch aufzupassen!«

Keen stand neben Bolithos Tisch und musterte den Vizeadmiral besorgt, der schon die ganze Zeit auf das Logbuch mit den Ereignissen des Tages niederstarrte, aber nichts zu sehen schien.

Er räusperte sich. »Der Zahlmeister berichtet, Sir, daß den ganzen Tag frisches Obst und Gemüse von der Insel herübergeschafft wurden. Jetzt plötzlich können sie gar nicht genug für uns tun.«

Bolitho strich die Papiere glatt. Jetzt plötzlich ... Diese beiden

Worte waren vielsagend. Hinter sich hörte er Ozzards leise Schritte, der die Heckfenster schließen ging, weil wieder einmal ein scheidender Tag den Hafen in Schatten hüllte. Immer noch bezeichneten Funken und ein gelegentliches Aufglühen die Stelle der Untiefe, wo der Brander lag. War es tatsächlich erst an diesem Morgen gewesen, daß er sich mit Leutnant Lemoine auf den Festungswällen unterhalten hatte?

Keen merkte, daß Bolitho allein sein wollte, aber es widerstrebte ihm, ihn seinem Gram zu überlassen. Zu gut erinnerte er sich noch an sein Erschrecken, als die Barkasse am Schiff angelegt hatte und Allday leblos an Bord gehievt worden war.

Dieser Anblick hatte all seine anderen Empfindungen wie Asche zerstieben lassen: Stolz auf seine Männer, weil sie sich angesichts der Gefahr tapfer geschlagen hatten; tiefe innere Befriedigung, daß auch er nicht zusammengebrochen war. Doch das zählte nicht mehr, denn Allday war auch ein Teil seines Lebens geworden. Und wenn er's recht überlegte, hatten die meisten Menschen, die ihm etwas bedeuteten, Bolithos Bootsführer eine Menge zu verdanken.

In Augenblicken wie diesen wäre Allday in die Kajüte getreten und hätte unwillkommene Besucher hinauskomplimentiert. Aber nun lag er in Bolithos eigenem Schlafraum mit einer Säbelwunde in der Brust, die sogar den wortkargen Schiffsarzt erschreckt hatte.

Keen versuchte noch einmal, Bolitho anzusprechen. »Wir haben mehrere Gefangene gemacht, Sir: die Besatzung des Branders und einige Soldaten von der Missionsinsel. Sie hatten recht, es sind alles Spanier aus La Guaira. Aber nach diesem Mißerfolg werden die Dons San Felipe in Ruhe lassen müssen. Alle Welt weiß jetzt, was sie vorhatten. Ihre Köpfe werden ziemlich locker sitzen, wenn ihr König erst von dem Desaster hier erfährt.«

Bolitho lehnte sich im Stuhl zurück und rieb sich die Augen. Immer noch glaubte er, Rauch zu riechen, Alldays mühsames, schmerzverzerrtes Lächeln zu sehen.

Er sagte: »Morgen setze ich meinen Bericht an Sir Hayward Sheaffe auf. Danach ist der Rest Sache des Parlaments.« Beim Geräusch von Schritten blickte er scharf hoch, aber es war nur die Wache, die über ihnen auf und ab ging.

Trotz seiner Vergangenheit war Tuson ein guter Arzt, das hatte er mehrfach bewiesen. Wenn doch nur... Aber Bolitho verbot sich diese Gedanken.

Er sagte: »Es tat mir leid, von Jethro Tyrrells Verlust zu hören.«

»Er trägt es tapfer, Sir.« Keen zögerte. »Aber er bittet darum, daß Sie ihn empfangen.«

Die Tür zum Nebenraum öffnete sich, und Adam betrat lautlos die Tageskajüte.

»Wie geht's ihm?« fragte Bolitho.

Adam hätte gern Tröstliches berichtet, konnte aber nur antworten: »Er ist immer noch bewußtlos, und Mr. Tuson meint, die Atmung ist zu unregelmäßig.« Er blickte zu Boden. »Ich habe den Arzt ausgefragt, aber...«

Bolitho erhob sich mit bleiernen Gliedern. Von Georgetown schimmerte Licht herüber. Ob die Bewohner immer noch schweigend am Ufer beisammenstanden und zum Schiff starrten? Die ganze Zeit seit dem Angriff hatten sie sich so verhalten – ob aus Mitgefühl oder aus schlechtem Gewissen, das wußte er nicht; es kümmerte ihn auch nicht.

Adam sprach immer noch. »Allday und ich gerieten einmal in Gefangenschaft, Sir.« Er richtete seine Worte an Keen, den Blick aber auf Bolitho. »Später sagte er dann zu mir, damals hätte er zum ersten und einzigen Mal Bekanntschaft mit der Peitsche gemacht. Das schien er für einen Scherz zu halten.«

Keen nickte. »Typisch für ihn.«

Bolitho ballte die Fäuste. Sie wollten ihm helfen, machten aber alles nur noch schlimmer.

Abrupt sagte er: »Ich gehe zu ihm. Ihr beide ruht euch jetzt besser aus. Kümmere dich um die Brandwunde, Adam. In diesem Klima...« Er ließ den Satz unvollendet.

Keen ging voran durch die Tür und fragte über die Schulter: »Fällt Ihnen die Stille an Bord auf? Dabei heißt es immer, Schiffe bestünden nur aus Holz und Kupfer.«

Adam nickte, froh darüber, daß sein Gesicht unter dem Hüttendeck im Schatten blieb. Selbst jetzt hatte Bolitho an seine verbrannte Schulter gedacht. Es war unglaublich.

Bolitho öffnete die schmale Tür und betrat seine Schlafkajüte. Das Schiff lag so reglos an seiner Muring, daß es sich kaum bewegte.

Tuson, der eine kleine Arzneiflasche ans Lampenlicht gehalten hatte, wandte sich bei Bolithos Eintritt um.

»Unverändert, Sir.« Das klang wie ein Vorwurf.

Bolitho blickte auf das Lager nieder, auf dem er so viele Nächte gegrübelt hatte. Allday war dick bandagiert und lag mit seitlich gedrehtem Kopf da, wohl damit er leichter atmen konnte. Bolitho berührte seine eiskalte Stirn und versuchte, sein Erschrecken zu verbergen. Die Haut fühlte sich schon an wie die eines Toten.

Leise berichtete Tuson: »Der Stich hat die Lunge knapp verfehlt, Sir. Gott sei Dank, daß es offenbar eine saubere Schneide war.« Und als Bolithos Gestalt in den Schatten zurücktrat: »Möchten Sie, daß ich bei ihm bleibe, Sir?«

»Nein.« Bolitho wußte, daß noch viele Verwundete Tusons Hilfe benötigten. »Aber vielen Dank.«

Tuson seufzte. »Bin sofort da, wenn Sie mich brauchen.«

Bolitho folgte ihm in die Tageskajüte hinaus. »Sagen Sie es mir offen.«

Tuson schlüpfte in seinen einfachen blauen Rock. »Ich kenne ihn nicht so gut wie Sie, Sir. Er scheint mir ziemlich kräftig zu sein, aber es ist eine schwere Verwundung. Die meisten wären ihr an Ort und Stelle erlegen. Es tut mir aufrichtig leid...«

Als Bolitho wieder aufblickte, war Tuson schon gegangen, hinunter ins Orlopdeck, in die Einsamkeit seines Lazaretts.

Aber Ozzard drückte sich noch in der Kajüte herum. »Brauchen Sie etwas, Sir?«

Erst jetzt gewahrte Bolitho seine schmächtige Gestalt. Auch Ozzard bangte um Allday, das sah man ihm an.

»Was hat Allday am liebsten getrunken?«

Ozzards feuchte Augen leuchteten auf. »Tja, Sir – Rum natürlich. War einem guten Schluck nie abgeneigt.« Verlegen gestikulierte er. »*Ist* einem guten Schluck nie abgeneigt, meine ich.«

Bolitho nickte. Das war wieder einmal kennzeichnend für Allday. In kritischen oder gefährlichen Augenblicken, zu traurigen oder fröhlichen Anlässen hatte er ihm oft Brandy angeboten. Und Allday hatte akzeptiert, obwohl ihm doch Rum sehr viel lieber gewesen wäre.

Leise sagte er: »Dann holen Sie bitte Rum, Ozzard. Und sagen Sie dem Zahlmeister: vom besten.«

Bolitho saß neben Alldays Lager, die Tür zur Nachbarkajüte der besseren Lüftung wegen halb offen, als Ozzard mit einem kupfernen Krug zurückkehrte. Bei der Hitze wurde ihm von dem starken Aroma fast schwindlig.

Bolitho versuchte, sich auf die Aufgaben des nächsten Tages zu konzentrieren, auf Tyrrells Zukunft, aber er sah immer nur Belindas Gesicht bei ihrem Abschied vor sich, wie sie Allday gebeten hatte, ihm und Adam beizustehen. So viele Reisen hatten sie gemeinsam gemacht – und erst letztes Jahr waren sie in Frankreich in Gefangenschaft geraten. Es war Allday gewesen, der den todkranken John Neale auf seinen Armen getragen hatte, dessen Willensstärke und Zuversicht ihnen Mut und Zusammenhalt gegeben hatte. Und er erinnerte sich an seine Kadettenjahre: Damals hatte er es als ganz selbstverständlich angenommen, daß einem Admiral niemals Kummer und Selbstvorwürfe zu schaffen machten.

Vom Vorschiff klangen die dünnen Töne einer Fiedel herein, und Bolitho sah im Geiste die Freiwächter vor sich, die sich in der Abendkühle vergnügten. Dann erblickte er sein eigenes Gesicht im Spiegel über dem kleinen Tisch und sah weg. Ob sie jetzt mit ihrem Vizeadmiral getauscht hätten?

Er nahm ein sauberes Taschentuch, befeuchtete es mit Rum und betupfte damit vorsichtig Alldays Mund.

»Hier, alter Freund...« Bolitho biß sich auf die Lippen, als der Rum wirkungslos von Alldays Kinn tröpfelte. Mitten auf dem Brustverband leuchtete ein roter Fleck. Es drängte Bolitho, nach dem Wachtposten zu rufen und den Arzt zurückholen zu lassen, aber er beherrschte sich. Alldays Ringen mit dem Tod ging nur ihn selbst an. Auch wäre es grausam gewesen, seine Leiden jetzt noch zu vermehren.

So starrte Bolitho nur in Alldays vertrautes Gesicht. Es schien plötzlich gealtert zu sein, fiel ihm auf. Das Begreifen ließ ihn aufspringen, auch wenn er die Erkenntnis nicht akzeptieren wollte.

Mit geballten Fäusten sah er sich wild in der engen Kajüte um, wie ein Tier in der Falle. Dagegen war er machtlos. Ohne zu wissen, was er tat, hob er den Krug an die Lippen und trank, bis ihm der scharfe Rum die Kehle verbrannte und er keuchend nach Luft ringen mußte.

Als er darauf wartete, daß sich sein Atem beruhigte, sah er Ozzards schmächtige Gestalt vor der halboffenen Tür warten. Mit einer Stimme, die ihm selbst fremd klang, sagte er: »Meine Empfehlung an den Arzt und...«

Ozzard schien noch mehr zu schrumpfen, als er Bolithos Worte begriff. »So schnell ich kann, Sir!«

Bolitho fuhr herum, weil Allday suchend über den Rand der Koje tastete.

»Ja, ich bin hier.«

Er nahm Alldays Faust zwischen beide Hände und starrte ihm gebannt ins Gesicht. Darauf zeigte sich jetzt ein Stirnrunzeln, als versuche Allday, sich an etwas zu erinnern. Seine Finger hatten weniger Kraft als die eines Kindes.

Bolitho flüsterte: »Warte noch. Gib nicht auf.« Er drückte Alldays Hand fester, spürte aber keine Erwiderung.

Doch dann öffnete Allday die Augen und starrte ihn an, sekundenlang und anscheinend ohne ihn zu erkennen. Seine Lippen bewegten sich, und er sprach so leise, daß Bolitho sich tief über ihn beugen mußte.

Allday murmelte: »Aber Sie mögen doch keinen Rum, Sir...«

Bolitho nickte. »Stimmt.« Er hätte gern mehr gesagt, um Allday zu ermutigen, aber die Stimme versagte ihm.

Türenschlagen, eilige Schritte draußen, und dann stürzte Tuson, gefolgt von Keen und Adam, in die Kajüte.

Der Schiffsarzt legte seine Hand auf Alldays Brust, ohne sich um das Blut zu scheren. Dann sagte er: »Er atmet schon sehr viel besser.« Und mit einem Schnüffeln: »Ist das Rum?«

Alldays Augen kippten immer wieder weg, aber er schien unbedingt sprechen, Bolitho irgendwie beruhigen zu wollen.

»Hätte gern 'nen Schluck, Sir.«

Tuson trat beiseite und beobachtete kritisch, wie Bolitho dem Bootsführer den Kopf stützte und ihm mit der anderen Hand ein Glas an die Lippen hielt. Er wußte, diesen Anblick würde er sein Leben lang nicht vergessen.

Schließlich sagte er: »Legen Sie ihn jetzt zurück.«

Er sah zu, wie Bolitho sich Wasser aus einer Schüssel ins Gesicht spritzte, um sich für die anderen draußen zu wappnen.

»Ihretwegen brauchen Sie das nicht zu tun, Sir.« Später wunderte Tuson sich über sich selbst, daß er es gewagt hatte, seinen Admiral so vertraut anzusprechen. »Es schadet nichts, wenn sie sehen, daß auch Sie Gefühle haben. Wie wir alle.«

Bolitho warf noch einen Blick auf Allday. Er schien jetzt zu schlafen.

»Danke«, sagte er. »Sie können nicht wissen...« Damit verließ er den Schlafraum, um den anderen gegenüberzutreten.

Der Arzt betrachtete den Krug Rum auf dem Tisch und verzog das Gesicht. Sein Sachverstand sagte ihm, daß Allday längst tot sein müßte. Er begann, den blutigen Verband aufzuschneiden.

Aber dann verzog sich Tusons ernstes Gesicht zu einem schiefen Lächeln. Ein Schluck Rum, bei Gott...

In der Tageskajüte saßen die anderen schweigend beisammen, bis Ozzard eine Karaffe Wein brachte. Da endlich hob Keen sein gefülltes Glas. »Auf uns alle, Sir«, sagte er.

Bolitho wandte den Blick ab. Keen hätte keinen besseren Toast ausbringen können.

XV Heimatkurs

Die Wochen und Monate nach dem spanischen Überfall auf San Felipe kamen Bolitho vor wie eine schier endlose Chronik von Alldays Überlebenskampf. Nur zu oft folgte auch der kleinsten Besserung ein ernster Rückschlag. Bolitho konnte es sich nur so erklären, daß Alldays Bewegungsunfähigkeit ihm zu schaffen machte, »seine Nutzlosigkeit«, wie er es nannte.

Ab und zu liefen wieder Schiffe die Insel an, und langsam kehrte Normalität ein. Es kam zu keinen neuen Angriffen, auch berichteten die Händler, die von niemandem mehr behelligt wurden, daß sie keine spanischen Kriegsschiffe gesichtet hätten.

Dagegen suchten im Oktober zwei Wirbelstürme die Insel heim und richteten solche Verwüstungen an, daß ein Krieg dagegen sanft gewirkt hätte. Flutwellen gefährdeten *Achates*, vernichteten leichtere Schiffe, und der Sturm deckte viele Häuser ab. Aus Plantagen wurden Wüsteneien, mehrere Tote und viele Verletzte waren zu beklagen, und die meisten verloren alles, was sie besaßen.

Aber die Naturkatastrophe bedeutete einen Wendepunkt in den Beziehungen zwischen der Inselbevölkerung und der Besatzung von *Achates.* Ohne die disziplinierte, gut organisierte Hilfe der Seeleute und Soldaten wäre kaum etwas von Wert zu retten gewesen. Das Schiff, einst Symbol für aufgezwungene Staatsmacht, begann allmählich eine neue Rolle zu spielen: die des Beschützers. Und damit wurde der Dienst für Offiziere und Mannschaften weniger anstrengend.

Drei Monate, nachdem ihn ein spanischer Säbel niedergestreckt hatte, ging Allday zum erstenmal auf *Achates'* Achterdeck spazieren. Ozzard begleitete ihn, aber Allday wies – ganz der alte – seinen stützenden Arm zurück.

Bolitho richtete es so ein, daß er sich auf dem Hüttendeck aufhielt, und sah Allday mit solch schleppenden, unsicheren Schritten ins Sonnenlicht treten, als hätten seine Füße noch nie die Planken eines Schiffes berührt. Auffallend war auch, daß alle Freunde Alldays offenbar zufällig in der Nähe zu tun hatten; aber sie bewiesen Takt und hielten sich auf Distanz.

Dann hörte Bolitho Adams leichten Schritt neben sich und sagte: »Hätte nie gedacht, daß ich diesen Anblick erlebe, Adam.« Er schüttelte den Kopf. »Niemals.«

Adam lächelte. »Er erholt sich gut.«

Unten erreichte Allday die Querreling und packte sie mit beiden Händen; er holte einige Male tief Luft und starrte hinunter aufs Batteriedeck.

Scott, der Dritte Offizier und Wachführer, ignorierte Allday bewußt und trat sogar zum Kompaß, studierte die Windrose, als sei das Schiff auf See und nicht im Hafen.

Bolitho wandte sich seinem Neffen zu. So viel Zeit war inzwischen vergangen, und doch hatten sie kaum über Boston und die Vorgänge dort gesprochen; nur Tyrrell hatte ihm kurz das Wichtigste erzählt.

Gedämpft sagte der Admiral: »Was wir hier erreicht haben, ist von Bedeutung, Adam. Ich habe der Admiralität meine Ansichten mitgeteilt, meine Vorschläge, was hier geschehen soll, nachdem wir wieder ausgelaufen sind.« Er hob die Schultern. »Ich muß daran glauben, daß London dementsprechend handeln wird. Es gab zu viele Tote und Verwundete, als daß man jetzt noch alles zum Teufel gehen lassen könnte. Mein Vater hat uns Engländern oft diesen Vorwurf gemacht: Wir gewinnen etwas mit Blut und Schweiß – und danach wird es uns gleichgültig.« Mit einer Handbewegung umfaßte er den ganzen Hafen. »Nur zwei Fregatten mehr, und die Spanier hätten es nie gewagt, die Hand nach dieser Insel auszustrecken. Und die Franzosen hätten sich anderswo nach einem fetten Brocken umgesehen.«

»Aber wenn Ihre Lordschaften darauf bestehen, daß die Insel doch noch übergeben wird, Onkel?«

»Die spanische Gier muß sie vom Wert San Felipes überzeugt haben. Wenn nicht, habe ich hier versagt.« Mit spontaner Wärme ergriff Bolitho Adams Arm. »Trotzdem war es nicht recht, wie ich mich deiner bedient habe. Ich wußte, daß Chase dir vertrauen, dir erzählen würde, was ich unbedingt wissen mußte. Aber das Ergebnis war, daß dir die Gelegenheit genommen wurde, seine Nichte für dich zu gewinnen. Das werde ich mir immer vorwerfen.«

Adam machte eine Bewegung und spürte wieder die Brandwunde auf der Schulter; er lächelte bedauernd. »Trotzdem wären wir beinahe zu spät gekommen, Onkel.« Beider Blicke wanderten zu den verkohlten Überresten hinüber, die im flachen Wasser vor dem Ufer lagen. Reihenweise saßen Seevögel auf den geschwärzten Spanten des Branders, und über die Stelle, wo Tyrrell seine Brigantine zu ihrer aller Rettung geopfert hatte, wuchs Seetang.

Zögernd meinte Adam: »Wenigstens habe ich Vaters Haus gesehen.«

Bolitho sah ihn an und war froh, daß er es ohne Eifersucht auf den Bruder tun konnte.

Wie geistesabwesend fuhr Adam fort: »Ich habe ihr gesagt, daß ich eines Tages zurückkommen werde.«

»Vielleicht können wir gemeinsam zurückkehren. Und dann führst du mich zu Hughs altem Haus, ja?«

Sie tauschten einen Blick des Einverständnisses. Es war, als sei Hugh bei ihnen, aber jetzt ohne die alte Drohung und Feindseligkeit. Wie die Insel.

Bolitho zuckte zusammen, als er sah, daß Allday unten schwankte; er hatte die Querreling losgelassen und sich zu ihnen umgedreht. Nun sah er zum Hüttendeck auf und grinste. Er war sich ihrer Gegenwart die ganze Zeit bewußt gewesen, begriff Bolitho.

Laut sagte er: »Ohne Allday...« Er mußte den Satz nicht vollenden, Adam verstand ihn auch so.

Der Fähnrich der Wache kam die Leiter heraufgepoltert und griff grüßend zum Hut. Bolitho wandte sich ihm zu. »Na, Mr. Ferrier, wollen Sie mir dieses fremde Segel melden?«

Der junge Mann errötete, seine sorgsam zurechtgelegten Worte waren vergessen.

»Ich – äh – Empfehlung des Kommandanten, Sir, und von Osten nähert sich eine Kurierbrigg.«

Bolitho nickte. »Danke. Es ist schon eine Weile her, seit ich den ›Luxus‹ der Fähnrichsmesse genießen durfte, aber ein Flaggensignal kann ich immer noch lesen.«

Adam rief aus: »Du hast es gewußt? Und hast mit mir geplaudert, als sei die Brigg und die Nachricht, die sie uns bringt, von keinerlei Bedeutung?«

Der Fähnrich meldete sich ab, blieb aber unterwegs bei zwei Freunden stehen, um mit ihnen zu sprechen. Bis heute abend würde der Vorfall, um einiges ausgeschmückt, im ganzen Schiff bekannt sein, dachte Bolitho. Ferrier war der älteste Fähnrich an Bord, und die Ankunft der Brigg war auch für ihn entscheidend; wahrscheinlich brachte sie ihm die Kommandierung zur Offiziersprüfung in der Heimat – für einen jungen Menschen Grund genug zur Freude.

Bolitho trat an die Reling und musterte die oberen Decks. Auf der Back, den Seitendecks und in der Takelage, überall waren Männer bei der Arbeit, aber ihre Blicke schweiften immer wieder zur Hafeneinfahrt, und Bolitho konnte ihre Gedanken leicht erraten. Zunächst waren sie froh gewesen, England und ihre demütigende Arbeitslosigkeit hinter sich zu lassen; aber nun würden sie nach allem, was sie gemeinsam erlebt und bewältigt hatten, nur zu gern in die Heimat zurückkehren.

Auch Bolitho dachte an Falmouth, an seine neugeborene Tochter. Welchen Namen Belinda wohl für sie ausgesucht hatte?

Er sagte: »Ich gehe unter Deck. Der Offizier der Wache soll die Mannschaft tüchtig beschäftigen. Ich will keine langen Gesichter sehen, wenn die Nachrichten enttäuschend sind.«

Adam trat zurück und tippte grüßend an den Hut. Vergeblich versuchte er zu erraten, was seines Onkels nächster Schachzug sein würde.

Als Bolitho seine Kajüte betrat, stellte er zu seiner Überraschung fest, daß Allday den Dienst wieder aufgenommen hatte; eifrig polierte er den alten Familiensäbel.

»Du sollst dich ausruhen, Mann! Wirst du denn, verdammt noch mal, nie tun, was dir gesagt wird?«

Aber diesmal blieb seine scheinbare Verärgerung ohne jede Wirkung.

Allday rieb noch einmal mit dem Tuch über die Klinge, dann blickte er zu Bolitho auf.

»Der Arzt sagt, daß ich mich nie mehr ganz erholen werde, Sir.«

Bolitho schritt zu den offenen Heckfenstern. Das war es also. Eigentlich hätte er es voraussehen müssen. Allday ging nach wie vor leicht gekrümmt, als hindere ihn die tiefe Wunde daran, sich aufzurichten.

Leise fuhr Allday fort: »Für einen Admiral wäre ich ein trauriger Bootsführer, deshalb wollte ich…«

Bolitho unterbrach ihn. »Niemand, den ich kenne, hat sich das bequeme Leben an Land so ehrlich verdient wie du. In Falmouth wartet Arbeit auf dich, aber das weißt du längst.«

»Ja, und ich danke Ihnen dafür, Sir. Aber das allein ist es nicht.« Allday sah auf den Säbel nieder. »Sie brauchen mich nicht mehr. Nicht dafür.«

Bolitho nahm ihm den Säbel aus den Händen und legte ihn auf den Tisch. »Wofür? Bloß weil du im Moment etwas wacklig auf den Beinen bist? Glaub mir, binnen kurzem bist du wieder der alte rebellische Haudegen.« Er legte ihm die Hand auf die Schulter. »Ich werde nie ohne dich segeln, es sei denn, du willst nicht mitkommen. Mein Wort darauf.«

Allday stand auf und unterdrückte eine Grimasse, als ihn ein stechender Schmerz durchfuhr. »Dann ist das also geregelt, Sir.«

Schleppenden Schrittes verließ er die Kajüte.

Alldays Entschlossenheit und Stolz waren ungebrochen, dachte Bolitho traurig. Und er lebte, das war die Hauptsache.

Später am Tag, als sich die Sonne schon der glatten See zuneigte, trat Bolitho in die Offiziersmesse; nach der Geräumigkeit seiner Kajüte und der Keens kam sie ihm eng und überfüllt vor.

Steif machte Quantock Meldung: »Alle Offiziere und Decksoffiziere wie befohlen zugegen, Sir.«

Bolitho nickte. Quantock war ein kalter Fisch, den auch das Gefecht nicht menschlicher gemacht hatte.

Als Adam die Tür hinter ihm geschlossen hatte, sagte der Vizeadmiral: »Bitte, nehmen Sie Platz, meine Herren, und Dank für die Einladung.«

Der alte Brauch amüsierte ihn immer wieder. In der Offiziersmesse war jeder Vorgesetzte, sogar Keen, lediglich ein geduldeter Gast. Aber hatte man wirklich jemals einem Vorgesetzten den Eintritt verwehrt? fragte er sich.

Er musterte die erwartungsvollen Gesichter. Sonnengebräunt und zuverlässig. Selbst die Kadetten und Fähnriche, die sich ganz achtern um den Ruderschaft drängten, machten den Eindruck von Männern, nicht mehr von Jungen. Die Leutnants und die beiden Anführer der Marinesoldaten, der mönchshafte Segelmaster Knocker und der Schiffsarzt Tuson – er hatte sie kennen und verstehen gelernt, seit seine Flagge im Vortopp gehißt worden war.

Bolitho begann: »Sie wissen inzwischen, daß die Kurierbrigg aus England auch Depeschen für uns an Bord hatte. Ihre Lordschaften haben sich mit den Berichten aus San Felipe eingehend beschäftigt und sind sich der wichtigen Rolle bewußt, die Ihrem Einsatz bei dieser schwierigen Mission zukommt.«

Er sah, wie Mountsteven seinen Freund, den Sechsten Offizier, anstieß.

»Weiterhin hat man mich unterrichtet, daß Frankreichs Einmischung im Mittelmeer und der Druck, den es auf die Regierung Seiner Majestät wegen der Evakuierung Maltas ausübt – einer Vereinbarung in eben jenem Vertrag, der uns zur Übergabe dieser Insel hier zwang –, daß all dies weitere Verhandlungen verhindert. Als unmittelbare Folge daraus werden alle französischen und holländischen Kolonien, in deren Rückgabe wir eingewilligt hatten, in britischem Besitz bleiben. Und das, meine Herren, gilt natürlich auch für San Felipe.«

Bolitho konnte es immer noch nicht ganz glauben. Es fiel schwer, hinter den abgewogenen Formulierungen der Depeschen die komplizierten Verhandlungen zu sehen, die überall in Europa stattgefunden hatten, während die Crew von *Achates* um ihr Überleben kämpfte.

Bonaparte, jetzt auf Lebenszeit zum Konsul ernannt, hatte Piemont und Elba annektiert und machte keinen Hehl aus seiner Absicht, Malta wieder in Besitz zu nehmen, sobald England dort seine Flagge zugunsten einer scheinbaren Unabhängigkeit der Insel gestrichen hatte.

Mit dem Begreifen ging eine Welle der Erregung durch die Messe. Das war das Ende des Friedens von Amiens, dachte Bolitho. Er hatte kaum so lange gewährt, wie die Unterschriften zum Trocknen brauchten.

Er fuhr fort: »Wir haben Befehl, auf San Felipe zu bleiben, bis entsprechende Streitkräfte aus Antigua und Jamaika eintreffen, um die Inselgarnison zu verstärken.« Und in Keens Richtung, der den Blick abwandte, weil er offenbar ahnte, was nun kam: »Der augenblickliche Gouverneur wird so schnell wie möglich abgelöst. Sir Humphrey Rivers kehrt nach England zurück, um sich vor Gericht wegen Hochverrats zu verantworten.«

Es bereitete Bolitho keine Genugtuung, sich vorzustellen, wie Rivers nach seinem Leben in Luxus und Reichtum die Heimkehr auf einem Kriegsschiff schmecken würde, dem ersten halbwegs geeigneten, das die Insel Richtung England verließ. Und nach dieser unerwarteten politischen Entwicklung erwartete ihn wahrscheinlich der Strick des Henkers.

Bolitho blickte von einem Gesicht zum anderen und schloß: »Sie alle haben sich äußerst tapfer geschlagen, und ich möchte Sie bitten, auch der Mannschaft meinen Dank zu übermitteln.«

Keen sah Bolitho zum erstenmal seit langem lächeln. »Und wenn alles geregelt ist«, setzte ihr Vizeadmiral hinzu, »fahren wir heim.«

Das brachte sie auf die Beine; sie lachten und schrien durcheinander wie Schuljungen.

Keen hielt die Tür auf, damit sich Bolitho unauffällig zurückziehen konnte. Er hatte zwei Briefe von Belinda erhalten und nun endlich Zeit, sie in Ruhe noch einmal von Anfang bis Ende zu lesen.

Als Keen und Adam ihm die Treppe hinauf folgten, fragte der Kommandant: »Bedeutet das Krieg, Sir?«

Bolitho dachte an die jungen, jubelnden Gesichter, die er gerade verlassen hatte, und auch an Quantocks säuerliche Mißbilligung.

»Für mich gibt es daran kaum noch Zweifel, Val«, antwortete er.

Keen sah sich im Halbdunkel um, als müsse er sein Schiff sogleich gefechtsklar machen. »Herr im Himmel, Sir, wir haben uns vom letzten noch kaum erholt!«

Als sich Bolitho der rotuniformierten Wache vor seiner Kajüte zuwandte, hörte er Alldays neuerdings so schleppenden Schritt hinter der Tür. »Manche werden sich nie mehr erholen«, sagte er. »Für sie ist es zu spät.«

Keen seufzte und sagte zu Adam: »Kommen Sie mit, Mr. Bolitho, wir trinken einen Schluck. Zweifellos werden Sie ein eigenes Schiff befehligen, wenn es zum Krieg kommt.« Er lächelte schief. »Erst dann werden Sie merken, wie hart das Leben sein kann.«

In seiner großen Achterkajüte machte Bolitho es sich bequem und entfaltete den ersten Brief.

Es ging heimwärts. Seine Leute wären überrascht gewesen zu hören, daß diese Worte für ihren Vizeadmiral genausoviel bedeuteten wie für sie selbst.

Und dann glaubte er, ihre sanfte Stimme aus den Zeilen sprechen zu hören, als er las: *Mein geliebter Richard…*

»Sorgen Sie dafür, Yovell, daß diese Briefe mit den anderen an Bord der Kurierbrigg gebracht werden.«

Bolitho lauschte dem Knarren der Taljen, das durchs Oberlicht hereindrang, dem Getrappel vieler Füße, als wieder ein Netz mit frischem Proviant über das Schanzkleid gehievt wurde.

Nach dem monatelangen Warten fiel es immer noch schwer zu glauben, daß der Augenblick des Aufbruchs für sie gekommen war. Obwohl sie wirklich keine Zeit zur Muße gefunden hatten.

Eine schnittige Fregatte und zwei Mörserboote lagen nun unterhalb der Batterie vor Anker, und ein großer Truppentransporter hatte die versprochene Verstärkung für die Garnison gebracht. Bolitho mußte lächeln, als ihm einfiel, wie Lemoine seine Ablösung durch einen Obersten kommentiert hatte.

»Und dabei habe ich gerade Geschmack an der Macht gefunden«, hatte der Leutnant gesagt.

Bolitho hörte Alldays Schritt in der Pantry und blickte auf, um ihn zu begrüßen. Allday hatte große Fortschritte gemacht und sogar wieder etwas Farbe gewonnen, aber er konnte die Schultern immer noch nicht gerade halten, und der blaue Rock mit den Goldknöpfen hing lose um seine mächtige Gestalt.

Seit seiner Verwundung mußten jetzt sechs Monate vergangen sein und drei seit der Ankunft des Kurierschiffs mit den Anweisungen der Admiralität, die das Schicksal der Insel endgültig regelten.

Bolitho sagte: »Wenn wir England erreichen, wird es dort Frühling sein. Ein volles Jahr ist seit unserem Auslaufen vergangen.«

Dabei beobachtete er Alldays Gesicht, aber der zuckte nur mit den Schultern und antwortete: »Wahrscheinlich hat sich die ganze Aufregung bis dahin wieder gelegt, Sir.«

»Kann sein.«

Allday grübelte also immer noch, fürchtete das Land mehr als die Gefahren auf See. Einem alten Seemann ging es da nicht anders als seinem Schiff: sobald es unnütz festlag und nicht mehr gebraucht wurde, war es zum Verfall verurteilt.

Bootsmannspfeifen schrillten an Deck oben und Befehle wurden gebrüllt, während die Seitenwache an der Pforte aufzog.

Bolitho erhob sich und ließ sich von Ozzard seinen Paraderock bringen. Mit der Fregatte war auch der neue Gouverneur für San Felipe eingetroffen, ein schmächtiger Mann mit einem Vogelgesicht, der im Vergleich zu Rivers farblos wirkte.

Und er brachte die Anweisung mit, daß Rivers auf *Achates* nach England zurückgeschafft werden sollte. Pech für uns beide, dachte Bolitho.

Oder wie Keen bemerkt hatte: »Hölle und Teufel, warum ausgerechnet wir? Die Pest über diesen Mann!«

Ozzard klopfte an dem goldbetreßten Uniformrock herum und musterte die Goldepauletten mit sachkundigem Interesse. Dann griff er nach dem Prunksäbel an der Wand, ließ aber die Hände sinken, als Bolitho schnell den Kopf schüttelte.

Er wartete darauf, daß Allday die alte Familienwaffe von ihrem Platz nahm und ihm an den Gürtel schnallte, wie immer.

Bolitho hatte Belinda von Alldays Mut geschrieben und auch den Preis erwähnt, den er dafür hatte zahlen müssen. Sie würde besser als jeder andere wissen, was jetzt zu tun war. Mit einem schnellen Kurier mußten seine Briefe lange vor *Achates* in England sein.

»Danke. Ich gehe und begrüße unseren – äh – Gast.«

Allday begleitete ihn an Deck, wo Bolitho Rivers an der Eingangspforte warten sah, flankiert von seiner Eskorte. Er trug Handschellen, und Leutnant Lemoine beeilte sich zu erklären: »Befehl des Obersten, Sir.«

Bolitho nickte unbeeindruckt. »An Bord befindet sich Sir Humphrey in meinem Gewahrsam, Mr. Lemoine. Und ich wünsche nicht, ihn in Eisen zu sehen.«

Die überraschte, fast erschreckte Dankbarkeit in Rivers' Blick blieb ihm nicht verborgen. Dann sah er seine Augen zum Vormasttopp schweifen, wo die Flagge in der frischen Brise auswehte. Da er selbst Vizeadmiral gewesen war, suchte er diesen Anblick wohl bis zuletzt auszukosten.

»Meinen Dank dafür, Bolitho.«

Bolitho sah Keen im Hintergrund die Stirn runzeln. »Das ist aber auch alles, obgleich das mindeste, was ich für Sie tun kann.«

Rivers blickte hinüber zur Stadt, an deren Uferstraße sich eine Menschenansammlung eingefunden hatte, um ihn abreisen zu sehen. Kein Jubel, aber auch keine Schmährufe. Typisch für die Insel, dachte Bolitho, mit ihrer stürmischen Vergangenheit und ungewissen Zukunft.

Aber was kümmerte es ihn? Warum sollte er den Mann bedauern, diesen Verräter und Piraten, dessen selbstsüchtige Gier so viele Menschenleben gefordert hatte? Rivers hatte zwei Söhne, die in London lebten und ihm schon einen tüchtigen Verteidiger für seinen Prozeß besorgen würden. Vielleicht konnte er sich sogar noch einmal herausreden. Die im Kriegsfall so wertvolle Wehrhaftigkeit der Insel ging schließlich zum großen Teil auf ihn zurück, auch wenn seine Motive dabei anderer Art gewesen waren.

Bolitho mußte sich eingestehen, daß die Hauptschuld bei den allmächtigen Herren in London lag, die es zugelassen hatten, daß Rivers seine Macht zum eigenen Vorteil immer weiter ausbaute.

Keen sah Rivers nach, der nach unten geführt wurde, und murrte: »Ich hätte ihn in die Arrestzelle gesteckt.«

Bolitho lächelte. »Wenn Sie jemals in Gefangenschaft geraten, Val, was hoffentlich niemals geschehen wird, dann werden Sie mich verstehen.«

Ungerührt grinste Keen. »Aber bis dahin, Sir, kann ich ihn nicht ausstehen.«

Fähnrich Ferrier trat heran, grüßte und meldete Keen: »Mr. Tyrrell ist an Bord gekommen, Sir.«

Bolitho wandte sich um. Tyrrell hatte sich seit dem Verlust seiner *Vivid* überwiegend an Land aufgehalten, wohl um – wie Bolitho vermutete – nicht darüber sprechen zu müssen. Oder hatte er, unabhängig wie immer, sich einen Platz auf einem anderen Schiff gesucht?

Nun mußte er gehört haben, daß *Achates* bald auslaufen würde. Schließlich war das ein offenes Geheimnis auf der Insel. Wenn *Achates* erst den Ozean überquert hatte, würde es auf San Felipe einige neugeborene Kinder geben, hell- oder dunkelhäutige. Es stimmt Bolitho froh, die Abschiedsrufe zu hören, die zwischen den Booten und dem Kai gewechselt wurden. *Achates* hatte über die Toppen geflaggt und war bis zum Rand voll frischer Früchte und Geschenke, überreicht von der Inselbevölkerung, die das Schiff einst so gehaßt und gefürchtet hatte.

Tyrrells wettergegerbter Kopf erschien auf der Leiter zum Achterdeck, und Bolitho ging ihm entgegen.

»Will mich nur schnell verabschieden, Dick. Von Ihnen und dem Junior. Wenn ich ihn das nächste Mal sehe, ist er bestimmt Kapitän.«

Wie Allday tat sich auch Tyrrell schwer; er würde im nächsten Augenblick auf seinem verhaßten Holzstumpf schleunigst das Weite suchen. Bolitho dachte über die rechten Worte nach, denn er wußte, daß Tyrrell jede wohlgesetzte Rede als Beweis für Mitleid, ja sogar Herablassung auffassen würde.

»Fahren Sie jetzt nach Hause zurück, Jethro?«

»Hab kein Zuhause, ist alles hin. Das wissen Sie doch, verdammt noch mal!« Aber er beherrschte sich sofort wieder. »Tut mir leid. Unser Wiedersehen hat mich ziemlich aus dem Gleis geworfen.«

»Mich auch.«

»Tatsächlich?« Mißtrauisch starrte Tyrrell ihn an, einer Lüge gewärtig.

»Ich habe mir überlegt...« Aus dem Augenwinkel sah er Knocker zum Ersten Offizier hasten, der sich seinerseits an den Kommandanten wandte. Bolitho wußte den Grund, auch er hatte den Wechsel der Windrichtung im Gesicht gespürt, schon als er mit Rivers sprach. Viel half das nicht, aber in dieser wetterwendischen Weltgegend mußte man aus allem das Beste machen. Doch er untersagte sich den Blick zur Windfahne im Masttopp, weil er sich nicht ablenken lassen wollte, sondern fuhr fort: »Wie wär's mit England?«

Tyrrell warf den Kopf zurück und lachte rauh. »Mann Gottes, was sagen Sie da? Was soll ich in England?«

Bolitho blickte an ihm vorbei zum Land hinüber. »Ihr Vater stammt aus Bristol, wie ich mich erinnere. Das ist nicht weit von Cornwall, von uns.«

Auch Tyrrell war die plötzliche Aktivität an Bord nicht entgangen, er interpretierte sie richtig: ein Schiff vor dem Auslaufen. Aber in die Heimat.

Verzweifelt antwortete er: »Ich bin ein Krüppel, Dick, wozu wäre ich schon nütze?«

»Westengland hat eine Menge Schiffe wie die *Vivid.*«

Bolitho sah Keen herankommen. Er konnte nicht länger warten. »Jedenfalls möchte ich, daß Sie mitfahren«, sagte er abschließend.

Tyrrell blickte sich um, als könne er seinen Augen und Ohren nicht mehr trauen.

»Aber Hand für Koje, darauf bestehe ich.«

Bolitho lächelte. »Dann ist das also abgemacht.«

Sie tauschten einen Händedruck, wobei Tyrrell versprach: »Bei Gott, Sir, das sollen Sie niemals zu bereuen haben!«

Bolitho wandte sich an seinen Flaggkapitän. »Bringen Sie das Schiff in Fahrt, Val, wenn Sie soweit sind.«

Keen drehte sich um und rief: »Alle Boote einsetzen! Beide Wachen an Deck, Mr. Quantock!«

Ein letztes Mal blickte er hinüber zu Bolitho und dem Einbeinigen, die an der Querreling standen, und schüttelte den Kopf.

Die Toppsgasten enterten behende auf und legten auf den Rahen aus, das Ankerspill wurde bemannt, und bald zeigte *Achates* dem Land das Heck und glitt langsam seewärts, auf ihren Anker zu.

»Hören Sie sie, Jethro?« fragte Adam aufgeregt. »Sie jubeln uns zu!«

Das Ufer war gesäumt mit Menschen, die Tücher schwenkten und Abschiedsgrüße übers Wasser riefen, während das große Ankerspill das Schiff mit jedem Klicken weiter dem Land entzog.

Tyrrell nickte. »Ja, mein Junge, diesmal jubeln sie.«

Hauptmann Dewar kam schneidig heranmarschiert und griff schwungvoll grüßend zu seinem Hut. »Also gut«, sagte Keen, der sich von der allgemeinen Fröhlichkeit anstecken ließ, »lassen Sie aufspielen. Das wollten Sie doch gerade vorschlagen, wie?«

Bolitho spürte, daß er den Handlauf unnötig fest umklammerte. Solch einen Abschied hatte er schon ungezählte Male erlebt, aber trotzdem war es diesmal anders.

»Anker ist kurzstag, Sir!«

»Vorsegel los!«

Bolitho wandte sich um und sah Allday neben sich stehen. Seine rechte Hand.

»An die Brassen!« Mit vorgerecktem Kopf tigerte Quantock an Deck hin und her; im Augenblick jedenfalls war seine Verbitterung über den komplizierten Anforderungen seines Handwerks vergessen.

»Anker ist frei!«

Es war kein schneidiges Manöver unter Vollzeug und mit starker Krängung, nein, *Achates* ging langsam und mit der ganzen Würde ihrer Jahre durch den Wind, ließ die Sonne kurz von ihrer Galionsfigur reflektieren und dann auf den verschalkten Stückpforten und der frisch gestrichenen Rumpfwölbung schimmern.

»Bramsegel los, aber bißchen plötzlich, Mr. Scott! Ihre Leute sind heute lahm wie alte Weiber!«

Knallend füllten sich die Segel mit Wind, bis sie steif wie Bretter standen; mit einer leichten Bugwelle unter ihrem Wasserstag glitt *Achates* auf die Hafenausfahrt zu.

Bolithos Augen hingen an dem schmalen Fahrwasser, das ihm nicht viel breiter vorkam als ein Hoftor. Auch Keen, das sah er mit einem kurzen Seitenblick, mußte wieder daran denken, wie sie bei völliger Dunkelheit hier durchgebrochen waren.

»Recht so!« Das war Knockers Stimme. Sogar er schien ungewohnt heiter, als er fortfuhr: »Mr. Tyrrell, Sie kennen sich hier besser aus. Ich wäre Ihnen dankbar für Ihren Rat.«

Hoch über ihnen glitt die Festung vorbei und darunter der leicht ansteigende Feldweg, auf dem der Trommelbube gefallen war und Rivers seinen größten Fehler gemacht hatte.

Die Flagge über dem alten Turm wurde grüßend gedippt; auf der zinnenbewehrten Bastion stand eine Reihe rotuniformierter Soldaten mit aufgepflanzten Bajonetten und salutierend gesenkten Fahnen. Die Bramsegel von *Achates* warfen huschende Schatten auf die Festungsmauern.

»So schnell werden die das alte Käthchen nicht vergessen«, murmelte Allday. Lauschend wandte er sich um, als der kleine Musikzug mit seinen Pfeifern und Trommlern ein munteres Abschiedslied anstimmte.

Bolitho sah, daß Alldays Hand noch einmal zur Wunde tastete, aber dann zog er sie entschlossen zurück und legte sie neben seiner auf den Handlauf.

Als lasse er mit der Insel auch den Schmerz hinter sich zurück.

XVI Das Geheimnis

Bolitho stieg die nassen Planken zur Luvseite hinauf und griff haltsuchend in die Wanten des Besanmasts.

Das Schiff schüttelte sich und stampfte schwer in den hohen Seen, die mit ungebrochener Wucht schräg gegen sein Achterschiff anrannten.

Wieder einmal sackte der Bug weg, donnernd stieg die See übers Vorschiff ein und schäumte wie ein Wasserfall auf dem oberen Batteriedeck nach achtern, umbrandete die Kanonen und gurgelte schließlich durch die Speigatten außenbords – bis zum nächsten Ansturm.

Trotz der heftigen Schiffsbewegungen und der unbehaglichen Nässe hätte Bolitho jubeln mögen; ihn erfüllte eine Begeisterung, die er seit seinen Tagen als junger Kommandant nicht mehr gekannt hatte.

Das graue Gesicht des Atlantiks – wie sehr unterschied es sich doch von den Gewässern um San Felipe: gefurcht von wilden

Seen, deren helle, brechende Kämme ihn anfletschten wie gelbe, scharfkantige Zähne, reckte es sich ihm trotzig entgegen.

Achates wetterte den unerwarteten Sturm unter Breitfock und gerefften Marssegeln ab und hielt sich bei den rauhen Bedingungen recht tapfer. Trotzdem, in der kurzen Zeit, seit er an Deck gekommen war, hatte Bolitho den Bootsmann und seine Gang losgerissene Beiboote wieder festzurren gesehen, immer im Kampf mit dem überkommenden Wasser, das sie von den Füßen zu reißen drohte; genauso mußten Kanonen neu gesichert werden oder Männer aufentern, um gebrochene Teile des Riggs zu reparieren.

Auch Keen hielt sich an Deck auf. Der Sturm zerrte an seinem Ölzeugmantel, als er, über den Kompaß gebeugt, sich schreiend mit dem Master unterhielt.

Seit ihrem Auslaufen von San Felipe hatte das Wetter sie ständig genarrt. Zunächst war die Brise eingeschlafen, sobald die Insel hinter den Horizont gesunken war. Tagelang hatten sie in der Flaute gedümpelt, ehe sie wieder Segel setzen und die vielen Seemeilen zurückgewinnen konnten, die sie verdriftet waren.

Jetzt standen sie weit draußen im Atlantik und bekamen die andere Seite zu spüren. Trotz der vielen Reparaturen, von denen manche mangels einer Werft nur behelfsmäßig ausgeführt waren, hatte sich das Schiff bisher behauptet. Zum Glück für uns alle, dachte Bolitho grimmig, denn das nächste Land waren die Bermudas, etwa zweihundert Meilen weiter nordwestlich.

Hier kam wieder eine. Bolitho hielt den Atem an, als die See übers Luvschanzkleid kochte und ein paar Seeleute wie Treibholz wegschwemmte, ehe sie sich irgendwo festklammern konnten. Er blickte zu den Rahen auf, wo die gerefften Segel im diffusen Licht wie Metallplatten schimmerten.

Auf dem Achterdeck paßten geduckte Schemen den rechten Moment ab, ehe sie von einem Handlauf zum nächsten sprangen. Einige dieser Gestalten bemerkten den Admiral auf der Luvseite und zweifelten wohl an seinem Verstand, weil er das sturmumtoste Deck seiner ruhigen, trockenen Kajüte vorzog.

Das Gesicht tropfnaß von Gischt, kam Keen herangewankt.

»Mr. Knocker sagt, das kann höchstens noch einen Tag so bleiben, Sir.« Er duckte sich vor einer Wasserwand, die auf das

Achterdeck krachte und über die Niedergangsleitern zu beiden Seiten wieder abfloß.

»Wie wird Sir Humphrey mit all dem fertig?«

Keen spähte zum Großmast, wo zwei Männer einen Bunsch neuer Leinen klar zum Hochhieven machten, weil an der Großmarsrah etwas gebrochen war. Dann entspannte er sich leicht, als er sah, daß sie sich rechtzeitig zu den Wanten flüchteten und sich anklammerten, ehe die nächste überkommende See sie von Bord waschen oder gegen eine Kanone schmettern konnte.

Schreiend antwortete er: »Prächtig, Sir. Er schreibt die meiste Zeit.«

Bolitho drückte das Kinn in den Kragen, als Gischt und Spritzwasser von der Hütte auf ihn herabprasselten. Also bereitete Rivers seine Verteidigung vor. Oder er verfaßte seinen Letzten Willen. Wahrscheinlich hielt er sich so beschäftigt, um die Meilen zu vergessen, die *Achates'* zerschrammter Kiel unerbittlich verschlang.

Der Wachoffizier hangelte sich Hand über Hand an der Querreling heran und rief: »Zeit für die erste Kurzwache, Sir!«

Keen grinste in den Sturm. »Mein Gott, dabei sieht's eher aus wie Mitternacht.«

Bolitho überließ ihn sich selbst und tastete sich nach achtern unter die Hütte, wo es relativ ruhig war; hier dämpfte massives Eichenholz das Getöse von See und Sturm.

Aber in der Kajüte ging der Hexentanz wieder los: Spritzwasser schoß durch die verschalkten Fenster in Luv, die Hängelampen kreiselten wild unter der Decke, und das Mobiliar tat sein Bestes, um sich aus Ozzards Sturmlaschings zu befreien.

Der Steward erschien in der Tür zur Pantry und klammerte sich haltsuchend an den Rahmen. Bolitho wollte ihn um ein heißes Getränk bitten, ließ es aber, als er sah, wie grünlich-blaß Ozzards Gesicht war.

»Wie geht's Allday?«

Ozzard schluckte. »Liegt in seiner Hängematte und ruht sich aus. Vorher hat er einen großen Becher...« Aber allein der Gedanke an Rum war zuviel für Ozzard; er drehte sich würgend um und floh in die Pantry zurück.

Bolitho ging in seinen Schlafraum und packte das Fußbrett seiner Koje, in der Allday beinahe gestorben wäre. Dann wartete er ab, bis das Deck sich wieder zu heben begann, und hievte sich voll angekleidet auf sein Lager.

Es war ihm verhaßt, so am Rande des Geschehens bleiben zu müssen, wenn das Schiff seinen Kampf mit dem naturgegebenen Feind austrug. Sich bei dieser Gelegenheit kaum wichtiger als ein Passagier zu fühlen, war ein Aspekt seines Admiralsranges, mit dem er sich nur schwer abfand.

Trotzdem blieb er angekleidet und ließ nur die Schuhe zu Boden poltern. Den Schatten, die in einem makabren Tanz über Schotten und Decke huschten, zog er eine Grimasse. Ob nun Passagier oder nicht, wenn das Schiff unterging, sollte die Besatzung ihren Admiral nicht in Unterhosen sehen.

Aber in dieser Nacht verausgabte der Sturm seine Kraft; gegen Morgen drehte der Wind, obwohl immer noch sehr stark, nach Süden, so daß Keen mehr Segel setzen lassen konnte und seine Männer sich an die Beseitigung der Sturmschäden machten. In den Zwischendecks wurde gepumpt, getrocknet und aufgeklart, und als zum Frühstück gepfiffen wurde, stieß der Kombüsenschornstein wieder seine üblichen, fettig schwarzen Rußwolken aus.

Bolitho saß am Tisch, trank dampfenden Kaffee und kaute auf dünnen Schweinefleischscheiben, die in Zwiebackkrümeln hellbraun geröstet waren. Auf See war das eines seiner Lieblingsgerichte, und niemand konnte es besser zubereiten als Ozzard.

Trotz des ungünstigen Wetters und ihrer dadurch bedingten Verzögerung sollten sie Kap Lizard, die Südwestspitze Englands, in vierzehn Tagen in Sicht bekommen.

Es überraschte ihn selbst, daß er sich bei diesem Gedanken so unsicher, so nervös fühlte. Voraus lag alles, wonach er sich gesehnt, was er sich erhofft hatte, und trotzdem war ihm zumute wie einem schüchternen Seekadetten.

Er erhob sich und trat vor den Spiegel, der über seinem Schreibpult hing. Schließlich war er um ein Jahr älter geworden. Die Strähne, die über sein rechtes Auge fiel und die tiefe Narbe verdeckte, war zwar noch rabenschwarz, aber trotzdem argwöhnte er, daß irgendwo graue Haare sein mußten. Er zuckte die Schultern. Immerhin war er der jüngste Vizeadmiral der britischen Marine – wenn man von Old Nel absah, natürlich.

Aber auch das war ihm kein Trost. Er hatte 46 Jahre auf dem Buckel und eine um zehn Jahre jüngere Frau. Angenommen ...

Fast dankbar fuhr Bolitho herum, als Keens Eintreten ihn aus seinen Gedanken riß.

»Nehmen Sie sich Kaffee, Val, wenn ...« Jetzt fiel ihm Keens grimmige Miene auf, und er fragte: »Probleme?«

Keen nickte. »Der Ausguck hat Wrackteile gesichtet, Sir, in Nordost«, berichtete er. »Wahrscheinlich ein Opfer des letzten Sturms.«

»Möglich.« Bolitho schlüpfte in seinen ausgeblichenen Dienstrock. »Doch nicht die Kurierbrigg, die vor uns ausgelaufen ist?«

»Nein, Sir. So weit könnte sie nicht getrieben sein.« Gespannt beobachtete Keen seinen Admiral. »Wenn wir über Stag gehen, um die Wrackteile zu untersuchen, verlieren wir wertvolle Zeit, Sir.«

Bolitho biß sich auf die Lippen. Er hatte schon einmal ein treibendes Boot gefunden, in dem nur noch ein Mann am Leben gewesen war, umgeben von lauter Leichen. Auch dachte er an den kleinen Evans in seinem Kutter, mit Verwundeten und Toten als Bordkameraden. Wie fühlte man sich als letzter Überlebender?

Er sagte: »Es gibt immer noch eine Hoffnung, Val. Ändern Sie Kurs und lassen Sie ein Boot aussetzen, wenn wir nahe genug sind.«

Eine Stunde später, als *Achates* unter verringerter Segelfläche unruhig hoch am Wind lag, pullte das große Seitenboot hastig auf die Stelle zu, wo ein Teppich dunkler Wrackteile im Wasser trieb.

Bolitho stand mit einem Teleskop auf dem Hüttendeck und studierte die kläglichen Überreste, auf die *Achates'* Bugspriet zeigte. Ein großes Schiff konnte es nicht gewesen sein, überlegte er. Wahrscheinlich hatte eine von achtern kommende Monstersee sein ungeschütztes Heck so unter Wassermassen begraben, daß es sich nicht mehr aufrichten konnte.

Keen ließ sein Glas sinken. »Dort ist ein Boot, Sir!«

Bolitho schwenkte sein Fernrohr in die angezeigte Richtung und starrte zu dem halb überspülten, mit Schlagseite im Wasser liegenden Ding hinüber, das einst eine Barkasse gewesen war.

»Mit Überlebenden«, rief Keen. »Zwei jedenfalls.«

Leutnant Scott, der *Achates'* Seitenboot befehligte, trieb seine Rudergänger bereits zu noch größerer Anstrengung an; auch er hatte die Schiffbrüchigen gesichtet.

Bolitho hörte Tyrrells Holzbein auf den Planken hinter sich und fragte: »Was halten Sie davon, Jethro?«

Tyrrell mußte keinen Augenblick überlegen. »Das ist ein Franzose. Oder war jedenfalls einer.«

Keen richtete sein Glas aus und sagte erregt: »Sie haben recht! Und außerdem war's kein Handelsschiff.«

Bolitho sah den Arzt Tuson mit seinen Gehilfen an der Eingangspforte warten, wo ein Flaschenzug aufgeriggt worden war, mit dem die Schiffbrüchigen an Bord gehievt werden sollten. »Wer spricht von uns am besten französisch?« fragte er.

Keen zögerte keinen Augenblick. »Mr. Mansel, der Zahlmeister. Er war vor dem Krieg Weinhändler.«

Bolitho mußte lächeln. Er hatte es anders im Gedächtnis, nämlich daß Mansel Schmuggler gewesen war.

»Gut, er soll sich bereithalten. Vielleicht erfahren wir, was hier passiert ist.«

Insgesamt retteten sie zehn Überlebende. Der wilde Seegang hatte sie so lange geschunden und herumgestoßen, daß sie – fast blind und halb bewußtlos – so weit von Land schon jede Hoffnung auf Rettung aufgegeben hatten. Ihr Schiff war die Brigg *La Prudente* gewesen, unterwegs von Lorient in Richtung Martinique. Eine See hatte ihren Kommandanten über Bord gerissen; der Erste hatte es zwar noch geschafft, ein Boot auszusetzen, war aber dann von einem herabstürzenden Wrackteil erschlagen worden. Der Tote lag noch im Boot, sein Gesicht leuchtete gespenstisch weiß aus dem Wasser, das schon fast bis zum Dollbord stand.

Der Bootsmann rief: »Soll ich es treiben lassen, Sir?«

Aber Leutnant Scott griff nach einem Bootshaken und zog den toten Leutnant heran.

Die Schiffbrüchigen mochten zu benommen und erschöpft gewesen sein, als daß sie ihren toten Offizier hätten über Bord werfen können. Bolitho sah zu, wie man sie nun zu einem Niedergang trug oder geleitete; sie schienen immer noch nicht zu begreifen, was mit ihnen geschah.

Keen meldete: »Mr. Scott hat etwas gefunden, Sir.«

Der tote Leutnant wurde gerade über das Schanzkleid gehievt, Wasser floß ihm aus Mund und Uniform, als er wie ein Gehenkter am Galgen pendelte, bis er auf das Seitendeck niedersank.

Scott kam nach achtern gelaufen und griff salutierend zum Hut. »Dies hier hatte er um seine Taille gebunden, Sir. Ich konnte es sehen, als das Boot rollte.«

Bolitho sah Keen an und kam sich vor wie ein Leichenfledderer. Arme und Beine gespreizt, lag der französische Leutnant auf dem Deck, das eine Augenlid halb geöffnet, als sei ihm das Licht zu hell.

Black Joe Langtry, der Schiffsprofos, breitete ein Stück Segeltuch über den Leichnam, zog ihm aber vorher noch eine Pistole aus dem Gürtel.

Keen sah die Adresse des Umschlags. »Wie vermutet: von Lorient nach Martinique«, sagte er.

Bolitho nickte. Er brauchte einige Zeit, bis er den dicken Leinenumschlag aufgerissen und die eindrucksvollen, scharlachroten Siegel erbrochen hatte. Dann reichte er den Inhalt an Mansel weiter.

Die Lippen des Zahlmeisters bewegten sich, während er die gewählten Wendungen der Depesche las, die an den kommandierenden Admiral der westindischen Flotte in Fort de France gerichtet war.

Kein Wunder, daß der Leutnant den Brief unter allen Umständen hatte retten wollen.

Unter den beobachtenden Blicken wurde es dem Zahlmeister unbehaglich; er blickte auf und sagte: »Soweit ich es verstehe, Sir, steht hier, daß sofort nach Empfang dieser Depesche die Feindseligkeiten gegen England und seine überseeischen Besitzungen wieder aufzunehmen sind.«

Keen starrte Bolitho an. »Allein das reicht schon völlig!«

Bolitho beobachtete, wie das Seitenboot zum Anbordhieven in die Taljen gehängt wurde. Er brauchte Zeit zum Nachdenken, wollte Glück, Zufall und einen beiläufigen Akt der Menschlichkeit gegeneinander abwägen.

Schließlich sagte er: »Diesmal hat uns der Sturm einen Gefallen getan, Val.«

Keen sah zu, wie Bolitho eine Handvoll Pistolenkugeln aus dem Briefumschlag schüttelte: Ballast, der ihn eher auf den Meeresgrund sinken als in falsche Hände geraten lassen sollte. Aber der Leutnant war zu schnell gestorben und seine Crew zu ahnungslos oder zu furchtsam gewesen.

Keen sagte: »Jetzt handelt es sich also nicht mehr nur um eine Drohung. Wir haben tatsächlich Krieg.«

Bolitho lächelte nachdenklich. »Zumindest wissen wir es früher als andere; das ist immer von Vorteil.«

Mit neu getrimmten Rahen und hartgelegtem Ruder wandte *Achates* ihren Bugspriet von den treibenden Wrackteilen und dem voll Wasser gelaufenen Boot ab, das binnen kurzem sinken mußte.

Nach Sonnenuntergang wurde der französische Leutnant mit allen Ehren der See übergeben. Bolitho wohnte der Bestattung mit Adam und Allday bei und hörte Keen ein Gebet sprechen, ehe der Tote von der Gräting rutschte und im Kielwasser versank.

Der nächste Franzose, den sie trafen, würde nicht so friedlich sein, dachte Bolitho.

»Also, Sir Humphrey, wie ich hörte, wollen Sie mich sprechen.«

Bolitho ließ sich nichts anmerken, war aber entsetzt über den Wandel in Rivers' Aussehen und Benehmen. Er wirkte um zehn Jahre gealtert und hielt sich gebeugt wie unter einer schweren Last.

Er schien überrascht, als Bolitho ihn zu einem Sessel winkte, ließ sich aber dankbar hineinsinken und blickte sich gierig in der Kajüte um.

Schließlich sagte er: »Ich habe alles, was ich weiß, über die Verschwörung niedergeschrieben, die zur Übernahme meiner...« Er verhedderte sich. »Zur Übernahme von San Felipe durch die Spanier führen sollte. Konteradmiral Burgas, der das Geschwader in La Guaira kommandiert, sollte die Insel regieren, bis das Besitzrecht Spaniens endgültig anerkannt war.«

»Wußten Sie, daß die spanische Mission als Tarnung für die Invasionsflotte diente?«

»Nein. Ich vertraute dem spanischen Oberbefehlshaber. Er

versprach mir eine Ausweitung des Handels mit dem südamerikanischen Festland. Mir schien das alles nur vorteilhaft.«

Bolitho nahm die Aufzeichnungen entgegen und überflog sie nachdenklich.

»Das könnte für Ihre Verteidigung in London von Nutzen sein, obwohl...«

Rivers hob die Schultern. »*Obwohl.* Ich verstehe.« Dann sah er Bolitho direkt an und fragte: »Wenn Sie zur Zeit meines Prozesses in England sind, würden Sie dann für mich aussagen?«

Bolitho konnte ihn nur anstarren. »Da verlangen Sie aber allerhand von mir. Nach dem Angriff auf mein Schiff und meine Männer...«

Aber Rivers ließ sich nicht beirren. »Sie sind Frontoffizier. Für mein Verhalten suche ich keine Entschuldigung, sondern Verständnis. Sie begriffen, was ich beabsichtigte: die Insel für England zu erhalten. Genau das, was durch Ihr Verdienst jetzt auch geschah.«

Als Bolitho nur schwieg, fuhr Rivers fort: »Schließlich – hätten die Spanier den Angriff noch vor Ihrem Eintreffen begonnen, wäre vielleicht *meinen* Abwehrmaßnahmen der Erfolg zu verdanken gewesen. Dann sähe mich alle Welt jetzt in ganz anderem Licht.«

Bolitho musterte ihn mitfühlend. »Aber der spanische Angriff kam später. Sie wissen doch aus Erfahrung, Sir Humphrey, wie es dem Kommandanten ergeht, der ein feindliches Schiff versenkt oder erobert – eben ein Schiff, das er für feindlich hält – und dann im Hafen erfährt, daß ihrer beider Länder längst Frieden geschlossen haben. Der Kommandant konnte das unmöglich wissen, und doch...«

Rivers nickte. »Und doch ist er der Schuldige.« Er erhob sich. »Ich möchte jetzt in meine Zelle zurückkehren.«

Auch Bolitho stand auf. »Ich muß Ihnen mitteilen, daß wir noch in dieser Woche England erreichen werden. Danach liegt Ihr Schicksal nicht mehr in meiner Hand.«

»Verstehe. Danke.«

Rivers ging zur Tür, vor der zwei Seesoldaten ihn erwarteten.

Adam, der Zeuge des kurzen Gesprächs gewesen war, ergriff jetzt das Wort. »Mir tut er nicht leid, Onkel.«

Bolitho fuhr sich über die Stirn und betastete die Narbe unter der Haarsträhne. »Jemanden zu verurteilen, ist nur allzu leicht, Adam.«

Aber sein Adjutant grinste. »Wenn du Gouverneur der Insel gewesen wärst, hättest du dich dann so verhalten wie Rivers?« Als er Bolithos Verwirrung sah, nickte er. »Na bitte, da hast du's.«

Bolitho setzte sich. »Frechdachs. Allday hatte ganz recht, was dich betrifft.«

Adam war plötzlich ernst geworden, »Ich bin sehr froh, daß ich dein Flaggleutnant werden durfte, Onkel. Die vielen Monate an deiner Seite haben mich eine Menge gelehrt. Über dich, aber auch über mich selbst.« Wehmütig sah er sich in der Kajüte um. »Diese Freiheit werde ich schmerzlich vermissen.«

Bolitho war gerührt. »Mir geht es genauso. Man hat mich vor dir gewarnt. Zu nahestehend für einen Adjutanten, sagte Oliver Browne. Vielleicht hatte er in gewisser Beziehung sogar recht, aber wenn wir erst in Falmouth sind, wird...«

Beide blickten zum Oberlicht auf, weil draußen die Stimme des Ausguckpostens erklang: »An Deck! Segel in Südost!«

Bolitho starrte das Viereck blauen Himmels an und spürte, wie sein Herzschlag sich beschleunigte, sein Mund trocken wurde. Er fühlte sich wie ein Jäger, der in einem Augenblick der Unachtsamkeit ertappt wurde.

Schnell trat er zum Tisch mit der Seekarte und studierte sie, folgte den sauberen Kursberechnungen, der zielstrebigen Kurslinie mit den Blicken bis zur Küste von Cornwall. Unwahrscheinlich, daß ein Handelsschiff jetzt, da gerade ein neuer Krieg ausgebrochen war, von England oder Frankreich nach Übersee auslaufen würde.

Es dauerte immer einige Zeit, ehe die neuen Spielregeln festgelegt und dann mißachtet wurden.

»Ich gehe an Deck.«

Draußen empfing ihn warmer Sonnenschein. Die See war bewegt mit weißen Kämmen, der Wind kam immer noch stetig aus Süd, so daß *Achates* mit vollgebraßten Rahen über Backbordbug segelte.

Die Männer standen in Gruppen herum oder starrten zum Krähennest hinauf.

Keen rief den Ausguck an: »Was für ein Schiff?«
»Kriegsschiff, Sir!«
Ungeduldig gestikulierte der Kommandant. »Entern Sie mit Ihrem Glas auf, Mr. Mountsteven, der Mann da oben ist ein Narr!«
Da gewahrte er Bolitho und grüßte. »Entschuldigen Sie, Sir.«
Bolitho ließ den Blick über die noch leere See schweifen und spürte so etwas wie eine schlimme Vorahnung. Aber weshalb? Machte es einen solchen Unterschied, daß sie kurz vor der Heimat standen?
Keen informierte ihn: »Scheint aus Südost zu kommen und ist schon zu weit draußen für einen Zielhafen in der Biskaya.«
Mountsteven hatte seinen luftigen Platz neben dem Ausguckposten erreicht. Er rief hinunter an Deck: »Sieht aus wie 'ne verdammte Fregatte, Sir. Franzose, würde ich sagen.«
Bolitho zwang sich, ruhig an die Querreling zu treten, während rund um ihn Stimmengewirr erklang.
Also eine französische Fregatte weit draußen im Atlantik, wahrscheinlich mit Nordkurs auf den Ärmelkanal – oder auf Brest? Ihm fiel wieder der Briefumschlag des toten Leutnants ein, die Depesche aus Lorient für Martinique.
»An Deck! Zweites Segel folgt der Fregatte, Sir!«
Knocker, der lautlos neben das Ruder getreten war, murmelte: »Pech und Schwefel über sie! Ich wette, die bringen uns Ärger!«
Keen sagte: »Sie segeln auf konvergierendem Kurs zu uns, Sir. Und – bei Gott – sie haben die Luvposition.«
Bolitho wandte sich nicht um, sondern starrte weiterhin über die ganze Länge des Schiffs hinweg nach vorn. So nah – und doch so fern. Noch zwei Tage, vielleicht sogar weniger, und sie wären auf die Schiffe der englischen Kanalflotte gestoßen, die ihren eintönigen Blockadedienst versahen.
Schließlich sagte er zu Keen: »Die Franzosen gehen ein Risiko ein, Val.« Und als er das Begreifen im Gesicht seines Flaggkapitäns sah: »Vielleicht hat die Neuigkeit sie noch nicht erreicht, und es geht ihnen, wie es uns gegangen wäre, hätten wir nicht *La Prudente* gefunden.«
Midshipman Ferrier, der bei der ersten Meldung in die Luv-

wanten geklettert war, rief gellend: »Ich sehe das erste Schiff, Sir! Eine große Fregatte. Das zweite kann ich noch nicht erkennen, aber...«

Mountstevens Stimme von oben schnitt ihm das Wort ab: »Das zweite ist ein Linienschiff, Sir! Ein 74er!«

Ein Rudergänger pfiff durch die Zähne. »Diese Hunde!«

Bolitho nahm sich ein Fernrohr und kletterte neben Ferrier in die Wanten. »Welche Richtung?«

Aber schon fand er von allein das führende französische Schiff, dessen Bramsegel golden in der Sonne schimmerten. Noch während er hinsah, änderte sich seine Silhouette. »Er setzt die Royals«, murmelte Bolitho wie zu sich selbst.

Schließlich stieg er wieder an Deck hinunter und wandte sich an seinen Neffen. »Wie du selbst am besten weißt, Adam«, sagte er, »hätte eine Fregatte eigentlich die Aufgabe, Gefahren rechtzeitig aufzuspüren und Fremde zu identifizieren.«

Adam nickte. »Also können sie vom Kriegsausbruch noch nichts wissen.«

Bolitho versuchte, einen klaren Kopf zu bekommen, aber die Tatsachen paßten einfach nicht zueinander. Jedenfalls kamen die französischen Schiffe mit dem für sie günstigen Südwind rasch näher. »Kurs, Mr. Knocker?« fragte er kurzangebunden.

»Ostnordost, Sir. Voll und bei!«

Keen murmelte: »Wenn ich einen oder zwei Strich abfalle, werden sie mißtrauisch und glauben, daß wir uns verdrücken wollen. Andererseits würden wir bei einem Kurswechsel um ein paar Knoten schneller, Sir.«

Ob sie nun mehr Segel setzten oder einen Kurs vom Feind weg einschlugen – beides mußte das Interesse jedes Fregattenkommandanten erregen, erst recht, wenn er im Verband mit einem großen Linienschiff segelte.

»Bleiben Sie auf Kurs, Val. Vergessen Sie nicht, die beobachten uns genau.«

Keen warf einen Blick zur Windfahne hinauf. »Wäre das Wetter nicht so verdammt launisch gewesen, lägen wir jetzt längst vor Anker.«

Vom Vorschiff glaste es sechsmal, und der Zahlmeister erschien mit einem Gehilfen, um die tägliche Mittagsration Rum auszugeben.

»Ich schlage vor, Sie schicken die Leute in die Messen, Val. Die Kombüse soll das warme Essen heute früher ausgeben.«

Keen eilte davon und besprach sich mit Quantock; bald darauf schrillten die Pfeifen und riefen die Matrosen unter Deck, die grinsend verschwanden, erfreut über die unerwartete Abwechslung.

Wieder griff Bolitho zum Fernrohr und suchte das andere Schiff. Eine der neueren Fregatten, stellte er fest, mit 44 Kanonen. Er konnte bereits ihren Rumpf ausmachen, wenn ihn einer der langen Atlantikroller anhob, ehe er wieder hinter einem Gischtvorhang ins Wellental sackte. Das Schiff flog ihnen förmlich entgegen.

Die Wachgänger rund um Bolitho unterhielten sich gedämpft. Die Aussicht auf ein Seegefecht schien sie nicht weiter zu beunruhigen. Schließlich hatten sie schon einen spanischen Zweidecker besiegt und eine Insel erobert. Im Vergleich dazu mußte mit einer französischen Fregatte leicht fertig zu werden sein.

Keen kehrte zurück. »Vielleicht drehen sie ab, wenn sie unsere Nationalität kennen, Sir.«

»Also gut. Heißen Sie die Flagge.«

Aber als die rote Flagge an der Gaffel auswehte, wußte Mountsteven nur zu berichten, daß die Fregatte ihrerseits die Trikolore gesetzt hatte.

Tyrrell erschien an Deck, noch auf einem Stück Pökelfleisch kauend, schielte zur Besanstenge hinauf und fragte: »Glauben Sie, daß mich jemand da hinaufhieven könnte, Käpt'n?«

Keen hatte andere Sorgen und starrte ihn nur geistesabwesend an. »Im Bootsmannstuhl, meinen Sie?«

Tyrrell grinste Bolitho an. »Mir ist gerade ein Gedanke gekommen. Erinnern Sie sich an den 74er in Boston, der mit uns über die Inseln verhandeln sollte? Das könnte er sein. Und wenn, dann weiß man an Bord wahrscheinlich noch nichts vom Krieg.« Sein Grinsen wurde noch breiter. »Was für ein scheußliches Pech, nicht wahr?«

Mountsteven war für den Augenblick vergessen, deshalb fuhren sie zusammen, als seine Stimme herunterrief: »Ein *drittes* Schiff, Sir! Noch eine Fregatte, würde ich sagen.«

»Jesus Christus!« stieß Keen leise hervor. Dann sagte er zum Bootsmann: »Helfen Sie Mr. Tyrrell bitte in den Besan.«

Viele Wachgänger drehten sich um und beobachteten gespannt, wie Tyrrell ruckartig in den Besanmast gehievt wurde, wobei sein Holzbein laut gegen Spieren und Fallen stieß.

Gedämpft sagte Keen: »Drei gegen eins, Sir. Eine gewaltige Übermacht.«

Bolitho reichte das Fernrohr zurück. »Schlagen Sie vor zu fliehen?«

Keen schüttelte den Kopf. »Ich fliehe vor keinem, Sir. Aber ich kann für den Zustand des Schiffes nicht garantieren, wenn wir in ein Gefecht verwickelt werden.«

Wieder sah Bolitho die Silhouette der Fregatte sich verändern, als sie den Kurs wechselte und nun direkt auf sie zuhielt.

Leise sagte er: »Wir haben einen neuen Krieg vor uns, Val, nicht irgendeine kleine Meinungsverschiedenheit. Und England war noch nie so schlecht auf einen Krieg vorbereitet, weil unsere halbe Flotte außer Dienst gestellt ist. Wenn unser Volk diesen langen, harten Konflikt ertragen soll, dann braucht es Siege – keine Offiziere, die sich umdrehen und weglaufen, nur weil sie vor einer Übermacht stehen!«

Er sah Keen ins besorgte Gesicht. »Wir haben keine andere Wahl, Val. Die beiden Fregatten können uns hetzen und stellen wie die Meute den Hirsch. Damit bekäme der 74er Zeit, zu uns aufzuschließen und uns den Garaus zu machen. Aber wenn wir schon verlieren sollen, dann lieber mit dem Gesicht zum Feind und nicht auf der Flucht!« Bolitho wandte sich um, weil Tyrrell vorsichtig wieder an Deck gesetzt wurde.

»Das kann einen Mann ja entzweischneiden«, schimpfte er. Dann sah er sie an und setzte hinzu: »Ich hatte recht, es ist dasselbe Linienschiff. Muß nach dem Auslaufen aus Boston nach Süden gesegelt sein. Fährt eine Konteradmiralsflagge im Besan.«

Bolitho nickte. »Dann ist es die *Argonaute,* ein Neubau der dritten Klasse. Und auch den Admiral kenne ich von früher: Konteradmiral Jobert, einer der wenigen alten Royalisten, der den Terror überlebt hat. Ein guter Offizier.«

Er wußte, daß die Umstehenden die Ohren spitzten, um ihm zuzuhören, auch wenn sie es sich nicht anmerken ließen. Aber sie gierten nach jedem Hinweis auf das, was ihnen bevorstand.

Leichthin sagte er deshalb: »Ich gehe nach achtern und esse einen Happen, *dann* können wir das Schiff gefechtsklar machen.«

Während er mit langen Schritten seiner Kajüte zustrebte, war er sich bewußt, daß seine beiläufige Bemerkung wie ein Lauffeuer durch die Messen gehen würde: kein Grund zur Sorge, Kumpels, der Admiral füllt sich erst mal den Bauch.

Ohne ihn richtig wahrzunehmen, schritt er an dem Wachtposten vorbei, der die Tür aufriß, in seine Kajüte und blieb erst an den Heckfenstern stehen. Als er sich hinausbeugte, konnte er gerade noch die oberen Segel der französischen Fregatte ausmachen. Also eine gute Stunde Frist. Vielleicht würde ja gar nichts Dramatisches geschehen. Warum sollten sie auch kämpfen – nur um zu sterben? Wer würde ihm einen Vorwurf machen, wenn er sich von einer Übermacht fernhielt, gegen die er keine Chance hatte?

Er legte eine Hand auf die Brust und fühlte sein Herz hämmern. Aus Angst? War es diesmal soweit? War das kommende das eine Gefecht *zuviel?* Weiß Gott, es war schon anderen, weitaus tapfereren Männern vor ihm geschehen, daß sie die Nerven verloren.

Bolitho wischte sich das Gesicht mit dem Ärmel trocken und wandte sich blicklos wieder dem Raum zu.

Es war die Angst, etwas so Kostbares zu verlieren, daß er sich keinen Ersatz dafür vorstellen konnte. Er hatte sich zuviel erhofft, hatte zu sehr gebangt. Eine Schwäche, die er sich nicht leisten durfte, wenn so viele Menschenleben von seiner Entscheidung abhingen. Was zählte schon Hoffnung? Überhaupt nichts, wenn erst die Breitseiten donnerten.

Ozzard trat mit einem Tablett in die Kajüte. »Frisches Huhn, Sir.«

Bolitho sah ihm zu, als er das Tablett vorsichtig abstellte. Also hatte auch der Zahlmeister seine Hoffnungen gehabt, denn andernfalls hätte er niemals eins seiner kostbaren letzten Hühner geopfert.

»Ein Glas Wein, Sir?« fragte Ozzard geduldig.

Bolitho mußte lächeln. Der schmächtige Ozzard, wie vertrauensvoll und loyal er war! Nichts schien ihm ferner zu liegen als der Gedanke, daß er noch vor dem Abend tot sein konnte.

»Ja, bitte, Ozzard«, sagte Bolitho. »Ein Glas aus deinem speziellen Kistchen.«

Als der Steward davongehuscht war, vergrub Bolitho das Gesicht in den Händen.

Der französische Admiral war also über den neuerlichen Kriegsausbruch noch nicht informiert, sonst hätte er auf jeden Fall die Formation seines Geschwaders so geändert, daß er aus drei Richtungen zugleich angreifen konnte. *Achates* konnte die erste Fregatte unter Feuer nehmen und wahrscheinlich zum Wrack schießen, ehe ihr Kommandant wußte, wie ihm geschah. Danach konnten sie das Linienschiff angreifen. Dann war die Übermacht immer noch groß, aber wenigstens um ein Drittel reduziert.

Bolitho rief sich seine ungläubige Wut ins Gedächtnis, als der spanische Zweidecker *Achates* ohne Vorwarnung angegriffen hatte. Wie hatten sie ihn für seine Feigheit und Hinterhältigkeit verflucht!

Brachte er es jetzt über sich, genauso zu handeln?

Nicht ehrenhaft. *Ehrenhaft.* Das Wort schien wie ein geflüsterter Zauberspruch in der Kajüte umzugehen.

Bolithos Blick fiel auf den alten Familiensäbel an der Wand, und er erinnerte sich wieder daran, wie sein Vater die Waffe ihm und nicht seinem älteren Bruder Hugh übergeben hatte. Sie hätte eigentlich Hugh gebührt, wäre da nicht sein Verrat, seine Desertion gewesen, die wie ein Schatten über der Familie hing und Bolitho sogar bis nach San Felipe gefolgt war. Das hatte dem alten Bolitho das Herz gebrochen und den Säbel in die Obhut seines zweiten Sohnes gebracht.

Laut sagte Bolitho: »Also sei's drum!« Im Grunde hatte er nie die freie Wahl gehabt, hatte sich nur etwas vorgemacht.

Als Ozzard mit einer in der Bilge gekühlten Flasche Wein zurückkam, fand er Bolitho so ruhig und äußerlich unbesorgt vor, wie er es von ihm gewohnt war.

So schlecht konnte es demnach nicht um sie bestellt sein.

XVII Mit Vorwarnung

Mit ein paar Schritten über aufgeschossene Leinen war Bolitho an der Luvreling des Achterdecks. Die französische Fregatte stand nun an Steuerbord achteraus viel dichter bei ihnen, hatte aber Segel gekürzt, als sei sich der Kommandant über den nächsten Schritt noch unschlüssig. Bolitho schätzte den Abstand auf eine halbe Meile.

Hinter sich hörte er Männer unbeholfen herumkriechen, als sei die *Achates* plötzlich mit Krüppeln bemannt. Aber es war unbedingt nötig, daß sie ohne das übliche Hasten und Rennen gefechtsklar machten, denn das wäre den Ausgucks der Franzosen sofort aufgefallen.

Keen sagte gerade zum Bootsmann: »Lassen Sie die Leute zum Kettenaufriggen erst aufentern, wenn das Gefecht beginnt.«

Big Harry Rooke brummte eine mürrische Antwort, und Keen wies ihn scharf zurecht: »Wir haben keine Wahl, Mann. Machen wir jetzt auch nur einen falschen Zug, dann fressen uns heute abend die Fische.«

Er wandte sich ab und entdeckte Bolitho.

»Mr. Quantock ist tief beschämt über seinen negativen Rekord, Sir: zwanzig Minuten, um gefechtsklar zu machen!« Dieser Versuch zu scherzen schien ihm sein seelisches Gleichgewicht zurückgegeben zu haben, denn er fuhr ruhiger fort: »Welches sind Ihre Befehle für diesen denkwürdigen Tag, Sir?«

Bolitho deutete nach Lee. »Gleich werden wir drei Strich abfallen. Ich rechne damit, daß die Fregatte dann erneut zu uns aufschließen und achteraus ihre Position einnehmen wird. Diesmal aber viel näher an *Achates.«*

Wenn sich sein Herzschlag doch nur beruhigen wollte! Ein falscher Ton, und die Anspannung würde sich in seiner Stimme verraten.

Keen spähte über seine Schulter nach der Segelpyramide des Franzosen. »Sie ist genauso neu wie der 74er. Wahrscheinlich sollte das die Amerikaner beeindrucken.« Die Verbitterung war ihm deutlich anzumerken. »Wogegen unsere Regierung es für angebracht hielt, den ältesten noch segelnden 64er nach Amerika zu schicken!«

Bolitho ging zur Querreling und musterte das Batteriedeck mit seinen schwarzen Achtzehnpfündern. Die Stückmannschaften, die sich für den Kampf schon ihrer Hemden entledigt hatten, duckten sich unter die Seitendecks oder preßten sich mit ihrem Handwerkszeug in den Schatten der Kanonen.

»Es muß sehr schnell gehen, Val«, sagte Bolitho. »Der französische 74er ist jetzt direkt achteraus, und wir dürfen keine Minute vergeuden. Sobald wir unsere Absichten zu erkennen geben, werden sie blitzschnell dagegen gewappnet sein.«

Keen nickte, in Gedanken schon beim nächsten und übernächsten Manöver. »Das dritte Schiff ist kleiner. Mr. Mountsteven meint, es handelt sich um eine Fregatte mit 26 Kanonen. Wenn ich mich recht erinnere, ist es die *Diane,* im Vergleich zu den beiden anderen ein Veteran.«

Knocker drehte das Halbstundenglas neben der Kompaßsäule um und meldete: »Alles klar, Sir.«

»Sagt das ins untere Batteriedeck weiter.«

Keen sah sich um, weil Allday mit Bolithos Säbel an Deck erschien, das Gesicht so starr, als schmerze ihn seine Wunde.

Bolitho hob leicht die Arme an, damit Allday ihn mit der Waffe gürten konnte. Sein Bootsführer murmelte: »Sie sollten heute die Epauletten ablegen, Sir.« Aber dann zuckte er grinsend die Schultern. »Ich weiß ja, ich predige tauben Ohren.«

Bolitho sah drüben auf dem Franzosen Sonnenlicht von einem Teleskop im Fockmasttopp reflektieren. Jede Sekunde jetzt mochten sie Verdacht schöpfen und klar zum Gefecht machen.

Aber er sagte nur: »Gib acht auf dich, Allday. Daß du mir heute nichts riskierst!«

Er legte ihm die Hand auf den Arm, und zwei Pulverjungen auf dem Achterdeck stießen sich mit den Ellbogen an, über dem Kiebitzen ins Privatleben ihres Admirals den Feind momentan vergessend.

Alldays Blick war trotzig. »Beleidigen Sie mich nicht, Sir. Wenn die Kerls sich mit uns anlegen wollen, kriegen sie von mir Saures, verlassen Sie sich drauf!«

Bolitho lächelte. »Ich weiß ja genausogut, daß ich tauben Ohren predige, alter Freund.«

Er fuhr herum, weil Keen meldete: »Sie signalisieren der *Argonaute,* Sir!«

Midshipman Ferrier ließ enttäuscht sein großes Signalteleskop sinken. »Verschlüsselt, Sir.«

Bolitho befahl: »Kurs ändern!«

Darauf hatten die Rudergänger schon lange gewartet. Sie ließen das große Rad wirbeln, und während andere an die Brassen eilten, um die Rahen neu zu trimmen, meldete Knocker: »Drei Strich abgefallen, Sir. Neuer Kurs Nordost zu Nord!«

Bolitho spürte selbst die Veränderung in dem viel heftigeren Zupacken des Windes oben in den Segeln.

Keen erinnerte sich an den Ausguck. »Rufen Sie Mr. Mountsteven wieder herunter«, befahl er.

»Der Franzose ändert Kurs, Sir.«

Bolitho hielt den Atem an, als die mächtige Fregatte um etwa einen Strich auf *Achates* zudrehte und gleichzeitig Großsegel und Treiber setzte.

Keen hieb mit der Faust auf die Reling. »Sie überholt uns, Sir«, rief er.

Ein Seesoldat ließ etwas Metallisches an Deck poltern, worauf Sergeant Saxton ihn anzischte: »Wenn du dich noch einmal rührst, zieh' ich dir bei lebendigem Leibe die Haut ab!«

Gischt sprühte über Galion und Bugspriet der Fregatte. Wenn sie Kurs und Geschwindigkeit beibehielt, mußte sie *Achates* mit einer halben Kabellänge Distanz an Steuerbord überholen.

Als Bolitho wieder sein Fernglas hob, sah er gespannte Gesichter übers bewegte Wasser zu ihnen herüberspähen; sie kamen ihm seltsam fremdartig vor, da er seit Wochen nur die vertrauten Gesichter seiner eigenen Besatzung gesehen hatte.

»Batteriedecks – feuerklar!«

Mit verschränkten Armen starrte Keen zum Feind hinüber. Sobald *Achates* wieder über Stag ging, würde der Wind sie stark nach Lee überlegen. Aber das plötzliche Manöver mußte sie auf einen Kurs quer zu dem der Fregatte bringen, praktisch vor ihrem Bug vorbei. Also jetzt oder nie – denn in ein paar Minuten wäre es zu spät, dann würden die beiden Schiffe kollidieren, wenn *Achates* ihre Halse fuhr.

»An die Brassen!«

Bolitho packte seinen alten Säbel und preßte ihn fest an den Oberschenkel.

»Jetzt!«

Das große Doppelrad quietschte laut, als die Rudergänger sich mit ganzem Gewicht in die Speichen warfen. Während die Rahen mit dem Wind herumzuschwingen begannen, stiegen zwei neue Flaggen zum Groß- und zum Besanmasttopp empor.

»Stückpforten auf! Schneller, dort drüben! Ausrennen!«

Bolitho konnte den Blick nicht von der turmhohen Segelpyramide der französischen Fregatte wenden, die jetzt auf *Achates*' Steuerbordseite zuglitt.

Er hörte ein Trompetensignal und konnte sich drüben die

fieberhafte Geschäftigkeit vorstellen, als das britische Schiff, das sie gehetzt hatten, plötzlich wie ein gestellter Eber herumfuhr, alle Kanonenrohre ausgerannt; in jedem Rohr staken Doppelkugeln, hinter jeder Lafette kauerte ein Stückmeister und suchte sein Ziel.

Keen rief gellend: »Ziel auffassen!« Sein Arm hieb nach unten: *»Einzelfeuer!«*

Einen Augenblick fürchtete Bolitho, daß er zu lange gezögert und wertvolle Sekunden mit dem Hissen seiner Gefechtsflaggen verloren hätte. Wenn die Rollen vertauscht gewesen wären...

Aber dann dröhnte ihm der Kopf, und er hörte auf zu denken, weil die Achtzehnpfünder des oberen Batteriedecks einer nach dem anderen losbrüllten und wieder binnenbords ruckten. Mit tieferem, noch stärkerem Krachen stimmten die schweren Vierundzwanzigpfünder auf dem unteren Batteriedeck ein und ließen das Schiff vom Vorsteven bis zum Heck erbeben.

Männer taumelten würgend durch den Rauch, der viel zu langsam durch die Stückpforten und über die Seitendecks abzog, als *Achates* jetzt ihre Breitseite dem Südwind darbot.

Auf so kurze Distanz war die Wirkung der Salve verheerend.

Fockmast und Großmaststenge der Fregatte gaben unter dem Hagel der Doppelkugeln nach und begannen zu wanken. Spieren, Segel und laufendes Gut prasselten wie eine verheerende Lawine auf Vorschiff und Seitendecks nieder, warfen Gischt auf und rissen den Rumpf aus dem Kurs.

»Auswischen! Nachladen!«

Keens Stimme übertönte die Artilleriekommandos: »Klar zur Wende, Mr. Quantock!« Daß es schnell gehen mußte, brauchte er nicht eigens zu betonen.

Als erneut Ruder gelegt wurde und *Achates'* Bug durch den Wind drehte, war Bolitho erleichtert, daß sie nicht mehr Segelfläche oben hatten, sonst wäre das Schiff entmastet worden.

Wieder hoben die Steuerbord-Stückmeister einer nach dem anderen die Hand, um ihre Kanone schußbereit zu melden. Die französische Fregatte trieb unter dem Gewicht der Wrackteile hilflos nach Lee – einstweilen noch. Denn Bolitho ließ sich nicht täuschen; er wußte nur zu gut, was geschehen konnte, sobald Äxte und Messer die Trümmer drüben erst gekappt und das Schiff befreit hatten.

»Großbrambrassen – hievt, Leute, hievt! Noch mehr!«

Achates schwang immer weiter herum, bis die Fregatte plötzlich Steuerbord voraus an ihr vorbeiglitt, als mache sie so viel Fahrt und nicht der leichte Zweidecker.

Jedem unerfahrenen Auge hätte er ein chaotisches Bild geboten. Ein Bootsmann legte mit seiner Gang auf der Großrah aus, um die Kettenschlingen aufzuriggen, während das Schiff unter ihnen fast um seine Masten auf der Stelle drehte, um das Heck des Feindes zu passieren.

»Steuerbordbatterie – feuerklar!«

Keen hielt den Arm hoch erhoben und zuckte mit keiner Wimper, als in der Bordwand des Feindes hier und da eine einzelne Kanone trotzig zurückfeuerte. Aber für Gegenwehr war es zu spät. Als *Achates* das Steuerbord-Achterschiff des Feindes passierte, verstummten drüben auch die letzten Kanonen, denn der Schußwinkel wurde zu spitz.

Aber aus dem Besan und vom Hüttendeck wurde mit Musketen geschossen – spärliches Einzelfeuer, das Dewars Scharfschützen energisch erwiderten.

Bolithos Magen verkrampfte sich, als er sah, wie *Achates'* Klüverbaum am Heck der Fregatte mit seinen schimmernden Fenstern und dem in Goldbuchstaben geschnitzten Namen *La Capricieuse* vorbeiglitt.

Denn nun spuckte *Achates'* Steuerbordkarronade auf dem Vorschiff Feuer und Rauch, und das Heck des Franzosen schien aufzuplatzen wie eine obszöne Eiterbeule. Aber damit nicht genug: Wenn die großkalibrige Kugel in dem mit Menschen vollgepackten Rumpf barst, mußte ihre Ladung aus Nägeln und scharfen Eisenstücken das Batteriedeck in ein blutiges Schlachthaus verwandeln.

Menschen, Waffen und das Ruderrad, alles würde weggefegt werden und das Schiff für lange Zeit bewegungsunfähig bleiben.

Keen formte mit den Händen einen Schalltrichter. »Lassen Sie die Royals setzen. Mr. Quantock!«

Ihm blieb keine Zeit, über die Bluternte der Karronade nachzudenken, für ihn zählte nur, daß die Fregatte außer Gefecht gesetzt war.

Wieder einmal kämpfte sich *Achates* in eine Position, in der sie den Wind von schräg achtern hatte. An Bord schien sich nichts verändert zu haben: keinem Mann war ein Haar gekrümmt, kein Segel war durchlöchert, keine Planke zerfetzt worden.

Bolitho stieg aufs Hüttendeck und richtete sein Fernrohr auf das französische Linienschiff. Selbst auf diese Distanz machte das Schiff einen wütenden, kämpferischen Eindruck, als es mehr Segel setzte und Signalflaggen hißte, um die zweite, noch unbeschädigte Fregatte zu verständigen.

Knocker rief: »Neuer Kurs Ostnordost, Sir!«

Der französische 74er steuerte Nordost und damit wieder konvergierenden Kurs zu ihnen. Aber er hielt immer noch die Luvposition und würde wahrscheinlich versuchen, seinen Gegner mit einer hoch gezielten Breitseite zu entmasten oder ihn mit Kettenkugeln wenigstens stark zu beschädigen, während er selbst für den Briten außer Schußweite blieb.

Keen trat heran und salutierte. »Alle Kanonen geladen und feuerklar, Sir«, meldete er und warf einen Blick nach oben in die Takelage. »Mr. Rooke hat es sogar geschafft, in der Zwischenzeit alle Netze und Kettenschlingen auszubringen.«

Bolitho mußte lächeln. »Ich *weiß,* daß wir viel riskiert haben, Val.«

Keen wandte den Blick ab. »Jedenfalls waren Sie fair und haben sie vorher gewarnt. Diesmal brauchen Sie das nicht mehr zu tun.«

Auch er starrte gespannt zu dem französischen Linienschiff hinüber, das noch eine Seemeile entfernt war; die kleine Fregatte hielt sich gut frei von ihm und kreuzte vor dem Wind, um sich jederzeit auf *Achates* stürzen und das Feuer aus einem anderen Winkel eröffnen zu können.

Bolitho wußte, daß *Achates* sich nun bald mit dem moderneren, größeren und besser bewaffneten Gegner messen mußte, und spürte die Spannung wie eine geballte Faust in seinen Eingeweiden; immerhin war sein Schiff beweglicher und hatte sich schon Hunderte von Malen im Gefecht bewährt.

Keen überlegte laut: »Wenn er in Luv bleibt, kommen wir nicht an ihn heran, Sir. Während er jederzeit zu uns aufschließen oder sein Glück mit Einzelfeuer auf weite Distanz versuchen kann. Auch dabei sind verheerende Treffer möglich.«

»Richtig.« Bolitho stieg in die Wanten und spähte achteraus. »Die andere Fregatte, die *Diane,* hat noch Westkurs, wird aber bald halsen und hinter uns herkommen.« Er lächelte Keen grimmig an. »Um uns in die Hacken zu beißen.«

Keen nickte. »Und wenn wir dann bereits im Gefecht mit *Argonaute* sind, kann sie entscheidenden Schaden anrichten, Sir.«

Bolitho sprang wieder an Deck. »Was halten Sie davon, Val, wenn wir die *Diane* als Köder benutzen?«

Keens Augen leuchteten auf. »Indem wir zuerst sie angreifen, Sir?«

Bolitho nickte. »Soweit ich weiß, ist Konteradmiral Jobert ein Ehrenmann. Ich kann mir nicht vorstellen, daß er untätig zusieht, wenn seine letzte Fregatte von einem Linienschiff attackiert wird.« Er vergewisserte sich über den Stand der Sonne. Erst eine Stunde war vergangen, seit die Karronade das Schicksal der anderen Fregatte besiegelt hatte.

Dann fuhr er fort: »Wir haben einen Stückmeister namens Crocker an Bord. Er fiel mir auf, als ich die Festung besuchte: ein fürchterlicher Haudegen, aber ein Meister seines Fachs.«

Keen wußte, wen er meinte. »Vom unteren Batteriedeck. Ich lasse ihn rufen, Sir.«

Crocker erschien auf dem Hüttendeck und beschattete sein eines unverletztes Auge mit der Hand vor der Sonne, die ihn nach dem Zwielicht des unteren Batteriedecks zu stören schien. Er grüßte lässig und baute sich vor Bolitho auf, eine seltsam bizarre Gestalt zwischen den adretten Seesoldaten.

Bolitho sagte zu ihm: »Sie übernehmen jetzt die beiden Heckkanonen, Crocker. Wir werden achteraus bald Gesellschaft bekommen. Wenn ich's sage, dann sollen Sie die Fregatte empfindlich genug treffen, um ihren Admiral auf den Plan zu rufen.«

Crocker legte den Kopf schief, damit sein gesundes Auge Bolitho mustern konnte. »Sir?« fragte er begriffsstutzig.

»Tu einfach, was man dir sagt, Crocker«, meinte Keen entnervt. »Der französische 74er wird zu uns aufschließen, wenn der Admiral an Bord sieht, was wir hier anstellen.«

»Ach so, verstehe, Sir.«

»Such dir die besten Kanoniere zusammen, Hauptsache, du entmastest mir diese Fregatte.«

Crocker grinste mit lückenhaftem Gebiß. »Und ich dachte schon, Sie wollten sich mit der Kleinen begnügen, Sir.«

Er hinkte davon, und Keen murmelte: »Wenn die Franzmänner bei uns längsseits gehen, wird sie Crockers Anblick zu Tode erschrecken.«

Bolitho lockerte sein Halstuch und warf einen Blick zum Himmel. Hoch über den feindlichen Schiffen trieben Seevögel gleichgültig im Aufwind dahin wie Geier, die kaltblütig auf ihr gräßliches Mahl warteten.

Er dachte an Belinda, an die grünen Hänge zu Füßen von Pendennis Castle, von wo aus sie den vorbeiziehenden Schiffen nachsehen konnte.

Dann hörte er Adam sagen: »Jetzt dauert es nicht mehr lange.«

Bolitho sah ihn an und fragte sich, ob Adam Angst hatte. Oder verbitterte es ihn, daß er vielleicht so jung schon sterben mußte?

Dem Leutnant war der Blick nicht entgangen. »Keine Sorge, Sir«, sagte er, »ich bin bereit.«

Bolitho lächelte »Zweifellos. Komm, Adam, gehen wir ein bißchen auf und ab, das vertreibt die Zeit.«

Die Scharfschützen und die Kanoniere an den Drehbassen in den Marsen spähten hinunter aufs Achterdeck, wo der Vizeadmiral und sein junger Adjutant promenierten, mit ihren Schatten die nackten Rücken der Stückmannschaften streifend.

Vielleicht zum hundertsten Male ließ Midshipman Ferrier sein Glas sinken; seine Augen brannten, so angestrengt hatte er nach dem ansegelnden 74er ausgespäht. Kaum zu glauben, daß er noch vor ganz kurzer Zeit an daheim gedacht hatte, an die Chance, die das Offiziersexamen ihm bot. Je näher diese hohe Segelpyramide mit ihrer Doppelreihe schwarzer Kanonenrohre kam, desto blasser wurden seine Hoffnungen. Inzwischen sorgte er sich am meisten um die Frage, ob er vor dem Kommenden bestehen oder versagen würde.

Er sah Bolitho vorbeigehen, ins Gespräch mit seinem Neffen vertieft, der über eine Bemerkung seines Onkels lächelte. Als Ferrier wieder das Fernglas hob, waren seine Ängste zerstreut.

Im unteren Batteriedeck spähte Midshipman Owen Evans ins Halbdunkel, bis er Leutnant Hallowes ausgemacht hatte, der die 26 Kanonen befehligte; dann rannte er zu ihm mit der Nachricht des Kommandanten.

Hallowes hörte den Kadetten an und antwortete nur lakonisch: »Hol mich der Teufel, Walter, aber wir greifen zuerst die Fregatte an.«

Sein Gehilfe, der Fünfte Offizier, brach in Gelächter aus, als hätte Hallowes einen tollen Witz gemacht.

Evans verharrte kurz am Fuß der Niedergangsleiter und ließ den Blick über die rot gestrichenen Bordwände schweifen, über die schweißnassen Oberkörper der Männer an den offenen Stückpforten; alle trugen die Halstücher schützend über die Ohren gebunden, denn in diesem engen Raum konnte das Krachen der Vierundzwanzigpfünder einen Menschen binnen Minuten taub machen.

Plötzlich gewahrte Evans, daß seine Hand auf dem hölzernen Handlauf so unkontrolliert zitterte, als hätte sie einen eigenen Willen.

Foord, der Fünfte Offizier, sah den Jungen zögernd am Niedergang stehen und blaffte: »Schlag da bloß keine Wurzeln, Kerl! Du wirst gleich Meldungen die Menge zum Austragen kriegen.« Foord hatte selbst als Midshipman auf *Achates* gedient und war erst neunzehn Jahre alt. Etwas leiser fügte er hinzu: »Was ist denn, Mr. Evans?«

Evans starrte zu ihm auf. »Nichts, Sir.« Aber in seinem Kopf gellte immer wieder der Satz: *Ich werde fallen, ich werde fallen.*

Seufzend sah Foord ihm nach, als er die Leiter hinaufhastete; dachte wahrscheinlich immer noch an Duncans Tod, der Junge.

Unter Foords Füßen, im Orlopdeck, umkreiste der Chirurg Tuson langsam seinen Operationstisch und musterte die glitzernden Reihen der Sonden und Sägen, die bereitstehenden Eimer, den Lederriemen, der den Verwundeten zwischen die Zähne geschoben wurde. Und den großen Krug Rum, mit dessen Hilfe die Agonie erträglicher gemacht werden sollte. Hinter dem Lichtkreis der langsam schwingenden Lampen warteten seine Gehilfen wie Harpyien, die Fäuste unter den noch sauberen Schürzen verborgen.

Tuson ging in sein schmales Lazarett und starrte blicklos die Pritschen an, den Schrank mit Rum und Brandy. Er spürte, daß er die Fäuste geballt hatte, daß sein Mund bei dem Gedanken an den ersten Schluck nach so langer Zeit ganz trocken wurde.

Da hörte er Schritte und sah, daß Korporal Dobbs ihn an

seinem aufgepflanzten Bajonett vorbei zweifelnd musterte. Der Schiffsprofos hatte Dobbs zum Gefangenenwärter bestimmt, aber jetzt wurde er als Marinesoldat auf seinem Posten an Deck gebraucht.

Auch Sir Humphrey Rivers stand an der Tür, den Kopf unter dem niedrigen Decksbalken gebeugt.

Unbehaglich meinte Dobbs: »Konnte einen so hohen Herrn wie ihn nicht gut in der Zelle lassen, Sir.«

Tuson nickte. Für den Fall, daß das Schiff unter ihren Füßen sank, ergänzte er in Gedanken.

»Und ich kann ihn ja auch nicht zu den Welschen sperren, die wir nach dem Schiffbruch geborgen haben«, fuhr Dobbs fort.

Tuson sah Rivers an. »Wenn Sie hier bleiben, Sir Humphrey, finden Sie es vielleicht noch ungemütlicher.«

Rivers entgingen nicht die schwankenden Schatten, die wie Vorboten des Verhängnisses in allen Ecken und Winkeln lauerten.

»Immer noch besser, als allein zu sein.« Er nickte dem Arzt zu. »Danke, ich weiß Ihr Angebot zu schätzen.«

Erleichtert, weil er seiner Verantwortung ledig war, rannte der Korporal fast zur Niedergangsleiter.

Plötzlich begannen Flaschen und Krüge auf den Regalen zu klirren, als achtern ein Kanonenschuß krachte.

»Was machen die oben?« rief Tuson aus.

Rivers lächelte kalt. »Eine Heckkanone hat gefeuert.«

Tuson massierte sich die Finger. »Dann haben Sie Ihr altes Handwerk also noch nicht vergessen?«

Rivers hängte seinen reichbestickten Rock an einen Haken. »Das kann keiner so leicht vergessen.«

Tief unten im breiten Bauch des Schiffes, in seinem eigenen privaten Vorratslager, verschränkte der Steward Tom Ozzard die Arme vor der Brust und begann, wie im Schmerz vor und zurück zu pendeln.

Im Schein der einzigen Petroleumlampe sah er rund um sich Bolithos Besitztümer gestapelt, hastig und nicht gerade schonend abgestellt, was Ozzard empörte. Tisch und Stühle, alle beste Handwerksarbeit, der prachtvolle Weinkühler, das Schreibpult und die Koje waren wie alles oberhalb des Orlopdecks abgeschlagen und nach unten gebracht worden, als das Schiff gefechtsklar machte. Auf beiden Batteriedecks war *Achates* jetzt vom Bug bis zum Heck offen und leer, damit die Stückmannschaften unbehindert feuern, die Pulveräffchen mit neuen Kartuschen und Kugeln so schnell wie möglich aus dem Magazin rennen konnten.

Ozzard hatte gehört, wie die Boote ausgeschwungen und zu Wasser gelassen wurden; jetzt hingen sie achtern im Schlepp. Sobald das Gefecht begann, würden die Schleppleinen gekappt werden; die Boote trieben dann ab, bis der Sieger – wer immer das sein mochte – sie wieder einfing. Aber es mußte sein, die Boote waren auf ihren Stellings an Deck eine zusätzliche Gefahr, denn sie barsten nach einem Treffer in tausend tödliche Splitter.

Ozzard starrte die verriegelte Tür an und schauderte zusammen. Hier unten, wo er den Wein aufbewahrte und in solchen Augenblicken Zuflucht suchte, war es kühl.

Wie Allday hatte auch er das Privileg, im Privatlager des Vizeadmirals zu gehen oder zu kommen, wie es ihm beliebte. Und obwohl er Bolitho für seine Stellung dankbar war, fürchtete er sich hier in der Bilge, der tiefsten Stelle des Rumpfes. Aber er akzeptierte diese Furcht wie etwas, an das er sich schon seit langem gewöhnt hatte. Er wußte, daß unter ihm nur noch der Kiel war und darunter der abgrundtiefe Ozean.

Ozzard verkrampfte sich, als ein zweiter Kanonenschuß die Planken erzittern ließ. Trotzdem, dieser klang weit entfernt und nicht sehr gefährlich. Später wollte er sich vielleicht an Deck wagen. Aber da krachte es wieder, und Ozzard beschloß, noch zu warten.

Abgeschirmt von der beengten Welt der Zwischendecks, begab sich Bolitho auf die Poop und hielt Ausschau nach dem französischen 74er. Er hatte mehr Segel gesetzt und die Distanz zu *Achates* verkürzt, aber noch keinen einzigen Schuß abgefeuert. Ihm schien, daß er leicht den Kurs geändert hatte und jetzt fast parallel zu ihnen lief. Im Gegensatz zu ihm war die kleine Fregatte mit dem Wind herangekommen und hatte gehalst, um dann in Lee, achteraus von *Achates,* ihre Position einzunehmen.

Er sagte: »Eröffnet das Feuer.« Sein Befehl wurde ans Batteriedeck weitergegeben, Ruder wurde gelegt, und das Schiff ging zögernd so hoch an den Wind, wie es nur konnte.

Die hinter ihre Finknetze geduckten Seesoldaten flüsterten miteinander, wetteten vielleicht um die nächsten Treffer.

Old Crocker war wirklich ein Meister seines Fachs. Schon mit dem ersten Schuß hätte er die Fregatte beinahe entmastet. Nun hatte er sich eingeschossen, hatte es »im Urin« wie jeder gute Stückmeister, der erst Maß nahm; und vor allem: Auch der französische Kommandant mußte das inzwischen begriffen haben.

Die Fregatte schoß mit einer Bugkanone auf *Achates,* aber der Einschlag lag viel zu kurz und verursachte nur trotziges Hohngeschrei bei den Briten.

Der Leutnant der Seesoldaten blaffte: »Sergeant Saxton, sorgen Sie gefälligst dafür, daß diese Rüpel sich ruhig und ordentlich verhalten!« Aber er konnte sich ein Grinsen nicht verkneifen und gab sich wahrscheinlich nur Bolithos wegen so scharf.

Adam kletterte mit einem Fernrohr aufs Hüttendeck und spähte achteraus, während unter ihm eine Heckkanone abermals feuerte.

Diesmal zeigte keine Gischtfontäne den Einschlag an. Statt dessen barst ein Toppsegel der Fregatte und wehte in langen Fetzen wie ein bleiches Banner aus.

Gedämpfter Jubel drang zu Bolitho herauf. Sie hatten den ersten Treffer erzielt. Wenn Crocker jetzt mit einer seiner achtzehn Pfund schweren Kugeln den schlanken Rumpf der Fregatte traf, konnte es für sie kritisch werden.

Adam rief: »Sir! *Argonaute* setzt das Großsegel!«

Die Silhouette des Linienschiffs schien sich aufzuplustern, als es sich mit immer mehr Segeln in den Wind legte und die unteren Stückpforten fast durch die See wuschen, während es auf *Achates* zuhielt.

Keen befahl: »Fallen Sie wieder drei Strich ab, Mr. Knocker! Neuer Kurs Nordost zu Nord!«

Während die Deckshände an den Brassen hievten und Knocker wachsam wie ein Habicht über seinem Kompaß hing, gab Crokker abermals einen Schuß ab, und diesmal wurde ein Klüversegel der Fregatte zerfetzt.

Quantocks Stimme gellte: »Mr. Mountsteven! Noch ein Pull an der Luvbrasse dort! Und jetzt belegen, verdammich – Sir!«

Die Männer warfen sich mit aller Kraft in die Brassen und Schoten, und nur die Mannschaften der Steuerbordbatterie, deren Rohre auf den Feind zeigten, blieben an ihren Plätzen.

Bolitho griff haltsuchend in die Wanten, als das Deck sich unter dem Winddruck in den Segeln stärker überlegte.

Nun mußte der französische Kommandant wohl oder übel zu ihnen aufschließen. Es sei denn, er befahl seiner Fregatte abzudrehen, aber dann konnte *Achates* seine Herausforderung Schuß auf Schuß erwidern. Bolitho lächelte. Jedenfalls beinahe...

Ein Seesoldat, der mit angelegter Muskete hinter den Finknetzen kauerte, sah ihn lächeln und meinte vorlaut: »Wir werden die Franzmänner schon Mores lehren, Sir!« Aber dann wurde ihm bewußt, daß er unaufgefordert mit dem Vizeadmiral gesprochen hatte, und er verstummte verlegen.

Bolitho warf dem Mann einen Blick zu; er wußte nicht einmal seinen Namen.

Binnen kurzem würden sie um ihr Leben kämpfen müssen. Auf der ungeschützten Hütte und dem Achterdeck gab es immer die schwersten Verluste, und auch diesen Soldaten mochte es treffen.

So sagte er in ihre erwartungsvollen Gesichter hinein: »Ich zähle auf euch, Jungs. Gebt euer Bestes.« Aber die eigenen Worte beschämten ihn.

Wieder ein ohrenbetäubendes Krachen, als Crockers nächster Schuß zündete. Die Fregatte hatte zwar leicht den Kurs geändert, aber das war dem einäugigen Stückmeister nicht entgangen. Nur kurz bot ihr Rumpf ein besseres Ziel, aber schon riß Crocker an seiner Abzugsleine, und die Kugel schlug ins Backbord-Seitendeck des Feindes ein, so daß Planken und Splitter hoch aufwirbelten.

Neuer Jubel auf *Achates;* Bolitho hielt den Atem an, als die Fregatte Kurs änderte und mit knatternden Segelfetzen die Distanz zu ihrem Gegner vergrößerte.

Dann eilte er die Leiter hinunter und schritt zur Querreling oberhalb des Batteriedecks.

Jetzt war es bald soweit. Schnell warf er einen Blick querab und sah den Bug des Linienschiffs in sein Blickfeld gleiten; seine Segel wölbten sich im Wind, schlugen und füllten sich wieder, als es noch weiter auf *Achates* zudrehte.

»Klar zum Feuern!«

Sofort verstummte das Jubelgeschrei, die Stückmannschaften duckten sich hinter ihre Achtzehnpfünder und spähten durch die Pforten nach dem Feind aus.

»Ziel auffassen!«

Der Franzose hatte zwar den Windvorteil, aber der Druck in *Achates'* Segeln war so stark, daß die Kanonenrohre dank des schrägliegenden Decks mit höchster Elevation schießen konnten.

»Feuer!«

Schuß auf Schuß donnerte die sorgfältig gezielte Salve aus beiden Decks, auf ganzer Länge des Rumpfes. Die vordersten Kanonen waren bis zum äußersten nach achtern gerichtet, ihre Mannschaften warfen sich mit ganzem Gewicht in die Handspaken, bis auch sie ihre Rohre auf den Feind richten konnten.

Völlig absorbiert beobachtete Bolitho, wie die Toppsegel von *Argonaute* einen wilden Tanz aufführten, plötzlich nicht mehr Meister, sondern Opfer des Windes, der gierig in die von den Doppelkugeln gerissenen Löcher griff und sie ganz aufriß.

Auch an der Wasserlinie des Feindes kochte die See, und Gischtfontänen stiegen auf, als immer mehr Kugeln mit verheerender Wirkung in den Rumpf schlugen.

Noch ließ sich nicht sagen, ob sie einen entscheidenden Treffer erzielt hatten. Aber die Distanz verringerte sich weiter, der französische Kommandant mußte sich – genau wie Keen – der Gefahr eines Glückstreffers bewußt sein. Sicherlich fühlte er sich jetzt, da die eine Fregatte außer Gefecht gesetzt und die andere in die Flucht geschlagen war, vor den Augen seines Admirals besonders gedemütigt.

Bolitho sah aus der Bordwand des Feindes die Reihe feuriger Zungen schießen und wappnete sich gegen das markerschütternde Heulen der Kugeln, das Krachen, mit dem sie in die Planken einschlagen mußten. Aber statt dessen hörte er das irrwitzige Kreischen von Kettenkugeln und sah sogleich im Rigg gebrochene Stage und Toppnante auswehen; das Vorbramsegel zerriß wie ein mürber Lumpen unter dem unsichtbaren Hagel.

»Klar zum Schuß!« Keen hatte den Arm erhoben. »Feuer!«

Wieder polterten die Kanonen nach dem Abschuß auf ihren Lafetten binnenbords, die Mannschaften sprangen vor und wischten die Rohre aus, rammten frische Ladungen hinein und stopften sie schon fest, während aus den Mündungen noch der Rauch quoll.

»Und noch einmal!« Keen wischte sich das schweißnasse Gesicht mit dem Ärmel. »Feuer!«

Achates' Feuerkraft war unschlagbar. Der harte Drill, die eiserne Disziplin bewährten sich jetzt. Die Kanoniere feuerten zwei Breitseiten ab, während *Argonaute* nur eine einzige schaffte.

Und sie trafen. Die Besanbramstenge des Franzosen brach und pendelte wie eine gerissene Lianenbrücke; fast alle Segel trugen die Narben von Kugeln und Splittern.

Wieder hielt Bolitho den Atem an, als die Kanonen in der Bordwand des Feindes aufbrüllten.

Diesmal spürte er die dumpfen Schläge, mit denen die Kugeln in ihren Rumpf krachten, und sah, daß die Breitfock gleich an mehreren Stellen durchlöchert wurde. Der Wind besorgte den Rest, und bald hing das große Segel in Fetzen von seiner Rah.

»Feuer!«

Jetzt wurde die Reaktion schon langsamer, die Schußfolge unregelmäßiger, als die Stückmeister an ihren Abzugsleinen rissen und schnell zurücksprangen, bevor die schweren Kanonen wieder nach innen ruckten.

Plötzlich ein lautes Krachen, und dann kam mitsamt dem ganzen Gewirr von Wanten und Stagen die Großbramstenge von oben. Wie eine Riesenfaust schlug sie auf das Backbordseitendeck, zerfetzte die Schutznetze und kippte halb über Bord.

Sofort waren Rooke und seine Gang zur Stelle und kappten mit blitzenden Äxten die Wrackteile. Auch zwei Seeleute hatte die Stenge mit herabgerissen, nun hingen sie tot oder bewußtlos in dem Knäuel aus Tauen und Spieren.

Noch einmal brüllten die Kanonen auf, und ihr ohrenbetäubender Lärm fegte jeden klaren Gedanken aus Bolithos Kopf; gebrochene Leinen und Segelfetzen regneten auf die fluchenden Kanoniere herab, während sie nachluden und abermals feuerten.

Keen schrie: »*Argonaute* hält auf uns zu, Sir!«

Bolitho wischte sich die brennenden Augen trocken, um nach dem Feind auszuspähen. Ihre List war erfolgreich: Alles nur verfügbare Tuch gesetzt, brauste *Argonaute* mit dem Wind heran, während ihre vorderen Kanonen schon auf gut Glück schossen; einige Kugeln trafen, aber die meisten pflügten wegen des spitzen Schußwinkels wirkungslos achteraus durch die Wellenkämme.

Die kleine Fregatte hatte den Angriff abgebrochen und begnügte sich mit der Rolle des hilflosen Zuschauers; inzwischen war sie auch zu weit zurückgefallen, um noch wirksam eingreifen zu können.

Bolitho hörte seine eigene Stimme das Krachen und den Rückstoß der Kanonen übertönen: »Die Männer zählen, nicht die Schiffe, Val!«

Rauch wirbelte über das Seitendeck und verschluckte einen Seesoldaten, der aus den Großmarsen stürzte; Kanonendonner erstickte seinen Todesschrei. Auf dem Vorschiff war ein Achtzehnpfünder umgestürzt, zwei Leute der Bedienungsmannschaft lagen blutend daneben, ein dritter wand sich schreiend unter dem heißgeschossenen Rohr an Deck.

Von der nicht ins Gefecht verwickelten Bordseite rannten Leute herbei, um die Stelle der Toten und Verwundeten einzunehmen; andere scheuchte Quantocks Sprachrohr in den Großmast, wo sie mit hastigen Behelfsspleißen ein neues Großsegel zu setzen versuchten. Groß war die Gefahr, daß Funkenflug oder ein glühender Wergpfropfen Tuch und geteerte Hanfleinen in Brand setzten.

Bolitho schätzte die Distanz. Das französische Schiff war noch eine Kabellänge entfernt und feuerte unregelmäßig, aber auf diese Entfernung erzielte es Treffer nach Treffer.

Keen tat gut daran, das Großsegel setzen zu lassen. Wenn *Achates* gerade jetzt zu wenig Tuch oben hatte, deshalb an Fahrt und Ruderwirkung verlor, mußte sie verfallen, der Wind würde ihren Bug nach Lee drücken, bis das ungeschützte Heck sich dem Feind darbot; dessen schwere Kaliber würden ihr dann ein Ende bereiten, wie es die größere Fregatte erlitten hatte.

Bolitho hob den Blick zum Vormast und gewahrte seine Flagge, die über Rauch und Inferno auswehte. Den französischen Admiral mußte dieser Anblick noch anspornen, ihn erst recht dazu verleiten, sein Schiff längsseits zu bringen, ohne Rücksicht auf die Folgen.

»Feuer!« Keen wartete nur so lange, bis das Mündungsfeuer abermals nach dem Feind leckte, dann: »Mr. Trevenen! Übernehmen Sie dort!«

Bolitho sah Mountsteven neben einer seiner Kanonen liegen; ein Arm war ihm abgerissen, das halbe Gesicht versengt worden.

Das untere Batteriedeck feuerte pausenlos, und Bolitho sah

die Szene vor sich, als stünde er selbst dort unten. Als Fähnrich hatte er einst solch eine Zwischendecksbatterie befehligt, auch wenn ihn jetzt dünkte, das sei tausend Jahre her: zwischen den rot gestrichenen Bordwänden – rot, damit Blut daran nicht so auffiel – zuckten und tanzten die grotesken Schemen der Stückmannschaften durch den Rauch, im ständigen Kampf mit den wie von eigenem Leben erfüllten Kanonen: Bilder aus Dantes Inferno.

Eine Kugel fuhr durch eine offene Stückpforte ins obere Batteriedeck, und Bolitho erkannte ihre Bahn an den zerrissenen Menschenleibern, die sie zurückließ, ehe sie in die gegenüberliegende Bordwand krachte. Links und rechts wälzten sich Männer in Todesqualen, während Tyrrell mit seinem Holzstumpf über Blut und Körperteile hinwegstapfte, ein grotesker Todesengel, der das Gespenstische der Szene noch hervorhob.

Eine zweite Kugel durchschlug die Finknetze auf dem Achterdeck und fegte Hängematten und Menschen wie Stoffbündel beiseite. Sie mähte zwei Rudergänger um und ließ den Gehilfen des Masters schreiend zurück, gekrümmt über das Ende eines fußlangen Splitters, der sich ihm wie ein gefiederter Pfeil in den Magen gebohrt hatte.

Wild irrte Bolithos suchender Blick über die Umstehenden, aber dann sah er, daß Adam wieder auf die Füße kam. Er grinste seinen Onkel durch die ziehenden Rauchschwaden an, und seine Worte wurden vom Schlachtengetöse halb verschluckt, ehe er sich wieder umwandte, um der Achterdeckswache beizustehen.

»Bei Gott, Sir, hier geht's für meinen Geschmack zu verdammt heiß her!«

Bolitho sah sich nach Allday um. Er litt ganz offensichtlich Schmerzen, hielt aber sein Entermesser wie einen Beidhänder umklammert.

Da spürte er, wie ihm eine Kugel den Hut vom Kopf riß, und wußte, die Franzosen waren nun so nahe, daß die Scharfschützen ihre Treffsicherheit beweisen konnten.

»Beweg dich, Allday, oder geh unter Deck!« Er versuchte zu grinsen, aber sein Gesicht fühlte sich so steif an wie Leder.

Ein Midshipman stürzte vor und griff nach dem Hut des Admirals. Dicht unterhalb der Litze wies er zwei saubere Durchschußlöcher auf.

Bolitho lächelte mühsam. »Danke, Mr. –«

Aber der Junge starrte ihn nur blicklos an, in seinen Augen erlosch das Leben wie eine Kerzenflamme. Ein Blutstrom quoll aus seinem Mund, und er sackte zusammen.

Bolitho stülpte seinen Hut auf und starrte zum Feind hinüber. Nicht einmal den Namen des Jungen hatte er gekannt.

Ein mächtiger Schatten glitt über das Deck, ihm nach wehte schrilles Geschrei und Gebrüll: Mars- und Bramstenge des Fockmasts, glatt abgehackt wie eine Bambussprosse, kamen mit ihrem ganzen Rigg von oben. Donnernd stürzten sie über die Seite und rissen alles mit über Bord, was ihnen im Wege stand.

Allday keuchte: »Die Flagge, Sir! Ihre Flagge ist weggeschossen!«

Es überraschte Bolitho, daß er mitten in diesem Totentanz noch Gefühle aufbringen konnte, aber er spürte, daß ihn Wut und Verwirrung erfüllten. Er zog den alten Familiensäbel und legte die Scheide sorgsam an Deck, ohne recht zu wissen, was er tat.

Fast Bord an Bord lagen die feindlichen Schiffe, und immer noch feuerten die Kanonen, jetzt auf kürzeste Distanz; ein kreischender, wirbelnder Hagel aus Metall, Holzsplittern und Tuchfetzen erfüllte die Luft.

Hier also sollte es zu Ende gehen, dachte Bolitho. Das Schicksal hatte es längst vorhergewußt, nur die Menschen machten sich immer etwas vor.

Unten auf dem Hauptdeck duckten sich die Seeleute schutzsuchend, als noch mehr Wrackteile aus der Takelage prasselten, von den wippenden Netzen aufgefangen wurden oder spritzend ins Wasser schlugen. Die Leute waren erschöpft. Sie hatten ihr Bestes gegeben, weitaus mehr, als man von ihnen erwarten konnte.

Bolitho riß sich den Hut vom Kopf, hieb damit auf die ihm am nächsten stehende Kanone und rief gellend: »Auf, auf, Kinder! Eine letzte Breitseite!«

Eine Musketenkugel riß ihm die Goldepaulette von der rechten Schulter, und ein Seesoldat bückte sich rasch und steckte sie in die Tasche.

Betäubt, blutverschmiert und mit pulvergeschwärzten Gesichtern taumelten die Stückmannschaften noch einmal an ihre Kanonen, schwangen die Ladestöcke wie verlängerte Arme und verbannten alles aus ihren Gedanken – bis auf die grellbunte Trikolore hoch über den Rauchschwaden.

Bolitho rief zu Keen hinüber: »Noch eine Breitseite, Val, dann rammen sie uns!«

Erst danach merkte er, daß Keen beide Hände in die linke Seite preßte und Blut zwischen seinen Fingern hervorquoll. Aber er schüttelte den Kopf, als er Bolithos Besorgnis gewahrte.

Zischend stieß er durch die zusammengepreßten Zähne hervor: »Nein, noch nicht, die Leute dürfen mich nicht fallen sehen!« Quantock begriff, was geschehen war, und schwenkte auffordernd den Hut. »Feuer!« befahl er an Keens statt.

Auf Kernschußweite brüllten die britischen Kanonen auf, ihre Kugeln kreuzten sich mit dem Gegenfeuer des Feindes. Das Deck schien in lauter Splittern zu explodieren, ächzend krümmten sich die Kämpfenden, andere schrieen Befehle für Kameraden, die längst gefallen waren.

Aber Quantock war sich nur eines ungeheuren Triumphgefühls bewußt. Im entscheidenden Moment, jetzt, da sie sich in den Nahkampf stürzten und harte Disziplin, nicht weiche Anbiederei den Ausschlag gab, übernahm er und nicht Keen das Kommando.

Aber irgend etwas stimmte nicht mit ihm. Die Beine rutschten unter ihm weg, er fiel. Kein Grund zur Sorge, irgendwer würde ihm schon wieder aufhelfen. Als Quantock endlich begriff, daß die Blutlache unter ihm seine eigene war, blickten seine Augen schon so totenstarr wie die des Kadetten, der Bolithos Hut aufgehoben hatte.

XVIII Ruhe den Tapferen

Immer noch, selbst in den letzten Sekunden vor dem Rammstoß, feuerten die beiden Schiffe aufeinander, wenn auch nur mit einigen wenigen Kanonen. Aber es war, als hätten die Besatzungen die Kontrolle über sich verloren oder als achteten sie, vom pausenlosen Kanonendonner betäubt, auf nichts mehr, was außerhalb ihrer eigenen höllischen Welt lag.

An Deck oben war die Luft zu einem todbringenden Element

geworden, erfüllt vom Feuer der Musketen und Pistolen, die vor allem auf die Offiziere und Wachgänger des Achterdecks gerichtet waren.

Vor Bolithos Augen verengte sich die Lücke zwischen den beiden Schiffen immer mehr, die von den Rümpfen eingefangene See schwappte an den Bordwänden hoch und verwandelte sich in Dampf, wo sie auf die glühenden Kanonenrohre traf.

Kugeln hämmerten in Decksplanken oder Hängemattsnetze; oben in der Takelage peitschte mörderischer Schrothagel den Rauch und überzog Freund wie Feind mit rot schimmernden Arabesken aus Blut.

Keen klammerte sich mit einer Hand an die Querreling und preßte die andere gegen die Rippen, mit dem Stoff seines Uniformrocks den Blutstrom aus der Wunde stillend. Aber sein Gesicht war totenbleich, und er reagierte nicht mehr, wenn die Kugeln zu seinen Füßen ins Deck schlugen oder Männer neben ihm fällten.

Adam riß den geschwungenen Säbel aus der Scheide und rief: »Da kommen sie!«

Mit blitzenden Augen beobachtete er, wie die Rümpfe so hart zusammenstießen, daß noch mehr Trümmer aus der Takelage fielen und beide Schiffe immer enger verflochten.

Allday warf sich mit der Schulter gegen Bolitho, stieß ihn beiseite und schrie, das Entermesser hoch über seinem Kopf schwingend: »Die haben's auf Sie abgesehen, Sir!«

Tatsächlich waren schon die ersten französischen Enterer von *Argonautes* Bugspriet an Deck gesprungen, als die Spiere über das Vorschiff knirschte, dabei Rigg und Abwehrnetze zerreißend, während der Seegang beide Rümpfe anhob und immer dichter zusammenschob.

Eine Musketensalve der Briten fällte jedoch die meisten Enterer, ehe sie die Netze ganz weghacken konnten, und der Rest wurde mit Piken aufgespießt, obwohl er schon im Rückzug begriffen war.

Hauptmann Dewar zog seinen schweren Säbel. »Auf sie, Soldaten!«

Doch damit hatte er seinen letzten Befehl auf Erden gegeben; eine Kugel riß ihm die untere Gesichtshälfte weg und warf ihn die Niedergangstreppe hinunter an Deck. Fassungslos starrte Hawtayne, sein Leutnant, die Leiche an, als weigere er sich, den Tod seines Vorgesetzten zu akzeptieren.

Endlich raffte er sich auf und rief: »Folgt mir!«

Bolitho sah die roten Uniformen durch den Rauch zum Vorschiff stürzen, wobei einige fielen, andere aber zum letztenmal ihre Musketen abfeuerten, ehe sie mit den Bajonetten gegen die zweite Welle der Enterer vorgingen, die wie vom Himmel gefallen an Deck landete.

Es nützte nichts, der Feind war in der Überzahl. Bolitho hörte schon französisches Jubelgeschrei, das jedoch noch einmal in Fluchen und Angstgebrüll überging, als der Schrot einer Drehbassensalve ihre Reihen wie mit einer blutigen Sense ummähte.

Er sah Midshipman Evans neben der Niedergangsleiter kauern.

»Unter Deck mit Ihnen!« befahl er. »Sagen Sie ihnen, sie sollen weiterfeuern! Auf Befehl des Admirals!«

Das Feuer konnte beide Schiffe in Brand setzen, war aber ihre einzige Chance.

Aus dem Augenwinkel sah Bolitho französische Seeleute drüben in die Besanwanten klettern; das vom Rauch getrübte Sonnenlicht schimmerte matt auf Hieb- und Stichwaffen, während die Angreifer darauf warteten, daß Wind und Seegang ihr Achterschiff näher an *Achates* heranschoben. Bald mußte ihnen aus den unteren Decks Verstärkung erwachsen.

Bolitho verzog das Gesicht, als unten einige seiner Vierundzwanzigpfünder noch einmal in die Bordwand des Franzosen feuerten. Rauch, Funken und Splitter wirbelten über das Seitendeck und rissen einige feindliche Enterer über Bord, die zwischen den Rümpfen zermalmt oder unter Wasser gedrückt wurden.

Aber schon rannten Franzosen auf dem Seitendeck nach achtern, obwohl Bolitho entgangen war, wie sie sich durchgeschlagen hatten. Einer davon, ein Leutnant, hackte einen Matrosen nieder, bevor er nach unten auf das Batteriedeck springen konnte, und einige Kugeln zischten schon zum Achterdeck hinauf, wo Knocker mit seinen Männern am Ruder stand, einem Häuflein Überlebender auf ihrem Floß vergleichbar.

Der französische Offizier entdeckte Keen an der Reling und machte einen Ausfall; entsetzt gewahrte Bolitho, daß Keen vor

Schmerzen die Augen geschlossen hatte und nichts zu seiner Rettung tat.

Bolitho stieß einen lauten Ruf aus, und als der Blick des Leutnants zu ihm hin zuckte, hieb er ihm den alten Säbel in den Hals. Noch während der Franzose mit einem gurgelnden Schrei, der in Blut erstickte, vornüber taumelte, schlug Allday mit dem Entermesser zu und fällte ihn wie ein Waldarbeiter einen jungen Baum.

Stahl klirrte gegen Stahl, als sich die britischen Matrosen auf dem Achterdeck sammelten, taub und blind für das Gemetzel ringsum und nur darauf bedacht, die Stellung zu halten und nicht unter diese grausamen Schneiden und stampfenden Füße zu geraten.

Bolitho sah Adam den Ausfall eines zweiten französischen Leutnants parieren und wollte hin zu ihm, wollte zu Hilfe eilen. Doch selbst im Lärm und Schlachten des Handgemenges blieb ihm nicht verborgen, mit welcher Geschicklichkeit Adam focht, wie gut er den Schwung des schwereren Angreifers gegen diesen selbst lenkte. Schon drängte er nach, rückte, bei jedem Ausfall mit dem rechten Fuß aufstampfend, vor und zwang seinen Gegner aufs Vorschiff zurück.

»Vorsicht!« gellte Alldays Schrei.

Bolitho fuhr herum und sah einen französischen Unteroffizier mit der Pistole auf ihn zielen. Da sauste Stahl vor seinen Augen nieder, die Pistole polterte an Deck und explodierte, immer noch von der abgetrennten Hand des Franzosen umklammert.

Einen blutigen Schnitt quer über die Stirn, ein Entermesser in der einen und einen schweren Belegnagel in der anderen Hand, keuchte Tyrrell: »Das war knapp!« Dann warf er sich, ein hinkender Riese, mitten ins Handgemenge, ließ seine Waffen wirbeln und brüllte Anfeuerndes in jedes Ohr, das ihn noch hören konnte.

Im unteren Batteriedeck war das Klirren und Scharren über den Köpfen erschreckend anzuhören: als sei ein irrer Mob außer Rand und Band geraten.

Midshipman Evans tastete sich durch den Rauch und suchte die Leiter zum Oberdeck. Er rutschte in Blutlachen aus und wäre fast über die Leiche eines Stückmeisters gefallen. Als er sich wieder aufrichtete, sah er einige Gestalten durch eine offene Stückpforte hereinklettern, deren Kanone aus Munitionsmangel aufgegeben worden war.

Das war der Feind!

Die Erkenntnis lähmte ihn, verschlug ihm den Atem, und er wollte fliehen, wollte sich verkriechen vor dem Gräßlichen, das ihn umgab. Aber ein verwundeter Matrose taumelte neben ihm von seiner Kanone zurück, beide Hände auf eine klaffende Bauchwunde gepreßt, in den hervorquellenden Augen das helle Entsetzen.

Zwei Franzosen sahen ihn und holten nach ihm aus. Der Matrose stürzte und versuchte mit ausgestreckten Fingern, Evans' Fuß zu erreichen.

»Hilfe!« krächzte er. »Hilf mir, um Gottes willen!«

Evans war erst dreizehn Jahre alt, aber für den Verwundeten bedeuteten sein blauer Uniformrock und die weißen Kniehosen Macht und vielleicht Sicherheit vor Tod und Verzweiflung.

Also zog Evans seinen kurzen Dolch und richtete die Spitze auf die Franzosen.

Rutschend kamen die beiden zum Stillstand, vielleicht ernüchtert beim Anblick ihres kindlichen Gegners.

Wie ein heller Lichtfleck tauchte Crockers weißer Haarschopf im Halbdunkel auf. Er schwang einen Ladestock mit beiden Händen, hieb damit auf die Franzosen ein und warf sie auf die Knie. Ein weiterer Matrose sprang herzu und bereitete ihnen mit blitzendem Entermesser ein schnelles Ende.

Crocker wandte den Kopf, musterte den kleinen Kadetten perplex und keuchte: »Ein richtiger kleiner Feuerfresser, wie?«

Blicklos starrte Evans zum Niedergang, wo jemand die Leiter herabgepoltert kam. Sein Verstand konnte das Geschehen nicht verarbeiten, ihm war nur bewußt, daß er immer noch lebte.

Adam Bolitho wischte sich die vor Rauch tränenden Augen und blickte sich um. Hier unten konnte man ja kaum atmen, geschweige denn erkennen, was vor sich ging.

»Wo ist der Vierte Offizier?« Er musterte den langen Ladestock, den Crocker immer noch umklammert hielt, das blutige Entermesser in der Hand des zweiten Matrosen.

Leutnant Hallowes taumelte mit gezücktem Säbel durch den Rauch. »Verdammt, wer will was von mir?« Da erkannte er Adam und grinste. »Ach so, unser flotter Flaggleutnant!«

»Wie kommen Sie hier unten zurecht?« fragte Adam drängend.

Lässig schwenkte Hallowes seinen Säbel in der Runde. »Ich habe meine Leute an die Steuerbordpforten gestellt, wie Sie sehen.« Und mit einer wütenden Geste: *»Simms!* Hau ihn nieder, den Franzmann!«

Die Szene erinnerte an ein makabres Ballett. Ein französischer Matrose stürzte aus den Rauchschwaden, beide Hände wie schützend über dem Kopf. Er mußte in der Erwartung, das Batteriedeck voller Kameraden vorzufinden, durch eine Stückpforte gesprungen sein. Nun sank er auf die Knie, und das Weiße seiner Augäpfel schimmerte grell durch Qualm und Zwielicht.

Der Wachtposten am Niedergang stieß mit seinem Bajonett zu; so viel Gewalt saß in dem Stoß, daß der unglückliche Franzose auf die Decksplanken gespießt wurde.

Adam wandte den Blick ab. »Ich habe eine Idee«, sagte er zu Hallowes. »Wir gehen durch die Messe nach achtern.« Ob der Mann ihn verstand? Er machte einen fast irren Eindruck. *»Argonaute* hat eine breite Heckgalerie...«

»Und entern sie?« rief Hallowes. Sein Blick zuckte nach oben, als ein schwerer Schlag die Decksbalken erschütterte. »Wie steht's an Deck?«

Adam dachte an das ungeschützte Achterdeck, an den Splitterhagel und das Gebrüll, mit dem an Deck um die Kontrolle über das Schiff gekämpft wurde.

»Schlecht«, sagte er. »Aber viele französische Enterer kamen aus dem Zwischendeck.«

Er duckte sich vor einer Kugel, die durch eine Stückpforte pfiff und von einer Backbordkanone abprallte.

Dann sah er Crocker an. »Könnten Sie Ihren Großmast sprengen?«

Erst starrte Crocker ihn nur an, aber dann bejahte er heiser. »Klar, Sir. Ich bin dabei.« Er wandte sich um, brüllte ein paar Namen, und schon hasteten Leute von den Kanonen herbei.

Nur Hallowes war noch nicht überzeugt, ließ sich von der tollkühnen Idee nicht mitreißen.

»Warum? Was soll das nützen? Wir kommen doch niemals lebend hinüber.«

Adam stieß seinen Säbel in die Scheide, mit einer Bewegung, die er Bolitho abgeschaut hatte, und zuckte die Schultern. Wie sollte er Hallowes das erklären, auch wenn er gewollt hätte? Im Geiste sah er Bolitho auf dem von Trümmern übersäten Achterdeck stehen, das bevorzugte Ziel aller Feinde. Wenn er ausfiel, mußte jeder Widerstand zusammenbrechen, jetzt, da Keen verwundet und Quantock gefallen war. Schon in den nächsten Sekunden konnte es zu spät sein.

So sagte er nur: »Ich verdanke ihm alles. Alles, verstehen Sie?« Ohne eine Antwort abzuwarten, wandte er sich um und rannte nach achtern. »Also, komm mit, Junge, wenn du willst«, rief er.

Hallowes fuhr sich mit dem Handrücken über den Mund und lachte hysterisch auf.

»Sagen Sie bloß nicht ›Junge‹ zu mir, *Mister* Bolitho!«

Damit rannte er ihm nach, gefolgt von anderen, die von irgendwoher geladene Pistolen aufhoben und sich anschlossen, ohne zu wissen, wohin es ging.

Verwirrt starrte Evans nach achtern zur Messe. Dann fiel sein Blick auf einen Offizier, der sitzend an einer Lafette lehnte; er erkannte in ihm Foord. Der Fünfte Offizier hatte gerade noch versucht, ihm Mut zuzusprechen.

Als er sich neben ihn kniete, sah er, daß Weste und Kniehose des Leutnants blutgetränkt waren. Vor seinen Augen sickerte das Leben aus dem Körper, der nicht einmal zusammenzuckte, als wieder eine Kanonenkugel in die Bordwand schlug und das ganze Schiff erbebte, als sei es auf ein Riff gelaufen.

Foord erkannte den kleinen Kadetten und versuchte zu sprechen.

Ratlos hielt Evans seine Hand.

»Sag dem Kommandanten...« Foords Augen verdrehten sich im Todeskampf. »Sag ihm...«

Die Finger in Evans Hand erstarrten wie im Krampf und erschlafften dann. Vage kam dem Jungen zu Bewußtsein, daß seine Angst verflogen war. Vorsichtig löste er den Säbel aus Foords anderer Faust und spürte den leeren Blick des Toten zwischen seinen Schulterblättern, als er sich aufrichtete und steif nach achtern zur Messe ging.

»Alles klar, Leute?« Adam musterte noch einmal die gespannten Gesichter in der Runde.

Crocker warf sich den Ledersack über die Schulter und studierte das reich geschmückte Heck des Franzosen, das dicht neben ihnen stampfte. Die Galerie lag etwas höher als die Messe, aber damit bot sich ihnen Deckung beim Entern.

Crocker nickte. »Sagen Sie nur, wann.«

Adam zog sich durch eines der zerschossenen Heckfenster, zögerte kurz und sprang dann zum Heck des anderen Schiffes hinüber. Einen Moment fürchtete er schon, den Halt zu verlieren und ins Wasser zu stürzen. Unten zwischen den beiden Hecksteven trieben schon mehrere Leichen, tanzten in den Wellen auf und ab, ohne sich noch um den mörderischen Kampf da oben zu scheren.

Adam rechnete jeden Augenblick damit, ein Gesicht über dem vergoldeten Geländer auftauchen zu sehen oder den Hieb eines Säbels, den Einschlag einer Kugel zu spüren.

Er umklammerte eine lebensgroße Holzfigur, eine vergoldete Seejungfrau, die das Ende der Galerie schmückte. Ihr Gegenstück auf der anderen Seite war offenbar von einer Kugel geköpft worden.

Vorsichtig schob er sich um die Seejungfrau herum, wobei er sich überdeutlich ihres starren Blicks, des goldenen Busens unter seiner Hand bewußt war. Urplötzlich stieg hysterisches Gelächter in ihm auf wie vorhin in Hallowes. Der blanke Irrwitz seines Vorhabens wollte ihm selbst nicht mehr in den Kopf.

Sein Blick fiel auf das Gesicht der Seejungfrau, und unwillkürlich mußte er an Robina denken. Ein eitler Traum. Er hätte das damals gleich begreifen sollen.

Hinter ihm schrie Hallowes: »Mach Platz, Junge, für einen Offizier des Königs!«

Beide lachten wie die Irren, dann schwang sich Adam über das Geländer auf die Galerie. Seine Füße rutschten auf zersplittertem Glas, aber dann zertrat er ein Fenster und hechtete in die große Achterkajüte. Wie *Achates* war auch dieses Schiff fürs Gefecht völlig ausgeweidet worden. Bis auf einige Tote und stöhnende Verwundete war die Kajüte leer, nur aus den Stückpforten beugten sich einige Gestalten, die mit *Achates'* Leuten auf dem unteren Batteriedeck die Klingen kreuzten.

Ein am Arm verwundeter französischer Unteroffizier sah die beiden Engländer aus dem Rauch auftauchen und öffnete den Mund zu einem warnenden Schrei.

Hallowes spaltete sein Gesicht mit einem Säbelhieb und rannte weiter, auf die gewaltige Säule des Großmastes zu. Das Holz fühlte sich ganz glatt an, spürte Adam, der sich um Luft ringend dagegenlehnte; es zitterte unter der Last der Stengen, Rahen und Segel wie etwas Lebendiges.

Ohne auch nur einen Augenblick zu zögern, bückte sich Crokker und laschte Pulversäckchen um den Mastfuß, bis er aussah wie mit einem Kollier geschmückt.

Gestalten schwankten durch den Rauch; wie eine Stahlfaust schlug eine Kugel in die Brust eines britischen Seemanns. Er fiel, ohne einen Laut von sich zu geben.

Crockers gesundes Auge blickte sich suchend um. »Ein Streichholz, Kumpel!«

Damit entzündete er die kurze Lunte und wich zurück.

Hallowes hob die Pistole und feuerte auf die Gruppe schattenhafter Gestalten, die ihm am nächsten war. »Wir halten sie in Schach! Sonst schneiden die Strolche noch die Lunte durch!«

Adam stürzte vor, um mit einem französischen Offizier die Klinge zu kreuzen. Er fühlte seinen Atem im Gesicht, als sie gegen eine Kanone taumelten, merkte, daß der Haß seines Gegners sich in Entsetzen verwandelte, als er ihn mit dem Handschutz von sich abstieß, ausholte und die Schneide in seine Schulter hieb.

Hallowes machte einen Satz nach vorn, warf einem Franzosen seine leergeschossene Pistole ins Gesicht und hackte ihn, als er taumelte, mit zwei schnellen Streichen gegen Arm und Hals zu Boden.

Aber immer mehr Franzosen kamen über den Niedergang nach unten geklettert; ihre weißen Hosen leuchteten grell durch den Rauch und hoben sich klar vom dunklen Holzpaneel ab. Einer von Hallowes Matrosen stach mit einer Pike durch die Leiter und ließ einen der Herabkletternden schreiend über seine Kameraden purzeln, doch eine Pistolenkugel fällte ihn, ehe er sein Gleichgewicht wiedergefunden hatte.

Angestrengt spähte Adam durch den beißenden Rauch, konnte aber keinen Kameraden entdecken. Crocker war wahrscheinlich nach achtern gerannt, ehe seine Sprengladung explodieren konnte, und von Hallowes war nichts zu sehen.

Zwei Franzosen lauerten hinter einer aufgegebenen Kanone. Einer hob seine Pistole, aber Adam schlug den Lauf nach oben, so daß die Kugel in die Deckenbalken fuhr. Der zweite warf sich meterweit durch die Luft und krachte mit seinem ganzen Gewicht gegen Adams Rücken. Der Gelenkriemen seines Säbels zerriß, und er hörte die Waffe klappernd davonschlittern.

Der Franzose war ein Riese und besaß gewaltige Kräfte. Wie Stahlklauen hielten seine teerbeschmutzten Finger Adams Handgelenke umklammert, während er ihn wie einen Gekreuzigten gegen den Boden preßte.

Adam schrie auf vor Schmerz, als das Knie des Riesen ihn voll in den Unterleib traf. Er versuchte, die Qual zu beherrschen, aber dann stieß das Knie ein zweitesmal zu, und vor Adams Augen explodierten weißglühende Blitze.

Plötzlich tauchte ein schmächtiger Schatten über den Schultern des Riesen auf, und der Schmerz ließ nach. Der Riese rollte seitlich von Adam herunter.

Midshipman Evans starrte ihn fassungslos an. Dann, als Adam mühsam auf die Füße kam, ließ er den Säbel sinken, mit dem er den riesigen Franzosen niedergestreckt hatte, und sagte drängend: »Hier entlang, Sir. Ich habe...«

Der Rest des Satzes wurde von einem gewaltigen Krachen übertönt.

Gekrümmt stand Adam da, denn der Schmerz wühlte immer noch wie ein heißes Eisen in seinen Lenden. Staub und Rauch machten ihn blind, und sein Gehör hatte er schon lange verloren. So tastete er nur nach Evans' Schulter und ließ sich durch den Qualm führen, ohne recht zu begreifen, was um ihn vorging.

Evans zupfte an seinem zerrissenen Uniformrock und protestierte, als Adam das Gleichgewicht verlor und kopfüber zwischen zwei Kanonen fiel. Trotz seiner Benommenheit begriff er, daß er hier Sonnenschein sah, wo keiner sein sollte.

Dann kroch Evans neben ihn, und beide stellten fest, daß eine große, gesplitterte Spiere beide Decks, das zu ihren Füßen und das über ihren Köpfen, durchschlagen hatte: einen Meter von der Stelle entfernt, wo sie eben noch gestanden hatten.

Die dumpfe Lautlosigkeit machte alles nur noch schlimmer. Adam sah, daß Hallowes durch den Staub stolperte und kurz stehenblieb, um an dem scheinbar endlosen Mast entlang nach oben zu starren, der mit dem ganzen Gewirr seines Riggs wie ein Rammbock durch das Deck gebrochen war.

Dann fiel Hallowes' Blick auf die beiden Kameraden; sein Gesicht verzerrte sich in einem irren Grinsen, und er brüllte etwas Unverständliches, während er mit dem Säbel auf Crockers Werk deutete.

Adam zog sich hoch und stützte sich wieder auf Evans' Schulter. Langsam kehrte sein Gehör zurück, und er merkte, daß der infernalische Lärm wenn möglich noch lauter geworden war.

Hallowes brüllte immer noch. »Das wird sie ganz schön ins Grübeln bringen«, schloß er. Offenbar hatte er mit dem Leben abgeschlossen und alle Angst verloren.

Evans schob Adam den Säbel des Fünften Offiziers in die Hand, und dann starrten sie einander an, so verwirrt wie zwei Fremde, die sich zufällig begegnet waren.

Doch mit Adams Hörvermögen war auch sein Gedächtnis zurückgekehrt und drängte ihn nun zu handeln.

»Also los, bringen wir es hinter uns!« hörte er sich selbst sagen. Der scharfe Ton seiner Worte erinnerte ihn an seinen Onkel, und das wiederum brachte ihn auf eine Idee.

»Ich kann sie nicht mehr aufhalten!« schrie Tyrrell gellend.

Er hieb seinen Belegnagel in den Schädel eines Franzosen, der sich über die zerfetzten Hängemattsnetze rollen wollte, und holte mit seinem Entermesser nach einem anderen aus.

Bolitho vergeudete keine Zeit mit Antworten; Feuer wühlte in seinen Lungen, und sein Schwertarm schien ihm so schwer wie Blei, als er abermals einen Enterer durchbohrte und über die Besanrüsten außenbords fallen sah.

Es war hoffnungslos. War von Anfang an hoffnungslos gewesen. Das ganze obere Batteriedeck schien von Feinden zu wimmeln, während sich die Besatzung von *Achates* auf Achterdeck und Hütte zusammendrängte und verzweifelten Widerstand leistete.

Bolitho sah, daß Allday sein Entermesser hob, weil ein Franzose zwischen den Streben der Querreling aufs Achterdeck kletterte; das Entsetzen in seinem Gesicht wich triumphierender Schadenfreude, als der Mann begriff, daß der englische Bootsführer sich aus unerfindlichen Gründen nicht bewegen konnte.

Bolitho sprang über den Körper eines verwundeten Seesoldaten und stach mit dem Säbel blindlings durch die Reling. Er fühlte die Spitze der Klinge vom Schulterblatt des Franzosen tiefer in seinen Körper gleiten und riß sie zurück, als der Mann schreiend nach unten außer Sicht fiel.

Bolitho legte einen Arm um Allday und zog ihn von der Reling zurück.

»Langsam, Mann!« Er wartete, bis Midshipman Ferrier ihm zu Hilfe kam, und setzte dann hinzu: »Du hast genug getan!«

Allday wandte den Kopf und starrte ihn mit blutunterlaufenen Augen unglücklich an. »Es ist mein Recht, zu...«

Ein Streifschuß zerriß Bolithos Uniformrock; aus dem Augenwinkel sah er verschwommen, daß Langtry, der Schiffsprofoß, den Scharfschützen mit einem Enterbeil umhackte.

Sie starben alle. Und wozu?

Eine neue, überraschend heftige Explosion stieß beide Rümpfe knirschend gegeneinander. Einen Moment lang glaubte Bolitho, daß ein Pulvermagazin in die Luft geflogen sei und nun beide Schiffe in einem einzigen gräßlichen Fanal eingeäschert würden.

Aber dann verhielten Säbel und Entermesser untätig mitten in der Bewegung, die Marineinfanteristen vergaßen ihr verzweifeltes Bemühen, so schnell wie möglich nachzuladen, und starrten hinüber, wo der turmhohe Großmast des Franzosen zu wanken begann. Es schien eine Ewigkeit zu dauern, so daß selbst einige Verwundete sich aufrichteten und zusahen oder Freunde durch Rufe auf das Schauspiel aufmerksam machten.

Bolitho ließ den Arm sinken, dessen Muskeln wie von tausend Nadelstichen schmerzten.

Heiser rief Knocker: »Bei Gott, da geht er hin!«

Erst langsam, dann immer schneller, begann der hohe Mast zu kippen. Mars- und Bramstenge, Rahen und aufgegeite Segel brachen und zerplatzten, stehendes und laufendes Gut riß wie dünne Bindfäden, konnte das ungeheure Gewicht weder halten noch bremsen. Die Marsgräting mit ihren Drehbassen und Brustwehren barst entzwei und ließ die Besatzung hinunterfallen; die Toppsgasten folgten, gezogen vom Rigg der Stenge, die sich krachend durch das Deck bohrte.

Selbst auf *Achates* spürte Bolitho die Erschütterung und das Gewicht des gebrochenen Mastes; das Deck neigte sich unter seinen Füßen in einem steileren Winkel.

Aus den ziehenden Rauchschwaden erklang ein Trompetensignal, und die Enterer zogen sich zurück, bis sie auf dem Vorschiff ein dichtes Knäuel bildeten. Sie handelten dem uralten Instinkt des Seemannes gemäß, dem die Rettung des eigenen Schiffes über alles geht.

Bolitho räusperte sich mit kratzender Kehle und rief: »Zu mir, Leute von *Achates!*«

Jetzt hatten sie eine Chance, wenn auch nur eine verschwindend kleine.

Vom Vorschiff erscholl ein scharfes Kommando, gefolgt von knatterndem Musketenfeuer. Ungläubig starrte Bolitho nach vorn, fühlte sich erinnert an den Morgen auf San Felipe, als Hauptmann Dewar so kaltblütig den rechten Augenblick abgewartet hatte, ehe er in die Inselkavallerie feuern ließ. Aber jetzt lag Dewar tot, mit weggeschossenem Unterkiefer, und Dutzende von Füßen trampelten über seine Leiche, wenn der Kampf vor- und zurückflutete. Auch hatten seine Soldaten nicht auf den richtigen Moment gewartet, sondern schon die ganze Zeit todesmutig gekämpft.

Und doch, irgendwie, hatten sie auf dem Vorschiff Front zum Feind gemacht. Bolitho erkannte Hawtaynes Hut über dem Qualm und hörte seine schrille Stimme kommandieren: »Zweite Reihe vor! Legt an – Feuer!«

Die Salve krachte mit verheerender Wirkung in die dichtgedrängten französischen Enterer.

Doch zum Nachladen blieb den Briten keine Zeit.

Bolitho sprang die Leiter zum Batteriedeck hinunter, ohne auf den Schmerz in seinem verwundeten Bein zu achten, und rannte über die Trümmer und Gefallenen hinweg nach vorn, den Blick auf die zurückweichenden Feinde gerichtet.

Hawtayne rief: »Rückt vor!«, und die aufgepflanzten Seitengewehre glitzerten im matten Sonnenlicht, als die Soldaten zur Attacke schritten.

Ein junger französischer Offizier lief herbei, um Bolitho abzufangen. Er war etwa so alt wie Adam, auch ebenso schwarzhaarig und gut aussehend. Als Stahl gegen Stahl klirrte, zuckte in Bolitho mit betäubendem Schock die Erkenntnis auf, daß sein Neffe höchstwahrscheinlich längst tot war.

Der junge Offizier verlor die Balance, als Bolitho seinen Säbel beiseite schlug. Für den Bruchteil einer Sekunde weiteten sich seine Pupillen in begreifendem Entsetzen, dann lag er schon am Boden. Bolitho zog den Säbel zurück und merkte, daß seine Leute an ihm vorbei nach vorn drängten; ihr Geschrei klang jetzt, da die Rollen plötzlich vertauscht waren, wieder stark und zuversichtlich.

Leutnant Scott winkte mit seinem Säbel: »Enterer vor!«

Jubelnd, fluchend, todesmutig wälzte sich die Flut menschlicher Leiber hinüber auf das andere Schiff.

Bolithos Säbel hackte abermals einen französischen Offizier aus dem Weg, aber der Arm wollte ihm fast nicht mehr gehorchen. Wie lange konnten sie noch durchhalten?

Jetzt stand er auf dem Seitendeck von *Argonaute* und wurde von der Woge seiner Männer nach achtern mitgerissen: zur Poop, denn wer sie hatte, hatte das Schiff.

Kaleidoskopartig stiegen Bilder vor Bolithos Auge auf: Adams Gesicht, als er ihm das Mädchen aus Boston zu beschreiben versuchte; Tyrrells verzweifelter Stolz, mit dem er sich nach einem Land einschiffte, das er noch nie betreten hatte. Der kleine Evans, der das brennende spanische Schiff beobachtete oder ihm wie ein Schatten überallhin folgte. Und Allday, der ihn auch dann noch schützen wollte, als ihn seine eigene schreckliche Wunde lähmte.

Gebrüll und Geschrei erscholl explosionsartig auf dem breiten Achterdeck, Männer flogen wie blutige Bündel nach allen Seiten, als eine mörderische Kartätschenladung mitten in sie hineinfuhr.

Bolitho wischte sich mit dem Ärmel den Schweiß aus den Augen und starrte zum Poopdeck hinauf.

Narrten ihn seine Augen? Aber nein, er hatte nicht den Verstand verloren, da oben stand wirklich Adam mit einem anderen Offizier und einigen Männern der *Achates*. Das Rohr der Drehbasse rauchte noch, es war abwärts gerichtet auf die dichten Reihen der Verteidiger und ihrer Offiziere. Die Kartätschenladung hatte dieselbe verheerende Wirkung erzielt wie die Salve der Marineinfanterie.

Leutnant Scott vergaß ganz seine gewohnte Selbstbeherrschung, schlug Bolitho auf die Schulter und schrie: »Bei Gott, das ist der Flaggleutnant, Sir! Der junge Teufel hat ihnen den Rest gegeben!«

Damit rannte er seinen Leuten nach, blieb aber noch einmal

kurz stehen und sah zu seinem Vizeadmiral zurück; es war nur ein Blick, aber er sagte mehr als tausend Worte.

Trotzdem, der Feind war immer noch in der Überzahl, und jetzt mußte jeden Moment ein Anführer auftauchen, einer, der seine Leute um sich scharen und zum Gegenangriff führen würde.

Bolitho musterte seine keuchenden, abgekämpften und zum Teil verwundeten Männer, die sich auf ihre Entermesser und Piken stützten. Noch einem Gefecht waren sie nicht gewachsen.

Leutnant Trevenen kam heranmarschiert und tippte mit dem Säbelgriff grüßend an seinen Hut: *Achates'* jüngster Leutnant, den Rivers als Geisel genommen hatte. Die Augen in seinem schmutzigen Gesicht leuchteten, als er berichtete: »Die Franzosen haben die Flagge gestrichen, Sir.« Er verstummte verlegen, als sich Seeleute und Soldaten näher herandrängten, dann versuchte er es noch einmal: »Mr. Knocker hat eine Nachricht geschickt...« Die Stimme versagte ihm, er senkte den Blick, während ihm die blanken Tränen über die rußigen Wangen liefen.

Leise sagte Bolitho: »Sie haben sich sehr gut gehalten, Mr. Trevenen. Bitte fahren Sie fort.«

Der Leutnant sah ihn an. »Mr. Knocker läßt Ihnen sagen, daß sich von Süden her ein Schiff nähert. Eins von unseren 74ern.«

Bolitho schritt durch die Umstehenden davon, hörte sie jubeln und einander auf die Schultern schlagen und fühlte sich wie ein unbeteiligter Zuschauer.

Am großen Ruderrad stieß er auf den französischen Admiral. Er war am Arm leicht verwundet und wurde von zwei Offizieren gestützt.

So standen sie einander gegenüber, Auge in Auge.

Schließlich sagte Jobert wie beiläufig: »Ich hätte es wissen müssen, als ich *Ihr* Schiff erkannte.« Er setzte zu einem Schulterzucken an, aber der Schmerz hinderte ihn daran. »Sie sollten mir eine Insel übergeben...« Ungeschickt nestelte er an seinem Säbel. »Und jetzt übergebe ich Ihnen dies.«

Bolitho schüttelte den Kopf. »Nein, M'sieu. Sie verdienen, ihn zu behalten.«

Damit wandte er sich ab und schritt zum Schanzkleid hinüber, während ihm Jubel- und Hurrageschrei in den Ohren gellte.

Viele Hände packten zu und halfen ihm auf das trümmerübersäte Deck von *Achates* hinüber, wo er als erstes Fähnrich Ferrier und Bootsmann Rooke gewahrte, die strahlend ihre Hüte schwenkten.

Wenn sie doch nur damit aufhören würden!

Er ließ den Blick über die stummen Gestalten schweifen, die auf dem Batteriedeck hingestreckt lagen. Wie war es bestellt um die Ruhe dieser Tapfersten von allen? Und wie um die Verwundeten, die jetzt im Orlopdeck den Preis für seinen Sieg entrichteten?

Er wandte sich um, als er Alldays schleppenden Schritt näherkommen hörte, und sah, daß sein alter Bootsführer Joberts Flagge über der Schulter trug.

Bolitho packte ihn am Arm. »Alter Halunke! Wirst du denn nie tun, was man dir sagt?«

Alldays Atem ging pfeifend, aber er schüttelte grinsend den Kopf. »Kaum, Sir. Alter Hund lernt keine neuen Tricks.«

Mit feuchten Augen trat Bolitho an die Reling, wo Keen in einem abgesplitterten, blutbefleckten Stuhl lehnte, während Tuson seine Wunde untersuchte.

Heiser sagte Keen: »Wir haben's also geschafft, Sir. Wie ich höre, ist das Schiff, das auf uns zuhält, ein 74er.« Und mit dem Schatten eines Lächelns: »Auf ihm können Sie Ihre Flagge setzen und lange vor uns zu Hause sein.«

Die Jubelrufe wollten immer noch nicht verstummen, stellte Bolitho fest. Drei gegen einen hatte es gestanden. Aber sie hatten gesiegt, und das würde man bald in ganz England erfahren.

Leise sagte er: »Nein, Val. Meine Flagge bleibt auf Ihrem Schiff. Wir segeln gemeinsam nach Hause. Und zwar«, schloß er mit einem melancholischen Lächeln, »auf dem alten Käthchen.«

Epilog

Bolithos Heimkehr wurde ein größeres Fest, als er während der langen Monate seiner Abwesenheit zu hoffen gewagt hätte. Und doch, wie vorausgeahnt, stimmte es ihn auch traurig. Das Abschiednehmen in Plymouth war ebenso bewegend wie der Willkomm, als die narbenbedeckte, arg mitgenommene *Achates* den

Anker hatte fallen lassen; ihre Prise, die *Argonaute,* wurde sofort ins Trockendock übernommen.

Für das Schiff mußte es ein stolzer Augenblick gewesen sein, überlegte Bolitho, auch wenn alle Pumpen mit Höchstleistung arbeiteten – wie jeden Tag und jede Stunde seit dem Gefecht. Selbst mit dem zusammengebastelten Behelfsrigg schaffte es das alte Käthchen, noch keß und unternehmungslustig auszusehen, auch wenn die Nationale nur auf der Hälfte ihrer vorgeschriebenen Höhe auswehte. *Achates'* Anblick trieb die Menschen in Scharen auf dem Ufer zusammen.

Adam hatte Bolitho mit ernstem Gesicht von der zerschossenen Hütte herabsteigen gesehen, um sich von den Männern zu verabschieden, die ihm seit ihrem Aufbruch vor einem Jahr so vertraut geworden waren: Scott und Trevenen, Hawtayne und der junge Ferrier. Dann Tuson, der Schiffsarzt, der Keen einen daumengroßen Metallsplitter aus den Rippen geschnitten hatte. Und auch der kleine Evans, aus dem so früh ein Mann geworden war.

Aber Bolitho dachte auch an jene, die er niemals wiedersehen würde, die den Triumph der Heimkehr nicht mit ihnen teilen konnten.

In wenigen Monaten würde das eroberte Linienschiff unter britischer Flagge segeln, eine hochwillkommene Verstärkung der dezimierten Flotte. Aber *Achates* hatte das Gefecht schlechter überstanden als vermutet. Die blauen Gewässer der Karibik würde sie kaum wiedersehen, sondern ihre Tage als abgetakelte Hulk, als Unterkunft für durchreisende Seeleute beschließen.

Die Rückfahrt durch den Kanal war langsam und mühsam gewesen, und sie hatten sich so dicht unter der Küste Cornwalls halten müssen, daß Adam in die Besansaling aufgeentert war, um mit dem Fernrohr Ausschau zu halten.

Als er wieder unten stand, sagte er nur: »Ich habe ein Stück vom Haus gesehen, Onkel.« Jetzt erst begriff er, wie nahe er daran gewesen war, es nie mehr wiederzusehen. »Das Vorland ist schwarz vor Menschen, sie stehen bis nach St. Anthony.«

Trotz des warmen Frühjahrswindes kamen sie nur so langsam voran, daß Bolitho eine Kutsche nach Plymouth entgegengeschickt wurde.

Er war dankbar, daß Belinda nicht selbst gekommen war, denn

wenn sie gesehen hätte, wie sein beschädigtes Schiff in den Hafen hinkte, wäre sie vor Sorge außer sich gewesen.

Ein letztes Mal hatte Keen ihn in der Barkasse an Land begleitet. Die Menschenmenge am Kai jubelte und warf ihre Hüte in die Luft, die Frauen hoben ihre kleinen Kinder hoch, damit sie Bolitho sehen konnten. Die Nachricht von seinem Sieg war ihm weit vorausgeeilt. Aber Bolitho bemerkte auch, daß unter den Zuschauern nur wenige junge Männer waren.

Denn wieder einmal lag England im Krieg mit seinem alten Feind, und wen die Werber übriggelasen hatten, den hätten die Preßkommandos bei dieser Gelegenheit nur zu schnell aufgegriffen.

Auch von Tyrrell hatte er sich verabschiedet, mit mehr Rührung als erwartet. Aber Tyrrells verbissene Halsstarrigkeit machte eine Trennung unumstößlich.

Tyrrell hatte Bolithos Hände in beide Pranken genommen und gesagt: »Ich schaue mich erst ein bißchen um, Dick. Mal sehen, ob es mir hier gefällt.«

Bolitho beharrte: »Trotzdem, kommen Sie bald in Falmouth vorbei. Und vergessen Sie uns nicht.«

Tyrrell warf sich den Seesack über die Schulter. »Vergessen hab' ich Sie nie, Sir. Und werd's auch jetzt nicht tun.«

Seitdem war schon eine Woche vergangen. Bolitho stand am Fenster, blickte hinaus auf den schattigen, blumenübersäten Garten und konnte es kaum glauben.

Bei ihrem ersten Wiedersehen hatten sich Freude und Rührung die Waage gehalten.

Belinda preßte die Stirn an seine Brust und flüsterte: »Ich habe Ferguson überredet, mit mir zum Vorland zu fahren. Da sah ich dich vorbeisegeln. Das arme kleine Schiff! Ich war ganz entsetzt, aber auch sehr stolz auf dich.« Sie hob den Blick zu seinem Gesicht, suchte darin die Spuren des Überstandenen. »Und alles war voll jubelnder Menschen. Sie wußten natürlich, daß du sie nicht hören konntest, aber sie wollten dich trotzdem willkommen heißen.«

Bolitho sah, daß Allday sich im Garten mit einem Lakai unterhielt; er brachte ihn zum Lachen, wohl mit einem alten Seemannsgarn. Auch mit Allday war ein Bild verbunden, das er nicht so schnell vergessen würde: wie sein alter Bootsführer steif aus der Kutsche geklettert war und sich bemüht hatte, auf der Steintreppe nicht zu hinken.

Belinda war ihm entgegengekommen, hatte ihm die Arme um den Hals gelegt und leise gesagt: »Danke, Allday, daß Sie mir meine Männer heimgebracht haben. Ich wußte, Sie würden es schaffen.«

So hatte sie ihn langsam wieder zum Leben erweckt – wie das alte Haus, dachte Bolitho. Ihre heitere Gegenwart war überall fühlbar.

Die Woche war im Nu vergangen, obwohl sie keine Besuche gemacht oder empfangen hatten. Ihre Einfühlsamkeit, ihre leidenschaftliche Liebe hatte sie einander noch näher gebracht.

Dabei fiel ihm wieder der Augenblick ein, als er seine Tochter zum erstenmal auf den Arm genommen hatte.

Halb lachend, halb weinend hatte Belinda ihn ermutigt: »Nimm sie hoch, Richard! Sie ist doch nicht aus Glas!«

Elizabeth. Ein ganz neuer Mensch. Belinda hatte den Namen allein ausgesucht, so selbstverständlich, wie sie auch das ganze Hauswesen allein geführt hatte.

Für Bolitho hatte alles außerhalb seiner Familie an Bedeutung verloren. Rivers war in derselben Kutsche wie Jobert nach London gebracht worden. Der französische Admiral würde eines Tages bestimmt ausgetauscht werden, aber für Rivers sah die Zukunft viel ungewisser aus.

Wieder warf Bolitho einen Blick aus dem Fenster, aber Allday war verschwunden. An den Gedanken, daß sich England wieder im Krieg befand, konnte er sich nur schwer gewöhnen. Wodurch war der Frieden verspielt worden?

Die Tür ging auf, und Belinda trat mit Elizabeth auf den Armen ins Zimmer. Bolitho nahm sie ihr ab und trug sie zum Fenster, während das Kind nach den Goldknöpfen seiner Uniform grapschte.

Sein Glück war vollkommen und beschämte ihn fast, wenn er daran dachte, wie viele bittere Not litten oder gestorben waren.

Auch Adam kam ins Zimmer und musterte lächelnd die drei am Fenster. Er gehörte jetzt zur Familie, alles war arrangiert.

Draußen auf dem Flur hastete Allday zur Tür und rügte eines der Dienstmädchen: »Beeil dich, du Trine, ein Kurier ist angekommen!«

Belinda griff sich an die Brust. »O nein, nicht so bald! Nicht schon wieder«, flüsterte sie.

Bolitho hörte die Verzweiflung in ihrer Stimme und drückte seine Tochter fester an sich.

Adam eilte aus dem Zimmer, kehrte aber kurz darauf mit einem dicken, versiegelten Briefumschlag zurück.

Beruhigend sagte er: »Der Kurier kommt nicht von der Admiralität. Die Nachricht ist vom Hof in St. James.«

Belinda nickte erleichtert. »Lies bitte vor, Adam. Ich bin zu nervös.«

Adam brach die Siegel auf und las schweigend.

Dann hob er den Blick. »Gott sei Dank«, sagte er.

Allday und Ferguson drückten sich noch in der Tür herum, beobachteten, wie der Leutnant das eindrucksvolle Schreiben an die Hausfrau weiterreichte. Er sah die Überraschung in ihrem Gesicht der Freude weichen und sagte: »Tja, Allday, du mußt höherenorts gute Beziehungen haben. Dein Wunsch ist erfüllt worden.«

Wortlos starrte Allday zum Fenster, wo Belinda jetzt die Arme um Mann und Kind legte und Bolitho auf die Wange küßte.

Lächelnd meinte Adam: »Aber ich glaube, mein Onkel ist zufrieden mit dem, was er hat. Das ist für ihn der schönste Lohn.«

Allday hörte ihn nicht; sein Blick war in die Ferne gerichtet, als er sagte: »Also *Sir* Richard Bolitho.« Dann nickte er nachdrücklich, und in seinen Augen stand wieder ein Glanz wie in alten Tagen. »Wenn mich jemand fragt: Es wurde auch Zeit!«

Seemännische Ausdrücke der Segelschiffszeit

Zusammengestellt von F.W. Wentzel

Abdrehen
Kursänderung, um einer Gefahr auszuweichen
abfallen
vom Winde wegdrehen, so daß er voller einfällt. Gegensatz: anluven
Abflauen
Nachlassen des Windes
achtern
hinten im Schiff
achteraus
in Richtung nach hinten
achterlich
Richtung von querab bis achteraus
Achterdeck
hinterer Teil des Oberdecks, Kommandostand der alten Segelschiffe, wo Kompaß und Ruder standen
Achtersteven
das hinterste Holz des Schiffes
am Wind (beim Wind) segeln
wenn der Kurs im spitzen Winkel zur Windrichtung liegt
anbrassen
die Rahen eines Seglers mit den Leebrassen so weit anholen, wie es die Wanten erlauben. Gegenteil: aufbrassen
Ankerspill
Winde mit senkrechter Achse zum Aufholen des Ankers
anluven
zum Winde hindrehen (s. abfallen)
anschlagen
1. Ein neues Segel an der Rah oder Gaffel festbinden. 2. Die halbstündigen Schläge der Schiffsglocke
Aufbrisen
Zunehmen des Windes
Aufgeien
Aufholen der Schothörner eines Rahsegels an die Rah
aufheißen
hochziehen
aufkommen
1. Zurücklegen des Ruders, wenn eine Drehbewegung eingeleitet ist. 2. ein schnelleres Schiff nähert sich von hinten. 3. Ein Gewitter »kommt auf«
»auf und nieder!«
senkrecht. Ausruf beim Ankerlichten, wenn die Ankertrosse senkrecht nach unten zeigt, der Anker schon losgebrochen, aber noch nicht auf dem Grund ist
ausbringen
ein Boot, ein Fallreep nach außenbords bringen
auslegen
wenn die Matrosen zum Los- oder Festmachen der Segel auf die Fußpferde der Rahen treten
ausrennen
die Kanonen mit Hilfe von Taljen in Feuerstellung bringen
Ausschießen
Rechtsdrehung des Windes (auf den Kompaß bezogen). Gegensatz: krimpen

Back
Vorderteil des Schiffes
Backbord
linke Schiffsseite (von achtern gesehen)
backbrassen
Rahsegel so drehen, daß der Wind von vorne einfällt und die Fahrt des Schiffes gebremst wird
Backstage
Stage, die den Mast schräg nach achtern stützen
Bark
Dreimaster mit zwei vollgetakelten und einem (dritten) gaffelgetakelten Mast
Barkasse
größtes Beiboot eines Kriegsschiffes
Baum
Rundholz, an dem das Segel unten befestigt ist
beidrehen
1. Um einen Sturm abzuwettern, legt sich das Segelschiff mit geringster Segelfläche schräg gegen den Wind, so daß es praktisch dwars vertreibt.
2. Durch Backbrassen ein Schiff abstoppen, auf der Stelle treiben
bekalmen
einem anderen Schiff durch Vorbeifahren in Luv den Wind wegnehmen
belegen

1. Eine Leine festmachen. 2. Einen Befehl aufheben

Belegnagel
Holz- oder Eisenpflock zum Festmachen von Leinen

Besan
der dritte, nicht vollgetakelte Mast (auch sein Gaffelsegel)

Besteck
Standort des Schiffes auf See, a) gegißt, wenn er auf geschätzten Werten für Kurs und Wegstrecke basiert, b) terrestrisch, wenn er auf Landpeilungen, c) astronomisch, wenn er auf Messung von Gestirnshöhen beruht

Bilge
Kielraum, die tiefste Stelle im Schiffsrumpf

Block
Rolle oder Scheibe in einem Holzgehäuse

Bootsmann
Deckoffizier, dem die Instandhaltung des Schiffes und seiner seemännischen Ausrüstung obliegt

Bootsmannsstuhl
Brett an zwei Seilen, mit dem sich ein Mann zu Arbeiten in der Takelage hochziehen kann. Auch Offiziere wurden damit in See oft an Bord gehievt

Bramrah
die dritte Rah von unten (mit dem Bramsegel)

Brassen
Taue an den Rahnocken zum horizontalen Schwenken (Brassen der Rahen)

Breitfock
das unterste Rahsegel am Fockmast, auch einfach »Fock«

Brigg
Zweimaster, vollgetakelt

Brigantine
Zweimaster, der vordere Mast voll-, der hintere gaffelgetakelt

Bug
der vorderste Teil des Schiffes

Bugspriet
über den Bug nach vorn hinausragende Stange

Davit
kranartige Konstruktion zum Aussetzen von Booten

Deckoffiziere
Bootsmann, Steuermann, Stückmeister, Feuerwerker: Dienstgrad zwischen Offizier und Unteroffizier, damals der höchste erreichbare Dienstgrad für Mannschaften (mit wenigen Ausnahmen, z. B. James Cook)

Dingi
kleinstes Beiboot

Dollbord
verstärkter oberer Rand eines Bootes, in den Dollen (Metallgabeln) für die Riemen eingesteckt werden

Draggen
(auch Drachen) kleiner, vierarmiger Bootsanker, den man auch als Suchanker benutzen kann

Drehbasse
leichtes, schwenkbares Geschütz

Ducht
Sitzbrett im Ruderboot

dwars
querab, rechtwinkelig zur Schiffslängsachse

entern/aufentern
1. In die Takelage klettern. 2. Das gewaltsame Besteigen eines feindlichen Schiffes

Enterhaken
eiserner Haken an langer Stange zum Heranholen eines feindlichen Schiffes, bevor es geentert wird

Eselshaupt
brillenartiges Verbindungsstück von Mast und aufgesetzter Stenge

Etmal
der von Mittag zu Mittag (in 24 Stunden) zurückgelegte Weg

Faden
Längeneinheit zu sechs Fuß = 1,829 Meter

Fall
Leine zum Heißen oder Fieren einer Rah oder eines Segels

Fallreep
Treppe oder Strickleiter (Seefallreep), die an der Bordwand heruntergelassen werden kann

Fallreepspforte
Einlaßöffnung vom Fallreep ins Schiff, bei hochbordigen Schiffen in einem der unteren Decks

Fender
Stoßdämpfer (damals) aus geflochtenem Tauwerk

fieren
eine Last absenken, Leine verlängern

Finknetze
U-förmige, mit starken Netzen verkleidete Gabeln, in die die festgezurrten Hängematten der Besatzung tagsüber verstaut wurden. Sie boten im Gefecht Schutz gegen Schrapnell- und Gewehrkugeln
Fockmast
der vorderste Mast
Fregatte
leicht bewaffneter (20 bis 50 Kanonen) schneller Segler, der Flotte als Aufklärer beigegeben. Voll getakelt
Fußpferd
Tau unterhalb der Rah, auf dem die Matrosen beim Losmachen, Reffen und Festmachen des Segels stehen

Gallion
balkonartiker Vorbau des Schiffsbugs, trägt die Galionsfigur
Gangspill
mit Spillspaken gedrehte Winde mit senkrechter Achse zum Aufholen des Ankers oder zum Einholen von Trossen
Gangway
1. Laufbrücke an beiden Schiffsseiten zwischen Back und Achterdeck
2. Laufplanke zwischen Schiff und Pier
Geitau
Leine zum Aufholen der Segel
Gieren
ungewolltes Abweichen vom Kurs, meist bei achterlicher See
Gig
Boot des Kommandanten, schlank und schnittig gebaut
gissen
schätzen (s. Besteck)
Glasen
Anschlagen der Schiffsglocke alle halbe Stunden mit 1-8 Schlägen (jeweils für 4 Stunden = 1 Wache)
Gordings
am Unterliek befestigte Leinen zum Aufholen eines Segels (z. Unterschied vom Geitau, das am Schothorn anfaßt)
Gräting
hölzernes Gitterwerk
Großmast
Hauptmast, beim Dreidecker der mittlere
Großsegel
das unterste Segel am Großmast eines Rahschiffes (alle Rahen, Segel, Schoten etc. des Großmastes haben die Vorsilbe »Groß-«)
Großtopp
1. Der Großmast mit seiner Takelage
2. Die oberste Spitze des Großmastes

Hals
Tau, mit dem die untere Luvecke eines Untersegels nach vorn geholt wird, wenn das Schiff am Wind segelt. »Mit Backbord-Halsen« segeln = »mit Steuerbord-Schoten«, gleichbedeutend mit »auf Steuerbord-Bug« segeln
halsen
mit dem Heck durch den Wind auf den anderen Bug gehen; bei Rahseglern das einfachere Manöver (vgl. wenden)
Heck
der hinterste Teil des Schiffes
Heißen (Hissen)
Hochziehen eines Segels, einer Flagge
Hieven
Heißen einer schweren Last mit einer Winde
hoch am Wind
in möglichst spitzem Winkel zur Windrichtung. Rahschiffe kamen bestenfalls bis 60 Grad an den Wind
holen
gleichzeitig ziehen
Hulk
ausgedientes Schiff, zu Wohnzwecken benutzt
Hütte
Aufbau auf dem Achterschiff, auch Poop, Pupp, Kampanje genannt
Hundewachen
die beiden halben Abendwachen von 16-18 und 18-20 Uhr (in Deutschland nannte man später auch die Wache von 00-04 Uhr so)

Jager
vorderstes Stagsegel am Klüverbaum
Jakobsleiter
Strickleiter, Seefallreep
Jolle
kleines Beiboot

Kabelgat(t)
Lagerraum für Tauwerk

Kabellänge
Zehntel einer Seemeile = 185,3 Meter
Kabine
Wohnraum eines Passagiers an Bord

Kajüte
Wohnraum des Kapitäns oder Kommandanten an Bord
Kalfatern
Dichten der Nähte zwischen Schiffsplanken mit Werg und Teer
Kammer
Schlafraum eines Offiziers an Bord, meist nur mit Wänden aus Segeltuch, die vor dem Gefecht entfernt wurden
Kampanje
veralteter Name für Poop oder Hütte
Kanonen
Vorderlader aus Bronze oder Gußeisen, nach dem Gewicht der von ihnen verschossenen Eisenkugeln klassifiziert; schwerste war der 32-Pfünder mit Reichweite von ca. 2300 m
Karronade
nach Carron in Schottland (Ursprungsort) benanntes, großkalibriges Geschütz mit kurzem Lauf und geringer Reichweite, aber gefährlicher Ladung (Eisenstücke oder dergleichen)
katten
einen am Bug hängenden Anker mit den Kattgien (Taljen) unter den Kattdavit (Kranbalken) bringen
Kiel
Grundbalken des Schiffes, auf dem Vor- und Achtersteven und seitlich die Spanten aufgesetzt sind
kielholen
1. Das Schiff seitlich trockenlegen, um den Schiffsboden reinigen oder neu streichen zu können. 2. Schwere Strafe an Bord. Der Delinquent wurde an einer Leine unter dem Schiff durchgezogen
Kielschwein
auf dem Kiel aufgesetzter Verstärkungsbalken
Killen
Flattern der Segel
Kimm
der sichtbare Horizont
Kink(en)
Verdrehung (Törn) in einer Leine
Klampe
festmontierte Vorrichtung zum Belegen von Leinen
Klampen
Profilhölzer zur Lagerung der Beiboote
Klarschiff
Herstellung der Gefechtsbereitschaft
Klüse
Öffnung in der Bordwand zum Durchführen von Festmacheleinen oder Ankertrosse
Klüver
am Klüverbaum gesetztes Stagsegel
Klüverbaum
die den Bugspriet verlängernde Spiere
Knoten
1. Geschwindigkeitsangabe: Seemeilen pro Stunde. 2. Jede wieder lösbare Verbindung zweier Enden
Kombüse
Schiffsküche
Kompaßrose
in 32 Strich (à 11¼ Grad) eingeteilte, horizontale Scheibe, die sich mittels der an ihrer Unterseite angebrachten Magnete auf den (magn.) Nordpol einstellt
Korvette
kleineres, vollgetakeltes Kriegsschiff (bis 20 Kanonen)
Koppeln
Ermitteln des Schiffsorts durch Einzeichnen der gesegelten Kurse und Distanzen in die Seekarte
Krängung
die durch Wind und Seegang bewirkte vorübergehende seitliche Neigung des Schiffes. Sonst: Schlagseite
kreuzen
auf Zickzackkurs am Wind segeln
Kreuzmast
beim Dreimaster der hinterste Mast, wenn er vollgetakelt ist. Sonst: Besanmast
Krimpen
Linksdrehen des Windes (auf den Kompaß bezogen)
kurzstag
ist die Ankertrosse beim Ankerlichten kurz vorm Losbrechen des Ankers
Kutter
1. Einmastiges Fahrzeug mit Gaffelsegel. 2. Kriegsschiffsbeiboot mit bis zu 14 Riemen

Landfall
das erste Insichtkommen von Land nach längerer Fahrt
Längsseit(s) ...
holen, kommen, liegen: der Länge nach Seite an Seite mit einem anderen Schiff
Laschen
Festzurren beweglicher Gegenstände an Bord

Last
Vorrats- oder Stauraum
laufendes Gut
sämtliches Tauwerk der Takelage, das geholt oder gefiert wird (Fallen, Schoten, Halsen, Brassen etc.)
Lee
die dem Wind abgewandte Seite (Gegensatz: Luv)
Leesegel
Zusatzsegel, die bei leichtem ständigem Wind (Passat) in Verlängerung der Rahen ausgebracht wurden
Legerwall
Küste, auf die der Wind steht: gefährlich für Segler
lenzen
1. leerpumpen. 2. vor Topp und Takel bei Sturm vor dem Wind treiben
Liek
Tau, mit dem ein Segel eingefaßt ist
Linienschiff
das in der Linie kämpfende Schlachtschiff. Nach Größe und Kanonenzahl in mehrere Klassen eingeteilt: 1. Klasse = Dreidecker von ca. 2800 Tonnen mit über 100 Kanonen
Log
Gerät zur Messung der Fahrt durchs Wasser
Lot
Gerät zum Messen der Wassertiefe
Luv
die dem Wind zugewandte Seite (Gegensatz: Lee)

Maat
Unteroffizier, Gehilfe des Deckoffiziers (z. B. Steuermannsmaat)
Manntaue
1. Längs Deck gespannte Taue zum Festhalten bei schwerem Wetter. 2. Zwischen den Bootsdavits herabhängende Taue
Marlspieker
Arbeitsgerät des Seemanns, beim Spleißen unentbehrlich
Mars
Plattform am Fuß der Marsstenge auf der Saling
Marssegel
Das zweite Segel über Deck, an der Marsrah (später unterteilt in Ober- und Untermarssegel)
Masttoppen
Mastspitzen
Meile
auf See die Seemeile = 1852 m (England: 1853 m)
Messe
Speiseraum der Offiziere an Bord
Midshipman
Offiziersanwärter (Seekadett und Fähnrich zur See)
Mittelwache
Wache zwischen Mitternacht und vier Uhr früh
Mooring
s. vermuren

Nagelbank
fester Balken mit Löchern zur Aufnahme der Belegnägel
Niedergang
Treppe an Bord
Niederholer
Leine, mit der eine Rah oder ein Stagsegel heruntergeholt wird, wenn es nicht durch eigenes Gewicht kommt
Nock
Ende eines Rundholzes (z. B. Rahnock)

Ösfaß
schaufelartiges Gefäß mit Handgriff zum Ausschöpfen (Ausösen) eines Bootes
Orlopdeck
das unterste Deck bei Schiffen mit vier und mehr Decks

Palstek
einer der zahlreichen Seemannsknoten
Pardunen
Taue zum Abstützen des Mastes nach achtern
peilen
die Richtung zu einem anderen Objekt feststellen
Pinasse
1. Einmastiges Segelschiff des 17. Jahrhunderts. 2. Schiffsbeiboot
Plicht
Sitzraum im hinteren Teil eines Bootes
Poller
Pfosten zum Belegen von Tauwerk
Poop
achterer Decksaufbau, auch Pupp, Hütte oder Kampanje
Püttings
siehe: Rüsteisen
Püttingswanten
die um die Marsen herumführenden

unteren Enden der Stengewanten (schwierig zu umklettern)
Pütz
seem. Ausdruck für Eimer, Schlagpütz: aus Leinwand

Quarterdeck
Oberdeck hinter dem Großmast, meist als Achterdeck bezeichnet
Quartermaster
Rudergänger, auch Steuermannsmaat

Rahen
Querbäume an den Masten, an denen die Segel angeschlagen sind; hängen an eisernen Racks
raumen
der Wind dreht – auf die Fahrtrichtung bezogen – mehr nach achtern (Gegensatz: schralen)
raumer Wind
zum Segeln günstigster Wind von schräg achtern
Reffbändsel
am Segel angenähte kurze Leinen zum Einbinden des Reffs
Reffen
Verkleinern der Segelfläche
Reling
offenes Geländer längs der Kante eines Decks
Reinschiff
gründliche Reinigung des Schiffes
Riemen
seemännischer Ausdruck für das Bootsruder, mit dem man »pullt« oder »wriggt«
Rigg
moderner Ausdruck für die gesamte Takelage; früher: Takelage minus Segel
Rollen
Bewegungen des Schiffes im Seegang um Längsachse (sonst: schlingern, stampfen)
Royals
Segel über den Bramsegeln
Ruder
Steuer(rad)
Rudergänger
der Mann am Ruder
Rüsten
in Deckshöhe außen an der Bordwand angebrachte, starke Bohlen oder Platten, die den Wanten Halt und größeren Spreiz gaben. Auf den vorderen Rüsten stand der Lotgast beim Loten
Rüsteisen
Ketten oder Eisenplatten, die von den Rüsten nach unten führten und den Zug der Wanten auf die Bordwand übertrugen. In diesen Ketten hakte der Bootsgast beim Längsseitkommen den Bootshaken ein
Rund achtern!
Ausführungskommando beim Halsen
rundbrassen
Rahen herumschwenken

Saling
Querholz am untersten Ende der Maststenge zum Ausspreizen der Oberwanten, meist zu einer Plattform ausgebaut (s. Mars)
Schaluppe
alte Bezeichnung für verschiedene kleinere Schiffe, vom Schiffsboot bis zum Frachtsegler (engl. sloop)
schamfilen
durchscheuern
Schanz(e)
ein der erhöhten Back entsprechender Aufbau auf dem Achterschiff
Schanzkleid
geschlossene Reling aus Holzplanken
Schapp
Schrank-, Regelfach
Schebecke
schlankes dreimastiges Segelschiff mit Lateinersegeln
scheren
Leine durch einen Block führen
schiften
auf die andere Schiffsseite nehmen
Auch: Segel auswechseln
Schlag (Schläge)
die einzelnen Abschnitte des Zickzackkurses beim Kreuzen

Schlingern
Bewegung des Schiffes um seine Längs- und Querachse
Schoner
Segelschiff mit zwei und mehr Masten mit Schratsegel, erster Mast gleich oder kürzer
Schonerbank
dreimastiges Segelschiff, bei welchem nur der vorderste Mast vollgetakelt ist
Schot
Bedienungsleine des Segels, bei Rahsegeln an den äußeren Ecken (Schothörnern) angreifend und nach achtern führend (entgegengesetzt: der Hals)

Schott(en)
Wände, die das Schiff in (meist wasserdichte) Abteilungen teilen, auch allgemein für Wand
schralen
der Wind fällt vorlicher ein (Gegensatz: raumen)
Schratsegel
Segel, deren Unterliek in Längsschiffsrichtung gefahren wird (Gaffel-, Stagsegel usw.)
schricken
einer unter Spannung stehenden Leine etwas Lose geben
Schwoien
Drehen des vor Anker liegenden Schiffes durch Wind und Strom
Seefallreep
Leiter aus zwei durch hölzerne Stufen verbundenen Tauen (s. Jakobsleiter)
Seemeile
Bogenminute am Äquator bzw. auf einem Meridian = 1852 bzw. 1853 Meter
Seite pfeifen
Ehrenbezeigung für an Bord kommende oder von Bord gehende Offiziere
Sextant
nautisches Gerät zum Messen der Gestirnshöhe
Skylight
Oberlichtfenster
Spake
kräftiges Holz, mit dem die Kanone seitlich gerichtet oder das Ankerspill gedreht wird
Steuermann
der für die Navigation verantwortliche Deckoffizier
Strich
32. Teil der Windrose: ein Kompaßstrich = 11¼ Grad
Stückmeister
Deckoffizier, dem die Artillerie des Schiffes untersteht
stütz!
Befehl an den Rudergänger, die Drehung des Schiffes durch Gegenruder zu beenden
Süll
hohe Schwelle an Luken, Niedergängen, Schotten und Fenstern, die das Eindringen von Wasser verhindern soll

Takelage
Gesamtheit der Masten mit Segeln und stehendem wie laufendem Gut
Takelung
Typ der Takelage
Talje
Flaschenzug
Tide
Gezeit. Eine Tide ist der Zeitraum vom Niedrigwasser bis zum nächsten Niedrigwasser
Topp
Mastspitze; auch der Mast mit seiner Takelage
Toppsgast
für die Instandhaltung der Takelage seines Mastes verantwortlicher, besonders geschickter Matrose. Übertragen auch Bezeichnung für alle Matrosen, die auf den Rahen arbeiten
Treibanker
Segeltuchsack, der im Wasser Richtung und Treiben des Schiffes beeinflußt
Trosse
Fasertauwerk mit über 4 cm Durchmesser

Übergehen
Verrutschen von Gegenständen
Über Stag gehen
1. Wendemanöver, mit dem Bug (Vorstag) durch den Wind gehen. 2. Verrutschen von Geschirr usw.
unklar
seemännischer Ausdruck für »nicht in Ordnung«
Untersegel
die untersten Rahsegel (Fock, Großsegel)
Unterwanten
die bis zum Mars führenden, seitlichen Stütztaue des Mastes
Untiefe
flache Stelle

verholen
Schiff an einen anderen Liegeplatz bringen
verkatten
zwei Anker hintereinander an derselben Trosse anbringen
Verklicker
Wimpel oder Windsack an der Mastspitze
vermooren (vermuren)
in Gewässern mit wechselnder Strömung und wenig Raum zum Schwoien ein Schiff so zwischen zwei Anker legen, daß es nur einen geringeren Drehkreis benötigt

versetzen
durch Strömung vom Kurs abgebracht werden
Vertörnen
Verdrehen einer Leine
verwarpen
ein Schiff mit einem im Beiboot immer wieder ausgefahrenen (Warp-)Anker mit Hilfe des Spills bewegen
Vollgetakelt
an allen Masten nur Rahsegel fahrend
Vorpiek
der vorderste unterste Raum im Schiff
Vorsegel
die Stagsegel vor dem Fockmast: Vorstengestagsegel, Innenklüver, Außenklüver, Jager
Vortopp
der Fockmast mit seiner Takelage
vor Topp und Takel lenzen
wenn ein Schiff bei schwerem Sturm ohne jedes Segel treibt, meist mit Treibanker
Wache
1. Der jeweils Wache gehende Teil der Besatzung. 2. Die Dauer des Wachdienstes (meist vier Stunden)
Wanten
die seitlichen Stütztaue der Masten, untereinander durch Webeleinen verbunden zum Aufentern
Webeleinen
s. Wanten
wenden
mit dem Bug durch den Wind gehen (für Rahsegler schwieriger als zu halsen)

Zeising
Bändsel zum Festmachen der Segel an der Rah bzw. am Baum
zurren
festbinden
Zwischendeck
ein zwischen Innenboden und Oberdeck eingeschobenes Deck, auch der Raum oberhalb des Zwischendecks. Auf Kriegsschiffen meist Batteriedeck genannt.

HMS

Flaggschiff des Ober

Römische Zahlen: Masten etc.

I Bugspriet
II Vor-/Fockmast aus drei Teilen: Untermast Marsstenge Bramstenge
III Großmast aus drei Teilen: Untermast Marsstenge Bramstenge
IV Besan-/Kreuzmast aus drei Teilen: Untermast Marsstenge Bramstenge
V Galion
VI Anker
VII Bordwand mit Stückpforten
VIII Einlaß-/Fallreepspforte
IX Heckfenster
X Ruder
XI Kiel
XII Vorsteven/Bug

Arabische Zahlen: Stehendes und laufendes Gut

1 Vorstagen
2 Groß-Bramstag
3 Groß-Marsstag
4 Kreuz-Bramstag
5 Vor-Bram-Toppnant
6 Vor-Bram-Brassen
7 Vor-Mars-Brassen
8 Fockbrassen
9 Groß-Bram-Toppnant
10 Groß-Bram-Brassen
11 Groß-Mars-Brassen
12 Großbrassen
13 Vor-Bram-Geitau
14 Vor-Mars-Geitau
15 Fockgeitau
16 Groß-Bram-Geitau
17 Groß-Mars-Geitau
18 Großgeitau
19 Kreuz-Bram-Geitau
20 Kreuz-Mars-Geitau
21 Kreuz-Bram-Toppnant
22 Flaggleine zum Besantopp
23 Flaggleine zur Besangaffel
24 Besanschot

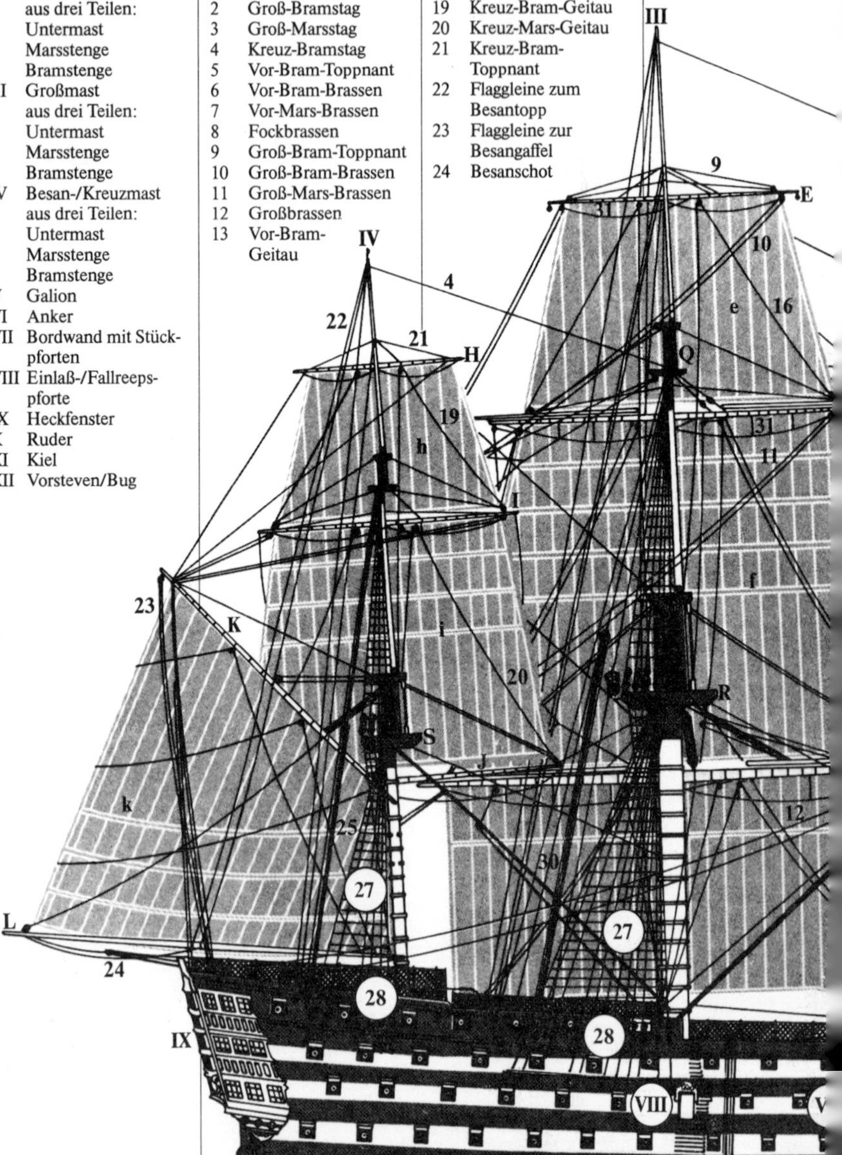